MICHELLE RAVEN

VERTRAUTE GEFAHR

Roman

Überarbeitete Neuausgabe Januar 2011 bei LYX
verlegt durch EGMONT Verlagsgesellschaften mbH,
Gertrudenstr. 30–36, 50667 Köln
Die Originalausgabe erschien 2002
unter dem Titel »Canyon der Gefühle«
bei RM Buch und Medien Vertrieb GmbH

1. Auflage
Redaktion: Katharina Kramp
Satz: Greiner & Reichel, Köln
Druck: CPI Clausen & Bosse, Leck
ISBN 978-3-8025-8371-1
www.egmont-lyx.de

1

Arches National Park, Utah

Wenn sie geahnt hätte, was passieren würde, wäre sie in einen anderen Teil des Parks gegangen oder besser noch in ihrem Hotelzimmer in Moab geblieben. Autumn verlagerte vorsichtig ihr verletztes Bein auf dem glatten, aber unbequemen Felsblock, den sie mit letzter Kraft erreicht hatte. Auch wenn er nicht besonders hoch war, konnte sie so ihr Knie etwas entlasten, das sich in ihrer Jeans bereits geschwollen anfühlte. Und es war immer noch besser, als im Sand zu sitzen und womöglich auf irgendwelche Krabbelviecher zu stoßen.

Dummerweise hatte sie am Parkplatz zum Fiery Furnace im Arches National Park, einem Gebiet mit verwirrenden hohen Felssäulen aus rotem Sandstein, die Warnschilder ignoriert, die auf unmarkierte Wege und Verirrungsgefahr hinwiesen. Sie hatte sich nicht für einen unbedarften Besucher gehalten – eine klare Fehleinschätzung. Auch wenn sie in einer Woche Ranger im Park werden würde, hieß das noch lange nicht, dass sie sich hier auskannte, schließlich kam sie geradewegs aus New York. Nun wusste sie es besser. Während ihrer mehrstündigen Wanderung war sie mit ihren Turnschuhen auf dem teuflisch glatten Fels mit dem treffenden Namen *Slickrock* ausgerutscht und hatte sich ihr Knie verletzt. Zusätzlich zu den Schmerzen quälte sie furchtbarer Durst, und auch die Tatsache, dass sie seit heute Morgen nichts gegessen hatte, machte sich unangenehm bemerkbar. Aber noch schlimmer war, dass es langsam dunkler wurde und sie wohl die Hoffnung aufgeben musste, heute noch gerettet zu werden.

Es würde sie nicht mal jemand vermissen, denn sie hatte niemandem gesagt, dass sie sich im Fiery Furnace aufhalten wollte. Wem hätte sie es auch sagen sollen? Sie kannte hier niemanden, und wenn es nach ihr ging, dann würde das auch so bleiben. Sie war in diese weite Landschaft gekommen, um dem Engegefühl in New York und ihrer Arbeit als Bibliothekarin zu entfliehen. Natürlich gab es auch noch andere Gründe, aber darüber wollte sie im Moment lieber nicht nachdenken, schließlich hatte sie schon genug Probleme. In diesem Moment hätte sie sich allerdings gefreut, andere Menschen zu sehen, denn das würde bedeuten, dass sie nicht die Nacht hier in diesem einsamen Gebiet verbringen musste.

Ein Schauder lief bei der Vorstellung über ihren Rücken, hier in der Dunkelheit ausharren zu müssen. Es konnte sich jederzeit jemand nähern und … Mit Gewalt schob Autumn diesen Gedanken beiseite. Sie musste jetzt die Nerven behalten, wenn sie die Nacht überstehen wollte. Auch wenn ihre Erinnerung sie zurück in den Abgrund führen wollte, musste sie dagegen ankämpfen. Sie war hier zwar allein, aber das hatte auch den Vorteil, dass Robert nicht wusste, wo sie war. Und damit gab es keine Gefahr, dass er plötzlich auftauchen würde. Sie musste nur warten. Morgen würden neue Besuchergruppen dieses Gebiet durchwandern und sie entdecken.

Autumn lehnte sich zurück. Wenigstens war es nach Sonnenuntergang ein wenig kühler geworden, was ihrer verbrannten Haut unendlich guttat. Trotz ihrer misslichen Lage musste sie zugeben, dass der Nationalpark wunderschön war. Massive dunkelrote Felswände, balancierende Steine und die bekannten Felsbögen gaben eine faszinierende Kulisse ab. Hier im Fiery Furnace, im Schluchtenlabyrinth aus Buntsandsteinsäulen, die in der späten Abendsonne Feuer zu fangen schienen, gab es die moderne Welt nicht mehr. Kein Laut war zu hören, außer dem gelegentlichen Singen eines Vogels. In den Büchern, die sie sich in Vorbereitung auf ihre Arbeit gekauft hatte, stand, dass die meisten der hier heimischen Tiere den ganzen Tag in Felsspalten schlummerten und erst nachts aktiv wurden. Sie hoffte, dass diese Regel auch für Schlangen und Skorpione galt.

Schnell richtete sie sich auf, als sie ein Rascheln hörte. Sie sah sich um, konnte aber nichts Ungewöhnliches in der flimmernden Hitze und den dunklen Schatten entdecken. Erleichtert ließ sie sich zurücksinken. Glücklicherweise würde die Temperatur nachts nicht so extrem sinken, erfrieren würde sie also nicht. Aber es konnte durchaus sein, dass sie verdurstete. Ihr letztes Wasser hatte sie schon vor Stunden getrunken und nun fühlte sich ihre Zunge in ihrem Mund wie ein trockenes Stück Holz an. Mühsam versuchte sie zu schlucken. In einem Buch hatte sie gelesen, dass man sich kleine Steine in den Mund legen sollte, um den Speichelfluss anzuregen. Aber wo waren diese Steine, wenn man sie brauchte? Hier gab es nur Felsblöcke und Sand. Da sie im Moment nichts tun konnte, lehnte Autumn sich zurück und schloss die Augen. Sofort döste sie ein.

Leichtfüßig lief Shane Hunter den schmalen, unmarkierten Weg hinab, der nur für Eingeweihte zu erkennen war. Er war guter Stimmung, hatte er doch viele gute Fotos von versteckten Orten im Fiery Furnace geschossen. Das Licht war ideal für die Aufnahmen gewesen, weich und fließend. Sonst war die Sonneneinstrahlung hier im Südwesten oft zu stark und produzierte zu harte Schatten. Doch jetzt wurde es allmählich dunkel und er würde sich beeilen müssen, denn das Gebiet war nicht beleuchtet und selbst er konnte sich im Dunkeln verirren oder verletzen. Das Gewicht seines vollgepackten Rucksacks machte ihm nichts aus, er war es gewohnt, damit stundenlang durch die Gegend zu laufen. Sein einbeiniges Stativ benutzte er als Wanderstock. Wie immer fühlte er sich in der freien Natur sofort viel besser. Selbst ein anstrengender Tag als Ranger konnte ihn nicht davon abhalten, sich allabendlich, sofern er keinen Dienst hatte, mit seinem Fotoapparat an stille, spektakuläre Orte zurückzuziehen, um in Ruhe seine Bilder zu machen.

In seine Gedanken versunken, bemerkte er kaum den dunkelroten Fleck auf einem der Felsblöcke. Erst als er sich bewegte, registrierte Shane, dass es sich nicht um einen der unzähligen roten Felsen handelte. Vielleicht war es ein verletztes Tier, das in einer Felsspalte feststeckte. Andererseits hatte er noch nie ein Tier dieser Farbe gesehen. Shane bewegte sich vorsichtig über die rutschigen Felsen auf den Fleck zu. Als er nur noch wenige Meter entfernt war, erkannte er plötzlich, was es war: Haare! Den Rest der Strecke legte er im Laufschritt zurück.

Shane umrundete den letzten Felsblock und stand vor einem Häufchen Mensch, das absolut bemitleidenswert aussah. Zerzauste dunkelrote Haare standen in hartem Kontrast zu rosafarbener, ehemals wohl weißer Haut, die ziemlich verquollen schien. Ein schmutziger Streifen zog sich über die rechte Wange. Shane bückte sich, um den Puls an der Halsschlagader zu prüfen, als sich die Augenlider flatternd hoben und er in die grünsten Augen blickte, die er je gesehen hatte. Gebannt beobachtete er, wie sich die Augen erst zusammenzogen und dann erschreckt weiteten. Beruhigend wollte er seine Hand auf ihre Schulter legen, als die Frau ihn plötzlich mit beiden Händen vor die Brust stieß. Darauf nicht vorbereitet, konnte Shane sich nicht mehr rechtzeitig festhalten und kippte nach hinten um. Er sah gerade noch, wie sich die Frau in eine Felsnische zurückzog, bevor er rückwärts den Felsen hinunterfiel. Dank seines Rucksacks landete er relativ weich, doch es ärgerte ihn, dass er die Reaktion der Frau nicht hatte kommen sehen. Shane hob sein Stativ auf, das er bei dem Sturz verloren hatte, und erhob sich.

Wenn sie es gekonnt hätte, wäre sie wohl noch weiter in den Fels hineingekrochen, als er sich erneut vor ihr aufbaute. Sie gab einen Laut von sich, der Shane einen Schauder über den Rücken trieb.

Er legte das Stativ zur Seite, da die Frau offensichtlich Angst vor ihm hatte. »Ich will Ihnen nichts tun, ich versuche nur Ihnen zu helfen.« Sie rührte sich nicht, schien wie erstarrt.

Vorsichtig näherte Shane sich ihr wieder und beugte sich vor, seine Hand offen ausgestreckt, damit sie verstand, dass er ihr nichts tun wollte. Vielleicht war sie eine ausländische Touristin. »Verstehen Sie mich? Sprechen Sie meine Sprache?«

Ein Ruck ging durch ihren Körper. Sie atmete einige Male tief durch, bevor sie ihn direkt ansah. »Ja. Es tut mir leid, dass ich Sie angegriffen habe, ich dachte, Sie wären jemand anderes.«

Erleichtert stellte er fest, dass die Frau wohl doch nicht so verwirrt war, wie er erst gedacht hatte. Und sie war Amerikanerin, wahrscheinlich von der Ostküste, wenn er ihre hastige Sprechweise als Indiz nahm. »Haben Sie sich verirrt?«

»Ich denke schon. Zumindest weiß ich nicht, wie ich wieder zum Parkplatz komme.«

Ihre Stimme gefiel ihm, leise, dunkel und etwas rau, was allerdings auch daran liegen konnte, dass sie schon längere Zeit hier in der Sonne gesessen hatte. »Möchten Sie etwas zu trinken?«

»Ja bitte.«

Erfreut merkte er, dass sie schon etwas weniger ängstlich wirkte und sich von ihm helfen lassen wollte. Schweigend setzte Shane seinen Rucksack ab und öffnete ihn. Er musste erst seine Kamera und einige Objektive auspacken, um an seine Trinkflasche zu kommen. Wortlos reichte er sie ihr.

»Vielen Dank, ich bin halb verdurstet.« Sie nahm ihm das

Wasser ab, wobei sich kurz ihre Finger berührten. Sofort zuckte sie etwas zurück, fing sich aber rasch wieder. Hätte er sie nicht gerade beobachtet, wäre es ihm entgangen. Sie trank gierig in großen Schlucken.

»Nicht so viel auf einmal, das ist nicht gut, wenn Sie längere Zeit nichts getrunken haben.« Sie nahm noch einen Schluck und wollte Shane dann die halb leere Flasche zurückgeben, die er aber ablehnte. »Behalten Sie die für später.«

Mit diesen Worten nahm er eine weitere Flasche aus seinem Rucksack und setzte sie an den Mund. Aus den Augenwinkeln sah er, wie die Frau ihren Blick über seinen Körper wandern ließ. Überraschenderweise löste das in ihm ein Kribbeln aus, das er schon lange nicht mehr gespürt hatte. Allerdings konnte er immer noch die Anspannung in ihrem Gesicht erkennen und eine Spur von Angst, die ihm nicht gefiel. Rasch steckte er die Flasche wieder ein und richtete sich auf. »Können Sie aufstehen? Wir sollten uns beeilen, damit wir noch im Hellen zum Parkplatz kommen.«

»Ich fürchte nein. Ich bin hier herumgeirrt und habe den richtigen Weg gesucht, als ich auf einem dieser verdammten Felsen ausgerutscht bin und mir das Knie verdreht habe. Es tut höllisch weh.«

Besorgt beugte Shane sich vor. »Soll ich es mir einmal ansehen? Ich bin in Erster Hilfe ausgebildet.«

Sie schien sich noch weiter in sich zurückzuziehen und er versuchte, so harmlos zu wirken, wie es bei seiner Größe ging.

»Vielleicht könnten Sie mir nur beim Aufstehen helfen? Dann kann ich sehen, ob es inzwischen besser geworden ist.«

Shane legte eine Hand unter ihren Ellbogen, um sie zu stützen. Wieder bemerkte er, wie sie kurz zurückzuckte, und wunderte sich darüber. Zitternd stützte sie sich mit einer Hand am Felsblock ab, während sie mit der anderen seinen Oberarm umfasste. Sie setzte den Fuß ihres verletzten Beines vorsichtig auf, um im nächsten Moment mit einem Schmerzenslaut wieder zurückzusinken.

Mit verzerrtem Gesicht rieb sie über ihr Knie. »Ich fürchte, ich kann doch nicht mehr laufen.«

Sofort kniete Shane sich neben sie. »Ich habe in meinem Erste-Hilfe-Paket einen Eispack, den können wir über Ihr Knie binden.«

»Nein, lassen Sie nur, ich komme zurecht. Wenn Sie mich stützen, werde ich es schon schaffen.« Ihre Stimme klang angespannt.

Shane musterte sie. In ihren Augen flackerte Panik, ihre Hände waren zu Fäusten geballt. Ärger stieg in ihm auf, dass sie ihn anscheinend für jemanden hielt, der ihr wehtun könnte. »Hören Sie, ich werde Ihnen bestimmt nichts tun. Ich bin Parkranger und es ist mein Job, mich um Sie zu kümmern. Und das werde ich auch tun. Also, entweder ziehen Sie sich jetzt Ihre Hose aus, damit ich mir Ihr Knie ansehen kann, oder ich werde es tun.« Mit diesen Worten streckte er seine Hand nach ihr aus.

»Aber Sie tragen keine Rangerkleidung, woher soll ich wissen, dass Sie die Wahrheit sagen?« Ihre raue Stimme zitterte.

»Ich trage meine Privatkleidung, weil ich heute Abend nicht im Dienst bin. Ich habe hier fotografiert. Und wenn wir uns nicht beeilen, wird es ganz dunkel sein und dann finde selbst ich den Weg zurück nicht mehr.« Das war zwar gelogen, aber er wollte, dass sie möglichst schnell hier herauskam.

»In Ordnung. Haben Sie vielleicht eine Schere bei sich? Ich wollte schon immer mal eine Shorts aus Jeansstoff haben.«

Erstaunt blickte er sie an. »Wäre es nicht einfacher, die Hose auszuziehen?« Als er ihren Blick sah, verwarf er die Idee sofort wieder. »Okay, wie Sie wollen. Ich habe allerdings nur ein Messer bei mir, aber das wird wohl auch gehen.«

Er griff nach seinem Messer, das am Gürtel befestigt war, und sah ihr in die Augen. Die Angst, die er darin erkannte, bestürzte ihn. Ihre zitternde Hand fuhr zu ihrer Kehle, wie um sie zu schützen. Sie starrte wie hypnotisiert das Messer an, während sie gleichzeitig weiter nach hinten kroch, bis der Felsen sie stoppte. Ein Stöhnen entfuhr ihr.

Shane legte das Messer zur Seite. »Keine Angst, ich will Ihnen nur helfen. Hören Sie mich?« Als sie nicht reagierte, nahm er ihre Hand in seine und rieb sie beruhigend. »Ich will mir doch nur Ihr Knie ansehen.« Ein Zittern durchlief ihren Körper, doch ihre Hand war nicht mehr ganz so verspannt. »Vielleicht sollte ich mich erst vorstellen: Mein Name ist Shane Hunter. Wie heißen Sie?« Schweigen. »Also, ich nehme jetzt das Messer und schneide Ihre Hose ab, okay?«

Er setzte das Messer ans Hosenbein. Mit einem kurzen Schnitt hatte er einen Anfang geschaffen und säbelte weiter. Wenig später legte sich eine weiche Hand auf seine. Er schaute auf.

»Ich bin Autumn. Autumn Howard.«

Er blickte auf ihre dunkelroten Haare und ein Lächeln glitt über sein Gesicht. »Ja, das passt. Ich freue mich, Sie kennenzulernen. In Kürze werden Sie um eine Jeansshorts reicher sein.«

Zögernd umspielte ein leichtes Lächeln ihre Lippen. »Danke für Ihre Hilfe. Ohne Sie hätte ich die Nacht auf dem Felsen verbringen müssen. Ich kann Ihnen gar nicht sagen, wie froh ich bin, hier herauszukommen.«

Ein letzter Ruck an ihrer Hose und ihr Bein war bis zum Oberschenkel nackt. Immer noch lächelnd beugte sich Shane darüber, um sich die Knieverletzung anzusehen. Doch das Lächeln erstarb schlagartig, als er die wulstigen, leicht rosafarbenen Linien sah, die ihren Oberschenkel überzogen. Er blickte hoch und sah den Schmerz, der in ihre Augen trat, als ihr klar wurde, dass er die Narben bemerkt hatte. Sie waren nicht neu, aber auch noch nicht so alt, dass sie schon verblasst waren. Er schätzte sie auf vielleicht ein halbes bis ein Jahr ein. Weil er Autumn nicht weiter verunsichern wollte, wandte er sich sofort wieder der frischen Verletzung zu, auch wenn ihm die Frage auf der Zunge lag, woher die Narben stammten.

Das Knie war geschwollen und bläulich verfärbt, es handelte sich wahrscheinlich um eine starke Prellung. Er wühlte in seinem Rucksack und zog den Eispack heraus. Die Tüte enthielt eine chemische Flüssigkeit, die durch Kneten des Beutels mit anderen Bestandteilen reagierte und so die Kälte erzeugte. Nach sorgfältigem Kneten band er den Eispack mit Mullbinden an das Knie. Dabei achtete er sorgfältig darauf, nicht auf die Narben zu starren oder sich zumindest nichts anmerken zu lassen.

Während Shane sie verarztete, wirbelten unzählige Fragen durch seinen Kopf. Aber da er ahnte, dass Autumn sie ihm nicht beantworten würde, stellte er sie nicht. Außerdem würde er sie nach diesem Abend wohl nie wiedersehen. Ein leichtes Bedauern überkam ihn. Seine Familie sagte immer, er wäre zu neugierig und würde sich in Dinge einmischen, die ihn nichts angingen. Wahrscheinlich hatten sie recht. Aber er konnte sich nicht einfach abwenden und das Leid anderer Menschen ignorieren, wenn er das Gefühl hatte, dass er helfen konnte.

Schweigend packte er seinen Rucksack wieder ein und schwang ihn auf seinen Rücken.

Autumn blickte mit einem zittrigen Lächeln zu ihm hoch. »Vielen Dank, das Knie fühlt sich schon viel besser an.«

»Keine Ursache, dafür bin ich schließlich da. Ich würde vorschlagen, Sie nehmen Ihren Rucksack und mein Stativ, während ich Sie trage. In Ordnung?«

»Aber ich bin doch viel zu schwer für Sie! Außerdem sind die Felsen schon für einen alleine ziemlich rutschig. Ich möchte nicht dafür verantwortlich sein, dass Sie sich auch noch verletzen.«

»Das lassen Sie nur meine Sorge sein. Ich habe bestimmt schon schwerere Sachen getragen.« Kritisch musterte er ihre schlanke Figur. »Und wie wir vorhin schon festgestellt haben, können Sie ja nicht mal auftreten.« Ohne langes Zögern bückte er sich und schob einen seiner Arme unter ihre Knie, während er mit dem anderen ihren Rücken stützte. Autumn griff rasch nach ihrem Rucksack und dem Stativ und fügte sich anscheinend in ihr Schicksal.

Sicheren Schrittes folgte er dem Weg, der sie zum Parkplatz und zu seinem Jeep führen würde, der zwar Luftlinie nur einige Hundert Meter entfernt lag, zu Fuß aber nur in etlichen Schleifen und Kletterpartien zu erreichen war, die kostbare Zeit verschlangen. Autumn hielt sich so steif, dass Shane befürchtete, sie würde beim kleinsten Ruck zerbrechen. Er beugte seinen Kopf zu ihr hinunter. »Legen Sie Ihre Arme um meinen Hals, dann können Sie nicht herunterfallen. Ich beiße nicht.«

»Das habe ich auch nicht angenommen. Ich bin es nur nicht gewohnt, auf diese Weise herumgetragen zu werden.« Sie legte einen Arm um seinen Nacken. Ihr Blick glitt zu seinem Kinn. »Sie haben sich nicht rasiert«, murmelte sie.

Amüsiert blickte er sie an. »Danke, dass Sie mich darauf hinweisen.«

Erschrocken sah sie zu ihm auf. »Das hätte ich nicht sagen sollen. Ich bin so müde, ich weiß nicht mehr, was ich rede.«

»Dann schlafen Sie ruhig, ich finde meinen Weg auch ohne Ihre Hilfe. Am Parkplatz wecke ich Sie.«

Als hätte sie nur auf die Erlaubnis gewartet, lehnte sie ihren Kopf an seine Schulter, schloss die Augen und versank in einen unruhigen Schlaf.

Shane erreichte den Parkplatz, gerade als die Sonne endgültig hinter den Felsen verschwand. Aufatmend legte er seine Last am Wegrand ab. Glücklicherweise hatte er seinen Jeep gleich am Eingang zum Fiery Furnace geparkt. So konnte er die hintere Klappe öffnen und das Gepäck hineinwerfen, um sich dann wieder seiner Patientin zuzuwenden. Sie sah völlig erschöpft aus, dunkle Ringe zeichneten sich unter ihren Augen ab. Er fragte sich, wie alt sie wohl war. In diesem Licht wirkte sie nicht älter als zwanzig. Warum war sie alleine in den Park gekommen? Und was zum Teufel machte sie im Fiery Furnace außerhalb einer Führung?

Er beugte sich zu Autumn hinunter, um sie aufzuwecken. Sanft strich er ihr eine Haarsträhne aus dem Gesicht. »Wir sind da.« Als sie davon nicht aufwachte, griff er nach ihren Armen und schüttelte sie sanft.

Benommen versuchte Autumn sich aufzusetzen. »Was … was ist?«

»Wir sind auf dem Parkplatz bei meinem Wagen. Jetzt müssen wir Sie nur noch hineinbekommen.« Vorsichtig hob er sie hoch, setzte sie auf den Beifahrersitz und bemühte sich, ihr Knie nirgends anzustoßen.

Autumn sank mit einem Seufzer in den Sitz. »Oh, das tut gut. Danke.« Abrupt setzte sie sich gleich darauf wieder auf. Mit geweiteten Augen starrte sie ihn an. »Mein Hotelzimmer ist in Moab. Läuft der Shuttle-Verkehr noch?«

»Nein, dafür ist es zu spät. Zuerst werden wir sowieso die Erste-Hilfe-Station im Park aufsuchen. Morgen können Sie sich dann in Moab im Krankenhaus behandeln lassen.«

»Ja, das werde ich morgen ganz sicher tun. Im Moment würde ich allerdings lieber einfach in mein Hotel zurück und mich ausschlafen.«

»Kommt überhaupt nicht infrage.«

Unsicher sah sie ihn an. »Aber …«

»Keine Widerrede!« Er ging um den Jeep herum und stieg ein. »Margret wird Sie erst untersuchen. Danach bringe ich Sie heim.«

2

Die Fahrt zum Besucherzentrum des Parks, an das auch die Erste-Hilfe-Station angegliedert war, dauerte eine halbe Stunde. Autumn schlief fast sofort ein und ihr Kopf sank an seine Schulter. Bevor Shane das Gefühl richtig genießen konnte, richtete sie sich ruckartig wieder auf, als hätte sie seinen intensiven Blick bemerkt. Danach schaute sie nur noch aus ihrem Fenster und tat so, als wäre sie von der Landschaft fasziniert – die in der Dunkelheit allerdings nicht zu erkennen war.

Sie wich ihm eindeutig aus, doch er sagte nichts dazu. Der Gedanke, dass diese Episode bald schon wieder enden würde, gefiel ihm nicht. Warum das so war, konnte er sich nicht erklären, schließlich wusste er nichts über Autumn Howard. Aber vielleicht war genau das sein Problem: Er wollte eindeutig mehr über sie erfahren, vor allem warum sie so schreckhaft war und woher die Narben auf ihrem Bein kamen.

Shane verließ die Straße und fuhr auf den Parkplatz der Erste-Hilfe-Station. Er bremste sanft, um Autumns verletztes Knie nicht unnötig zu erschüttern, und stellte den Motor ab. »Wir sind da. Bleiben Sie sitzen, ich komme herum und helfe Ihnen hinaus.«

Er drückte auf die Hupe, um Margret vorzuwarnen. Schnell umrundete er den Jeep und öffnete die Beifahrertür.

Autumn sah ihm mit hochgezogenen Augenbrauen entgegen. »Kriegen Sie eigentlich immer Ihren Willen?«

Bevor er antworten konnte, kam Margret aus dem Haus gelaufen. »Was hast du mir diesmal mitgebracht, Shane? Wieder einen Wüstenhasen?« Sie war eine energische, rundliche Frau.

Shane lachte. »Nein, dafür habe ich den Herbst gefunden.«

»Den Herbst? Was redest du schon wieder für einen Unsinn! Für so etwas habe ich keine Zeit.«

Shane bückte sich und hob Autumn aus dem Wagen. »Autumn Howard, Margret Benson.«

Margret betrachtete sie mit zusammengeschobenen Augenbrauen, dann breitete sich ein Lächeln auf ihrem Gesicht aus. »Shane, du Witzbold.« Sie wandte sich an Autumn. »Sie sehen nun wirklich nicht wie ein Wüstenhase aus. Sind Sie verletzt?«

»Ich habe mir mein Knie verdreht.« Sie deutete mit dem Kinn auf Shane. »Mr Hunter bestand darauf, mich hierherzubringen.« Shane zuckte zusammen, als sie ihn so nannte. Für ihn war das sein Vater, nicht er selbst.

»Das war auch richtig so. Los, bring sie endlich rein. Es wird langsam kühl hier draußen.«

Bei immer noch fünfundzwanzig Grad war die Behauptung zwar etwas übertrieben, aber Shane gehorchte wortlos. Es lohnte sich nicht, mit Margret einen Streit anzufangen, denn sie konnte es mit jedem aufnehmen. Man sah es ihr nicht gleich an, aber in ihr steckte ein eiserner Wille, den sie auch durchzusetzen verstand.

Autumn beobachtete dieses Geplänkel mit leiser Belustigung, die sie nach dem nervenzermürbenden Erlebnis nicht erwartet hatte. Also war ihr entschlossener Helfer doch nur ein normaler Mann, der gegen eine Mutterfigur nicht ankam. Margret war etwa Mitte vierzig und hatte blondes, schon leicht ergrautes Haar. Güte, aber auch Intelligenz spiegelten sich in ihrem von feinen Falten durchzogenen Gesicht wider. Autumn gefiel sie sofort.

Shane trug Autumn ins Haus und setzte sie vorsichtig auf dem Untersuchungstisch ab. Seine Finger strichen über ihren Arm und sie fragte sich unbehaglich, ob es Absicht gewesen war, doch er wandte sich bereits ab. »Ich werde meine Sachen in die Hütte bringen und komme später wieder.« Rasch verließ er den Raum.

Autumn blickte ihm verwirrt nach. Sie hätte nicht erwartet, dass er sie ohne Diskussion hier alleine lassen würde. Aber vielleicht war es besser so, sie fühlte sich in seiner Gegenwart ständig unsicher.

Margret hatte das Verbandsmaterial herausgesucht und holte sich nun einen kleinen Hocker heran. »Dann wollen wir uns Ihr Knie mal ansehen.« Sie wickelte die Mullbinde ab und entfernte den Eispack. »Oh, das sieht aber übel aus. Tut es sehr weh?«

»Fürchterlich. Das Eis hat aber schon etwas geholfen.«

»Gut, dass Shane sein Erste-Hilfe-Paket auch mitnimmt, wenn er nicht im Dienst ist. Wo hat er Sie eigentlich gefunden?«

»Im Fiery Furnace.«

Ruckartig hob Margret den Kopf. »Was haben Sie denn da noch so spät gemacht? Und dann in dieser Kleidung.« Missbilligend betrachtete sie das dünne T-Shirt und die abgelaufenen Turnschuhe.

»Ich wollte mich nur etwas umsehen und habe mich verirrt. Ich hatte nicht erwartet, dass das Gebiet so weitläufig ist.« Ein Schauder durchlief ihren Körper, als sie daran dachte, wie schnell ihr Ausflug sich zu einem Albtraum hätte entwickeln können, wenn Shane sie nicht gefunden hätte.

»Deshalb werden die Rangerführungen angeboten. Sind Sie ganz alleine hier?«

Autumn konnte die Missbilligung der Ärztin spüren und hatte das Bedürfnis, sich zu rechtfertigen. »Ja. Ich habe gedacht, dass ich mich alleine zurechtfinde.«

Margret zog die Augenbrauen hoch. »Warum? Viele der Besucher denken das, aber ich werde es nie verstehen. Nicht umsonst stehen dort die Warnschilder.«

»Um ehrlich zu sein … ich bin eigentlich kein normaler Besucher. Ich wollte mich hier schon mal umsehen, bevor ich nächste Woche meine Arbeit als Ranger beginne.«

Margret sah sie erstaunt an. »Oh. Dann sollten Sie sich aber vorher von jemandem einweisen lassen, bevor Sie die Besucher führen.« Sie schlug sich mit der flachen Hand vor die Stirn. »Jetzt weiß ich, warum es bei Ihrem Namen nicht sofort geklingelt hat: Auf der Liste des neuen Personals stand nur A. Howard. Ich wette, Shane hat das auch nicht mitbekommen.« Ein strahlendes Lächeln erhellte ihr Gesicht. »Herzlich willkommen im Team! Aber warum haben Sie keinem gesagt, dass Sie bereits angekommen sind?«

Autumn freute sich über die herzliche Aufnahme, gleichzeitig fühlte sie sich aber etwas unwohl, weil sie sich eigentlich von allen fernhalten wollte. »Ich wollte noch etwas Zeit für mich haben und mich an das Klima und die Gegend gewöhnen. Bitte sagen Sie niemandem, dass ich mich gleich bei meinem ersten Ausflug verirrt habe.«

Margrets Stirn zog sich in Falten. »Eigentlich muss ich einen Bericht schreiben, und Shane auch. Aber vielleicht können wir da etwas drehen. Wo wohnen Sie im Moment?«

»In Moab, Bowen Motel.«

»Mit dem Knie können Sie auf keinen Fall Auto fahren.« Margret schaute auf ihre Armbanduhr. »Und der letzte Bus ist vor zwei Stunden abgefahren. Ich fürchte, Sie müssen sich von Shane fahren lassen. Aber das macht er bestimmt gerne.«

Autumn seufzte und bemühte sich, ihre Unruhe zu unterdrücken. »Was für ein Tag. Ich würde ihn eigentlich ungern noch weiter in Anspruch nehmen, er hat schon so viel für mich getan.«

Nachdenklich wickelte Margret eine Mullbinde um das Knie. »Nun, vielleicht könnten Sie in einer leerstehenden Hütte übernachten. Aber morgen müssen Sie in die Klinik nach Moab, um das Knie röntgen zu lassen.«

»Ja, natürlich. Aber ich habe überhaupt nichts zum Übernachten hier. Außerdem habe ich Ihnen schon genug Mühe bereitet.«

»So ein Unsinn. Das ist doch kein Problem.« Als Autumn zögernd einwilligte, lächelte Margret. »Sehen Sie, es ist doch ganz einfach. Shane wird Sie jeden Moment abholen und Sie zu Ihrer Hütte bringen.«

Als hätte er es geahnt, steckte Shane genau in diesem Moment den Kopf durch die Türöffnung. »Und, alles klar?«

»Ich habe Miss Howard eine Hütte für die Nacht angeboten, dann müsst ihr nicht extra nach Moab fahren. Kannst du sie hinbringen und ihr noch ein paar Sachen besorgen?«

»Kein Problem. Seid ihr fertig?« Als Margret bejahte, hob er Autumn kurzerhand vom Tisch. Sie wollte sich widersetzen, doch Shane schüttelte den Kopf. »Sie können sagen, was Sie wollen, ich werde Sie bestimmt nicht herunterlassen. Heute Abend werde ich Sie überall hintragen. Verstanden?«

Autumn nickte. Als Shane sie sich so plötzlich gegriffen hatte, war sie für einen Moment in die Vergangenheit zurückkatapultiert worden und sie hatte nur mit Mühe einen Aufschrei unterdrücken können. Hoffentlich bemerkte er nicht das Zittern, das in Wellen durch ihren Körper lief. Sie presste die Zähne fest zusammen, damit sie nicht klapperten. Es kostete sie viel Kraft, sich bei Margret zu bedanken und stillzuhalten, während Shane sie nach draußen trug, die Beifahrertür öffnete und sie auf den Sitz sinken ließ.

»Warten Sie kurz hier, ich muss noch mit Margret sprechen.« Mit schnellen Schritten strebte er auf das Haus zu.

Autumn lehnte erschöpft ihren Kopf an das Autofenster. Ob Margret ihm erzählte, warum sie hier war? Wahrscheinlich, schließlich musste er seinen Bericht schreiben. Wie er wohl reagieren würde? Gespannt und etwas ängstlich blickte sie ihm entgegen, als er schließlich zurückkam. Mit undeutbarem Gesichtsausdruck stieg Shane in den Jeep und ließ den Motor an. Auf dem Weg zur Hütte sagte er kein Wort und auch sie schwieg.

Nachdem sie ihn zum fünften Mal ängstlich von der Seite angeblickt hatte, wandte er sich ihr schließlich zu. »Keine Angst, ich fresse Sie schon nicht auf.«

Was sie auch nicht unbedingt beruhigte. Um ihn nicht weiter anzublicken, schloss Autumn kurz die Augen. Als sie sie wieder öffnete, parkten sie gerade vor einer kleinen Holzhütte. Angespannt und gleichzeitig neugierig richtete sie sich auf. »Ist sie das?«

»Nein, das ist meine Hütte. Ich besorge noch schnell ein paar Sachen für Sie.«

Einige Minuten später kam Shane mit einem großen, prall gefüllten Sack wieder, der sich als Kopfkissenbezug entpuppte. Er öffnete ihre Tür. »Nehmen Sie das, Ihre Hütte ist gleich nebenan.« Shane schob ihr das Bündel in die Arme und hob sie hoch.

Vor der Hüttentür blieb er stehen und fluchte. »Ich habe vergessen, den Schlüssel herauszuholen. Er ist in meiner linken Brusttasche. Nehmen Sie ihn bitte, ich habe keine Hand frei.«

Es war Autumn zwar unangenehm, in fremden Taschen herumzuwühlen, aber sie hatte schließlich keine andere Wahl. Vorsichtig öffnete sie den Knopf und schob ihre Finger in die Tasche. Ihre Hand streifte über Shanes Brust, die, wie sie feststellte, aus harten Muskeln bestand. Sie bemerkte ein leichtes Zucken. Ängstlich blickte sie in sein Gesicht. Auch an seinem Kiefer zuckte ein Muskel. Seine Augen bohrten sich in ihre. Verlegen senkte sie den Blick und versuchte, den Schlüssel ohne eine weitere Berührung zu bergen. Ihre Hand zitterte, als sie ihn schließlich in der Hand hielt.

»Ich habe ihn! Jetzt müssen Sie mich nur noch auf Schlosshöhe herunterlassen.«

Shane bückte sich vorsichtig und Autum schloss mühsam die Tür auf. »Irgendwo links müsste ein Lichtschalter sein. Können Sie ihn finden?«

»Ich versuche es … etwas tiefer … ja, da ist er.« Sie drückte den Schalter und ein Deckenstrahler erhellte die Hütte.

Neugierig sah sie sich um. Die Wände waren aus Holzbalken hergestellt. Auch der Boden und die wenigen Möbel, ein Tisch, eine Bank, ein Stuhl und ein Schrank, bestanden aus rustikalem Holz. An einer Wand hing ein altes Geweih, bemerkte sie mit Schaudern. Die Sprossenfenster hatten keine Gardinen und auch sonst fehlte jeglicher Schmuck. Shane trug sie durch einen Durchgang auf der rechten Seite der Hütte.

»Das ist das Schlafzimmer, und hinter der Tür ist ein kleines Badezimmer. Dies ist eine ziemlich komfortable Hütte, manche haben nicht einmal fließendes Wasser.«

Auch die Schlafzimmermöbel waren aus Holz. Doch hier gab es wenigstens einen kleinen Indianerteppich und am Fenster war ein hölzerner Fensterladen, durch den die Hütte ziemlich finster wirkte. Autumn kam sich fast ein wenig eingesperrt vor und hatte Mühe, ihre Atmung zu kontrollieren. Shane setzte sie auf dem Bett ab.

»Danke. Auch für die Rettung und das Herfahren.« Autumn erwartete, dass Shane sie jetzt verlassen würde, doch er nahm ihr nur das Bündel ab, das sie immer noch in den Händen hielt. Es kamen Bettzeug, ein Handtuch, ein riesiges verwaschenes blaues T-Shirt, eine Flasche Wasser und eine Tüte Muffins zum Vorschein. Auch an Seife, Zahnbürste und Zahnpasta hatte er gedacht.

Ungläubig sah Autumn zu ihm hoch. »Haben Sie denn jetzt noch etwas in Ihrer Hütte?«

»Ja, ich besitze alles in doppelter Ausfertigung, für Besuch. Brauchen Sie sonst noch etwas?«

»Ich glaube nicht. Außer jede Menge Schlaf.« Sofort musste sie wieder gähnen.

»Wie wäre es, wenn ich schon mal Ihr Bett beziehe, während Sie sich im Bad fertig machen?«

»Das kann ich doch auch selbst machen.« Sie sah sein Stirnrunzeln und gab nach. »In Ordnung, ich gehe ja schon.«

»Sie lernen dazu. Kommen Sie alleine ins Bad?«

»Es sind nur drei Schritte, das schaffe ich.« Auf ihrem gesunden Bein hüpfte sie zum Badezimmer. Wenn man es überhaupt so nennen konnte. Es war ein kleines Kabuff, in dem sich eine winzige Dusche, eine Toilette und ein Waschbecken auf etwa vier Quadratmetern drängten. Oben an der Wand gab es ein kleines Fenster, das man nur öffnen konnte, wenn man auf die Toilette stieg. Da sie unter akuter Platzangst litt, ließ sie die Tür einen Spalt offen. So konnte Shane sie zwar sehen, aber es ließ sich eben nicht ändern. Als sie in den Spiegel blickte, bekam sie einen Schreck. Ihr Gesicht war knallrot und voller Schmutz. Ihre Augenlider waren durch den Sonnenbrand geschwollen und ihre Lippen rissig. Kein Wunder, dass Shane sie immer so komisch ansah. Sie sah zum Fürchten aus. Entschlossen drehte sie den Wasserhahn auf. Heraus kam eine rötliche Brühe, die nicht viel Ähnlichkeit mit Wasser hatte. Autumn gab einen entsetzten Laut von sich.

»Keine Angst, das Wasser sieht nur am Anfang so aus, lassen Sie es einfach eine Weile laufen.«

Dass Shane so genau wusste, was sie gerade tat, erinnerte sie daran, dass sie die Tür offen gelassen hatte und er sie jederzeit beobachten konnte. Sie schob die Tür etwas weiter zu. Das Wasser nahm langsam eine normalere Farbe an. Sie würde es jetzt einfach versuchen, dreckiger konnte sie wohl kaum werden.

Autumn kam sich langsam wieder wie ein Mensch vor, nachdem sie sich gewaschen und die Zähne geputzt hatte. Für ihre Haare, die ihr wirr ins Gesicht hingen, konnte sie nicht viel tun. Aber wenigstens war der Rest von ihr so sauber, wie es nur ging, solange sie noch ihre dreckige Kleidung trug.

Langsam humpelte sie ins Schlafzimmer zurück. Shane war weder dort noch im Wohnzimmer mit kombinierter Küchenzeile. Dass er einfach so verschwinden würde, hätte sie nicht gedacht. Unbehaglich blickte sie zur Tür. Auch wenn Shanes Anwesenheit sie nervös machte, war es merkwürdig, so plötzlich allein zu sein. Doch dann bemerkte sie, dass die Tür nicht richtig verschlossen war. Anscheinend hatte er vor, noch einmal wiederzukommen. Bei diesem Gedanken machte ihr Herz einen kleinen Sprung. Ob aus Furcht oder Freude, wusste sie nicht.

»Hast du denn überhaupt nichts dazugelernt, Autumn? Du weißt doch, wie Männer sein können. Tu dir das nicht noch einmal an.« Sie erschrak, als sie ihre Stimme hörte. Jetzt fing sie schon an, mit sich selbst zu reden! Vorsichtig hüpfte sie zum Bett zurück und ließ sich darauf sinken. Sie legte die Hände vors Gesicht und stützte ihre Ellbogen auf die Oberschenkel. Was für ein Desaster. So hatte sie sich ihren ersten Tag im Park und in ihrem neuen Leben nicht vorgestellt. Sie seufzte tief auf.

Als sich eine Hand auf ihre Schulter legte, hob sie erschrocken den Kopf und entspannte sich ein wenig, als sie Shane erkannte. »Ich dachte schon, Sie wären gegangen.«

»Ich gehe selten, ohne mich zu verabschieden. Ich habe nur noch ein paar Sachen geholt, die ich vergessen hatte.« Damit legte er ihr die Feuchtigkeitscreme und eine Bürste in den Schoß. Sie schloss ihre Finger darum und lächelte dankbar zu ihm auf. »Vielen Dank. Können Sie vielleicht Gedanken lesen? Gerade habe ich mir diese Dinge gewünscht.«

»Ich weiß eben, wie man Frauen glücklich macht.« Er lächelte spitzbübisch. »Schauen Sie mich nicht so böse an, das war ein Scherz. Ich habe mir gedacht, Sie könnten die Sachen gebrauchen. Soll ich Ihnen helfen? Dann müssen Sie nicht aufstehen.«

»Ja, bitte. Noch einmal komme ich bestimmt nicht mehr hoch. Ich bin zu kaputt.«

Shane nahm ihr die Creme aus der Hand und öffnete sie. »Halten Sie Ihre Haare zurück, damit ich sie nicht mit eincreme.« Er nahm einen Tropfen auf die Fingerspitzen und verrieb ihn. Sanft strich er mit den Fingern über ihr verbranntes Gesicht. »Sie werden sich bestimmt demnächst häuten. Hatten Sie sich vorher nicht eingecremt?«

Autumn biss sich auf die Lippe, um still zu halten und nicht vor seiner Berührung zurückzuzucken. »Doch schon, aber das hat wohl nicht gereicht. Ich wollte ja eigentlich auch nicht so lange in der Sonne bleiben.«

»Besorgen Sie sich lieber einen Hut. Bei so einer empfindlichen Haut müssen Sie aufpassen.«

»Ja, ich weiß. Der steht schon auf meiner Einkaufsliste.«

Unerwartet durchströmte wohlige Wärme sie, als Shane weiter die Creme in ihre Haut massierte. Anscheinend war ihr Gehirn nicht mehr in der Lage, die vielen Warnmeldungen, die ihr Körper aussandte, zu verarbeiten. Stattdessen entspannten sich ihre Muskeln und sie ließ sich fallen. Autumn musterte Shanes Gesicht, das ihrem ganz nahe war. In den Augenwinkeln und um den Mund waren feine Lachfältchen eingegraben. Seine dunklen Augen waren fast so schwarz wie seine Haare. Unter der langen, geraden Nase waren seine Lippen schmal, aber schön gezeichnet. Das markante Kinn gab dem Gesicht ein männliches Aussehen.

Wenn jemand sie gefragt hätte, wie ein Ranger aussehen müsste, dann hätte sie ihn so beschrieben wie Shane Hunter. Er sah nicht so weich und gepflegt aus wie die Männer in New York. Und er roch auch nicht nach Unmengen von Aftershave, sondern nach Hitze und Mann. Sie zog diesen Duft bei Weitem vor. Immer noch massierte er ihr Gesicht, bis seine Finger langsam zum Hals wanderten. Mit einem Ruck erwachte ihr Gehirn wieder aus der Trance und sandte einen Alarm aus.

Sie ergriff seine Hand mit ihrer. »Danke, den Rest schaffe ich selber.«

»In Ordnung, dann fange ich schon mal mit dem Kämmen an.«

Sie öffnete den Mund zu einem Protest, ließ es dann aber bleiben. Es war eigentlich ganz schön, verwöhnt zu werden. Seit Jahren hatte sich niemand mehr so um sie gekümmert.

»Drehen Sie sich um und geben Sie mir die Bürste.«

Sie tat wie ihr geheißen und begann, ihre Arme einzucremen. Shane zog die Bürste mit langen Strichen durch ihre Haare. Da sie ziemlich verknotet waren, musste er sie teilweise mit den Fingern entwirren. Das ziepte, doch sie gab keinen Laut von sich. Dieser Schmerz war nichts im Vergleich zu dem in ihrem Knie – oder in ihrer Vergangenheit.

Als er fertig war, ging ein Ruck durch Shanes Körper.

»So, jetzt müssen Sie aber schlafen. Ich habe Ihnen eines meiner T-Shirts mitgebracht, das Sie anziehen können. Schaffen Sie das alleine, oder soll ich Ihnen helfen?«

»Danke, es wird schon gehen.«

»Gut, dann warte ich kurz draußen und sehe dann noch einmal nach Ihnen.«

Mit diesen Worten war er schon aus der Tür und ließ ihr keine Zeit zu protestieren. Rasch entledigte sie sich ihrer dreckigen Kleidung und streifte sein T-Shirt über. Da sie wesentlich kleiner und dünner war als er, reichte es ihr fast bis zu den Knien. Es war ein seltsames Gefühl, etwas zu tragen, das einem beinahe fremden Mann gehörte, doch sie zwang sich, das warnende Prickeln in ihrem Nacken zu ignorieren. Mühsam kletterte sie ins Bett und zog die Decke über sich.

Sofort war Shane wieder bei ihr und setzte sich auf die Bettkante. »Geht es Ihnen jetzt besser?«

Autumn blieb steif liegen, Shanes Hüfte an ihrer kam ihr trotz der Bettdecke fast unerträglich intim vor. »Ich fühle mich gut. Eigentlich möchte ich jetzt nur noch schlafen. Vielen Dank für alles. Ohne Sie würde ich jetzt wahrscheinlich immer noch auf dem Felsblock im Fiery Furnace sitzen. Sie haben mich gerettet.«

Lachfältchen bildeten sich in Shanes Augenwinkeln. »Es war mir ein Vergnügen. Morgen früh fahren Sie dann nach Moab und lassen sich im Krankenhaus röntgen, in Ordnung?«

»Ja, natürlich. Ich brauche schließlich Krücken, damit mich nicht jemand die ganze Zeit herumtragen muss, so wie Sie es getan haben. Ich kann Sie ja nicht von Ihrem Job abhalten.«

Shane erhob sich. »Es hat mir nichts ausgemacht. Schlafen Sie gut.«

»Müde genug bin ich jedenfalls. Gute Nacht.«

Shane ging langsam zur Tür. Dort drehte er sich noch einmal um und betrachtete sie. Sie sah zu ihm auf und versuchte, seinen Gesichtsausdruck zu deuten, doch dafür war es zu dunkel. Ein sichtbarer Ruck ging durch seinen Körper, er drehte sich um und zog die Tür sanft hinter sich zu.

3

Ping.

Undurchdringliche Dunkelheit.

Ping.

Bewegungslosigkeit.

Ping.

Hoffnungslosigkeit.

Schmerzen durchzucken sie. Blut strömt aus offenen Wunden. Die Wände scheinen immer näher zu rücken. Wie viel Zeit ist inzwischen vergangen?

Ping.

Lautlosigkeit bis auf das stete Tropfen des Wasserhahns. Sie hat Durst. Mit ihrer an die Rohre gefesselten Hand reicht sie nicht an das Wasser heran. Nur eine weitere Folter. Mit ihren aufgescheuerten, brennenden Fingern reibt sie über die raue Kellerwand. Sie kann sich nicht befreien. Warum kommt ihr niemand zu Hilfe? Vom Schreien ist ihre Stimme heiser. Jetzt würde sie sowieso niemand mehr hören können.

Ping.

Angst.

Hunger.

Die Schnitte an Beinen und Oberkörper brennen. Der Blutverlust schwächt sie. Noch einen Angriff wird sie wohl nicht überleben. Zusammengekrümmt liegt sie in einer Ecke. Es riecht nach Blut und Exkrementen. Den muffigen Geruch des Kellers nimmt sie schon lange nicht mehr wahr. Dahinsiechend wartet sie auf das Ende. Wenigstens müssen ihre Eltern das nicht mehr mit-

erleben. Diesmal tobt der Schmerz in ihrem Innern. Was würde sie dafür geben, jetzt ihre Stimmen zu hören.

Ping.

Das ist das Einzige, was sie noch hört. Oben an der Treppe quietscht eine Stufe. Schlagartig überkommt sie eine riesige Panik. Sie zerrt an ihrer Fessel, versucht zu entkommen. Adrenalin schießt durch ihren Körper. Sie hört die Schritte, die ihr Ende bedeuten werden. Leichtfüßig, fast fröhlich kommen sie auf sie zu. Sie versucht mit der Wand zu verschmelzen. Ein Licht flackert auf. Der Schein gleitet die Wand entlang, bis er auf sie trifft. Sie unterdrückt einen Schrei. Das würde ihm nur Genugtuung verschaffen.

»Ah, da bist du ja. Genießt du meine Gastfreundschaft? Nein?« Er kichert. »Das ist jammerschade.« Er kommt näher. »Sieh mal, was ich draußen gefunden habe.« Er wirft etwas vor ihre Füße. Der Aufprall klingt nach einer überreifen Melone. Sie blickt auf den angeleuchteten Gegenstand. Leere bernsteinfarbene Augen starren sie an. Die völlig verrenkten Glieder gehören ihrem Kater Tombo. Sie schreit auf, schreit und schreit …

Anhaltendes Klopfen weckte Autumn aus ihrem Traum. Schweißnass und zitternd setzte sie sich im Bett auf. Benommen sah sie sich um. Wo war sie? Erneutes Klopfen ertönte.

»Hallo, sind Sie da drin?«, rief eine weibliche Stimme.

Jetzt erinnerte sie sich: Sie war im Arches National Park in einer Hütte. »Ja, einen Moment, bitte.« Ihr Hals schmerzte wie damals, als sie irgendwann nicht mehr in der Lage gewesen war, um Hilfe zu rufen. Ihre Stimme hatte sich nie wieder erholt und klang bis heute rau. Rasch schwang sie ihre Beine aus dem Bett und zuckte zusammen. Sie hatte ihr verletztes Knie vergessen. Langsamer humpelte sie zur Tür und schloss sie auf. Sie spähte durch den Spalt. Davor stand eine junge Frau in Jeans und

T-Shirt. Ihr kurzes braunes Haar stand zu allen Seiten vom Kopf ab, als wäre sie eben mit der Hand hindurchgefahren. Braune Augen blickten Autumn freundlich an.

»Ah, da sind Sie ja endlich, ich dachte schon, Ihnen wäre etwas passiert und ich müsste die Tür aufbrechen.« Das schien sie ernst zu meinen, trotz ihrer kleinen Statur und der etwas molligen Gestalt.

Autumn lächelte sie gezwungen an. »Mir geht es gut, danke. Ich habe noch geschlafen, deshalb habe ich Ihr Klopfen nicht gehört. Möchten Sie hereinkommen, solange ich mich umziehe? Leider kann ich Ihnen nichts anbieten.«

»Oh, das macht nichts, ich habe schon gefrühstückt. Ich werde Sie nach Moab fahren, sobald Sie fertig sind. Shane hat mir erzählt, was passiert ist.«

Neugierig sah Autumn die Frau an. »Das ist sehr freundlich, danke. Sind Sie eine Kollegin von Shane?«

Diese lachte. »Ja. Entschuldigen Sie, ich habe mich noch gar nicht vorgestellt: Janet King, Parkranger.«

Autumn reichte ihr die Hand. »Ich bin Autumn Howard. Ich werde hier nächste Woche als Ranger anfangen. Das heißt, sofern mein Knie mitspielt.«

»Ja, das hat Shane mir erzählt. Im Gegensatz zu ihm hätte ich es aber auch an Ihrem Namen erkannt, schließlich stand der auf Ihrer Akte. Wahrscheinlich liegt es daran, dass Shane Papierkram hasst. Wir freuen uns immer über neues Personal, weil wir chronisch unterbesetzt sind.« Janet lächelte. »Ich hoffe, die Verletzung ist nicht allzu schlimm.«

»Das hoffe ich auch, ich möchte ungern meinen ersten Tag versäumen. Dann werde ich mich schnell fertig machen, damit ich nicht so viel von Ihrer Zeit stehle. Dauert nicht lange.«

»Lassen Sie sich ruhig Zeit, ich habe heute sowieso meinen freien Tag und nichts Besseres zu tun.«

»Dann werde ich mich erst recht beeilen.« Autumn hielt inne. »Shane hat heute wohl Dienst, oder?«

»Ja, wieso?«

»Ich wollte mich noch einmal bei ihm bedanken.« Sie versuchte, nicht zu enttäuscht zu klingen. Irgendwie hatte sie erwartet, dass er sie nach Moab fahren würde. Dabei sollte sie eigentlich froh sein, dass sie ihm nicht so schnell und vor allem alleine wieder gegenübertreten musste.

Janet schien ihre Gedanken nicht zu bemerken. »Ach was. Shane macht das gerne. Es ist so etwas wie ein Hobby für ihn, Menschen und Tiere zu retten. Dafür erwartet er keinen Dank. Wenn er Zeit hätte, wäre er bestimmt gekommen.« Janet lächelte sie an. »Er ist toll, oder?« Oder vielleicht doch.

Hitze stieg in Autumns Wangen. »Ich sollte mich jetzt wirklich beeilen.« Sie zog sich rasch ins Schlafzimmer zurück, bevor die Situation noch peinlicher wurde.

Eine Viertelstunde später waren sie in Janets Jeep unterwegs nach Moab. Die Sonne brannte vom Himmel, und obwohl es erst vormittags war, kletterten die Temperaturen bereits wieder in kaum zu ertragende Höhen. Autumn musste immer noch an den Albtraum denken, den sie seit einigen Wochen nicht mehr gehabt hatte. Die Ereignisse hatten sie anscheinend doch mehr belastet als gedacht. Sie gab vor, durch das Fenster die Landschaft zu betrachten, und hing ihren trüben Gedanken über ihr früheres Leben nach. Sie war hierhergekommen, um alles hinter sich zu lassen, doch nun zweifelte sie daran, ob ihr das gelingen würde.

Nach einer Weile fiel ihr auf, dass Janet versuchte, ihre Aufmerksamkeit zu erregen. »Oh, tut mir leid. Ich war abgelenkt, was haben Sie gesagt?«

Janet lächelte amüsiert. »Ich habe gesagt, dass es unter den

Rangern üblich ist, dass wir uns beim Vornamen nennen. Es sind zwar noch ein paar Tage bis dahin, aber wie wär's?«

Etwas in Autumn sträubte sich dagegen, weil es in ihr das Gefühl auslöste, die Distanz zu Janet zu verlieren. Da sie aber schlecht ablehnen konnte, nickte sie. »Natürlich, gerne.«

»Sehr schön. Willst du gleich in die Hütte ziehen oder die Woche noch in Moab bleiben?«

Autumn versuchte, ihre Anspannung zu verbergen. »Ich werde wohl in Moab in der Nähe des Arztes und der Apotheke bleiben. Außerdem kann ich mit meinem Knie sowieso nicht den Park erkunden, wie ich es eigentlich vorhatte. Die Hütte habe ich auch nur diese Nacht benutzt. Ich muss abwarten, was mir von der Parkdirektion als Unterkunft angeboten wird.«

»Ach so. Ich denke aber, da die Hütte gerade leersteht, kannst du sie bestimmt haben, wenn du willst.«

Autumn strich sich eine Haarsträhne hinter das Ohr. »Wo wohnst du denn im Park?«

Janet warf ihr einen Blick zu und konzentrierte sich dann wieder auf die Straße. »Ich habe eine Hütte mit meiner Mitbewohnerin Sarah zusammen, einen Weg weiter. Aber in unserer Reihe ist leider nichts frei. Es herrscht eigentlich sowieso eher Platzmangel. Dass überhaupt eine Hütte freisteht, ist fast ein kleines Wunder. Bist du fest angestellt?«

»Ja, eine Aushilfsstelle hätte ich mir nicht leisten können. Ich wollte etwas Längerfristiges, bei dem ich zur Ruhe kommen kann. Etwas mit viel Freiraum, und viel Natur.«

Janet gab ein zustimmendes Brummen von sich. »Was hast du denn vorher gemacht?«

»Ich war Bibliothekarin in New York.«

Erstaunt blickte Janet sie an. »Das ist aber ungewöhnlich. Ich habe mir Bibliothekarinnen ganz anders vorgestellt, mit Brille und Dutt und so.«

Autumn lächelte. »Ich weiß nicht, wie die Leute immer darauf kommen. Heutzutage entspricht kaum noch eine Bibliothekarin diesem Bild. Aber etwas merkwürdig und eigenbrötlerisch sind viele schon.«

»Und wie kommt eine Bibliothekarin aus dem Osten in einen Nationalpark im Westen?«

Da sie Janet auf keinen Fall die Wahrheit sagen konnte und auch wollte, beschränkte Autumn sich auf eine nichtssagende Äußerung. »Ich brauchte einfach etwas frischen Wind in meinem Leben.« Was prinzipiell auch stimmte, sie hatte dringend eine Veränderung gebraucht, und mit Zachs Hilfe war es möglich geworden. Ohne die Beziehungen des Detectives zu jemandem in der oberen Etage des Nationalpark-Managements hätte sie keine Chance gehabt, in so kurzer Zeit und ohne irgendwelche Vorkenntnisse eine feste Anstellung in einem Park zu bekommen.

Ihr Gesicht wirkte vermutlich so verschlossen, dass Janet erkannte, lieber keine weiteren Fragen in dieser Richtung zu stellen. Stattdessen wechselte sie das Thema. »Möchtest du erst in dein Hotelzimmer, bevor ich dich zum Arzt bringe?«

»Ja, das wäre schön. Ich denke, ich sollte vorher meine dreckigen Klamotten loswerden.«

»Okay, in welchem Hotel wohnst du?«

»Bowen Motel, in der Main Street. Weißt du, wo das ist?«

»Das werde ich schon finden. Echt riesig, der Ort.«

Autumn lachte. »Ja, ich frage mich schon die ganze Zeit, wo die ganzen Touristen bleiben, wenn es dunkel wird. Das Motel ist im Norden der Main Street, wir müssten direkt daran vorbeikommen.«

»Dann setze ich dich ab und trinke in der Zwischenzeit einen Kaffee. In einer halben Stunde hole ich dich dann wieder ab.«

»Das ist nett. Da vorne ist es schon.« Autumn löste den Gurt und öffnete die Tür. »Ich beeile mich. In spätestens einer halben Stunde bin ich wieder hier.«

»Bis dann.«

Autumn schaute ihr kurz hinterher, als Janet wendete und auf die Straße zurückfuhr, bevor sie über den Innenhof zu dem Gebäudeteil, in dem ihr Zimmer lag, humpelte. Zweifelnd betrachtete sie die Treppe, die ins Obergeschoss führte. Sie wünschte sich, Shane wäre hier. Er würde sie auf seine starken Arme nehmen und kurzerhand die Stufen hinauftragen. Und sie würde sich an ihn schmiegen … Und dann würde er sich nach und nach verwandeln und zu einem Monster werden – genauso wie Robert. Ein eisiger Schauer durchfuhr Autumn und sie unterdrückte die Gedanken. Shane hatte ihr geholfen und war nett zu ihr gewesen, das war alles. Sie würde in Zukunft einen Bogen um ihn machen, zur Sicherheit und damit sie nicht irgendwann vergaß, auf der Hut zu sein.

Wenn sie weiter herumtrödelte, würde sie nie in ihr Zimmer kommen. Autumn umfasste das Treppengeländer und zog sich Stufe für Stufe nach oben.

Pünktlich, eine Minute vor halb elf, griff sie sich ihren Rucksack und ging geduscht und in frischer Kleidung wieder zur Tür. Der Weg zum Auto war eine Tortur und so rutschte sie schließlich erleichtert aufstöhnend neben Janet auf den Sitz. »Puh, ich hätte ein Zimmer im Erdgeschoss nehmen sollen.«

»Du wusstest ja vorher nicht, dass du dir das Bein verletzen würdest. Die Klinik ist in der Ortsmitte in einer Seitenstraße. Wir brauchen nur fünf Minuten.«

»Gut. Ich hoffe nur, ich kann nächste Woche mit der Arbeit beginnen.«

»Werd erst mal wieder gesund, die Arbeit kann warten. Du kannst problemlos im Visitor Center anfangen. Dort kannst du sitzen und es ruhig angehen lassen.«

»Das wäre nicht schlecht, glaube ich. So schnell möchte ich Slickrock eigentlich nicht wieder betreten, und schon gar nicht mit Krücken.«

Janet lachte. »Nein, das wäre wohl nicht so gut. So, wir sind da.« In einer eleganten Kurve fuhr sie auf den kleinen Parkplatz der Klinik. »Ich werde dort drüben im Schatten warten.«

»Danke. Ich hoffe, es ist nicht so viel Betrieb.«

Janet zwinkerte ihr zu. »Kommt darauf an, wie viele unvernünftige Leute sich im Park herumgetrieben haben.«

Autumn errötete. »Ja, schon verstanden. Bis dann.« Sie griff ihren Rucksack und verließ den Jeep. Mühsam humpelte sie die zwei Stufen zur Eingangstür hoch und betrat die Klinik – ein kleines zweigeschossiges Holzhaus, das in einem rötlichen Farbton gestrichen war. Sie nannte an der Anmeldung ihren Namen und füllte die Formulare aus, bevor sie sich erleichtert auf einen der weichen Stühle sinken ließ. Zum ersten Mal in ihrem Leben war sie froh, dass Teppiche, Stühle und sonstige Polstermöbel so weich waren, dass man fast darin versank.

Außer ihr wartete nur noch ein junges Pärchen. Der Mann trug einen provisorischen Verband um seinen Arm. Wahrscheinlich gebrochen, vermutete Autumn. Die beiden unterhielten sich leise und schienen bis auf die Verletzung sehr glücklich zu sein. Sie konnte ihre schmachtenden Blicke kaum ertragen. Doch anstatt es lächerlich zu finden, verspürte sie auf einmal Eifersucht.

Sie nahm sich eine Zeitschrift aus dem Ständer und blätterte darin. Sie hatte Mode und Kosmetik nie sonderlich interessant gefunden, und im Moment konnte sie sich gar nicht darauf konzentrieren. Vor ihrem inneren Auge sah sie sich selbst vor langer Zeit, als sie noch glaubte, jemanden gefunden zu haben, der sie liebte. *Robert beugte sich zu ihr hinab und lächelte sie an. Sie erwiderte das Lächeln und legte ihre Hand an seine Wange.*

Er küsste sie und streichelte ihr Haar. Mit geschlossenen Augen genoss sie das Gefühl für einen Augenblick, dann öffnete sie sie langsam wieder. Während dieser kurzen Zeit hatte Robert sich in einen Teufel verwandelt. In seinen Augen loderten wahnsinnige Wut und Hass. Sein Mund hatte sich zu einer Fratze verzogen. Seine sanften, gepflegten Hände waren zu Klauen geworden, die an ihrem Haar rissen.

»Miss Howard! Sie sind an der Reihe.«

Erschrocken fuhr Autumn aus ihrem Tagtraum auf. Verwirrt blickte sie auf die Sprechstundenhilfe, die sich vor ihr aufgebaut hatte.

Besorgt blickte sie Autumn an. »Geht es Ihnen gut?«

»Ja, danke. Ich komme.« Rasch erhob sie sich, um ebenso schnell, von Schmerzen gepeinigt, wieder auf den Stuhl zu sinken. »Ich habe nicht mehr an das Knie gedacht. Einen Moment noch.« Diesmal versuchte sie es langsamer und konnte zum Behandlungszimmer humpeln. Die Sprechstundenhilfe ließ sie allein, um den Arzt zu holen. Währenddessen machte Autumn es sich auf dem Behandlungstisch bequem. Wohlweislich hatte sie sich für einen weiten Rock entschieden, den sie zur Untersuchung nur hochzuschieben brauchte. Sie erinnerte sich noch voller Unbehagen daran, wie Shane sie angeblickt hatte, nachdem er die Narben entdeckt hatte. Den Arzt kannte sie nicht, aber sie ging nicht gerne mit ihrem Schicksal hausieren.

Bisher hatte sie sogar ihrer einzigen und besten Freundin Kate nur Bruchstücke dessen erzählt, was sie erlebt hatte. Die Ärzte hatten ihr empfohlen, zu einem Psychiater zu gehen, doch sie konnte sich nicht vorstellen, dass ein Außenstehender ihr irgendwie helfen konnte. Außerdem wollte sie einfach nur so schnell wie möglich aus der Enge New Yorks heraus. Als Zach ihr dann die Anzeige der Nationalparkverwaltung zeigte, kam ihr das wie gerufen. Sie hatte den Westen schon immer gemocht und auch der Arches National Park hatte ihr bei einem Besuch sehr gut gefallen. Er war klein und übersichtlich. Außerdem würde Robert sie dort bestimmt nie finden …

Auf quietschenden Gummisohlen kam der Arzt aus dem anderen Behandlungszimmer. Er war etwa fünfzig Jahre alt, schlank und wirkte trotz der bereits ziemlich grauen Haare jugendlich. Durch eine goldgefasste Brille blickte er sie freundlich an. »Guten Tag, Miss Howard, ich bin Dr. Adams. Wie ich gehört habe, macht Ihnen Ihr Knie zu schaffen?«

Autumn grüßte zurück. »Ich bin gestern im Park auf den Steinen ausgerutscht und habe es mir wohl verdreht. Es tut höllisch weh.«

»Dann werde ich es mir mal ansehen. Wenn Sie bitte Ihren Rock etwas anheben würden?« Er zog sich schnell Handschuhe über die Finger und holte mit dem Fuß einen kleinen Hocker heran. Er betrachtete ihr geschwollenes, blau verfärbtes Knie und bewegte vorsichtig ihr Bein. »Ich glaube zwar nicht, dass es etwas Ernsteres ist, aber wir sollten es doch vorsichtshalber röntgen.«

Nachdem das erledigt war, kehrte Autumn in den Behandlungsraum zurück, um auf das Ergebnis der Röntgenbilder zu warten. Erschöpft schloss sie die Augen und ließ sich in den Stuhl zurücksinken. Sie hatte letzte Nacht eindeutig zu wenig geschlafen, was sicher auch daran gelegen hatte, dass Shane Hunter sie eindeutig viel zu nervös machte. Dadurch waren die Albträume zurückgekehrt, denen sie so gerne entfliehen wollte.

Dr. Adams kam mit den Röntgenbildern wedelnd in das Zimmer. »Gute Nachrichten. Es ist nichts gebrochen. Nur eine schwere Prellung. Schmerzhaft ist es natürlich schon, aber ich werde Ihnen eine Salbe mitgeben, die in solchen Fällen Linderung verschafft.« Er lächelte sie an. »Jetzt werde ich das Knie verbinden, dann sind Sie entlassen. Ich habe Krücken hier, die Sie benutzen können.«

»Vielen Dank.«

Nach weiteren zehn Minuten konnte sie die ersten Schritte mit ihren Krücken unternehmen und hüpfte mit deren Hilfe zum Jeep.

Als sie mit Janet später bei einer Tasse Tee im Slickrock Café saß, berichtete Autumn von ihrem Arztbesuch.

»Und hat er auch gesagt, ob du nächste Woche arbeiten kannst?« Janet biss herzhaft in ihren Donut.

»Sofern das Knie nicht mehr schmerzt, kann ich arbeiten. Ich soll Ende der Woche noch einmal zur Kontrolle kommen.«

»Dann schon dich noch ein paar Tage.« Janet zog eine Augenbraue hoch. »Und lauf möglichst nicht im Park auf glatten Steinen herum.«

Autumn lächelte gequält. »Den Fehler mache ich bestimmt nicht zweimal. Aber wenn ich in meinem Hotelzimmer sitze, erfahre ich nichts über den Park und kann mich nicht vorbereiten.« Sie trank einen Schluck.

»Dann komm doch einfach übermorgen ins Visitor Center, wenn ich dort Dienst habe. Ich könnte dir Literatur empfehlen und du kannst so viel fragen, wie du möchtest.«

»Das ist eine tolle Idee. Wie wäre es gegen elf Uhr?«

»Perfekt.« Janet erhob sich. »So, jetzt muss ich aber wieder los. Unsere Hütte sieht aus wie ein Schweinestall und ich habe heute den Aufräumdienst.«

Auch Autumn erhob sich. Sie fischte aus ihrem Portemonnaie einen Fünf-Dollar-Schein und legte ihn auf den Tisch. »Danke, dass du mich gefahren hast. Ich hoffe, ich kann das irgendwann wiedergutmachen.«

»Das habe ich doch gerne gemacht. Wir sehen uns übermorgen.

Bye!« Beschwingten Schrittes verließ Janet das Café. Sie stieg in den Jeep und hupte einmal kurz, als sie an Autumn vorbeifuhr.

Lächelnd hob Autumn die Hand und blickte dem Auto hinterher. Was für ein Energiebündel! Dagegen kam sie sich alt und erschöpft vor. Seufzend packte sie die Krücken fester. Wenn sie schon so viel freie Zeit hatte, konnte sie sich wenigstens die kleinen Souvenirläden anschauen, die sie schon beim Vorbeifahren gereizt hatten. Sicher würde sie das auch von ihren Erinnerungen und vor allem von dem Gedanken an Shane ablenken. Es sollte doch eigentlich nicht schwierig sein, einen Mann zu vergessen, den sie seit weniger als einem Tag kannte und der ihr die meiste Zeit Angst machte.

Shane hatte den ganzen Tag Mühe, sich auf seine Arbeit zu konzentrieren. Immer wieder kehrten seine Gedanken zum gestrigen Abend zurück und er fragte sich, was in ihn gefahren war. Noch nie war eine Frau derart schnell unter seine Haut gekrochen und er hatte auch nie das Bedürfnis verspürt, einer fremden Frau die Haare zu kämmen oder sie gar zum Abschied zu küssen. Noch immer ging ihm nicht aus dem Kopf, wie er überhaupt über so etwas hatte nachdenken können. Sie war eine Fremde und er wusste so gut wie nichts über sie, trotzdem hatte er den Wunsch verspürt, zum Bett zu gehen, sich hinunterzubeugen und ihre Lippen mit seinen zu berühren.

Glücklicherweise hatte er es im letzten Moment geschafft, sich umzudrehen und die Hütte zu verlassen. Es hatte eine Weile gedauert, bis er danach einschlafen konnte, aber selbst in seinen Träumen war Autumn aufgetaucht. Die Vorstellung, dass sie nächste Woche hier mit der Arbeit anfangen würde, ließ sein Herz schneller klopfen. Er würde sie jeden Tag sehen und näher kennenlernen können. Shane rieb über sein Kinn. Vielleicht sollte er den Chefranger Bob aushorchen, wo die neue Rangerin unterkommen würde. Bei der Gelegenheit konnte er dann gleich die Hütte neben seiner vorschlagen. Seine Mundwinkel hoben sich.

»Ich würde zu gern wissen, woran du gerade denkst.«

Ertappt zuckte Shane zusammen, als Janets Stimme neben ihm erklang. Er hatte sie gar nicht kommen gehört, so sehr war er in seine Gedanken vertieft gewesen. Hastig kontrollierte er seine Gesichtszüge, bevor er sie anblickte. »Darf ich nicht einfach gute Laune haben?«

Janet lachte. »Dieses Grinsen sah aber anders aus als dein normales ›Gute-Laune‹-Gesicht. Mehr wie ›Ich-kriege-immer-meinen-Willen‹.«

Sie kannte ihn einfach zu gut. Es wurde eindeutig Zeit, das Thema zu wechseln. »Wie war dein Tag?«

»Wenn mich das ablenken soll, musst du es schon etwas geschickter anstellen.« Ihre Augenbraue hob sich. »Und wolltest du nicht eigentlich eher wissen, wie es unserer neuen Rangerin geht?«

Shane spürte, wie seine Ohren warm wurden.

Lachend berührte Janet seinen Arm. »Sie hat dich übrigens auch erwähnt.« Shane biss sich auf die Lippe, um nicht zu fragen, was sie gesagt hatte. Glücklicherweise redete Janet auch so weiter. »Autumn schien mir etwas enttäuscht, dass du sie nicht selbst in die Stadt gefahren hast, und sie wurde rot, als ich dich lobend erwähnt habe.«

Shane schloss die Augen. »Warum hast du das getan? Hinterher denkt sie noch, ich hätte dich dazu angestiftet.«

Janet hob die Schultern. »Warum sollte ich lügen? Ansonsten müsst ihr die Sache unter euch ausmachen, ich werde mich da ganz raushalten.«

»Danke.« Shanes trockene Antwort brachte sie wieder zum Lachen.

»Na, dann werde ich mal wieder gehen, du bist hier ja anscheinend sehr beschäftigt.« Sie neigte den Kopf zu dem Formular hin, das immer noch unausgefüllt vor ihm lag. Janet winkte ihm zu und ging zur Tür.

Schließlich hielt er es nicht mehr aus und sprang auf. »Warte!«

Janet drehte sich mit einem Grinsen wieder zu ihm um. »Ja?«

Shane holte tief Luft. »Wie geht es ihr? Kann sie nächste Woche schon arbeiten?«

Janets Lächeln wurde sanfter. »Es ist wohl eine üble Prellung und sie muss einige Tage an Krücken laufen, aber ihrem Dienstbeginn steht nichts im Wege, solange sie ihr Bein nicht zu sehr belastet oder die Schmerzen schlimmer werden.«

Erleichtert atmete Shane auf. »Das ist gut. Ich hatte schon Angst, es wäre eine schwerere Verletzung.«

»Es war gut, dass du sie gefunden hast und sie nicht die ganze Nacht dort draußen verbringen musste.« Janet sah auf die Uhr. »So, und jetzt muss ich weiter, Sarah wird mir die Freundschaft kündigen, wenn ich nicht endlich aufräume.«

Shane lachte. »Was bin ich froh, dass ich alleine wohne.«

Janet grinste ihn an. »Wer weiß, wie lange noch.« Bevor er antworten konnte, hatte sie die Tür hinter sich zugezogen.

Kopfschüttelnd ließ Shane sich wieder in den Stuhl zurücksinken. Janet bauschte die ganze Sache zu sehr auf. Nur weil er Autumn interessant fand, hieß das noch lange nicht, dass er in absehbarer Zeit sein Junggesellenleben aufgeben würde.

4

Froh, in die klimatisierten Räume zu kommen, ließ Autumn zwei Tage später die Tür des Visitor Center hinter sich zufallen. Sie stützte sich schwer auf ihre Krücken und versuchte, etwas zu verschnaufen. Die Fahrt mit dem Shuttle-Bus war eine Tortur gewesen. Bei jedem Spalt im Asphalt hatte der Sitz vibriert und damit ihr Knie in Schwingungen versetzt, die den Schmerz wiederkehren ließen. Eigentlich hatte sie gedacht, dass die Verletzung schon fast verheilt war, aber nun war sie eines Besseren belehrt worden. Sie seufzte und pustete sich eine widerspenstige Haarsträhne aus den Augen.

Neugierig blickte Autumn sich in dem kleinen, aber gut gefüllten Raum um. Die Bücher fielen ihr als Erstes ins Auge. Auf verschiedenen Regalen und Ständern standen Bücher über den Park, die Fauna und Flora, aber auch Wanderwege und Aktivitäten waren beschrieben. Es gab Kalender und Unmengen an Postkarten. An den Wänden hingen Landkarten und Poster, eines mit einer grandiosen Ansicht des Delicate Arch gefiel ihr besonders. Der hohe Preis bestärkte sie jedoch in ihrem Vorhaben, viele eigene Fotos zu schießen – selbst wenn ihr diese nie so perfekt gelingen würden. Auch wenn sie meist halbwegs vernünftige Aufnahmen hinbekam, fehlte dabei doch unzweifelhaft das gewisse Etwas, das professionelle Fotos auszeichnete. Bedauernd drehte sie sich wieder zu den Bücherregalen um und seufzte erneut. Bevor sie in den Westen gekommen war, hatte sie die meisten ihrer heiß geliebten Bücher einlagern müssen und vermisste sie schrecklich.

Die Bildbände interessierten sie im Moment am meisten. Sie lehnte ihre Krücken an die Wand und nahm sich ein Buch aus dem Regal. Die roten Steinbögen wirkten gleichzeitig unzerstörbar und zerbrechlich, sodass sie sich unwillkürlich fragte, wann sie wohl in sich zusammenstürzen würden. Es konnte morgen passieren oder erst in Hunderten von Jahren. Diese Ungewissheit faszinierte sie besonders, weil sie sich selbst oft genauso fühlte: Im einen Moment völlig gefestigt und im nächsten absolut haltlos und ohne Schutz, verletzbar. Stirnrunzelnd klappte sie das Buch zu. Sie wollte nicht daran denken. Nein, sie *durfte* nicht an ihre Verletzlichkeit denken.

Vielleicht sollte sie lieber nach Janet Ausschau halten, um von ihr mehr über den Park und das Personal zu erfahren. Sie drehte sich um und humpelte zum Tresen hinüber. Dahinter saß eine hübsche junge Frau in der typischen beigefarbenen Rangeruniform, die in einem Modemagazin blätterte und versuchte, die lärmenden Besucher zu ignorieren.

Autumn räusperte sich. Als das nicht wirkte, sprach sie die Frau an. »Entschuldigen Sie bitte, ich suche Janet King. Können Sie mir sagen, wo ich sie finde?«

Die Frau blickte ungeduldig auf, warf ihre langen blonden Haare mit einer heftigen Kopfbewegung zurück und betrachtete Autumn. Sie verzog keine Miene. »Sie ist nicht da. Was wollen Sie denn von ihr?«

Autumn blickte sie erstaunt an. Verstand sie unter dieser Art von Reaktion etwa Service? Trotzdem versuchte sie, freundlich zu bleiben. »Hören Sie, Miss …«, sie blickte auf das Namensschild, das an dem gut ausgefüllten Stoff des Uniformhemdes befestigt war, »… Beaumont. Ich bin hier mit Janet King verabredet und wollte lediglich wissen, ob sie bald wiederkommt.« Sie versuchte zu lächeln.

»Sie ist gerade ihr Make-up auffrischen. Müsste bald wiederkommen.« Die Rangerin wandte sich wieder ihrer Zeitschrift zu.

Autumn hätte nie gedacht, dass sich der weiche Akzent des alten Südens so schroff und unhöflich anhören konnte, aber hier wurde sie eines Besseren belehrt. Sie wollte gerade wieder zu den Büchern zurückkehren, als eine rückwärtige Tür aufging und Janet den Raum betrat. Als sie Autumn entdeckte, lächelte sie strahlend.

»Ach, da bist du ja. Hast du dich hier schon umgesehen?«

Durch die herzliche Begrüßung beruhigt, entspannte Autumn sich etwas. »Ja, ein wenig. Berufsbedingt hat es mich natürlich sofort zu den Büchern gezogen. Ich denke, ich werde nachher wohl ein paar davon mitnehmen.«

Janet nickte. »Ich habe mir selbst auch schon einige gekauft, seit ich hier vor drei Jahren angefangen habe. Ich kann dir später noch das eine oder andere Buch empfehlen. Aber erst mache ich dich mit Clarissa Beaumont bekannt. Sie arbeitet als Sommeraushilfe im Park. Da drüben sitzt sie.«

Autumn verzog das Gesicht. »Ich fürchte, wir hatten schon das Vergnügen. Das war ein klassischer Fehlstart.«

»So? Nun ja, manchmal kann sie etwas knurrig sein, aber eigentlich ist sie wirklich nett.« Sie ging zum Tresen und wandte sich an die junge Frau. »Clarissa, ich möchte dir jemanden vorstellen.«

Sichtlich unwillig hob die Angesprochene den Kopf. »So, wen denn?«

Janet winkte Autumn zu sich. »Dies ist Autumn Howard. Sie fängt hier nächste Woche als Ranger an. Du hast sicher das Rundschreiben neulich gelesen.«

Clarissas Augen verengten sich, als sie Autumn taxierte. »Ich wusste gar nicht, dass wir noch jemanden brauchen.« Kopfschüttelnd wandte sie sich wieder ihrer Zeitschrift zu.

Janet blickte sie erstaunt an und schien zuerst etwas sagen zu wollen, dann ließ sie es jedoch und zog Autumn ein Stück weiter. »Offenbar hat Clarissa heute keinen guten Tag. Darüber werde ich später mit ihr reden. Aber jetzt zeige ich dir erst mal das Visitor Center.« Sie führte Autumn durch den Raum. »Jeder Vollzeit-Ranger hat hier einmal in der Woche Dienst, die Aushilfen werden zusätzlich eingeteilt, so wie Clarissa. Die Arbeit umfasst die Information und Beratung der Besucher sowie das Führen von verschiedenen Listen, zum Beispiel die der Ranger-Führungen durch den Fiery Furnace.« Hierbei zog sie ihre Augenbrauen fast bis zum Haaransatz. Mit Autumns Erröten zufrieden, redete sie weiter. »Zusätzlich regeln wir den Verkauf der Bücher, Videos et cetera. Hinter dem Tresen befindet sich ein kleines Lager, in dem der Nachschub liegt. Und um die Nachbestellung müssen wir uns auch kümmern.« Sie führte Autumn weiter durch einen Türbogen. »Hier ist unsere kleine Ausstellung der einheimischen Flora und Fauna. Und natürlich auch der Steine. Besonders wichtig ist hier der Hinweis auf die mikrobiotische Kruste. Sie besteht aus Bakterien, Flechten, Moosen und Algen, die den Sand zusammenhalten und damit Pflanzen erst ermöglichen, sich anzusiedeln. Sie schützt den Boden vor Erosion und saugt Feuchtigkeit auf. Die Kruste ist sehr empfindlich, weshalb sie nicht betreten werden darf. Wenn sie einmal zerstört ist, braucht sie fünfzig bis hundertfünfzig Jahre, um wieder vollständig nachzuwachsen. Und das Wichtigste: Sie lebt!«

Autumn musterte die Kruste durch das Glas des Schaukastens. »Ich habe bereits darüber gelesen. Faszinierend.« Sie blickte Janet an. »Allerdings habe ich viele Besucher gesehen, die nicht auf die Schilder achten und trotzdem querfeldein laufen.«

»Tja, Idioten gibt es immer.« Das klang so trocken, dass Autumn lachen musste. Sie schritten durch den nächsten Türbogen.

»Und hier haben wir noch das Auditorium, in dem wir einen Film zeigen und wo außerdem hin und wieder Vorträge gehalten werden.«

Gerade lief ein etwas älterer Film über den Park. Zwei einsame Besucher ließen dies freiwillig über sich ergehen. Sie wirkten nicht besonders begeistert, vielleicht schliefen sie auch schon. Leise ging Autumn mit Janet wieder hinaus.

»Hast du schon unseren kleinen Garten neben dem Visitor Center gesehen? Dort werden die einheimischen Pflanzenarten gezeigt und erläutert.«

»Nein, bisher noch nicht. Sind wir etwa auch für die Gartenarbeit zuständig?« Bei der Vorstellung blickte Autumn Janet entsetzt an.

Janet lachte. »Nein, dafür kommt einmal die Woche ein Landschaftsgärtner aus der Stadt. Keine Angst.«

Erleichtert atmete Autumn auf. »Gott sei Dank. Ich habe einfach keinen grünen Daumen. Dafür kann ich aber wirklich gut mit Büchern umgehen.«

»Das glaube ich dir. Hast du dir schon ein Buch ausgesucht?«

Autumn wandte sich den Bücherregalen zu. »Ich dachte an eines, in dem die Wanderwege beschrieben sind, und vielleicht einen von diesen tollen Bildbänden.«

»Da haben wir doch genau das Richtige für dich.« Janet lief am Regal entlang und kam mit zwei Büchern wieder. Sie hielt eines in die Höhe. »Dies ist ein Wanderführer für die Besucher, gut geschrieben und sehr beliebt. Dort werden neben den Trails auch Pflanzen und Tiere vorgestellt.« Sie drückte Autumn das Buch in die Hand und zeigte ihr das zweite. Es war der Bildband, den sie sich vorher schon angeschaut hatte. Auf dem Umschlag war der Delicate Arch bei Sonnenuntergang zu sehen. Das Buch hieß ›Glühende Bögen‹. »Und dies ist etwas ganz Besonderes.«

Da konnte Autumn ihrer neuen Kollegin nur zustimmen. »Die

Bilder sind einfach fantastisch. Wie jemand solche schönen Fotos machen kann, ist mir unerklärlich.«

»Du kannst den Fotografen persönlich danach fragen. Das Buch ist nämlich von Shane.« Sie beobachtete Autumns Reaktion. »Wenn wir da nicht wieder einen Fan von ihm gefunden haben …«, murmelte Janet.

Autumn spürte, wie das Blut in ihr Gesicht schoss, und riss sich zusammen. »Von seinen Fotos bestimmt. Aber sonst …«

Janet lächelte. »Ich kann es durchaus nachvollziehen. Fast die gesamte weibliche Belegschaft – ganz zu schweigen von den Besucherinnen – himmelt Shane an. Er ist aber auch ein Prachtexemplar.«

Unbehaglich zuckte Autumn mit den Schultern. »Er war wirklich sehr nett und aufmerksam. Wenn er mich nicht gefunden hätte, würde ich wahrscheinlich jetzt noch da draußen sitzen.«

»Er hilft eben gerne – der geborene Retter, sozusagen. Dabei ist es ganz egal, ob es sich um eine Eidechse oder einen Menschen handelt. Und schönen Frauen hilft er natürlich besonders gerne. Er hat übrigens nach dir gefragt.«

Autumns Verlegenheit nahm zu. »Was wollte er denn wissen?«

»Wie es deinem Bein geht und ob du Anfang der Woche schon arbeiten kannst.«

»Oh.« Etwas enttäuscht, dass Shane sich nur für ihre Gesundheit interessierte, sanken ihre Schultern herab. Dann riss sie sich zusammen. Es war völlig egal, ob Shane sich nach ihr erkundigte oder nicht, sie würde sich sowieso von ihm fernhalten, so gut es ging. Noch einmal würde sie nicht das Risiko eingehen, einen Mann an sich heranzulassen. »Ich denke schon, dass ich am Montag komme. Ich werde zwar zunächst nur leichte Arbeiten verrichten können, aber mein Kopf ist schließlich völlig in Ordnung.«

Janet lächelte schelmisch. »Ich denke, dass er durchaus Interesse an dir hat, sonst hätte er nicht nach dir gefragt.«

»Das ist sehr schmeichelhaft, aber ich habe im Moment kein Interesse an Männern. Ich finde Shane sehr nett und bin ihm dankbar, dass er mir geholfen hat, das ist alles.« Und es würde alles bleiben. Das Blut wich aus ihrem Gesicht, als sie erkannte, dass ihre Beschreibung von Shane haargenau mit der von Robert am Anfang ihrer Beziehung übereinstimmte. *Sehr nett. Hilfsbereit.*

»Oh, schlechte Erfahrungen gemacht, was?« Nach einem Blick auf Autumns Miene ließ Janet das Thema fallen. »Willst du die Bücher haben? Ich könnte sie mit meinem Personalbonus kaufen. Wir bekommen dreißig Prozent Preisnachlass.«

»Das wäre wirklich toll. So kann ich den Park wenigstens schon mal theoretisch kennenlernen. Und vielen Dank, auch für die Führung.« Als Autumn an einem Ständer mit Postkarten vorbeikam, zog sie eine vom Delicate Arch heraus. Es wurde Zeit, ihre Freundin Kate wissen zu lassen, dass es ihr gut ging. Bestimmt machte sie sich schon Sorgen, weil Autumn sich seit einigen Wochen nicht gemeldet hatte.

»Gern geschehen. Vielleicht hat Clarissa jetzt bessere Laune als vorhin.« Janet legte die Bücher und die Karte auf den Tresen. »Diese Bücher mit Personalrabatt.«

Clarissa schaute auf und sah Autumn hinter Janet stehen. »Dir ist doch bekannt, dass wir den Rabatt nur für uns selbst in Anspruch nehmen dürfen, oder? Da kann ich in diesem Fall also leider nichts machen.« Dabei grinste sie Autumn schadenfroh an.

Janet lehnte sich vor, ihre Augenbrauen zusammengeschoben. »Clarissa. Du weißt genau, dass Autumn am Montag hier anfängt. Mit den Büchern kann sie sich schon mal auf ihre Aufgabe vorbereiten. Nun hab dich nicht so.« Sie blitzte sie wütend an.

Clarissa zuckte nur mit den Schultern. »Du kennst unsere Bestimmungen. Die gelten auch für Neulinge.« Sie blickte Autumn abwartend an.

»Lass nur, Janet. Ich kann die paar Dollar gerade noch bezahlen. Nicht nötig, irgendwelche Gesetze zu brechen.«

»Nichts da. Ich könnte jetzt gleich zum Oberkommando gehen und die Erlaubnis einholen, aber das muss ja wohl nicht sein.« Sie wandte sich an Clarissa. »Dir ist klar, dass auch Shane damit einverstanden wäre.« Bei dem Namen wurde Clarissas Miene etwas weicher.

Ach, so ist das, dachte Autumn. Kein Wunder, dass Clarissa sie nicht mochte. Vielleicht hatte Janet recht mit der Bemerkung, dass hier alle Frauen Shane anhimmelten. Was bei seinem Aussehen und seiner netten Art durchaus verständlich war. Der Traum jeder Schwiegermutter! Wahrscheinlich hatte Clarissa davon erfahren, dass Shane ihr geholfen hatte, und dachte jetzt, Autumn wollte ihn ihr streitig machen. Dabei lag ihr nichts ferner als das. Blinzelnd tauchte sie aus ihren Gedanken auf. Clarissa hatte inzwischen widerstrebend die Preise der Bücher in die Kasse eingegeben. Nun hielt sie abwartend die Hand auf. »Das macht fünfundzwanzig Dollar.«

Autumn gab ihr den gewünschten Betrag, nahm die Papiertüte mit den Büchern und die Postkarte und bedankte sich kühl. Dann drehte sie sich zu Janet um. »So schnell habe ich mir noch nie einen Feind gemacht. Absoluter Rekord. Tut mir leid, dass du da mit hineingezogen wurdest.«

»Ach, das renkt sich schon wieder ein. Clarissa ist nie lange beleidigt. Ich glaube, sie hat nur Angst vor der weiblichen Konkurrenz. Wenn sie eines nicht verträgt, dann, wenn ihr eine Frau Shanes Gunst streitig machen könnte.«

Autumn schnitt eine Grimasse. »Sie muss keine Angst haben, dass ich ihr Konkurrenz mache. Daran habe ich überhaupt kein Interesse.«

Langsam gingen sie zum Ausgang und Autumn konnte Janets Blick auf sich spüren. Die Rangerin räusperte sich schließlich.

»Ich habe schon mit dem Oberkommando gesprochen. Bob sagte, du sollst am Montag um sieben Uhr zu einer Lagebesprechung ins Hauptquartier kommen. Dann lernst du die anderen Ranger kennen und bekommst Arbeit zugewiesen. Der Park öffnet eine halbe Stunde später für die Besucher.«

Autumn war froh, dass sie wieder zu einem harmlosen Thema zurückgefunden hatten. »In Ordnung. Ich werde pünktlich da sein. Du bist doch auch dort?«

»Ja, natürlich. Diese Besprechungen finden jeden Montag für alle Angestellten statt. Wir reden über Probleme, Besucher, Aktionen und das Wetter. Es wird bestimmt sehr interessant für dich.«

Sie traten in die Mittagshitze hinaus. »Das denke ich auch. Nochmals vielen Dank für alles. Ich hoffe, ich kann mich irgendwann revanchieren.«

»Wir werden sehen. Bis Montag dann.« Winkend drehte Janet sich um und verschwand wieder im Gebäude.

Robert versuchte, seine Ungeduld in den Griff zu bekommen, aber das wurde immer schwieriger. Er hatte erwartet, dass Autumn früher oder später bei Kate auftauchen würde, aber wie es aussah, hatte er sich geirrt. Seit sie New York verlassen hatte, überwachte er das Haus ihrer Freundin in Houston, doch bisher gab es keine Spur von ihr. Und auch Kate und ihr Mann hatten sich auf keinem ihrer Ausflüge mit ihr getroffen.

Zornig ballte er die Hand zu einer Faust. Seit einem Jahr wartete er auf den Moment, in dem er zuschlagen und Autumn für immer zu sich holen konnte. In New York war ihm der Zugriff zu riskant gewesen, da dieser verdammte Detective Murdock ständig um sie herumscharwenzelt war. Wenn ihn nicht alles täuschte, dann hatte der Kerl ein Auge auf Autumn geworfen. Aber er würde sie nicht bekommen, dafür würde Robert sorgen.

Ihm war immer noch nicht ganz klar, wie sie ihm damals überhaupt entkommen konnte, aber noch einmal würde ihr das nicht gelingen. Robert strich mit den Fingern über die deutlich spürbare Narbe an seinem Haaransatz. Wie immer brodelte die Wut in ihm hoch, wenn er die Wulst auf seiner Haut berührte.

Langsam richtete er sich in seinem Versteck hinter den Büschen auf. Es wurde Zeit, die Sache zu beschleunigen. Kate war Autumns einzige Freundin, sie würde vermutlich wissen, wo sie sich derzeit aufhielt. Sie war allein im Haus, ihr Mann war mit dem Wagen zur Arbeit gefahren und würde erst in einigen Stunden zurückkommen. Genug Zeit, um die Wahrheit aus Kate herauszupressen. Natürlich konnte er nicht riskieren, dass sie Autumn danach anrief und sie warnte – sofern sie es noch konnte. Nein, Kate würde sterben müssen, damit sie ihn nicht verriet. Schließlich sollte es eine Überraschung sein, wenn er plötzlich vor Autumns Tür stand.

Vorfreude breitete sich in Robert aus. Oh ja, er würde es genießen, Autumns erschrockenes Gesicht zu sehen und die Angst in ihren Augen, wenn sie erkannte, dass er sie nicht gehen lassen würde.

Robert schob die Zweige zur Seite und wollte gerade hinter den Büschen hervortreten, als ein Auto am Bordstein hielt. Vorsichtig schob er den Kopf vor, bis er den Wagen sehen konnte. Erleichtert atmete er auf, als er erkannte, dass es nicht Kates Mann Hal war, wie er befürchtet hatte, sondern die Postbotin. Sie ließ den Motor laufen, während sie rasch einige Briefe in den Briefkasten am Ende der Einfahrt warf und die rote Fahne hochstellte. Seit einiger Zeit kontrollierte Robert jeden Tag die Post, doch bisher war nie etwas von Autumn dabei gewesen. Er wartete, bis das Auto verschwunden war, bevor er so, dass er vom Haus aus nicht gesehen wurde, die Einfahrt entlangschlich. Als er am Briefkasten vorbeikam, blieb er unentschlossen stehen.

Vermutlich würde wieder nichts dabei sein, aber es konnte trotzdem nicht schaden, nachzuschauen. Rasch öffnete er die Klappe und nahm die Briefe heraus. Rechnungen, Werbung, ein Brief der Eltern … und eine Postkarte. Roberts Herz begann schneller zu klopfen, als er einen Moment das Motiv betrachtete und die Karte dann umdrehte. Er erkannte sofort Autumns Schrift, sauber und ordentlich, wie die einer verdammten Bibliothekarin.

Hastig überflog er die Zeilen und verzog den Mund. Der kurze Text – ein Gruß und das Versprechen, sich bald ausführlicher zu melden – enthielt keinen Hinweis auf Autumns derzeitigen Aufenthaltsort. Aber das war auch nicht nötig. Robert reichte die Beschreibung zu dem Motiv auf der Vorderseite: *Delicate Arch, Arches National Park, Utah*. Die Briefmarke war vorgestern in Moab abgestempelt worden.

Ein Lächeln zog über Roberts Gesicht. Wie praktisch, so war er nicht gezwungen, sich mit Kate aufzuhalten, und konnte gleich nach Utah fahren. Wäre Kates Leiche gefunden worden, hätte Hal sich bestimmt bei Autumn gemeldet und sie wäre vorgewarnt gewesen. Andererseits wäre es eine nette Abwechslung, sich eine Zeit lang mit der schönen Kate zu beschäftigen. Sie war zwar nicht Autumn, aber doch ein netter Ersatz, während er auf den Hauptgang wartete. *Hm*. Robert schloss die Augen und stellte sich vor, wie er in das Haus einbrach und Kate überraschte. Vielleicht war sie gerade in der Dusche. Er würde plötzlich hinter ihr auftauchen und sie zu Boden ringen. Erregung kam in ihm auf. Er mochte es, wenn sie sich wehrten, aber letztendlich würde er die Oberhand haben. Während sie sich unter ihm wand, würde er sein Messer herausholen und …

Mit einem Keuchen tauchte Robert aus der Vision auf. Nein, auch wenn es verlockend war, er würde sich diese Befriedigung versagen. Er hatte jetzt etwas anderes vor, das ihm viel mehr bedeutete als ein kurzes Beisammensein mit Kate. Autumn würde völlig unvorbereitet sein, wenn er bei ihr auftauchte. Er hatte keinen Zweifel daran, dass es ihm gelingen würde, sie zu finden, sie hatte sich noch nie vor ihm verstecken können. Rasch stopfte er die Briefe zurück in den Kasten. Bei der Karte zögerte er, am liebsten hätte er sie behalten, um ein Stück von Autumn bei sich zu haben, aber dann legte er sie doch zwischen die Briefe. Bald würde er Autumn sowieso ganz für sich haben, so lange konnte er noch warten.

5

Autumn wischte ihre feuchten Handflächen an der Jeans ab. Obwohl noch angenehme Temperaturen herrschten, war sie an ihrem ersten Arbeitstag bereits verschwitzt, als sie aus dem Taxi stieg und die Einfahrt zum Park hochging. Eigentlich war es unsinnig, jetzt noch aufgeregt zu sein, schließlich hatte sie ihren Vertrag bereits unterschrieben. Leider hatten diese Gedanken keinerlei Auswirkungen auf die Übelkeit, die sie immer vor Vorstellungsgesprächen quälte. Stöhnend drückte sie eine Hand auf ihren revoltierenden Magen. Gott sei Dank ließ das Gefühl immer schon bald wieder nach. Sie hoffte nur, dass es auch diesmal so sein würde. Anders als bei früheren Gesprächen hatte sie ihre normale Jeans- und T-Shirt-Kluft an, da sie nicht wusste, welche Arbeit sie heute noch erwartete.

Ihr verletztes Bein schonend, erreichte sie das Hauptquartier, das im Schatten einiger Nusskiefern lag. Das Holzgebäude erstreckte sich L-förmig um einen Platz, auf dem einige Bänke standen. Kübel mit Pflanzen und ein kleiner Springbrunnen lockerten die etwas sachliche Atmosphäre auf. Autumn atmete tief durch, bevor sie die Tür öffnete. Vor ihr lag ein dunkler Korridor, von dem mehrere Türen abgingen, doch es war nicht schwer, den Besprechungsraum zu finden, weil sie hinter der geschlossenen Tür Stimmengewirr sowie das Quietschen von Stuhlbeinen und Klappern von Kaffeetassen hören konnte. Von einer neuen Panikattacke erfasst, zögerte sie erneut und wäre am liebsten davongelaufen. Doch sie wollte diese Stelle nicht verlieren, war sie doch eine gute Möglichkeit, noch einmal ganz neu anzufangen.

Entschlossen straffte Autumn ihren Rücken und wischte abermals ihre feuchten Hände an der Hose ab. Ein Blick auf die Uhr zeigte ihr, dass sie genau pünktlich war. Sie klopfte kurz an und öffnete mit zitternden Fingern die Tür. Abrupt kehrte Stille ein. Ungefähr zwanzig Augenpaare waren auf sie gerichtet. Die meisten lächelnd, aber auch einige ernste oder sogar ablehnende Mienen, wie die von Clarissa, waren darunter. Froh, wenigstens ein paar bekannte Gesichter zu erblicken, lächelte sie Margret und Janet zu. Als sie dann jedoch Shanes festem Blick begegnete, fühlte sie Unsicherheit in sich aufsteigen, und sie wandte den Kopf hastig dem etwa fünfzigjährigen Mann zu, der sich nun erhob. Sein kurzgeschnittenes graues Haar hatte den typischen Army-Stoppelschnitt, und als er auf sie zukam, bemerkte sie, dass er nicht größer war als sie selbst. Doch sein Händedruck war kurz und kräftig und er strahlte eine Autorität aus, die ihn größer wirken ließ.

Freundlich lächelte er sie an. »Guten Morgen. Sie müssen Miss Howard sein. Mein Name ist Bob Williams. Ich führe das Oberkommando im Arches.« Die anderen lachten gutmütig. »Willkommen im Park. Ich werde Ihnen nun die Anwesenden vorstellen. Sie müssen sich aber nicht jeden Namen sofort merken. Alle gehören, bis auf unsere Ärztin Margret Benson«, er deutete auf sie und Margret winkte Autumn kurz zu, »zu unserem Rangerkontingent. Zusätzlich gibt es noch Natural Resource Manager, Archäologen, Historiker, Landschaftsarchitekten, Mechaniker, Gebäudereiniger und die Verwaltung. Wir fühlen uns wie in einer großen Familie. Mit Ihnen gibt es jetzt zwanzig Ranger, davon zehn fest angestellte. Der Rest sind Aushilfen für den Sommer. Viele von ihnen sind außerhalb der Saison Studenten und arbeiten hier, um etwas fürs Leben zu lernen.«

Wieder erklang Gelächter. Anscheinend herrschte ein relativ gutes Betriebsklima. Ihr Blick wanderte wie von selbst zu Shane.

Er betrachtete ihr verletztes Knie, bevor sein Blick langsam nach oben glitt, bis er ihre Augen traf. Ihre Blicke saugten sich aneinander fest. Autumn erschauerte und blickte als Erste wieder fort. Dabei sah sie Clarissas hasserfülltes Gesicht. Hatte sie das kleine Zwischenspiel zwischen ihr und Shane bemerkt und war nun eifersüchtig? Dabei hatte sie dazu überhaupt keinen Anlass.

Bevor Autumn weiter darüber nachdenken konnte, beanspruchte Bob wieder ihre volle Aufmerksamkeit. Er begann, alle Personen im Raum vorzustellen. »Fangen wir mit der rechten Tischseite an. Margret Benson, unsere Ärztin, hatten wir ja schon. Sie ist die Seele des Parks.«

Margret errötete leicht.

»Scott Muir, VIP.« Auf ihren verständnislosen Blick hin erläuterte Bob: »Volunteer in the Park, sozusagen Praktikant. Wir nennen ihn auch den Joker, warum, das werden Sie bald selbst feststellen.«

Scott hob einen langen, dürren Arm und winkte ihr zu. Er hatte rote Haare und eine Brille. Auf seinem Gesicht lag ein Grinsen.

»Janet King, fest angestellt.« Janet grüßte fröhlich.

»Shane Hunter, ebenfalls fest angestellt.« Shanes Mund verzog sich zu einem Lächeln und er blickte Autumn tief in die Augen. Hastig blickte sie zum Nächsten.

»Clarissa Beaumont, Saisonangestellte.« Clarissa nickte ihr abrupt zu und warf dann ihre langen Haare zurück.

»Percy Fletscher, Saisonkraft.« Percy hob seine affektierte Stimme und korrigierte: »III., Percy Fletscher III. Guten Morgen, meine Liebe.« Mit der Hand glättete er seinen blonden Mittelscheitel. Autumns Mundwinkel zuckte unwillkürlich. Percy schien sehr von sich überzeugt zu sein und bemerkte dabei gar nicht, wie lächerlich er wirkte.

Die Vorstellungen gingen noch eine Weile weiter, doch Autumn schwirrte bereits der Kopf, während sie versuchte, sich Namen und Gesichter einzuprägen. Dann endlich war der neben Bob sitzende Riese an der Reihe.

»Und last but not least Reed Thorn, fest angestellt.« Vielleicht etwas älter als sie, wirkte Reed doch durch seine Größe und den Vollbart wesentlich reifer als einige andere im Raum. Mit einem kleinen Lächeln, das durch den Bart schimmerte, nickte er ihr zu.

Bob wandte sich wieder an Autumn. Als er ihren angestrengten Gesichtsausdruck bemerkte, beruhigte er sie. »Wie gesagt, Sie müssen sich nicht alle Namen und Gesichter sofort merken. Setzen Sie sich erst mal und nehmen Sie sich etwas.« Er zeigte auf den Kaffee und die Donuts.

»Vielen Dank.« Vom vielen Lächeln schmerzten ihre Wangen. Froh darüber, nicht mehr im Mittelpunkt der Aufmerksamkeit zu stehen, nahm sie neben Reed Thorn und Bob Williams Platz, der sich erneut an sie wandte.

»Ach ja, hier ist es üblich, dass sich alle Ranger duzen, egal ob VIP oder fest angestellt. Es erleichtert die Arbeit.« Autumn nickte ihm zu, bevor er das Wort danach wieder an alle richtete. »So, nachdem wir das hinter uns gebracht haben, können wir mit der Besprechung anfangen. Zuerst zu den Arbeitsplänen für diese Woche.« Er schob einen Stapel Blätter über den Tisch. Autumn erklärte er: »Es gibt jeweils einen Plan für jede Woche, auf dem unter anderem Kontrollfahrten und -gänge, Führungen, Lagerfeuer oder der Dienst im Visitor Center verteilt werden. Dazu kommt noch alle zehn Tage der Nachtdienst. Du bist im Moment noch nicht im Plan eingetragen, weil du die erste Zeit mit jemandem zusammen deinen Dienst tun wirst. Wir reden nach der Besprechung über deine Arbeit für heute und morgen.« Inzwischen war der Stapel mit dem Arbeitsplan für diese Woche bei Autumn angekommen. Sie nahm sich das letzte Blatt.

Der Plan war in Tabellenform angelegt und bestand aus einem Durcheinander von Namen, Uhrzeiten und Daten.

Ihr verwirrter Blick musste ihm wohl aufgefallen sein, denn Reed beugte sich zu ihr herüber und brummte: »Mit der Zeit versteht man es.«

Überrascht hob Autumn den Kopf und lächelte ihm dankbar zu. Als sie sich kurz darauf in der Runde umblickte, versetzte es ihr einen Stich, Clarissas und Shanes Köpfe dicht beieinander zu sehen. Schnell wandte sie sich ab, über sich selbst verärgert, weil sie es nicht schaffte, den Drang zu unterdrücken, mehr in Shane zu sehen als einen Kollegen.

Nachdem sich jeder eine Weile in den Plan vertieft hatte, wandte Bob sich wieder an die Anwesenden. »Irgendwelche Anmerkungen zum Plan?« Er schaute mit grimmigem Gesicht in die Runde. Sofort erklangen mehrere Stimmen, die sich über diese und jene Tätigkeit beschwerten. Mit einer kurzen Handbewegung stellte er wieder Ruhe her. »Ernsthafte Änderungsvorschläge?« Schweigen erfüllte den Raum, lediglich Blättern und Füßescharren waren noch zu hören. Bob lächelte wieder. »Gut. Urlaubswünsche und Ähnliches für nächste Woche sind wie immer bis Donnerstagabend abzugeben.« Er schaute wieder Autumn an. »Die genauen Urlaubsregelungen und freien Tage werden dir später noch erklärt. Ich möchte die anderen nicht so lange von der Arbeit abhalten, sonst gewöhnen sie sich noch daran.«

Margret erhob sich, nachdem alle Probleme und Vorfälle im Park besprochen waren. »Im Namen aller Mitarbeiter des Arches National Park möchte ich dich noch einmal herzlich in unserem Team willkommen heißen, Autumn. Ich hoffe, es wird dir hier genauso gut gefallen wie uns.« Die anderen klopften auf die Tische, um ihre Zustimmung kundzutun.

Leicht verlegen stand Autumn nun ihrerseits auf. »Vielen

Dank. Ich denke, es wird mir hier sehr gut gefallen. Vermutlich werde ich am Anfang noch nicht alles richtig machen, aber ich werde mich bemühen. Habt etwas Geduld mit mir. Danke.« Schnell setzte sie sich wieder. Es war ihr unangenehm, so im Mittelpunkt zu stehen.

Die anderen, denen dies ebenfalls aufgefallen war, lächelten gutmütig. Wieder ließ sich das Klopfen vernehmen. Janet zwinkerte ihr zu, und sofort fühlte Autumn sich etwas besser.

Bob erhob sich. »Das war's für heute. Abmarsch alle Mann.« Es erhob sich ein ungeheurer Lärmpegel von Stimmen und über den Boden schrappenden Stuhlbeinen, während alle mehr oder weniger eilig auf die Tür zustrebten.

Autumn bemerkte Shane, der an der Tür stehen geblieben war und sie beobachtete. Erleichtert, jetzt nicht mit ihm reden zu müssen, drehte sie sich wieder zu Bob um, der sich gerade mit Scott Muir unterhielt. Der VIP überragte seinen Chef um gut zwanzig Zentimeter, hätte in Bobs Hemd jedoch dreimal gepasst. Die langen knochigen Arme baumelten locker herab. Wieder grinste Scott ihr zu. Vielleicht war das wirklich sein permanenter Gesichtsausdruck und passte damit zu dem Spitznamen ›Joker‹.

»Scott wird dich heute herumfahren und dir alles zeigen. Da du noch nicht so gut zu Fuß bist, beschränkt sich das auf unsere Anlagen und die Straßen und Parkplätze. In unserem Ausrüstungslager liegt deine Uniform bereit. Mittags könnt ihr dann in der Kantine essen und nachmittags holt ihr deine Sachen aus Moab. Wir haben zurzeit eine freie Hütte, die kannst du haben, wenn du willst. Wenn du bis dahin nicht zu erschöpft bist, bist du herzlich zum abendlichen Lagerfeuer eingeladen. Irgendwann wird das auch deine Aufgabe sein. So weit alles klar?«

»Ja, Sir!« Erschrocken hielt sie die Hand vor den Mund. Brennende Röte kroch in ihre Wangen. Verlegen schaute sie zu Bob, den ihr forscher Tonfall jedoch nur zu belustigen schien. Seine Mundwinkel zuckten, während Scott laut lachte.

»Du hast das schon ganz richtig erkannt, Autumn.« Der schlaksige VIP kicherte vergnügt. »Wenn jetzt alles klar ist, können wir ja fahren.« Er salutierte vor Bob und ging mit ihr zur Tür.

Ein Schwall heißer Luft schlug ihnen entgegen, sowie sie nach draußen traten. Scott führte Autumn zu einem auf dem Parkplatz abgestellten Jeep des National Park Service. »Ich zeige dir erst mal die einzelnen Gebäude, wir holen deine Uniform und danach können wir eine kurze Tour unternehmen. Was hältst du davon?«

Autumn setzte ihre Sonnenbrille auf. »Hört sich gut an.« Im Auto war es noch wärmer und sie konnte sich gut vorstellen, wie heiß es mittags werden würde.

»Hast du dir schon etwas angeschaut?«

»Janet hat mir das Visitor Center gezeigt. Sonst habe ich noch nicht so viel gesehen. Ich bin mit dem Shuttle-Bus zu den Aussichtspunkten gefahren, zählt das auch?«

Scott grinste sie an. »Na, viel wirst du da wohl nicht erlebt haben.«

»Stimmt. Der Bus war proppenvoll, und ich stand genau in der Mitte. Ich konnte mich nur bemühen, mein Essen bei mir zu behalten und möglichst schnell wieder herauszukommen. Ich verstehe absolut, dass die Besucher lieber mit ihren Privatautos durch den Park fahren.«

»Als Ranger stehen dir die parkeigenen Fahrzeuge zur Verfügung. Ich denke, als Erstes zeige ich dir den Fuhrpark.« Er blickte sie an. »Wie bist du eigentlich hierhergekommen? Die Shuttle-Busse fahren doch um diese Uhrzeit noch gar nicht.«

»Mit dem Taxi. Mein Auto habe ich verkauft, deshalb bin ich im Moment nicht so mobil. Kann man die Jeeps eigentlich auch privat nutzen?«

»Im Prinzip schon. Man muss sich nur vorher in einen Plan eintragen und das Glück haben, dass gerade ein Wagen zur Verfügung steht.« Er wurde langsamer und hielt schließlich an. Vor ihnen lag ein umzäunter Platz, auf dem Jeeps, Pick-ups, kleine Lastwagen und auch einige Privatautos standen.

Scott ließ das Fenster herunterfahren. Sofort strömte ein Schwall heißer Luft herein, der kurz von der Klimaanlage vertrieben wurde, schließlich aber gewann. Scott deutete zum Parkplatz. »Hier stehen alle offiziellen Fahrzeuge des Parks, sofern sie nicht gerade in Benutzung sind. Außerdem haben auch einige Angestellte ihre Privatautos hier abgestellt. Den Schlüssel für das Tor bekommst du natürlich auch, zusammen mit allen anderen, die du brauchst.« Scott blinzelte ihr zu. »Willst du hier noch mehr anschauen, oder fahren wir weiter?«

»Ich denke, ich habe alles gesehen. Und wenn wir noch lange mit ausgeschaltetem Motor stehen, werden wir wahrscheinlich an einem Hitzschlag sterben.« Mit einem Prospekt, den sie in der Ablage fand, fächelte sie sich Luft zu. »Ich fürchte, an die Hitze muss ich mich noch gewöhnen. An der Ostküste war es doch irgendwie kühler.«

Sie fuhren über eine Anhöhe, von der aus Autumn in der Ferne schneebedeckte Gipfel erkennen konnte. Überrascht hielt sie den Atem an.

Scott verlangsamte die Fahrt und blickte ebenfalls durch ihr Fenster. »Das sind die La Sal Mountains. Sie sind teilweise bis 3800 Meter hoch. Deshalb liegt auch fast das ganze Jahr über Schnee auf den Gipfeln. Etwas weiter oben auf der Parkstraße sieht man sie noch besser. Dort gibt es einen Aussichtspunkt. Besonders gut wirken sie auch durch den Delicate Arch. Wenn du wieder richtig laufen kannst, musst du unbedingt zum Sonnenuntergang dorthin. Es lohnt sich.« Nach einem letzten Blick gab er wieder Gas.

Hinter einer weiteren Kurve lag ein weiß verputztes Holzgebäude. Scott hielt auf dem Parkplatz vor dem Haus und öffnete seine Tür. »Dies ist unser Ausrüstungslager. Von der Uniform über Bettzeug bis hin zum Funkgerät gibt es hier alles, was das Herz begehrt. Deine Erstausrüstung wurde schon zurechtgelegt. Dann wollen wir mal.« Er machte eine Handbewegung, dass Autumn ihm folgen sollte, dann stieg er aus.

Zögernd folgte ihm Autumn. Die Hitze traf sie nach der gekühlten Luft im Auto wie ein Schlag, und sie stellte erstaunt fest, dass der Asphalt unter ihren Füßen bereits langsam weich wurde. Dabei war es noch nicht mal zehn Uhr morgens. Nach ein paar Schritten klebte ihr das T-Shirt bereits auf der Haut, in ihrem Nacken sammelte sich der Schweiß. Mit einer Hand hielt sie ihre Haare in die Höhe. Ungläubig starrte sie auf Scott, der fröhlich vor ihr her auf das Gebäude zuging.

Als er merkte, dass sie ihm nicht folgte, drehte er sich um. Ein Grinsen überzog sein Gesicht. »Kommst du? Oder willst du noch länger in der Hitze bleiben?«

Autumn verzog das Gesicht. Vorsichtig atmete sie die heiße Luft ein. »Wie kannst du bei der Hitze bloß so fröhlich sein? Ist dir denn nicht warm?«

»Doch, schon. Aber bei einer Tour durch das Death Valley mit etwa 50 Grad im Schatten ist mir klar geworden, dass man sich einfach nicht darüber aufregen darf. Wenn man sich langsam bewegt und ganz ruhig bleibt, fällt die Hitze irgendwann gar nicht mehr auf.« Er lachte über ihre ungläubige Miene. »Probier es einfach mal aus. Du wirst dich schon dran gewöhnen.«

Endlich hatten sie das Gebäude erreicht. Ein Hauch klimaanlagengekühlter Luft streifte Autumn, als sie die Tür öffnete. »Huh!« Sofort bildete sich auf ihren Armen eine Gänsehaut. »Was für ein Unterschied.« Sie verschränkte die Arme vor ihrem Oberkörper.

»Das ist das Gemeine an der Sache. Hat man sich gerade an die Wärme gewöhnt, muss man in ein Gebäude und friert sich die Nase ab. Pass auf, dass du dich nicht erkältest.«

Schnell führte er Autumn einen langen Gang hinunter, an dessen Ende ein offener Durchgang lag. Dahinter standen an beiden Wänden Regale, die Unmengen an Ausrüstungsgegenständen bargen. Durch mehrere Gänge geteilt, füllten weitere Regalreihen den Raum. Am hinteren Ende, auf das Scott zielstrebig zuging, war ein Tresen aufgebaut, der wie alles hier etwas chaotisch aussah. Papiere, Ausrüstungsgegenstände und sogar ein Mülleimer waren darauf verstreut.

Scott beugte sich über den Tisch. »Sally, bist du da?«

Dieser Ruf ließ Autumn zusammenfahren, die ganz in die Betrachtung des Chaos versunken war. Noch mehr allerdings erschreckte sie der braune Wuschelkopf, der plötzlich hinter dem Tresen auftauchte.

»Ach, du bist es. Was schreist du denn so? Ich bin doch nicht taub.« Warme haselnussbraune Augen richteten sich fragend auf Autumn. »Wen hast du da mitgebracht?«

»Das ist unsere neue Rangerin, Autumn Howard. Heute ist ihr erster Tag und ich soll ihr alles zeigen. Ist ihre Ausrüstung schon zusammengestellt?«

Sofort tauchte Sally wieder ab und wühlte energisch unter dem Tresen.

Scott wandte sich an Autumn. »Sally ist die Einzige, die in diesem Lager etwas findet. Unsereins hat nur gelegentliche Glückstreffer. Deshalb hoffen wir immer, dass sie hier ist, wenn wir etwas brauchen.« In diesem Moment richtete Sally sich stöhnend mit einem riesigen Paket in den Händen wieder auf. Scott schob schnell einige Sachen zur Seite, um Platz zu schaffen.

»Wofür braucht ihr eigentlich so viel Kram?« Sie wuchtete das Paket auf den Tresen.

Nachdem Autumn nach einiger Suche auch noch einen Hut und Wanderschuhe in ihrer Größe gefunden hatte, griff sich Scott entgegen ihrer Proteste das Paket, winkte Sally zu und marschierte hinaus. Autumn blieb nichts anderes übrig, als ihm zu folgen. Nach der Kälte im Gebäude war die Hitze draußen ein Schock, aber diesmal ein angenehmer. Wohlig seufzte sie auf.

Scott hatte inzwischen schon den Karton in den Kofferraum gestellt. »Als Nächstes stehen die Waschräume auf dem Programm. Die Kantine zeige ich dir später beim Mittagessen.«

Autumn blickte aus dem Fenster und ließ die Landschaft an sich vorüberziehen. Die wenigen Pflanzen, die hier wuchsen, waren durch die Hitze und Trockenheit der vergangenen Wochen verdorrt. Lediglich die Nusskiefern und Wacholderbüsche schienen noch lebendig zu sein. Gegen die roten Felsen hoben sie sich tiefgrün ab. Trotz der Dürre, oder vielleicht gerade deswegen, fand sie die Landschaft wunderschön. Nach all den grünen Wiesen und Bäumen im Osten faszinierten sie die Kargheit und Weite der Gegend. Langsam wich ein Teil der Beklemmung von ihr, die sie das letzte Jahr über begleitet hatte. Sie fühlte sich frei.

6

Ziemlich hungrig erreichten Scott und Autumn gegen Mittag die Kantine. Den ganzen Vormittag waren sie die achtundvierzig Meilen lange Parkstraße entlanggefahren. Bei jedem Parkplatz und Aussichtspunkt hatte Scott gehalten und ihr Erklärungen zu den Sehenswürdigkeiten gegeben. Sie hatte Mühe, diese Fülle von Informationen zu behalten. Besonders wenn ihre Gedanken immer wieder zu den Geschehnissen der letzten Tage und Shanes Blicken zurückkehrten. Nun fühlte sie sich völlig ausgelaugt und am Ende ihrer Kräfte. Mühsam humpelte sie vom Jeep zum nahen Eingang des Küchentraktes, vom vielen Sitzen war ihr Knie wieder steif geworden.

Essensgeruch stieg Autumn in die Nase und ihr Magen grummelte vernehmlich. Verlegen lächelte sie Scott an. »Nächstes Mal nehme ich mir einen kleinen Snack mit.«

Scott schüttelte den Kopf. »Das war meine Schuld. Ich habe überhaupt nicht daran gedacht, dass du Hunger haben könntest«

»Ach was, ich hätte es ja auch sagen können.«

Sie sah sich in dem kleinen Esssaal um. Zehn Tische standen in der Mitte des Raumes, die meisten davon bereits belegt. Auf einer Seite stand eine Serviertheke, hinter der eine dickliche Frau in Schürze mit einer Fleischzange herumfuchtelte. Auf der gegenüberliegenden Seite war eine Salatbar aufgebaut.

Scott deutete auf die Steak-Bar. »Rechts für Karnivoren, links für Vegetarier. Ich persönlich mische ab und zu – wegen der Figur.«

Schmunzelnd betrachtete Autumn ihn von Kopf bis Fuß.

»Vielleicht solltest du dich auf die Fleisch- und Fettecke beschränken. Du kannst es gebrauchen.«

Scott tätschelte seinen flachen Bauch. »Ich versuche es ja, aber nichts hilft. Vielleicht habe ich einen Bandwurm.«

Nun lachte sie laut. »Ich wünschte, ich hätte auch einen.«

Hinter ihr erklang eine tiefe Stimme. »Du bist genau richtig so. Du willst doch wohl sicher nicht so eine Bohnenstange wie Scott werden?«

Ruckartig drehte Autumn sich um. Shane stand lächelnd hinter ihnen. Ihr Herz hämmerte in ihrer Brust, sie hatte Mühe, Luft zu bekommen. Sie hatte ihn überhaupt nicht kommen gehört, genauso wie damals bei Robert, als er sie völlig unerwartet angegriffen hatte. Nur langsam ließ die Panik nach und sie konnte wieder atmen. Wenn sie nicht wollte, dass sich die Ereignisse wiederholten, musste sie vorsichtiger sein. Vor allem durfte ihr niemand mehr so nahe kommen. Noch einmal würde sie eine solche Qual nicht durchstehen. Nicht in der Lage, sich mit ihren Gefühlen und Erinnerungen auseinanderzusetzen, warf Autum Shane ein gequältes Lächeln zu und flüchtete zur Essensausgabe.

Scott blickte stirnrunzelnd zu Shane. »Was hat sie denn auf einmal? Bis eben war sie doch noch gut gelaunt.«

Shane hob die Schultern. Autumns warme Stimme hatte ihn angelockt. Zum ersten Mal hatte er sie ganz entspannt gesehen. Ihre Augen hatten geleuchtet und das etwas heisere Lachen hatte ihm Schauer über den Rücken gejagt. Er konnte nicht anders, als sie ein bisschen aufzuziehen. Seine Freude verging ihm allerdings, als er die Panik in ihrem Blick sah, als sie sich zu ihm umdrehte. Er hatte sie eindeutig erschreckt, das wurde ihm sofort klar. Aber womit?

Kopfschüttelnd stellte Shane sich ebenfalls in die Reihe der hungrigen Menschen. Es war ein Uhr mittags und die Kantine wie immer um diese Zeit gerammelt voll. Er musste sich beeilen, wenn er noch einen freien Platz ergattern wollte. Autumn hatte sich bereits an einem Tisch niedergelassen und ihr Tablett vor sich abgestellt. Gedankenverloren starrte sie vor sich hin und schien alles um sich herum vergessen zu haben. Irgendwie sah sie traurig aus und fern von allen anderen. Um sie herum füllten sich die anderen Tische, Janet sprach auf ihrem Weg nach draußen kurz mit Autumn, doch sie setzte sich nicht zu ihr. Die laute Stimme der Köchin riss Shane aus seinen Gedanken. Nachdem er sich bedient hatte, bahnte er sich einen Weg zu Autumn. Ihre Gabel schob das Essen von einer Seite des Tellers auf die andere.

Um sie nicht wieder zu erschrecken, näherte er sich ihr diesmal von vorne und räusperte sich laut. Ihr Kopf ruckte hoch und ihr Blick klärte sich langsam. Sie schaute ihn ernst an, kein Lächeln erhellte ihr Gesicht. Leicht entmutigt dachte Shane bereits an Rückzug, überlegte es sich dann allerdings noch einmal. Irgendwie musste er dahinterkommen, was Autumn bedrückte. Seit er sie das erste Mal gesehen hatte, fühlte er dieses fast zwanghafte Bedürfnis, ihr zu helfen. Er wollte ihr näherkommen, sie kennenlernen, sie berühren …

Er räusperte sich erneut, und es gelang ihm ein schiefes Lächeln. »Darf ich mich zu dir setzen?« Als er sah, dass sie ablehnen wollte, fügte er hinzu: »Alle anderen Tische sind bereits besetzt, und da ich in einer halben Stunde wieder zum Dienst muss, kann ich nicht warten, bis einer frei wird.«

Widerwillig deutete Autumn auf den freien Platz ihr gegenüber. »Bitte.« Ihr Kopf senkte sich wieder. Sie nahm Gabel und Messer wieder auf und widmete sich ihrem Essen.

»Warst du in Europa?« Bei seiner Frage hob sie erneut den Kopf. Fragend schaute sie ihn an. Er hatte inzwischen Platz genommen und sein Tablett auf dem Tisch abgestellt. Mit der Gabel deutete er auf ihre Hände. »Die Art, wie du das Messer hältst, kam mir irgendwie spanisch vor.« Autumn behielt das Messer die ganze Zeit in der Hand und schnitt jeden Bissen einzeln ab, während die Kollegen an den anderen Tischen zuerst das Fleisch zerteilten, um dann die Gabel in die rechte Hand zu nehmen.

Nun lächelte sie doch und blickte auf ihre rechte Hand mit dem Messer. Sie zuckte die Schultern. »Nicht spanisch, eher deutsch. Als ich klein war, lebten wir ein paar Jahre in Deutschland. Wir haben dort wohl einige Gewohnheiten angenommen.«

Shane nickte. »Wer ist ›wir‹? Oder ist das eine zu persönliche Frage?« Er sah, wie Autumn sich wieder ein wenig zurückzog. Trauer überschattete ihren Blick.

»Meine Eltern und ich. Mein Vater hatte einen Lehrauftrag für amerikanische Geschichte an der Universität in Hannover. Wir waren drei Jahre dort.« Sie blickte auf ihr Essen.

»Wie alt warst du damals?«

»Wir kamen hin, als ich sieben war. Es war eine schöne Zeit.«

Shane wollte sie nicht drängen, mehr zu erzählen. Er merkte, dass die Erinnerung daran sie traurig stimmte. Verzweifelt suchte er nach einem unverfänglichen Thema. Zuerst musste er sich aber seinem Essen widmen, schließlich hatte er tatsächlich nicht ewig Zeit.

Einige Minuten aßen sie so schweigend weiter, bis Shane seine Gabel auf den leeren Teller legte und einen großen Schluck Cola trank. Autumns Teller dagegen war immer noch fast so voll wie vorher. »Schmeckt es dir nicht?«

Erstaunt blickte Autumn ihn an. »Doch schon, aber ich habe einfach keinen Hunger mehr.«

Mit hochgezogenen Augenbrauen besah er sich ihren Teller. Soweit er es erkennen konnte, hatte sie kaum etwas gegessen. »Bist du sicher? Hast du überhaupt einen Magen?«

Ihren Bauch betrachtend, nickte sie. »Doch, definitiv. Aber ich kriege nichts mehr rein.« Dabei wirkte sie unsicher, fast so, als müsste sie sich dafür entschuldigen.

Um die Stimmung etwas aufzulockern, ließ Shane seinen Blick ebenfalls zu ihrem Magen gleiten. »Nun, wenn du nicht mehr willst, kann ich dir dann dein Essen abschwatzen? Ich könnte noch eine Kleinigkeit gebrauchen.« Er tätschelte seinen flachen Bauch und lächelte.

»Aber sicher.« Erleichtert schob sie ihren Teller über den verkratzten Holztisch. »Wo lässt du das bloß alles?« So etwas wie Panik huschte über ihr Gesicht.

Shane merkte durchaus, dass sie sich für diese spontane Bemerkung verfluchte, ließ sich die Gelegenheit aber trotzdem nicht entgehen. »Keine Ahnung. Ich konnte eigentlich schon immer essen, was ich wollte, ohne dadurch zuzunehmen. Außerdem treibe ich auch ein bisschen Sport.« Er blickte sie durchdringend an. »Und was tust du so in deiner Freizeit?«

Diese in leichtem Ton gestellte Frage war Autumn bereits wieder zu persönlich. Sie wollte sich nicht auf Shane einlassen. Nein, sie durfte es nicht! Früher hätte sie sich durchaus für ihn interessiert, aber nach ihrem Erlebnis mit Robert hatte sie keinerlei Bedarf mehr an einer Beziehung zu einem Mann. Vor allem wagte sie nicht mehr, jemandem zu vertrauen, auch wenn er – wie Shane – noch so verlässlich schien. So war es anfangs bei Robert auch gewesen, und dann hatte er sich zu einem Albtraum entwickelt. Nein, sie durfte Shane nicht mögen, auch wenn ihr Herz jedes Mal kurz aussetzte, wenn sie ihn unerwartet sah. Am besten hielt sie sich so weit von ihm fern wie möglich.

Energisch riss sie sich zusammen und beantwortete seine Frage. »Für Sport bin ich leider zu faul, obwohl ich es nötig hätte. Aber ich lese sehr gern.« Das war unpersönlich genug, wenn sie Glück hatte, würde er nicht weiter nachhaken.

»Wenn du erst mal ständig durch den Park läufst, baust du bestimmt auch ein paar Muskeln auf. Ich habe gehört, du warst Bibliothekarin im Osten. Kommt daher dein Interesse für Bücher?«

»Nein, das hatte ich schon vorher, ich habe mir den Beruf danach ausgesucht. Meine Eltern haben mich, schon als ich noch klein war, darin bestärkt, viel zu lesen.« Sie biss sich auf die Lippe, als die Trauer über den Verlust ihrer Eltern sie überschwemmte. Mühsam sprach sie weiter. »Leider musste ich fast alle meine Bücher einlagern, weil ich hier nicht den Platz dafür habe.« Sie unterdrückte ihr Selbstmitleid schnell, sonst würde Shane noch merken, dass sie nicht freiwillig hierhergekommen war. Zittrig lächelte sie ihn an. »Ich bin aber schon dabei, mir hier einen neuen Bestand aufzubauen. Als Erstes habe ich mir neulich dein Buch gekauft. Die Fotos sind wunderschön.«

»Danke. Ich habe schon als Jugendlicher angefangen zu fotografieren, nachdem mir mein Großvater seine alte Canon in die Hand drückte und meinte, ich sollte etwas Vernünftiges mit meinem Leben anstellen. Er hatte recht.«

Autumns Neugier war geweckt und sie schaffte es nicht, sich zurückzuhalten. »Wie findest du die Motive? Ich fotografiere auch hin und wieder, aber nur mit einer Automatikkamera, bei der ich einfach nur auf den Auslöser drücken muss. Da fällt es leicht, einfach wahllos in der Gegend herumzuknipsen.«

Inzwischen hatte Shane auch ihr Essen vertilgt. Während er den Mund mit einer Serviette abtupfte, lehnte er sich in seinem Stuhl zurück. »Auch einfache Kameras machen gute Bilder, sofern man das richtige Motiv findet. Obwohl ich diese Film-mit-Linse-Kameras nicht begreifen kann. Eine gute Qualität haben diese Bilder bestimmt nicht. Sogar am Grand Canyon habe ich Leute gesehen, die versucht haben, damit zu fotografieren.« Etwas verlegen ließ er die Hände sinken. »Entschuldige, dieses

Thema reißt mich immer mit. Aber wenn du mal mitkommen möchtest, wenn ich eine Foto-Tour unternehme, sag einfach Bescheid.«

Autumn presste die Lippen zusammen, als etwas in ihr einfach ›ja‹ schreien wollte. Auf keinen Fall durfte sie sich dazu verführen lassen, unvorsichtig zu werden, auch wenn sie liebend gerne einem Profi-Fotografen bei der Arbeit zusehen wollte. Schließlich rang sie sich ein Lächeln ab. »Danke, wenn ich mich hier genauer auskenne, werde ich es mir überlegen.«

Shane blickte auf seine Uhr. »Oje, wo ist die Zeit geblieben? Jetzt muss ich mich aber beeilen. Um zwei Uhr leite ich eine Führung durch den Fiery Furnace.« Augenzwinkernd stand er auf. »Wäre vielleicht auch etwas für dich, wenn dein Knie wieder in Ordnung ist.«

Autumn musste lachen. »Ja, das wäre nicht schlecht. Vielleicht nächsten Monat. Im Moment bin ich froh, wenn ich die Gegend erst mal nicht mehr sehen muss.«

Shane winkte ihr zu und verließ mit schnellen Schritten den Raum. Erst jetzt wurde Autumn sich wieder der anderen Leute bewusst. Der Geräuschpegel war hoch und sie wollte nur noch aus diesem Raum entfliehen. Suchend blickte sie sich nach Scott um. Er erhob sich gerade von seinem Platz, fing ihren Blick auf und gab ihr ein Zeichen. Nachdem sie ihr Geschirr auf das Laufband gestellt hatten, schlenderten sie zum Auto.

Schwungvoll warf Scott sich in seinen Sitz und grinste sie an. »Auf unserem Programm steht die Fahrt zu deinem Hotel, danach bringen wir deine Sachen in die Hütte. Du kannst dann auspacken und dich einrichten, um sechs Uhr beginnt das abendliche Lagerfeuer. Ich könnte dich abholen, wenn du möchtest.«

Dankbar lächelte Autumn zurück. »Das wäre schön. Ich habe meine Koffer auch schon gepackt, wir müssen sie also nur noch ins Auto schaffen. Vielleicht könnten wir auch schnell beim Supermarkt vorbeifahren, damit ich mir noch einige Vorräte kaufen kann. Ich möchte hier nicht irgendwann entkräftet liegen bleiben.«

Scott lachte. Röhrend erwachte der Motor zum Leben. »Ich habe mir angewöhnt, beim Mittagessen so viel wie möglich zu essen, damit es bis abends reicht. Beim Lagerfeuer gibt es dann geröstete Marshmallows. Hm, lecker.« Er leckte sich die Lippen.

Autumn lehnte sich im Sitz zurück. »Was passiert denn sonst noch beim Lagerfeuer?«

»Nun, es werden Geschichten über den Park erzählt, die Besucher bekommen einen Einblick in die Tier- und Pflanzenwelt der Gegend. Danach, wenn die Besucher den Park verlassen haben, grillen wir Marshmallows, manchmal auch Hotdogs und trinken Bier. Und wenn wir genug getrunken haben, trauen wir uns vielleicht auch an das eine oder andere Lied. Aber das kommt immer auf die Stimmung an.«

»Und was ist, wenn es regnet?«

»Bei schlechtem Wetter kommen selten Besucher, dann fällt das alles aus. Manchmal verlegen wir das Essen bei Regen auch nach innen – natürlich ohne Feuer.«

Drei Stunden, nachdem Scott Autumn mit ihrem Gepäck und den Einkäufen an ihrer Hütte abgesetzt hatte, holte er sie wieder ab, um mit ihr zum abendlichen Lagerfeuer zu fahren. Wie verzaubert betrachtete Autumn die Landschaft. Die schräg einfallenden Sonnenstrahlen verwandelten die Natur und brachten die Felsen zum Glühen. Durch die harten Schatten wirkte alles wesentlich plastischer als in der gleißenden Mittagssonne. Dass dies alles nur durch die Kräfte des Wassers, den Druck der Erdkruste und die Einlagerung von Salz entstanden sein sollte, war kaum zu glauben. Es sah eher so aus, als hätte sich ein Bildhauer an den Steinen versucht. Vorbei an verschiedenen Felsformationen, den versteinerten Dünen und dem Balanced Rock, einem eiförmigen riesigen Klotz, der auf einer wesentlich dünneren Felsnadel balancierte, sah sie aus der Ferne immer wieder Felsbögen aufblitzen.

Während sie ihren Gedanken nachhing, hatte Scott das Radio eingeschaltet und summte zu einem Song von Garth Brooks. Richtig musikalisch schien er nicht zu sein, aber es war auszuhalten. Sie lehnte sich zurück und genoss den Fahrtwind in ihren Haaren. Der heiße Luftzug roch nach Felsen und Sand. Als es zwischen ihren Zähnen knirschte, ließ sie seufzend das Fenster höher gleiten. Kurze Zeit später kamen sie auf dem Parkplatz des Devils Garden Trailhead an, der zum Amphitheater führte.

Scott bog in einen unbefestigten Weg ein, der nur aus Schlaglöchern zu bestehen schien. Als sie schließlich an ihrem Ziel ausstiegen, konnte Autumn bereits das Knistern und Prasseln des Feuers hören. Das Murmeln von Stimmen sowie das lautere Kreischen von Kindern drang zu ihnen herüber. Ein schmaler Fußweg schlängelte sich durch roten Sand und grüne Wacholderbüsche, der in einem Kreis aus roten Sandsteinblöcken mündete, in dessen Mitte das Lagerfeuer loderte. Die Steinbänke waren gut besetzt, die Kinder tobten um das Feuer. In ihrem mehr als schlechten Namensgedächtnis kramend, blickte Autumn die beiden anwesenden Ranger stirnrunzelnd an.

Bei dem Mann war es nicht ganz so schwierig. Durch seine eindrucksvolle Statur und den Vollbart war er leicht zu erkennen. Reed soundso. Wie war noch gleich der Nachname? Irgendetwas Stacheliges. Grübelnd zog sie die Augenbrauen zusammen. Thorn! Das war es. Erleichtert wandte sie sich der Frau zu. Leider hatte sie kein besonders ausgeprägtes Merkmal, außer vielleicht ihre geringe Größe. Neben ihr wirkte Reed noch viel gewaltiger.

Verzweifelt blickte Autumn Scott an. »Mir fällt der Name der Kollegin nicht mehr ein. Sie war doch auch fest angestellt, oder?«

Scott nickte. »Das ist Sarah Wakefield. Sie wird öfter übersehen, weil sie eher introvertiert ist. Sonst sind für das Lagerfeuer immer ein Festangestellter und eine Saisonkraft eingeteilt, aber bei Sarah machen wir eine Ausnahme, weil sie so schüchtern ist. Reed ist der Einzige, bei dem sie sich etwas sicherer fühlt.« Dabei grinste er anzüglich. »Ich glaube, Reed fühlt sich bei ihr auch ganz wohl.«

Wider Willen musste Autumn lachen. »Ist das eine Tatsache oder eine Vermutung?«

Langsam schlenderten sie zu den Sandsteinblöcken hinüber. Die beiden Ranger waren in eine Unterhaltung vertieft und schienen alles andere vergessen zu haben. Sarahs Blick ruhte eindringlich auf Reeds Gesicht und auch er hatte nur Augen für sie.

Scott deutete auf sie. »Sieht man das nicht? Na gut, ich gebe zu, dass es noch nicht bestätigt ist. Aber ich denke schon, dass sich da etwas entwickelt. Wir werden ja sehen.«

Autumn und Scott ließen sich zwischen den Besuchern nieder, während Reed und Sarah die Zuschauer begrüßten. Nach einer Dreiviertelstunde, in der Reed einen beeindruckenden Vortrag zu Flora und Fauna der Gegend hielt und Sarah etwas zur Geschichte des Parks erzählte, erhoben sich Autumn und Scott und gesellten sich zu den Vortragenden. Scott gratulierte den beiden zu ihrem Vortrag, was Sarah erröten ließ. Sie sah wirklich niedlich aus in ihrer winzigen Uniform. Autumn kam sich dagegen wie ein Riesenbaby vor. Sarah hatte eine kleine Stupsnase, große ausdrucksvolle blaue Augen und einen perfekt geformten Mund, was durch ihre Schüchternheit allerdings nicht leicht zu bemerken war.

Während die Männer zum Lagerfeuer schlenderten, blieb Autumn neben Sarah stehen. »Das war wirklich toll. Ich glaube, ich würde bei so vielen Menschen vor Aufregung kein Wort herausbekommen.«

Sarah sah dankbar zu ihr auf. »Man gewöhnt sich an vieles. Ich würde gerne darauf verzichten, aber es gehört nun mal zu meiner Arbeit, also mache ich es.« Ihre Stimme war leise, unruhig wanderten ihre Augen über Autumns Gesicht, Haare und Hemd. »Ich glaube nicht, dass dir das Probleme machen wird. Du wirkst so selbstsicher.«

»Das ist alles nur Tarnung. Wenn ich etwas wirklich hasse, dann ist es, im Mittelpunkt der Aufmerksamkeit zu stehen. Bei ein oder zwei Leuten ist das nicht so schlimm, aber mehr …« Sie schüttelte sich.

Sarah entschlüpfte ein leises Lachen. Sie wandte sich zum Feuer und blickte auf Reed, der in ein Gespräch mit Scott vertieft war. Ihr Gesicht glühte. »Reed kann wirklich gut Vorträge halten, oder? Alle werden von ihm mitgerissen, sobald er anfängt über Natur zu reden.«

»Ich muss gestehen, mich hat er auch gefesselt. Mit dieser Stimme kann er einen aber auch wirklich einwickeln.«

»Stimmt, ich liebe seine Stimme!« Als Sarah bewusst wurde, was sie gesagt hatte, riss sie die Augen auf und blickte Autumn schockiert an. »So meinte ich das nicht.« Vor Aufregung stotterte sie leicht.

Beruhigend legte Autumn ihr die Hand auf den Arm. »Keine Angst, ich habe das schon richtig verstanden.«

Sarah beruhigte sich etwas. »Wirklich?«

»Ja, natürlich, Reed ist ein wundervoller Redner.« Da sie die Männer bereits erreicht hatten, drückte Autumn nur noch einmal kurz Sarahs Arm. Es war für Autumn offensichtlich, dass Sarah in Reed verliebt war, aber sie würde sich nicht einmischen, schließlich war sie alles andere als eine Expertin auf diesem Gebiet. Ganz im Gegenteil.

7

Autumn wandte sich dem Feuer zu und beobachtete die lodernden Flammen. Mit dem dunkelblauen Himmel, an dem sich bereits die Mondsichel und einzelne Sterne zeigten, und den roten Felsen sah die Kulisse unwirklich aus. Schon als Kind hatte sie offenes Feuer geliebt. Im Haus ihrer Eltern gab es einen Kamin und sie hatte stundenlang davorsitzen und in die Flammen blicken oder ein gutes Buch lesen können. In der Ferne hörte sie sich rasch näherndes Motorengeräusch.

Scott klatschte in die Hände. »Toll, die Verpflegung kommt. Wird aber auch Zeit.« Mit langen Schritten lief er den Weg entlang zum Parkplatz.

Autumn blickte auf ihre Uhr. Schon halb acht. In der Stadt hätte sie um diese Uhrzeit bereits in ihrer Wohnung gesessen und lesend die Stunden bis zur Schlafenszeit verbracht – nur um nach dem Einschlafen von schrecklichen Albträumen wieder aufgeschreckt zu werden. Viele Nächte war sie ruhelos durch ihre kleine Wohnung getigert, in der Hoffnung, durch die Bewegung wieder müde zu werden. Doch oft vergebens: Morgens stieg sie wie gerädert und mit geschwollenen Augenlidern aus dem Bett, in dem sie sich stundenlang schlaflos herumgewälzt hatte. Genau deshalb hatte sie Zach gebeten, ihr irgendwo weit weg einen anderen Job zu besorgen. Seit sie ihr Leben im Osten aufgegeben hatte, schlief sie, abgesehen von gelegentlichen Albträumen, etwas besser. Sie hoffte, durch die frische Luft und die Bewegung bald wieder ruhige Nächte zu haben. Versonnen blickte sie in das prasselnde Feuer.

Als sie plötzlich angesprochen wurde, zuckte sie zusammen. »Entschuldige, was hast du gesagt?« Nicht sehr erfreut über die Störung drehte sie sich um.

Vor ihr hatte sich Percy Fletscher der III., wie sie sich leicht amüsiert ins Gedächtnis rief, aufgebaut. Die eine Hand in die vordere Gürtelschlaufe seiner Hose gehakt, strich er sich mit der anderen über seinen exakten Mittelscheitel. Er wippte auf den Fußballen vor und zurück. »Ich fragte, wie dir die Vorstellung gefallen hat. Einige haben ja ein gewisses Talent für solche Shows, während andere wiederum …« Vielsagend blickte er zu Sarah hinüber.

»Ich fand die Vorträge sehr interessant und informativ. Den Besuchern gefielen sie übrigens auch.« Autumns Stimme war eisig. Es gab Menschen, die konnte man gleich vom ersten Augenblick an nicht leiden. Percy war einer davon. Sie hoffte, dass er sich durch ihre kurze Antwort abschrecken ließ, doch leider war das nicht der Fall.

»Wenn du vielleicht einige Tipps brauchst, zu deiner Arbeit oder dem Umgang mit Besuchern, wende dich ruhig an mich. Ich bin gern bereit, mein Wissen mit dir zu teilen.«

»Danke. Wenn ich dich jemals brauchen sollte, werde ich mich bei dir melden.«

Ihren Sarkasmus ignorierend, blieb er vor ihr stehen. »Ich habe gehört, du bewohnst jetzt eine eigene Hütte. Wenn du mal einen Mann für gewisse Arbeiten oder auch anderes benötigst, sag Bescheid.« Er grinste sie schleimig an.

Sprachlos blickte Autumn ihm nach, als er sich endlich entfernte. Vor Entrüstung stieg ihr das Blut in den Kopf.

»Und, nimmst du dieses überaus großzügige Angebot an?«

Mit einer scharfen Erwiderung auf der Zunge wirbelte Autumn herum. Als sie Shane erkannte, atmete sie tief aus und grinste schief. »Nein, eher nicht, denke ich. Die Arbeiten kann ich selbst erledigen und an allem anderen bin ich nicht interessiert.« Sie stemmte die Hände in die Hüften. »Ist der immer so penetrant, oder liegt das an mir?« Vor Wut vergaß sie für einen Moment, dass sie sich eigentlich von Shane fernhalten wollte.

Shane schmunzelte. »Arrogant und unerträglich ist er immer, aber du hast seine beste Seite hervortreten lassen.«

»Aber ich habe doch gar nichts getan.«

Die Augenbrauen hochgezogen, blickte er sie an. »Du bist eine attraktive junge Frau. Ich kann schon nachvollziehen, dass er versucht, bei dir zu landen, auch wenn er das nicht wirklich geschickt angestellt hat.« Als sie aufbrausen wollte, legte er beruhigend die Hand auf ihren Arm. »Niemand hat das Recht, dir zu nahe zu treten, wenn du das nicht willst.«

»Gut, dass du das einsiehst.« Die flackernden Flammen spiegelten sich in seinen dunklen Augen und Autumn hatte Mühe, wegzublicken. Erst als er näher trat, schaffte sie es, den Bann zu brechen und einen Schritt zurück zu machen. Sie nickte Shane knapp zu und erwartete, dass er weggehen würde, doch während sie das Feuer umrundete, schlenderte Shane weiter hinter ihr her. Da er anscheinend nicht bereit war, sie von selbst in Ruhe zu lassen, würde sie ihn wohl darum bitten müssen. Ohne Vorwarnung wirbelte sie herum. Damit hatte er nicht gerechnet. Mit einem dumpfen Laut stießen sie zusammen. Zurückweichend taumelte sie in Richtung des Feuers. Furcht schoss durch ihren Körper und lähmte sie. Im letzten Moment ergriff Shane ihre Schultern und zog sie schützend an seine Brust. Sie spürte sein Herz kräftig pochen und lehnte sich für einen Moment an ihn. Als Antwort auf diese Geste erhöhte sich sein Herzschlag. Seine Finger strichen beruhigend über ihren Arm. Das fühlte sich viel zu gut an. Sie konnte nicht zulassen, dass Shane ihr so nahe kam, wenn sie nicht riskieren wollte, wieder an den falschen Mann zu geraten. Rasch löste sie sich von ihm und trat zurück.

Shane lächelte sie an. »Nun habe ich dich schon wieder gerettet. Das wird langsam zur Gewohnheit.«

»Nein, das wird es nicht. Ich hätte gar nicht gerettet werden müssen, wenn du nicht hinter mir hergeschlichen wärst.« Als Shane protestieren wollte, hob sie die Hand. »Bitte, geh einfach.«

Einen Moment lang sah er sie ernst an, offensichtlich bereit, die Sache mit ihr zu diskutieren, doch dann nickte er nur. »Wie du willst.« Er schob die Hände in die Hosentaschen. »Vergiss nicht, etwas zu essen.« Bevor sie antworten konnte, hatte er sich schon umgedreht und strebte mit langen Schritten davon.

Autumn stieß einen tiefen Seufzer aus. Wie es aussah, hatte sie es geschafft, Shane vor den Kopf zu stoßen, was nicht ihre Absicht gewesen war. Doch sie konnte ihm nicht erklären, warum sie ihn so auf Abstand hielt und warum sie ihm nie vertrauen konnte, selbst wenn er es vielleicht verdient hatte. Sie konnte ihm nicht einmal Freundschaft anbieten, denn wenn sie ihn erst einmal an sich heranließ, bestand die Gefahr, dass sie mehr wollen würde. Und das wäre das Dümmste, was sie machen konnte.

Als Autumn wenig später das Gedränge rund um die Tische zu viel wurde, setzte sie sich von den anderen ab und suchte sich einen Platz auf einer freien Bank. Ihr Würstchen hatte sie in zwei Baguettehälften gebettet, dazu trank sie ihre mitgebrachte Cola. Nach einigen Minuten gesellte sich Janet zu ihr, gemeinsam blickten sie ins Feuer.

Janet brach schließlich das Schweigen. »Wie gefällt es dir bis jetzt bei uns?«

»Sehr gut. Die Landschaft ist fantastisch, die Arbeitsbedingungen sind gut und die Leute nett.« Autumn verzog den Mund. »Fast alle zumindest.«

»Wer hat dich denn geärgert?« Janet schmunzelte. »Lass mich raten: Clarissa, Gerald oder Percy.«

Stöhnend ließ Autumn ihren Hotdog sinken. »Gott sei Dank habe ich Clarissa heute Abend noch nicht gesehen, und den Namen Gerald kann ich im Moment überhaupt nicht zuordnen, aber Percy war ein Volltreffer.«

»Was hat er denn getan? Seine Hilfe angeboten?« Janet lachte, als Autumn sie verdutzt ansah. »Dachtest du, du wärst die Einzige, der er dieses großzügige Angebot gemacht hat? Da muss ich dich enttäuschen. Er hat es bei jeder einzelnen von uns versucht.«

»Dann kann ich mir ja noch nicht mal was darauf einbilden. Jammerschade!« Autumn lächelte, der Ärger war verflogen. »Ist er denn jemals bei einer gelandet?«

»Natürlich nicht. Wir sind doch nicht blöd …« Sie brachen in Lachen aus. »Jetzt, wo wir das geklärt haben, sollten wir den Abend genießen. Ich glaube, ich hole mir noch ein paar Marshmallows. Willst du auch welche?«

Autumn folgte ihr. »Gerne. Ich denke, ich werde mir für meine Hütte einen kleinen Grill besorgen.«

»Gute Idee. Ich hoffe, du magst Besuch.«

Lächelnd blickte Autumn sie an. Auch wenn sie es nicht erwartet hatte, sie mochte ihre Kollegin. Vielleicht konnte sie doch die eine oder andere Freundschaft schließen, solange sie nicht vergaß, die Männer auf Abstand zu halten. »Du bist jederzeit herzlich eingeladen. Ich kenne hier sonst noch niemanden, den ich einladen könnte.«

Fragend zog Janet eine Augenbraue hoch. »Und was ist mit Shane?«

Konsterniert schaute Autumn um sich, ob er plötzlich hinter ihr stand. »Was soll mit ihm sein?«

»Ich hatte vorhin den Eindruck, als würde sich da etwas zwischen euch anbahnen.«

»Das täuscht. Er ist ganz nett, aber für mehr bin ich nicht zu haben.« Verlegen senkte sie den Blick. »Außerdem glaube ich nicht, dass er überhaupt mehr will. Er ist nur nett zu mir, weil ich neu bin. Das ist vermutlich einfach seine Art.« Zustimmung suchend sah sie Janet an.

»Das kann schon sein. Aber in diesem Fall glaube ich das nicht.« Janet zuckte die Schultern. »Wir werden ja sehen.«

Inzwischen hatten sie den Tisch mit den kümmerlichen Essensresten erreicht. Staunend betrachtete Autumn das Chaos. »Wo ist das bloß alles geblieben? Davon hätte ganz Utah satt werden können.«

»Wenn man viel im Freien arbeitet, hat man einen gesunden Appetit.« Janet griff mit beiden Händen nach den Marshmallows. »Schnell, bevor wir nichts mehr abbekommen!«

Nachdem sie ungefähr ein Dutzend geröstete Marshmallows gegessen hatten, lagen sie Seite an Seite auf den Steinbänken des Amphitheaters. Es war wunderbar gewesen, einfach mit jemandem über völlig belanglose Dinge zu reden und das Gefühl zu haben, irgendwie dazuzugehören. Autumn fühlte sich seltsam frei und unbeschwert von dem Ballast ihrer Vergangenheit. Wahrscheinlich lag es am Feuer, dem sternenklaren Himmel und ihrem vollen Bauch, aber für den Moment genoss sie es.

Vorsichtig setzte sie sich auf und stöhnte. »Ich glaube, das war zu viel. Wenn ich mich noch bewegen könnte, müsste ich mich wohl langsam auf die Suche nach Scott begeben.« Alarmiert sah sie sich um. »Wir haben überhaupt keinen Treffpunkt ausgemacht, hoffentlich ist er noch nicht weg.« Die behagliche Lethargie fiel von ihr ab und wurde von Anspannung vertrieben.

Janet rührte sich nicht vom Fleck. »Keine Panik. Sollte Scott schon weg sein, fährst du einfach bei jemand anderem mit.«

Unruhig versuchte Autumn, Scott zwischen den anderen Rangern ausfindig zu machen. »Das wäre mir unangenehm. Ich denke, ich suche ihn lieber.« Rasch erhob sie sich.

Als Janet Shane erblickte, der auf sie zugeschlendert kam, setzte sie sich auf. »Oh, Shane, gut dass du kommst. Fährst du jetzt?«

»Deshalb bin ich hier.« Er blickte Autumn an. »Du kommst doch auch mit, oder?«

Autumn zögerte, nicht sicher, ob es eine gute Idee wäre, doch schließlich siegte ihr Bedürfnis nach Schlaf. »Okay, ich muss nur noch Scott Bescheid sagen, damit er mich nicht sucht.«

Shane redete weiter, als hätte er sie nicht gehört. »Ich wollte sowieso nach Hause fahren, außerdem liegt deine Hütte direkt neben meiner und Scott möchte noch bleiben …« Verblüfft starrte er sie an. »Was hast du eben gesagt?«

»Dass ich gerne mitkommen würde. Aber deine Argumente waren auch nicht schlecht. Wahrscheinlich hättest du mich damit überzeugen können.« Autumn unterdrückte ein Lachen, als sie erkannte, dass der stets so selbstsichere Shane anscheinend geprobt hatte, was er sagen würde, wenn sie ablehnte. Das war irgendwie … süß.

Janet war nicht ganz so beherrscht, sie prustete laut los. »Also, Romeo, weiß Scott nun Bescheid oder nicht?«

Eine verlegene Röte kroch in Shanes Wangen. Er räusperte sich. »Ja. Können wir jetzt fahren?« Abrupt drehte er sich um und marschierte zum Auto.

»Sind wir aber empfindlich.« Janet kicherte.

»Das war nicht nett von uns.« Nach kurzem Zögern überwand Autumn mit zwei schnellen Schritten die Distanz zwischen ihnen. »Du bist doch nicht böse auf uns, oder?«

Shane warf ihr einen schnellen Seitenblick zu und seufzte. »Nein. Ich kann schönen Frauen nie lange böse sein.«

Auf der Rückfahrt zu den Hütten lauschte Autumn den Stimmen von Shane und Janet, die Geschichten über den Park erzählten. Zufrieden lehnte sie ihren Kopf an das Polster. Niemand wusste, dass sie hier war. Sie war in Sicherheit und fühlte sich heute Abend zum ersten Mal seit langer Zeit völlig entspannt. Vielleicht lag es am Essen oder an der beruhigenden Wirkung des Feuers. Sie hatte allerdings den Verdacht, dass es eher am Umgang mit den freundlichen Menschen lag, die sich um sie bemühten und mit ihr scherzten. Ob es hier möglich sein könnte, dass sie noch einmal neu anfing? Das wünschte sie sich mehr als alles andere. Ruhe und Geborgenheit, ohne ständig in Furcht leben zu müssen, entdeckt zu werden.

»Du kannst ruhig schlafen, wenn du müde bist.« Shanes Stimme schreckte sie aus ihren Gedanken auf. Er beobachtete sie im Rückspiegel.

Autumn lächelte verträumt. »Ich bin nicht müde. Ich habe nur nachgedacht.«

»Wie wäre es, wenn du auf die Straße achtest, Shane?« Janets Stimme erklang vom Beifahrersitz.

Wortlos richtete Shane seine Augen wieder auf die Straße, aber Autumn konnte sehen, wie sich seine Ohrspitzen röteten.

Als sie Janets Hütte erreichten, gähnte Janet herzhaft und schwang sich aus dem Jeep. »Jetzt wird es aber auch langsam Zeit, ins Bett zu gehen. Danke fürs Mitnehmen. Gute Nacht!« Sie winkte noch einmal kurz und wankte dann auf die Haustür zu.

»Möchtest du nach vorne kommen?«

»Es macht mir nichts aus, hinten zu sitzen. Es sind ja nur noch ein paar Hundert Meter.«

Shane zuckte mit den Schultern. »Wie du willst.«

Langsam rollte der Wagen wenig später vor den Hütten aus. Shane stieg aus und hielt ihr die Tür auf.

Als Autumn neben ihm stand, musterte sie ihn mit zur Seite geneigtem Kopf. »Wo hast du das eigentlich gelernt?«

Offensichtlich verwirrt blickte Shane sie an. »Was?«

Autumn versuchte, nicht darauf zu achten, wie gut es sich

anfühlte, so behandelt zu werden. »Dieses Türenaufhalten, Frauenherumtragen und so weiter.«

»Bei meiner Mutter. Sie ist der Meinung, dass ein Mann auch ein Gentleman sein sollte.« Er zuckte die Schultern.

Nein, wie ein Gentleman sah Shane nicht aus, mit den zerzausten schwarzen Haaren und den im Mondlicht glitzernden dunklen Augen. Aber das würde sie ihm lieber nicht sagen. Schließlich benahm er sich die meiste Zeit tatsächlich einwandfrei. »Das ist ihr gelungen. Gibt es noch mehr von deiner Sorte?«

»Ja. Zwei Brüder und drei Schwestern.« Autumns Mund stand staunend offen. Sie musste sich verhört haben! Sanft legte er einen Finger unter ihr Kinn und schloss ihn. »Na, sprachlos?«

Zögernd setzte sie sich wieder in Bewegung. »Meine Güte.« Die Worte kamen gehaucht. Dann überzog ein Leuchten ihr Gesicht, als sie sich vorstellte, wie schön es sein musste, so viele Geschwister zu haben. »Das muss ja toll sein!«

Shane lächelte. »Stimmt, es ist nicht schlecht. Allerdings hat man selten seine Ruhe. Hin und wieder wäre ich schon gerne mal allein gewesen.«

»Das kann aber auch nur jemand sagen, der die Wahl hat, allein oder in Gesellschaft zu sein. Als Einzelkind war ich immer allein.« Sie wünschte, sie hätte jemanden gehabt, mit dem sie hätte reden können und der ihr geholfen hätte, sich rechtzeitig von Robert zu lösen. Aber sie war allein gewesen, hatte alles mit sich selbst abmachen müssen. Autumn schüttelte den Gedanken ab. Es brachte nichts, sich etwas zu wünschen, das nie eintreten konnte.

Shane hatte sich mit dem Rücken an den Jeep gelehnt und seine Beine an den Knöcheln überkreuzt. Er sah aus, als hätte er die ganze Nacht Zeit. Auch Autumn hatte es nicht mehr eilig, ins Bett zu kommen, dort würde sie sowieso wieder nur grübeln und Probleme beim Einschlafen haben.

Sie legte den Kopf in den Nacken und blickte zu den Sternen hinauf. »Es ist wirklich schön hier draußen.«

»Ja.«

Autumn bemerkte, dass sein Blick auf ihr ruhte. Verlegen und unsicher wandte sie sich ihrer Hütte zu. »Ich denke, ich werde jetzt reingehen. Danke fürs Mitnehmen. Bis morgen dann.« Als sie fast bei ihrer Tür angekommen war, merkte sie, dass er ihr folgte. Sie sah ihn fragend an.

»Meine Mutter hat mir auch beigebracht, eine Frau immer bis zur Tür zu begleiten.«

»Sehr höflich.« Nervös kramte sie in ihrem Rucksack nach dem Schlüssel.

»Wo bist du morgen eingeteilt?« Shanes Schulter lehnte an der Hauswand.

»Ich soll im Visitor Center helfen. Nachmittags bekomme ich dann einen Vortrag über Erste Hilfe zu hören.«

Shane lachte. »Falls du dich noch mal verletzen solltest.« Er blickte auf ihr Knie. »Wie geht es dir heute eigentlich?«

Froh, dass das Gespräch wieder auf sicheren Boden zurückgekehrt war, entspannte Autumn sich ein wenig. »Ganz gut. Nächste Woche bin ich wieder fit.«

»Dann kannst du ja bald an einer meiner Fiery-Furnace-Expeditionen teilnehmen.«

Autumn stöhnte. »Bitte nicht. Muss das wirklich sein?«

»Auf jeden Fall! Aber keine Angst, ich bin ja bei dir. Ich werde dich beschützen.« Grinsend ergriff Shane ihre Hände.

Autumn entzog sie ihm und wich zur Tür zurück. »Geh nicht zu weit mit deiner Gentleman-Tour. Heutzutage herrscht Gleichberechtigung.«

»Ja, aber darf ich dir wirklich nicht die Tür aufhalten oder dich beschützen?« Er blickte sie treuherzig an.

Diesem Blick konnte niemand widerstehen.

»Wenn du sonst nichts Besseres zu tun hast …« Entschlossen öffnete sie die Tür und betätigte den Lichtschalter. »Gute Nacht.« Sie wollte gerade die Tür schließen, als Shane einen Schritt vortrat.

»Bekomme ich keinen Gutenachtkuss?«

Autumn blickte ihn entsetzt an. Ihr Herz begann wild zu klopfen. Ob aus Furcht oder einem ganz anderen Grund, konnte sie nicht sagen. »Wie kommst du denn auf diese absurde Idee?«

»Das ist eine Benimmregel meines Vaters. Bringst du ein Mädchen zur Tür, dann gib ihr auch einen Gutenachtkuss. Bekommst du dafür eine Ohrfeige, hast du etwas falsch gemacht.«

Autumn musste wider Willen lachen. »Mir gefällt die Erziehung deiner Mutter wesentlich besser. Hattest du schon Erfolg mit dieser Masche?«

Lächelnd bewegte er sich auf sie zu. »Das werden wir gleich merken.« Heiser wehte seine Stimme durch die warme Nacht. Das Spielerische war aus seinem Gesicht verschwunden. Autumn wich bis in ihre Hütte zurück. Sie hätte die Tür zuwerfen können, doch sie hatte nicht die Kraft dazu. Ihr Körper wurde weich. Abwehrend streckte sie die Hände aus, die auf Shanes Brust landeten. Anstatt ihn wegzuschieben, blieben sie dort still liegen. Shane fühlte sich so warm und lebendig an und es war so lange her, dass sie einem anderen Menschen so nahe gewesen war.

Langsam beugte er seinen Kopf zu ihr hinunter. Wie hypnotisiert starrte sie auf ihre Hände. Sie traute sich nicht, ihm in die Augen zu blicken. Seine Finger schoben sich unter ihr Kinn und hoben ihr Gesicht ihm entgegen. Shanes lodernde Augen bohrten sich in ihre. Sein Mund senkte sich auf ihre Lippen. Langsam strich er darüber.

Die Gefühle, die seine Berührung in ihr auslösten, machten ihr Angst und weckten sie aus ihrer Starre. Nein! Abrupt löste sie sich von Shane und stolperte in die Hütte zurück.

Überrascht sah er sie an und streckte seine Hand nach ihr aus. »Autumn, was hast du?«

Ihr Blick fiel auf seine Lippen und sie hatte Mühe, die Sehnsucht in ihr zu unterdrücken. Heftig schüttelte sie den Kopf. »Ich … kann nicht.« Bevor er noch etwas sagen konnte, schlug sie die Tür vor seiner Nase zu.

»Autumn, geht es dir gut?« Shanes Stimme klang gedämpft durch das Holz.

Ein Knoten saß in ihrer Kehle und sie hatte Mühe, die Worte herauszupressen. »Ja. Geh bitte.«

Etwas wie ein Seufzer drang durch die Tür. »Gute Nacht.«

Eine Träne lief über ihre Wange und sie wischte sie hastig weg. »Gute Nacht.«

8

Nach einer unruhigen Nacht wurde Autumn am nächsten Morgen vom penetranten Klingeln ihres Weckers aus dem Schlaf gerissen. Blind tastete sie danach. Da sie nicht mehr im Hotelzimmer schlief, suchte sie ihn prompt auf der falschen Seite des Bettes und war gezwungen, ihre verquollenen Augen zu öffnen. Ihr unscharfer Blick glitt durch den Raum. Wo war sie? Etwas verspätet schaltete sich ihr Gedächtnis wieder ein: Sie war im Arches, in ihrer Hütte. Aber wo hatte sie den Wecker gelassen?

Das schrille Piepsen ging ihr auf die Nerven. Nachdem sie ihn endlich gefunden und ausgeschaltet hatte, blieb sie noch eine Weile liegen. Die Erinnerung an den gestrigen Abend kehrte zurück und Unruhe machte sich in ihr breit. Entgegen ihrer Vorsätze hatte sie sich nicht nur mit Janet angefreundet, sondern auch noch Shane erlaubt, sie zu küssen. Wie hatte das geschehen können? Eigentlich müsste sie einen großen Bogen um Männer machen, besonders um solche, die gut aussehend und charmant waren und scheinbar ein Interesse an ihr entwickelten. Stattdessen hatte sie gezögert und somit Shane die Gelegenheit gegeben, sie zu berühren.

Autumn schloss die Augen. Es hatte sich so gut angefühlt! Shane war nicht über sie hergefallen, sondern hatte nur ganz sanft mit seinen Lippen über ihre gestrichen. Für einen Moment war sie versucht gewesen, ihn zurückzuküssen, und dieser Gedanke war es gewesen, der ihr die Kraft gegeben hatte, sich zurückzuziehen. Es war offensichtlich, dass Shane nicht verstanden hatte, warum sie das tat, aber sie konnte es ihm nicht erklären. Sie sollte wirklich versuchen, ihm so weit wie möglich aus dem Weg zu gehen, damit so etwas nicht noch einmal geschah. Vor allem musste sie Shane endgültig klarmachen, dass sie kein Interesse an einer Beziehung hatte. Wenn es überhaupt das war, was er wollte. Vielleicht war es auch nur ein Spiel für ihn, zu testen, ob er bei ihr landen konnte, und sie interpretierte zu viel hinein.

Zögernd erhob Autumn sich. Der eiskalte Holzfußboden und ihr immer noch leicht schmerzendes Knie besserten ihre ohnehin schon düstere Laune nicht wesentlich. Langsam schlurfte sie in das winzige Badezimmer, wo sie ihre Kontaktlinsen einsetzte. Endlich konnte sie wieder mehr als nur Umrisse erkennen. Sie ging zurück ins Schlafzimmer, stieß die Fensterläden weit auf und lehnte sich aus dem Fenster. Tief atmete sie die reine, trockene Luft ein. Ein neuer Tag mit strahlend blauem Himmel brach gerade an. Ihre Stimmung besserte sich etwas, als ihr wieder bewusst wurde, dass sie endlich frei war und ihr Leben ganz neu gestalten konnte. Als sie Shanes Hütte erblickte, schüttelte sie den Kopf. Wie sollte sie ihm aus dem Weg gehen, wenn er direkt neben ihr wohnte? Nicht nur das, auch bei der Arbeit oder in der Kantine würden sie sich bestimmt öfter sehen. Aufgewühlt ging sie in ihrem Zimmer auf und ab.

Dass sie in ihrem knappen Nachthemd für Zuschauer eine kostenlose Show bot, schien Autumn nicht bewusst zu sein. Verträumt stützte sich Shane auf seine Fensterbank. Sie war wirklich eine Augenweide. Selbst ungeschminkt und mit vom Schlaf zerzaustem Haar gefiel sie ihm ausnehmend gut. Die schräg einfallende Sonne ließ ihre Haare aufleuchten, wie rote Flammen züngelten sie um ihr Gesicht. Pass auf, dass du dich nicht verbrennst, ermahnte sich Shane. Er merkte, dass er immer tiefer in den Sog dieser Frau geriet, aber er konnte nichts dagegen tun. Falsch, er wollte nichts dagegen unternehmen. Ihre Widersprüchlichkeit, ihre Verletzlichkeit, ihre Stärke und ihr Humor, der hin und wieder aufblitzte, faszinierten ihn.

Wahrscheinlich hätte er sie nicht küssen sollen, aber er hatte nicht widerstehen können. Endlich einmal war sie beinahe entspannt gewesen und er hatte an nichts anderes denken können, als herauszufinden, wie diese weichen roten Lippen schmeckten. Und es war die Sache wert gewesen, auch wenn sie sich sofort wieder von ihm zurückgezogen hatte. Jetzt wusste er, dass es sich lohnte, hartnäckig zu sein und sie immer wieder aus ihrem Schneckenhaus herauszulocken. Für einen winzigen Moment hatte sie sich an ihn gelehnt und er hatte ihre Sehnsucht gespürt. Doch er musste langsam an die Sache herangehen, denn irgendetwas hatte Autumn zu dem gemacht, was sie heute war.

Aber er ahnte, dass sie etwas hinter ihrer zurückhaltenden und beinahe ängstlichen Art verbarg, und er war fest entschlossen, zu entdecken, was es war. Wenn er allerdings so weitertrödelte, würde er noch zu spät zum Dienst kommen.

Widerwillig richtete er sich auf. »Guten Morgen!«

Autumns Kopf schnellte hoch, und ihr erschreckter Blick sagte, dass sie sich seiner Anwesenheit nicht bewusst gewesen war.

Jetzt tat es ihm beinahe leid, dass er sie angesprochen hatte, aber er hatte nicht widerstehen können, noch einmal ihren Blick auf sich zu fühlen. »Ich hoffe, du hast gut geschlafen.«

Autumn starrte ihn weiter schweigend an, die grünen Augen riesengroß in ihrem blassen Gesicht. Es war offensichtlich, dass sie irgendetwas belastete. Sein Kuss hatte anscheinend auch nicht geholfen, aber er würde sich dafür nicht entschuldigen. Stattdessen festigte es seinen Wunsch, sie näher kennenzulernen und herauszufinden, was sie so bedrückte. Vielleicht konnte er ihr irgendwie helfen.

»Ja, natürlich.« Autumns Antwort klang zögernd. »Ich muss mich jetzt fertig machen.« Damit griff sie nach den Fensterläden und schloss sie geräuschvoll.

Als sie später im Visitor Center ihrer Arbeit nachging, war Autumn froh, wieder mit Büchern arbeiten zu dürfen. Es beruhigte sie irgendwie. Mit ihnen kannte sie sich aus, sie hatten sie noch nie enttäuscht, verärgert oder verletzt. Besonders nach dem Schreck, Shane so plötzlich wiederzusehen, brauchte sie etwas, das sie ablenkte und ihr ein Gefühl von Sicherheit gab. Immer noch schwebte sein Anblick vor ihren Augen: sein warmes Lächeln, seine nackte Brust und die breiten Schultern, die fast den Fensterrahmen ausfüllten. Und wieder war sie erstarrt und hatte keine spontane, lockere Antwort gegeben, als er sie nach ihrer Nacht gefragt hatte. Sie hätte so tun müssen, als hätte sein Kuss sie überhaupt nicht berührt, als hätte sie ihn schon längst vergessen. Stattdessen war sie wieder geflüchtet.

Mit einem tiefen Seufzer holte sie weitere Bücher aus dem Karton und sortierte sie in die Regale ein. Es wurde Zeit, dass sie sich auf die Arbeit konzentrierte, schließlich wollte sie einen guten Eindruck machen und Bob bloß keine Gelegenheit geben, sich zu fragen, warum er sie eingestellt hatte.

Heute Morgen war sie Alyssa Anderson zugeteilt, die ihr zur Einarbeitung die Bücher überlassen hatte. Das Visitor Center würde erst in einer halben Stunde für Besucher geöffnet werden, sodass sie in Ruhe ihrer Arbeit nachgehen konnte. Ein bisschen Lampenfieber hatte sie vor ihrer ersten Begegnung mit den Besuchern, aber im Prinzip würde das wohl auch nicht schwieriger sein als die Auskunftsarbeit in der Bibliothek. Allerdings war das nicht gerade ihre liebste Tätigkeit gewesen. Sie hasste es, nicht auf Anfragen vorbereitet zu sein und schnell auf neue Situationen reagieren zu müssen.

Während sie die letzten Bücher in die Regale schob, stürmten bereits die ersten Besuchergruppen in das Visitor Center. Jeder wollte als Erster die Bücher, Karten und Poster in die Finger bekommen, wobei sie Autumn fast umrannten. Nachdem sie sich mit einem kühnen Sprung zur Seite gerettet hatte, rieb sie ihren Ellbogen und ging hinter dem Tresen in Deckung.

»Puh, das war knapp!«

Alyssa grinste sie an. Sommersprossen leuchteten in ihrem blassen Gesicht. Das karottenrote Haar trug sie zu einem dicken Pferdeschwanz gebändigt. »Das war meine Schuld, ich hätte dich vorwarnen sollen. Es ist jeden Morgen das Gleiche. Die Leute warten vor der Tür, und sowie sie sich öffnet, stürmen sie herein – wie beim Schlussverkauf. Besonders schlimm ist es bei Busreisegruppen.« Sie winkte Autumn zu sich. »Solange die Meute noch stöbert, erkläre ich dir die Funktionsweise der Kasse.«

Das waren die letzten ruhigen Minuten des Vormittags.

Immer noch in Gedanken bei einigen skurrilen Besucherfragen, die sie im Laufe des Vormittags gehört hatte, verließ Autumn mittags das Gebäude. Die Hitze verschlug ihr den Atem und ließ die Uniform an ihrem Körper kleben. Autumn zog ihren Rangerhut ins Gesicht und machte sich auf den beschwerlichen Fußmarsch zur Kantine. Die Sonnenbrille gab ihren empfindlichen Augen zusätzlichen Schutz gegen die grellen Strahlen.

Den Blick auf den Boden gesenkt und völlig in ihre Gedanken vertieft, lief sie fast gegen den Jeep, der mitten auf der Straße stand. Im letzten Moment sah sie das Hindernis und sprang zur Seite. Erschrocken schob sie ihren Hut in den Nacken.

»Vorsicht, du willst dich doch nicht schon wieder verletzen, oder?« Shane lächelte sie an.

Er stand neben der Beifahrertür und half einer wunderschönen jungen Frau in den Sitz. Neben ihm war ein Rollstuhl.

Erstaunt betrachtete Autumn die Frau, die stumm zurücksah. Zärtlich drückte Shane ihre Hand, bevor er sich Autumn wieder zuwandte.

Abrupt hob Autumn den Blick. Verspätet reagierte sie auf seine Frage. »Ich kann ja nicht ahnen, dass jemand mitten auf der Straße parkt. Ist das nicht verboten?«

Shane grinste. »Eigentlich schon, aber es gibt ein paar Ausnahmen. Ich möchte dir Leigh vorstellen.« Er wandte sich an die Schwarzhaarige. »Und diese besonders aufmerksame Rangerin heißt Autumn.«

Autumn zwang sich zu einem Lächeln, als sie sich an Leigh wandte. »Hallo. Ich glaube, Shane versucht gerade, mir die Schuld dafür zu geben, dass er falsch parkt.«

Leigh lächelte vorsichtig zurück. Ihr langes schwarzes Haar schimmerte bläulich in der Sonne. Melancholische sherryfarbene Augen blickten sie prüfend an. »Ja, das kenne ich. Er kann einen zur Weißglut treiben.« Liebevoll sah sie Shane an.

Autumn versuchte, nicht zu zeigen, dass ihr die offensichtliche Vertrautheit zwischen den beiden wehtat. Dabei sollte sie doch froh sein, dass Shane sich für eine andere Frau interessierte, dann würde er sie selbst vielleicht in Ruhe lassen. Und das war es doch, was sie mehr als alles andere wollte, oder?

Lächelnd strich Shane über Leighs Wange. »Das stimmt ja gar nicht, ich bin ganz harmlos.« Er ging um den Wagen herum, klappte den Rollstuhl zusammen und schob ihn in den Kofferraum. Vorsichtig drückte er die Klappe zu und ging dann zur Fahrerseite hinüber. »Können wir dich mitnehmen?« Er ließ sich in den Sitz sinken und blickte Autumn fragend an.

»Nein, danke, ein bisschen Bewegung tut meinem Knie gut, außerdem bin ich sowieso schon fast da.« Sie winkte lässig ab, während es in ihr brodelte. Verletzt blickte sie dem Jeep nach, der sich in einer Staubwolke entfernte. Zu allem Überfluss durfte sie noch beobachten, wie Shane sich zu Leigh hinüberbeugte und sie küsste.

Fluchend kickte Autumn einen Stein über die Straße. Wenn sie schlau gewesen wäre, hätte sie Shane gar nicht erst so nahe an sich herankommen lassen. Wie konnte er sie gestern Abend küssen und heute mit seiner Freundin auftauchen? Wenigstens war sie rechtzeitig aufgewacht und hatte ihn weggeschickt, bevor er sie richtig küssen konnte. Sie mochte sich nicht vorstellen, wie sie sich sonst gefühlt hätte. Es reichte ihr schon dieses unangenehme Ziehen in ihrem Brustkorb, das sich mit jedem Schritt verstärkte. Aber immerhin hatte sie jetzt die Gewissheit, dass Shane nicht wirklich ernsthaft an ihr interessiert war, und es würde ihr von nun an leichter fallen, ihn auf Abstand zu halten.

Einige Minuten später erreichte sie schließlich die Kantine. Immer noch tief in Gedanken trat sie an die Theke und ließ sich eine Portion Hackfleisch mit Bohnen geben, dann suchte sie sich einen freien Tisch, stellte ihr Tablett darauf und sank auf den Stuhl. Während sie das Essen auf ihrem Teller hin und her schob, mischte sich allmählich Wut in ihre Enttäuschung.

Einige Minuten später setzte Janet ihr Tablett auf dem Tisch ab. »Hi. Ist der Platz noch frei?« Sie zuckte zurück, als Autumn den Kopf hob. »Huch. Geht es dir nicht gut?«

»Alles in Ordnung.« Autumns Blick schwenkte zum Essen zurück.

Janet hatte sich bereits gesetzt und beugte sich nun vor. »Das glaube ich dir nicht. Was ist passiert?«

»Nichts ist passiert. Ich habe nur gerade Shane getroffen – mit seiner gut aussehenden Freundin.«

Das ließ sogar Janet kurzzeitig verstummen. »Das ist ja eine Neuigkeit. Ich wusste gar nicht, dass er im Moment eine hat.« Sie kratzte sich am Kopf. »Wie sah die Frau denn aus?«

»Lange schwarze Haare, sherryfarbene Augen, blasse Haut. Und sie ist anscheinend auf einen Rollstuhl angewiesen.«

Nachdenklich blickte Janet vor sich hin. »Ich ahne etwas. Hat er auch ihren Namen erwähnt?«

Autumn überlegte kurz. »Leigh. Wieso, kennst du sie?«

Janets Gesichtsausdruck war nicht zu deuten. Sie hielt eine Hand vor den Mund, ihre Augen funkelten.

»Was ist?« Langsam machte Autumn sich Sorgen.

»Ich weiß nicht, wie ich es sagen soll.« Janet legte eine Kunstpause ein. »Leigh ist seine Schwester.«

In Autumns Gesicht machte sich Unglauben breit. »Das kann nicht sein. Er hat sie doch geküsst! Zwar auf die Wange, aber trotzdem.«

Janet kicherte. »Das macht die ganze Familie so. Ständig wird umarmt und geknutscht. Und vielleicht wollte er auch nur deine Reaktion testen.«

Erneut breitete sich Wut in Autumn aus. Sollte Shane doch mit seiner Schwester kuscheln und sie dafür in Ruhe lassen. Ihr Vorsatz, sich von Männern fernzuhalten, erneuerte sich. Für einen Moment hatte sie sich von Shanes netter Art und seinem guten Aussehen täuschen lassen, aber ab sofort würde sie nichts weiter als einen Kollegen in ihm sehen. Jedenfalls hoffte sie, dass ihr das gelang.

Langsam schob Shane Leigh über den gepflasterten Weg zum Delicate Arch Viewpoint.

»Ist dir auch nicht zu warm, Leigh?« Schützend beugte er sich über sie.

»Und wenn, was könntest du schon dagegen tun? Die Sonne ausschalten?« Bitterkeit klang in der Frage seiner Schwester mit.

Shane spürte Ärger in sich aufsteigen, doch er hielt seine Stimme ruhig. »Ich versuche nur, es dir so angenehm wie möglich zu machen. Kein Grund, auf mich loszugehen.«

Leighs Hände krampften sich um die Armstützen des Rollstuhls. Es war offensichtlich, dass sie dieses Ding hasste und ihr Schicksal verfluchte. Shane wünschte, er könnte irgendetwas tun, um ihr zu helfen, doch das war unmöglich. Er konnte nur versuchen, sie ab und zu aus ihrer Wohnung und der Stadt herauszuholen und ihr zu zeigen, dass es im Leben auch noch schöne Dinge gab. Aber sosehr er und der Rest der Familie es auch versuchten, Leigh zog sich immer weiter zurück und schien mit jedem Tag unglücklicher zu werden. Selbst ihre Zwillingsschwester Shannon, mit der sie sich ein Apartment teilte, kam nicht mehr an sie heran.

Leighs Schultern entspannten sich, sie legte eine Hand auf Shanes. »Entschuldige, das war nicht fair. Es ist schön, dass du Zeit für mich hast.« Sie lächelte ihn an. »Wer war übrigens vorhin diese Autumn? Eine Freundin von dir?«

Shane zuckte ertappt zusammen. »Im Moment wohl eher nicht. Autumn hat diese Woche erst hier als Rangerin angefangen. Wieso fragst du?«

Ihr Blick ruhte spöttisch auf ihm. »So wie du mich demonstrativ im Auto geküsst hast, habe ich mich gefragt, ob du sie damit vielleicht ärgern wolltest.«

Shane spürte Hitze in seine Ohren steigen. »Ich wollte nur testen, wie sie reagiert. Ich weiß bei ihr wirklich nicht, was sie denkt. Das macht mich wahnsinnig.«

»Shane, hat dir Mom nicht beigebracht, dass man mit Frauen nicht spielt?«

Entrüstet richtete er sich auf. »Das tue ich nicht. Ich finde sie interessant und würde sie gerne näher kennenlernen, aber mal ist sie freundlich und offen, mal zugeknöpft und manchmal auch beinahe ängstlich. Und immer wenn ich denke, ich wäre gerade ein Stück weitergekommen, schließt sie mich wieder völlig aus und ich darf von vorne anfangen. Ich weiß einfach nicht, wie ich mit ihr umgehen soll.« Ratlos schüttelte er den Kopf. »Und dann diese Narben.«

»Was denn für Narben?« Erstaunt drehte Leigh sich zu ihm um.

Shanes Gesicht verdüsterte sich bei der Erinnerung. »Mindestens an einem Bein hat sie furchtbare Narben. Den Rest von ihr habe ich noch nicht gesehen, aber das hat mir gereicht. Und wenn sie ein größeres Messer sieht, bricht sie in Panik aus.« Ratlos zuckte er mit den Schultern. »Ihr muss irgendetwas passiert sein, und es ist keine Kleinigkeit gewesen. Aber ich kann mir nicht vorstellen, dass sie darüber reden will. Und mit mir schon gar nicht.«

»Sie sah vorhin aber eher so aus, als hättest du etwas getan, das sie nervös gemacht hat.«

»Das lag wohl an gestern Abend. Ich habe ihre Abwehr unterlaufen, und das nagt an ihr.«

Belustigt sah seine Schwester ihn an. »Eine sehr interessante Formulierung. Was heißt das genau?«

Mit einem Finger stupste Shane ihre Nasenspitze. »Das werde ich dir bestimmt nicht auf die Nase binden. Willst du mich weiter aushorchen oder lieber den Delicate Arch sehen?«

9

Das abendliche Lagerfeuer fiel am nächsten Tag buchstäblich ins Wasser. Ein kräftiger Gewitterguss tränkte die trockene Erde. Die tief stehende Sonne färbte die Landschaft dunkelrot und bildete einen grandiosen Kontrast zu den hoch aufgetürmten, dunkelgrauen Wolken. Gezackte Blitze spalteten den Himmel. Die Luft knisterte vor Elektrizität.

Fasziniert stand Autumn auf der Veranda vor ihrer Hütte und beobachtete das Unwetter. Als ein paar Sonnenstrahlen die Wolken durchbrachen, bildete sich ein fantastischer Regenbogen. Von Lila bis Grün waren alle Farben in strahlender Pracht vorhanden und seine Enden erreichten die feuchte Erde. Ein zweiter, etwas schwächerer Bogen erschien oberhalb des ersten. Die einzigen Geräusche waren die auf das Dach trommelnden Regentropfen und das Rascheln des Wacholderbusches neben dem Haus. Die Menschen hatten sich einen Unterschlupf gesucht und der Natur den Park überlassen. Autumn liebte diese Ruhe.

Sie konnte sich kaum aufraffen, ihren Aussichtsplatz zu verlassen, obwohl sie endlich die Hütte in einen wohnlicheren Zustand versetzen wollte. Als Erstes würde sie dieses furchtbare Geweih entfernen, wozu sie bisher noch nicht gekommen war. Sie hasste solche Zurschaustellungen von toten Tieren. Knochen konnte sie gerade noch ertragen, aber ausgestopfte Tiere machten sie wahnsinnig. Sie glotzten sie mit ihren Kunstaugen an und schienen sie ständig zu beobachten. Sie wusste, es war dumm, aber sie konnte einfach nichts gegen dieses Gefühl tun. Allerdings würden diese Tiere ihr garantiert nichts tun, im Gegensatz zu Menschen. Sie schüttelte diesen Gedanken ab, warf einen letzten Blick auf das grandiose Naturschauspiel und ging seufzend in ihre Hütte zurück.

Gerade als sie auf einem Stuhl stand, um das Geweih von der Wand zu entfernen, klopfte es an der Tür. Vor Schreck rutschte ihr das Geweih aus der Hand und schlug krachend auf den Boden. Panik zuckte durch ihren Körper und der Instinkt zu fliehen setzte ein. Autumn sprang vom Stuhl und sah sich nach einem anderen Ausgang um. Wenn sie zum Schlafzimmerfenster kam, könnte sie hinter der Hütte verschwinden …

Erneut klopfte es. »Alles in Ordnung, Autumn?« Shanes Stimme drang durch die Tür.

Die Erleichterung verwandelte sich innerhalb kürzester Zeit in Unruhe. Was wollte Shane hier? Er musste wissen, dass sie nichts mit ihm zu tun haben wollte, erst recht, nachdem er ihr seine Schwester absichtlich nicht richtig vorgestellt hatte. Davon abgesehen sah sie schlimm aus. Sie trug Leggins und ihr ältestes, bequemstes T-Shirt. Ihre Haare waren wieder aus dem lockeren Knoten gerutscht, den sie sich zum Aufräumen hochgesteckt hatte. Das Klopfen klang inzwischen dringlicher. Autumn holte tief Luft, ging zur Tür und öffnete sie einen Spaltbreit. Shane sah aus, als wäre er kurz davor gewesen, die Tür aufzubrechen.

»Mir geht es gut. Wolltest du etwas Bestimmtes?« Anscheinend immer noch nicht beruhigt, wanderte Shanes Blick an ihr herunter. Als er keine offensichtliche Verletzung feststellen konnte, ließ er ihn ohne Eile zurückgleiten. Autumn fühlte sich in die Enge getrieben. »Ich habe gerade aufgeräumt.« Unruhig spielte sie mit einer Haarsträhne.

»Was war das für ein Krach?« Shane stützte einen Ellbogen gegen den Türrahmen. Anscheinend wollte er sich nicht abweisen lassen.

»Das Geweih.«

Verdutzt richtete er sich auf. »Wie bitte?«

»Ich war gerade dabei, das Geweih von der Wand zu entfernen, als du geklopft hast. Vor Schreck habe ich es fallen lassen.« Sie zuckte die Schultern. »Ich hoffe, das gute Stück war nicht wertvoll.«

»Bestimmt nicht.« Immer noch betrachtete er sie ausgiebig.

»Was willst du?« Langsam wandelte sich ihre Unruhe zu Ärger.

Ein laszives Lächeln breitete sich auf seinem Gesicht aus. »Ich will alles.« Seine Stimme klang tief und heiser, seine dunklen Augen versanken in ihren. Autumn hielt den Atem an, als sie die Leidenschaft in den schwarzen Tiefen sah. Einen Moment lang war sie wie erstarrt, dann trat sie rasch einen Schritt zurück. Auch wenn ihr Körper sich in seiner Gegenwart zu regen begann, würde sie sich nicht darauf einlassen. Es war wichtig, dass sie ihren Abstand hielt und Shane nicht zu dicht an sich herankommen ließ.

Schließlich schüttelte Shane den Kopf, wie um sich aus einer Trance zu wecken. »Im Moment möchte ich dich nur zum Essen einladen. Ich stelle mich gleich an den Herd, und da das Lagerfeuer ausgefallen ist, hast du doch bestimmt auch Hunger.« Er lächelte sie gewinnend an.

Oh nein, das war gar keine gute Idee! Allein mit Shane in seiner Hütte zu sein würde alles noch viel schlimmer machen. »Ich habe hier noch so viel zu tun, ich wollte mir nur ein Sandwich machen.«

Shane ließ sich von ihrem schlagenden Argument kein bisschen irritieren. »Keine Widerrede, warmes Essen ist viel gesünder.«

Wenn sie inzwischen eines über Shane gelernt hatte, dann war es, dass er einen Dickkopf hatte. »Und wenn ich nicht essen will, fütterst du mich dann?«, fragte sie und hob eine Augenbraue.

»Wenn es sein muss.« Er lächelte sie an. »Manchmal hast du wirklich gute Ideen.«

»Oh, schon gut.« Besiegt schüttelte sie den Kopf. »Ich ziehe mich um und komme dann rüber.« Irgendwie würde es ihr gelingen, ein Essen zu überstehen und sich dann wieder zurückzuziehen. Wenn sie ehrlich war, hatte sie tatsächlich ziemlichen Hunger und so gut wie nichts Vernünftiges zu essen in der Hütte.

Als sie sich abwenden wollte, ergriff er ihren Ellbogen. »Das, was du anhast, ist völlig ausreichend. Wir sind doch unter uns.«

Genau deshalb wollte sie sich am liebsten in Schutzkleidung hüllen, aber sie bezweifelte, dass Shane das verstehen würde. »Darf ich wenigstens noch das Licht ausmachen?«

Widerstrebend ließ er sie los.

Sie suchte unter dem Bett nach ihren Schuhen, versetzte dem Geweih einen letzten Tritt und war in weniger als zwei Minuten wieder an der Tür. Shane hatte sich in der Zwischenzeit nicht einen Zentimeter bewegt.

Sie hatte gehofft, sich auf dem Weg noch ein wenig beruhigen zu können, aber wenn Shane neben ihr ging und sie auch noch berührte, würde das nie klappen. »Warum bist du denn noch hier? Ich hätte den Weg schon gefunden.«

Shane sah sie an, als wüsste er, was in ihrem Kopf vor sich ging. »Man muss eine Verabredung immer an der Tür abholen.«

»Wieder so eine Benimmregel?«

»Ja. Gefällt sie dir nicht?«

Sein Lächeln fesselte sie und sie spürte, wie sie ein bisschen mehr seiner Anziehungskraft verfiel. »Doch schon. Aber es ist ja keine richtige Verabredung.«

Erstaunt blickte er sie an. »Nein? Wie würdest du es denn bezeichnen?«

»Als Überfall?«

»Ich hätte dich vorher angerufen, wenn du ein Telefon hättest.

Vielleicht solltest du dir ein Handy anschaffen, damit ich mich anmelden kann, wenn ich mal wieder eine spontane Idee habe.«

Unwillkürlich zuckte Autumn zusammen. Robert hatte sie damals gezwungen, immer ein Handy dabeizuhaben, damit er sie auch überall erreichen konnte. Gleichzeitig hatte er jeden ihrer Anrufe kontrolliert. Mehr als einmal hatte er ihr vorgeworfen, heimlich mit anderen Männern zu telefonieren oder sich sogar zu treffen. Aber das war nicht Shanes Fehler. Entschuldigend berührte sie seinen Arm. »Du hast mich einfach überrascht.«

Shane öffnete die Tür seiner Hütte und ließ sie zuerst eintreten. Neugierig sah Autumn sich um. Die Hütte hatte den gleichen Grundriss wie ihre. Während ihre jedoch kalt und ungemütlich wirkte, strahlte Shanes Behaglichkeit aus. Auf dem Dielenfußboden lag ein großer Navajo-Teppich mit Kokopelli-Muster, anstelle der Holzbank hatte er eine Sitzecke um den Tisch aufgebaut. In einer Ecke stand ein bequem aussehender Schaukelstuhl, ihm gegenüber ein dick gepolsterter Sessel. Die Küchenzeile bestand aus einem Elektroherd mit zwei Platten, einer Mikrowelle und allerlei anderen nützlichen Küchengeräten. Eine Pfanne stand bereits auf dem Herd, daneben ein Teller mit zwei riesigen Steaks. Auf der Arbeitsplatte wartete ein großer Salatkopf auf seine Verarbeitung, daneben stand eine Schale mit Dressing. Während sie sich einmal um die Achse drehte, entdeckte Autumn die Bilder an den Wänden. Die meisten waren Landschaftsfotos aus verschiedenen Nationalparks: Grand Canyon, Death Valley und Yellowstone erkannte sie auf Anhieb. Einige Aufnahmen waren dagegen Porträts. Sie nahm an, dass es sich um Familienfotos handelte, da sich die Personen darauf ähnlich sahen.

Nachdem Autumn sie eine Weile studiert hatte, bemerkte sie, dass Shane dicht hinter ihr stand. Bevor sie sich unwohl fühlen konnte, hob er eine Hand und zeigte auf ein Gruppenfoto. Acht lachende Personen saßen an einem großen Gartentisch, um sie herum Bäume, Blumen und ein rauchender Grill. »Meine Familie beim Barbecue. Die beiden älteren Semester sind mein Vater George und meine Mutter Angela. Links daneben sitzt mein ältester Bruder Clint, meine jüngste Schwester Chloe, mein jüngerer Bruder Jay, die Zwillinge Leigh und Shannon.« Auch Shane selbst war auf dem Foto zu sehen. Er hatte seinen Arm um Chloes Schultern geschlungen, die lachend zu ihm aufblickte.

Autumn stiegen Tränen in die Augen, während sie jedes Detail des Bildes in sich aufsog. Sie beneidete ihn um dieses herrliche Familienleben, das sie selbst nie kennengelernt hatte.

Shane sah sie von der Seite an. »Was ist?«

Sie räusperte sich, um ihrer Stimme Festigkeit zu geben. Trotzdem klang sie belegt, als Autumn ihm antwortete. »Es ist wunderschön.«

Als er sie verständnislos ansah, wurde sie genauer. »Das Bild. Wer hat es gemacht?«

»Ich. Mit dem Selbstauslöser.« Er blickte wieder auf das Bild. »Es hat noch niemand gesagt, dass es schön ist. Wie kommst du darauf?«

»Es zeigt nicht einfach nur Personen, sondern auch ihre Gefühle füreinander.« Sie seufzte. »Ich hätte gerne eine Familie wie deine.«

Shane lächelte schief. »Ich teile sie gern mit dir.«

Etwas zittrig versuchte Autumn zu lächeln. »Sie hätten sicher etwas dagegen.«

»Meine Familie ist auch für Freunde immer da.« Er betonte das Wort ›Freunde‹.

»Ich würde mich nicht unbedingt als eine Freundin deiner Familie bezeichnen.«

»Du kannst es aber werden, wenn du möchtest.«

Dieses freundliche Angebot machte sie sprachlos. Wärme breitete sich in ihr aus. »Danke.«

Er strich kurz mit einem Finger über ihre Wange. »Keine Ursache. Dann werde ich wohl mal mit dem Essen anfangen, sonst wird es nie fertig. Sieh dich ruhig weiter um.« Einladend deutete er auf den Raum.

Das ließ sich Autumn nicht zweimal sagen. Von der Porträtaufnahme bis zum Familienausflug war alles vertreten. Als sie die Bilder betrachtete, fiel ihr plötzlich auf, dass Leigh auf keinem der Fotos im Rollstuhl saß. Da sie nicht direkt fragen wollte, wählte sie einen Umweg. »Wie hat deiner Schwester der Park gefallen?«

Shane, der gerade mit einem Küchenmesser hantierte, drehte sich zu ihr um. »Leigh? Gut, wie immer. Ich lade sie von Zeit zu Zeit ein, damit sie nicht in ihrer Wohnung versauert.« Er zuckte die Schultern.

»Wie lange ...« Autumns Stimme verklang. Sie wusste nicht, wie sie die Frage vorsichtig formulieren sollte.

Doch Shane kam ihr zuvor. »Sie ist seit etwa einem Jahr gelähmt. Ein Autounfall.«

Autumn konnte den Schmerz in seiner Stimme hören und ging zu ihm. »Das ist schrecklich.«

Shane nickte. »Schlimmer ist allerdings, dass es noch nicht mal einen medizinischen Grund für die Lähmung gibt. Die Ärzte sagen, dass es eine psychische Sache ist.«

Verständnislos blickte Autumn ihn an. »Ist es nicht eher positiv, dass es keine körperliche Ursache hat? Dann ist es wenigstens umkehrbar.«

»So gesehen schon. Allerdings ist es für Leigh viel frustrierender. Ich glaube, sie gibt sich die Schuld an dem Unfall. Ihr Freund ist dabei gestorben.« Er wirkte bedrückt. »Aber sie spricht mit uns nicht darüber. Mit niemandem.« Wütend ballte er die Fäuste. Dann entspannte er sich langsam wieder. Er lächelte Autumn entschuldigend an. »Das regt mich jedes Mal wieder auf.«

Je mehr sie von Shane erfuhr, desto weniger konnte sie sich vorstellen, dass er sie verletzen wollte. »Ich hätte nicht fragen sollen.«

»So ein Unsinn. Du kannst mich alles fragen.« Er ließ ein freches Grinsen aufblitzen, sein Kummer schien momentan vergessen. »Wir wollen uns doch schließlich kennenlernen, oder nicht?«

Diese Frage ließ sie lieber unkommentiert. Sie wusste nicht, ob sie das wollte. Was war, wenn sie sich darauf einließ? Konnte sie überhaupt erneut eine engere Bindung eingehen? Es erstaunte sie, dass in ihr nach den Erlebnissen mit Robert immer noch der Wunsch nach Freundschaft und Liebe vorhanden war. Doch das war anscheinend eine Sache, die er ihr nicht hatte nehmen können. Allerdings machte es ihr das noch schwerer, eine Entscheidung in Bezug auf Shane zu treffen.

Als sie nicht antwortete, drehte Shane sich zurück zur Küchentheke und begann mit den Essensvorbereitungen.

Autumn beobachtete ihn eine Weile dabei, bevor sie sich ihm näherte. »Kann ich vielleicht irgendwie helfen?«

»Deck doch schon mal den Tisch. Das Geschirr ist im Schrank links von mir.« Mit dem Kinn deutete er auf einen kleinen Unterschrank. Autumn öffnete die Tür und erblickte ordentlich gestapelte Teller, Gläser, Tassen und einen Korb mit Besteck. »Bist du immer so akkurat?«

»Ja. Ist das schlimm?«

»Ich habe schon Schlimmeres erlebt.« Sowie die Worte aus ihrem Mund waren, wollte Autumn sie zurücknehmen.

Shane blickte sie mitleidig an. »Das glaube ich.«

Wenn sie gehofft hatte, dass Shane bisher noch nicht gemerkt hatte, dass etwas mit ihr nicht stimmte, wurde sie jetzt eines

Besseren belehrt. Abrupt wandte Autumn sich dem Geschirr zu und hockte sich vor den Schrank. Ein deutlich hörbares Knacken ertönte in ihrem verletzten Knie. Vor Schreck verlor sie das Gleichgewicht und suchte instinktiv nach einem Halt. Der einzig erreichbare war Shanes Bein. So umfasste sie mit ihrem Arm seinen Oberschenkel, während er das Messer in die Spüle fallen ließ, sich zu ihr hinunterbeugte und sie an der Schulter festhielt. Ihr Gesicht drückte sich an seine Hüfte und Autumn spürte verlegene Hitze in ihr Gesicht steigen. Ihr Oberkörper war um seinen muskulösen Schenkel gewickelt, ihre Hand lag dicht an einer empfindlichen Stelle. Als handele es sich um glühende Kohlen, ließ sie ihn los. Dadurch geriet sie wieder ins Wanken, Shanes Griff verstärkte sich.

»Halt still, sonst kippen wir noch beide um.« Shanes Stimme klang rauer als normal. Sie spürte seinen schnellen Atem in ihrem Haar und verharrte stocksteif. »Alles in Ordnung?«

Autumn nickte stumm. Eine Mischung aus Schreck, Verlegenheit und einem Anflug von Erregung hatte ihr die Stimme geraubt. Und jede Fähigkeit, sich von selbst aus dieser Situation zu befreien. Shane schien das zu bemerken, denn er schob seine Hände unter ihre Achseln und zog sie an sich hoch. Nach einem kurzen Blick in ihr sicher schamrotes Gesicht schob er sie vorsichtig von sich, stützte sie aber weiterhin.

»Kannst du dein Knie belasten?«

Autumn verlagerte vorsichtig ihr Gewicht. Das Knie hielt. Trotzdem schlotterten ihre Beine vor Aufregung. Langsam ließ sie sich auf einen Stuhl sinken. »Ja, danke. Es war nur der Schreck.« Sie konnte seinen Blick auf sich spüren, sah jedoch nicht auf.

Schließlich richtete Shane sich auf. »Ich glaube, es ist besser, ich gebe dir das Geschirr und du verteilst es nur noch. Dann brauchst du dein Knie nicht mehr zu belasten.«

Autumn bemühte sich um Gelassenheit. Wenn er in der Lage war, über die Geschehnisse hinwegzusehen, konnte sie das auch. »Gute Idee. Ich hoffe, ich habe dir nicht wehgetan.«

Ein selbstironisches Lächeln überzog sein Gesicht. »Nein, nicht wirklich.« Bevor sie darauf reagieren konnte, wandte er sich ab und holte die Teller aus dem Schrank.

10

Nach den ausgezeichneten Steaks wollte Autumn sich in ihre Hütte zurückziehen, doch Shane überredete sie, noch eine Weile zu bleiben. Ihre Befangenheit war während des Essens zurückgegangen, doch sie fühlte sich immer noch unsicher in seiner Gegenwart. Schließlich zog sie sich in den Schaukelstuhl zurück, während Shane sich im Sessel niederließ.

Prüfend blickte er sie an. »Entspann dich ruhig, ich werde dir sicher nichts tun.« Wenn es möglich gewesen wäre, verspannte sie sich daraufhin noch mehr. Er erhob sich aus dem Sessel, kniete sich vor sie und ergriff ihre Hände. »Bitte!« Sein flehender Blick erweichte sie schließlich. Shane hatte nun wirklich alles getan, um ihr einen schönen Abend zu bereiten. Noch nicht einmal ihr Missgeschick hatte er erwähnt.

Sie entzog ihm ihre Hände und setzte eine strenge Miene auf. »Hast du diesen Blick vor dem Spiegel geübt? Wirklich beeindruckend.«

Ein erleichtertes Grinsen überzog sein Gesicht. »Ja, er hat schon immer gewirkt.«

Lachend versetzte sie ihm einen Stoß. Da er ihn nicht erwartet hatte, kippte er nach hinten um. Erstaunt saß er auf dem Boden. »He, du hättest mich wenigstens festhalten können. Ich habe dich vorhin schließlich auch gerettet.«

»Tut mir leid.« Ihr Gesichtsausdruck sagte etwas anderes. Es tat ihr gut, seit so langer Zeit mal wieder bei einem harmlosen Geplänkel mitzumachen.

Auch Shane schien großen Spaß daran zu haben, wie sie an

seinem breiten Grinsen erkennen konnte. »Wer's glaubt, wird selig. Zur Strafe musst du mir etwas über dich erzählen.«

Autumn wurde unruhig. »Was willst du wissen?« Es gab einige Sachen, die sie ihm garantiert nicht erzählen würde. Niemandem. Schon gar keinem Mann, den sie erst seit etwas über einer Woche kannte.

Shane spürte offensichtlich ihre Vorsicht und fing mit einem unverfänglichen Thema an. »Was hast du als Bibliothekarin gemacht?«

Das war ein Thema, über das sie stundenlang reden konnte, besonders nachdem Shane immer neue Fragen dazu stellte. Schließlich brach sie ab, als ihre Stimme immer heiserer wurde.

Shane erhob sich und brachte ihr eine Cola.

»Danke.« Leicht verlegen lächelte sie ihn an. »Tut mir leid, bei diesem Thema kann ich mich immer wieder ereifern. Das ist für dich bestimmt nicht sonderlich interessant.«

»So ein Unsinn, ich habe schließlich danach gefragt.« Er lehnte sich vor. »Und was hat dich dazu gebracht, das alles aufzugeben und bei uns Ranger zu werden?«

Bei der Frage versteifte sie sich. »Ich wollte aus der Enge im Osten heraus. Außerdem liebe ich die Landschaft hier. Es ist alles so weit und gigantisch. Irgendwie mag ich auch die Trockenheit.« Sie beschloss, den Spieß herumzudrehen. »Und warum bist du Ranger geworden?«

»Nun, ich komme aus dem Westen, liebe ebenfalls die Landschaft und vor allem meine Freiheit. Außerdem gibt es im Park viele gute Motive für meine Fotos.«

Autumn blickte auf die Fotos an den Wänden. »Das stimmt. Warst du in den anderen Parks auch angestellt?«

»In manchen schon. Aber meist habe ich nur ausgedehnten Arbeitsurlaub gemacht. Im Yellowstone National Park war ich zwei Jahre. Die Geysire und anderen Sehenswürdigkeiten hatten es mir einfach angetan. Auch die farbigen heißen Quellen waren beeindruckend.« Er deutete auf ein Foto, das einen riesigen Pool von oben zeigte. Die äußeren Bereiche waren orange gefärbt, hinter einem schmalen gelben Ring folgte erst grünliches, in der Mitte dann tiefblaues Wasser. Dampfschwaden stiegen auf. Ein schmaler Holzplankenweg führte an einer Seite daran vorbei. »Das ist die Grand Prismatic Spring. Wenn man unten steht, sieht man nur einen glatten Spiegel mit ein paar orangefarbenen Ausläufern. Ich musste auf einen nahen Hügel steigen, um dieses Bild zu machen. Nirgends ist ein Weg ausgeschildert, die meisten Besucher wissen überhaupt nicht, was sie verpassen. Sie kaufen das Bild dann als Postkarte und fragen sich, warum sie das nirgends gesehen haben.« Seine Augen leuchteten. Es war offensichtlich, wie sehr er das liebte, was er tat. Autumn spürte, wie etwas in ihr nachgab. Sie konnte sich nicht vorstellen, dass jemand, der etwas mit solcher Leidenschaft tat und darüber sprach, ein schlechter Mensch war. Wahrscheinlich war das furchtbar naiv von ihr, aber wie sollte sie weiterhin mit anderen Menschen zusammenleben, wenn sie niemandem mehr vertrauen konnte?

Mit Mühe kehrte sie zum Gespräch zurück. »Warum bist du dort weggegangen?«

»Na ja, irgendwann hatte ich fast alles gesehen und fotografiert, also musste ich weiterziehen. Aber ich fahre immer noch ein- bis zweimal im Jahr dorthin.«

Es war seltsam, wie leicht es ihr fiel, sich mit Shane zu unterhalten. Aber es interessierte sie wirklich, was er zu sagen hatte. »Und was hat dich hierher verschlagen?«

»Ich finde es interessant, bewegungslose Steine zu fotografieren und sie dadurch lebendig zu machen. Es dauert einige Zeit, bis man die richtigen Stellen und vor allem die richtige Tageszeit für ein Foto herausgefunden hat. Ich bin immer auf der Suche nach neuen Motiven.«

»Und im Fiery Furnace hast du auch was gefunden?«, fragte Autumn, die sich an ihr erstes Zusammentreffen erinnerte.

Shane lächelte. »Ja, ich glaube schon.« Sein Blick ruhte auf ihr und ließ Wärme in ihr aufsteigen. »Ich habe die Fotos im Schlafzimmer, ich kann sie holen, wenn du sie sehen möchtest.«

»Ja, das wäre schön.« Etwas entspannter lehnte Autumn sich im Schaukelstuhl zurück, als Shane den Raum verließ. Aufmerksam betrachtete sie die an den Wänden hängenden Fotos. Wer solche Kunstwerke und liebevollen Familienfotos zu schaffen vermochte, konnte eigentlich nur ein sensibler und aufmerksamer Mensch sein. Vielleicht konnte sie doch mit Shane befreundet sein, ohne befürchten zu müssen, dass sich die Ereignisse wiederholten …

Ein kratzendes Geräusch ertönte. Erschrocken sprang Autumn auf und blickte sich unruhig um. Bewegte sich dort in der Ecke nicht etwas? Sie unterdrückte mühsam einen Aufschrei. Nach einiger Zeit löste sich eine kleine Gestalt aus der Dunkelheit. Autumn ließ sich erleichtert in den Stuhl zurücksinken. Eine Katze! Sie schlug die Hände vor das Gesicht und bemühte sich, ihre Fassung wiederzuerlangen. Die kleine grauschwarz getigerte Katze kam zögernd auf sie zu und schnupperte an ihrem Hosenbein. Anscheinend gefiel ihr, was sie roch, denn gleich darauf rieb sie sich genießerisch an Autumns Beinen. Ein dumpfes Schnurren kam aus ihrer Kehle, und sie bestieg mit einem eleganten Sprung Autumns Schoß, wo sie es sich gemütlich machte und Autumn mit ihrer rosenholzfarbenen Nase auffordernd anstupste. Gehorsam kraulte Autumn der Katze die Kehle und Ohren. Das Schnurren wurde lauter. Die Pfoten legte sie um Autumns Bein, die Krallen bohrten sich in ihren Oberschenkel. Unwillkürlich stiegen Autumn Tränen in die Augen. Die Erinnerung an ihren Kater Tombo wurde übermächtig. Wie sie ihn vermisste!

Als Shane aus dem Schlafzimmer kam, staunte er über das völlig ineinander vertiefte Paar. Am liebsten hätte er ein Foto davon gemacht. Noch lieber hätte er sich allerdings dazugekuschelt. Da dies wohl den Schaukelstuhl zusammenbrechen lassen würde, begnügte er sich mit einem kurzen Kraulen des Katzenkopfes.

»Hat Coco dich in Beschlag genommen? Wenn sie stört, nehme ich sie herunter.«

Autumn blickte mit glitzernden Augen auf. »Nein, bitte lass sie. Sie stört überhaupt nicht.« Eine Träne glitt über ihre Wange.

Shane fing sie mit seinem Finger auf. Besorgt betrachtete er Autumn. Trauer lag in ihrem Blick. »Was hast du?«

Hastig wischte Autumn über ihre Augen. »Nichts.« Ihr Blick glitt wieder zur Katze. Sie vergrub ihre Finger in dem dichten Fell. »Sie erinnert mich an meinen Kater.«

»Hast du ihn mitgebracht?«

»Nein. Er ist tot.« Ihrem Ton nach zu urteilen, wollte sie nicht weiter darüber sprechen. Das konnte er nachvollziehen, ihn nahm es auch immer furchtbar mit, wenn eines der Tiere starb. Er mochte sich gar nicht vorstellen, wie es sich anfühlen würde, Coco zu verlieren.

»Das tut mir leid. Wenn du dich nach einer Katze sehnst, kannst du jederzeit herüberkommen. Coco freut sich über Gesellschaft.«

Mit glänzenden Augen sah sie ihn an. »Danke.«

»Keine Ursache. Ich habe ohnehin nicht genug Zeit für sie. Eigentlich hätte ich sie bei meinen Eltern lassen sollen, aber ich konnte mich nicht von ihr trennen. Außerdem wollte ich nicht alleine hier leben.«

»Das kann ich verstehen. Meine Hütte kommt mir so leer vor.«

»Wir könnten dir auch eine Katze besorgen.«

Autumn lächelte schwach. »Danke, aber im Moment fühle ich mich dazu noch nicht in der Lage. Vielleicht später.«

Shane runzelte die Stirn, weil er spürte, dass noch mehr dahintersteckte, beschloss jedoch, das Thema erst einmal ruhen zu lassen. Er reichte ihr die vorläufigen Abzüge seiner Fotos. »Das ist die erste Vorauswahl. Später vergrößere ich dann die besten Motive.«

Autumn blätterte durch den Stapel. Dunkelrote, von Schluchten durchzogene skurrile Sandsteintürme glühten in der Abendsonne. Kleinere Hügel wechselten sich mit bizarren Brocken ab. Zwischen hohen Steinplatten gab es tiefe Kerben und schmale Passagen, die teilweise von kleinen grünen Büschen überwachsen waren. Ein Schluchtenlabyrinth aus Buntsandsteinsäulen, die im schräg einfallenden Sonnenlicht tiefe Schatten warfen. Aufmerksam betrachtete Autumn ein Foto nach dem anderen und seufzte schließlich, als sie das letzte Bild an Shane zurückreichte. Lächelnd blickte sie ihn an. »Sie sind wunderschön.«

Shane wusste, er konnte stolz auf seine Arbeit sein, doch ein Lob von Autumn bedeutete ihm sehr viel. Zum ersten Mal war ihm die Meinung von jemandem außerhalb seiner Familie wichtig. Und er verstand immer noch nicht genau, warum es so war. Was hatte Autumn an sich, dass er das Gefühl hatte, sie unbedingt für sich gewinnen zu müssen? »Danke. Wenn du gerne ein paar Bilder für deine Hütte hättest, sag Bescheid, ich habe Unmengen davon in meinem Archiv.«

Autumn wehrte sofort ab. »Das kann ich nicht annehmen.«

Leicht verunsichert sah er sie an, manchmal verstand er einfach nicht, was in ihrem Kopf vor sich ging. Oder nein, eigentlich wusste er es die meiste Zeit nicht. »Ich wollte dir nichts aufdrängen.«

»Ich finde die Bilder großartig und würde sie auch jederzeit aufhängen, aber du kennst mich doch gar nicht. Vielleicht bin ich die Fotos gar nicht wert.«

Wie konnte sie so etwas überhaupt denken? »Doch, das bist

du.« Er winkte ab. »Melde dich einfach, wenn du es dir überlegt hast.«

»Okay. Danke.« Bedauernd blickte sie auf Coco hinab. »Ich denke, ich werde jetzt wieder in meine Hütte gehen.« Vorsichtig versuchte sie die Katze von ihrem Schoß zu schieben. Diese duckte sich und krallte sich in der Hose fest. »Autsch.« Schmerzerfüllt verzog Autumn ihr Gesicht.

Shane bückte sich. »Moment, ich helfe dir.« Mit einer Hand hob er Coco hoch, die protestierend maunzte. Ihre Krallen hingen immer noch an Autumns Leggins fest. Seine freie Hand ergriff den Stoff und befreite ihn. Dabei streiften seine Finger Autumns Bein. Ein Zittern durchlief ihren Körper. Mit großen glänzenden Augen blickte sie zu Shane auf. Sein Herzschlag beschleunigte sich und er drückte Coco an ihre Wange, weil er wusste, dass sie ihn nicht so nah an sich heranlassen würde. Noch nicht.

Autumn steckte ihre Nase in das Fell. »Gute Nacht, meine Süße.« Rasch erhob sie sich aus dem Schaukelstuhl. »Danke für das Essen und den schönen Abend. Das war wirklich viel besser als aufzuräumen.«

Shane grinste schief. »Es beruhigt mich, dass ich noch mit Hausarbeit konkurrieren kann.« Nur gut, dass er ein gesundes Selbstbewusstsein hatte, sonst hätte er bei Autumn schon aufgegeben.

»So habe ich das nicht gemeint.« Röte überzog ihre Wangen.

»Ich weiß.« Beruhigend drückte er ihre Hand.

Autumn schüttelte nur den Kopf und wandte sich zur Tür. »Gute Nacht. Wir sehen uns morgen.«

Shane öffnete die Tür. »Ich bringe dich noch rüber.«

Ohne Erwiderung machte sich Autumn auf den Weg. Die Hände in den Hosentaschen vergraben, schlenderte Shane neben ihr her. Das Gewitter hatte sich inzwischen verzogen, unzählige Sterne funkelten am Himmel. Die Luft war durch den Regen abgekühlt, sodass Autumn zu zittern begann. Shane legte seinen Arm um ihre Schultern und zog sie wärmend an sich. Stumm ließ sie es geschehen und schmiegte sich an ihn. Ihr Arm schob sich um seine Taille.

Bedauernd löste Shane sich vor der Hütte von ihr. Als Autumn ihre Tür öffnete, ging Shane an ihr vorbei in die Hütte.

»Aber bitte, komm doch herein.«

Ihr Sarkasmus prallte an ihm ab. Zielstrebig ging er zu dem zertrümmerten Geweih und hob es auf. »Da es durch meine Schuld herunterfiel, möchte ich es wenigstens beseitigen. Ist das recht?«

»Ich bin froh, wenn ich dieses Ding nicht mehr anfassen muss.« Sie schauderte. »Du bist mein Held.«

Grinsend trug Shane das Geweih aus der Hütte und kam zurück. »Das will ich auch hoffen. Ich gebe mir schließlich die größte Mühe, bei dir Eindruck zu schinden.«

Autumns Lächeln verblasste. »Mir wäre es lieber, du würdest das nicht tun. Ich kann nicht …«

Shane legte einen Finger auf ihre Lippen. »Das habe ich nicht gesagt, um dich zu bedrängen. Ich möchte nur, dass du darüber nachdenkst.« Plötzlich kam ihm ein Gedanke. »Oder gibt es in New York jemanden, der auf dich wartet?« Vor Schreck stockte sein Herzschlag. Als sie vehement den Kopf schüttelte, setzte er verspätet wieder ein.

»Nein, dann hätte ich dich doch niemals …«

Als sie nicht weitersprach, beendete er den Satz. »Geküsst?« Mit gesenktem Kopf nickte sie. »Hat es dir nicht gefallen?«

Sie sah auf und zögerte. »Doch, sehr sogar. Es geht bloß alles so schnell. Ich hatte mir vorgenommen, Abstand zu halten, aber du machst es mir verdammt schwer.«

»Das freut mich. Wenn es dich beruhigt, ich hatte es auch

nicht geplant.« Er zuckte die Schultern. »Aber ich sträube mich auch nicht dagegen.« Er zwirbelte eine ihrer Haarsträhnen. »Warum lassen wir es nicht einfach auf uns zukommen und sehen, was passiert. Abgemacht?«

Autumn nickte widerstrebend. »Okay. Aber ich möchte nicht, dass du einen falschen Eindruck bekommst. Zu mehr als Freundschaft bin ich momentan nicht bereit.« Flehend blickte sie ihn an.

»Wir werden sehen.« Schelmisch grinsend rückte er näher an sie heran. »Fehlt nur noch ein Kuss.« Als sie abwehren wollte, hob er die Hand. »Nur zur Besiegelung der Freundschaft.« Ohne ihr Zeit für eine Antwort zu lassen, küsste er sie. Sanft strichen seine Lippen über ihre, und er hätte den Kuss gerne vertieft. Aber es war deutlich, dass Autumn noch nicht so weit war. Er würde langsam vorgehen müssen, um sie nicht zu verschrecken. Shane strich mit seinen Fingern über ihren Arm, bevor er sich losriss und zu seiner Hütte zurückging.

11

Die nächsten Tage vergingen für Autumn wie im Flug. Meist war sie im Visitor Center eingeteilt, doch sie wurde auch in andere Bereiche eingearbeitet. Abends fiel sie todmüde ins Bett oder sie lud Janet und Shane zum Essen ein, das sie auf ihrem neuen Grill zubereitete. Sie wusste, sie schob es nur hinaus, doch sie war einfach noch nicht bereit, sich wieder allein mit Shane zu treffen. Am Anfang hatte er es noch mit Humor genommen, doch inzwischen wurde er zunehmend ungeduldiger. Sogar Janet nahm bereits die unterschwellige Spannung zwischen ihnen wahr.

Schließlich sprach sie Autumn darauf an. »Warum lässt du den armen Kerl immer abblitzen?« Mitleidig blickte sie Shane hinterher, der frustriert zu seiner Hütte stapfte.

Abrupt richtete Autumn sich auf. »Habe ich denn nicht das Recht dazu, wenn ich kein Interesse habe?«

»Doch, natürlich. Aber ich sehe auch, wie du ihn anblickst, wenn du denkst, er merkt es nicht.«

Autumn wollte protestieren, ließ es dann aber. Janet hatte völlig recht, sie konnte ihre Augen einfach nicht von Shane lassen. Sosehr sie sich auch bemühte, es gelang ihr nicht, sich von ihm fernzuhalten. »Meinst du, er hat es auch gemerkt?«

Janet zuckte die Schultern. »Er ist nicht dumm. Vor allem ist er an dir interessiert, ich denke, das hat er deutlich gezeigt.«

Autumn nickte. »Ich mag ihn ja auch. Es liegt auch nicht an ihm, es ist meine Schuld. Ich bin einfach noch nicht …«, sie brach ab und schluckte schwer, »… bereit für etwas anderes als

Freundschaft. Das habe ich ihm auch gesagt, aber anscheinend hat er es nicht verstanden.«

»Hast du ihm auch deine Gründe dafür genannt oder einfach nur die Tatsache erwähnt?«

Autumn wurde blass. »Ich kann ihm nichts davon erzählen. Niemandem.« Sie begann zu zittern, als sie sich daran erinnerte, was Robert mit ihr getan hatte. Die Vorstellung, das jemandem erzählen zu müssen – erst recht einem Mann, der sie interessierte –, ließ Übelkeit in ihr aufsteigen.

Janet strich ihr beruhigend über den Arm. »Ich hätte nichts sagen sollen, tut mir leid.« Besorgt blickte sie Autumn an.

Autumn holte tief Atem und zwang sich, ihre Erinnerungen tief in sich zu verschließen. »Glaubst du wirklich, er meint es ernst?«

»Ich habe noch nie gesehen, dass er sich derart um eine Frau bemüht hat. Schon viele hatten es auf ihn abgesehen, aber er hat nie reagiert. Du bist die Erste.«

Ein trauriges Lächeln überzog Autumns Gesicht. »Und wahrscheinlich auch die Erste, die versucht, sich nicht von seinem netten Lächeln, seinem guten Aussehen und seiner angenehmen Stimme einfangen zu lassen. Wenn ich ihn vor ein paar Jahren getroffen hätte, wäre ich ihm innerhalb von ein paar Minuten verfallen. Aber jetzt … ich brauche einfach noch Zeit.« Sie wandte Janet ihr Gesicht zu. »Aber ich bin wirklich froh, dass ich schon ein paar Freunde gewonnen habe. Ich hatte angenommen, dass ich nicht in der Lage sein würde, wieder jemandem zu vertrauen. Ich habe mich getäuscht.«

»Das freut mich. Übrigens, auch Shane kann man bedingungslos vertrauen. Er ist der zuverlässigste Mann, den ich kenne.«

»Ich habe so etwas befürchtet.« Autumn gab sich einen Ruck. »Na gut. Ich werde mich für seine Fiery-Furnace-Tour morgen Nachmittag einteilen lassen.« Sowie die Worte aus ihrem Mund waren, kamen die ersten Zweifel auf, ob das eine so gute Idee war, doch sie unterdrückte sie. Janet hatte recht, es war nicht fair von ihr, Shane so zappeln zu lassen. Einerseits traute sie sich nicht, eine neue Beziehung einzugehen, aber andererseits gab sie Shane unabsichtlich immer wieder Zeichen, dass sie an ihm interessiert war.

Zweifelnd blickte Janet sie an. »Hält dein Knie das aus?«

»Es muss. Ich kann nicht ewig im Visitor Center herumhängen. Ein bisschen Bewegung wird mir guttun.« Autumn lächelte. »Außerdem weiß ich ja, dass Shane mich im Notfall auch tragen kann.«

Janet lachte. »Hoffen wir, dass es nicht nötig wird. Obwohl er das vermutlich ganz gerne tun würde.«

»Wir werden sehen.« Ein Gähnen überraschte Autumn. »Ich glaube, es wird Zeit, ins Bett zu gehen.«

Janet erhob sich. »Wir sehen uns dann morgen irgendwann. Du musst mir unbedingt berichten, wie die Tour war.«

»Werde ich. Bis dann.« Sie winkte Janet kurz zu und stapelte dann das Geschirr auf ein Tablett, um es in die Hütte zu tragen.

Die Nacht um sie herum war totenstill. Trotzdem oder vielleicht gerade deswegen fühlte sie sich unbehaglich. Ein kalter Schauer lief ihr über den Rücken. Aufmerksam versuchte sie die Dunkelheit mit den Augen zu durchdringen. Es war nichts zu erkennen, dennoch fühlte sie sich beobachtet. Ihr Blick wanderte zu Shanes Hütte. Sie konnte ihn in seinem beleuchteten Küchenbereich hantieren sehen. Sein Rücken war ihr zugewandt. Er beachtete sie nicht, wusste wahrscheinlich nicht einmal, dass sie noch draußen war. Eigentlich hätte sie darüber erleichtert sein müssen, doch immer noch fühlte sie die Anwesenheit einer anderen Person.

Da sie niemanden ausmachen konnte, griff sie schnell das beladene Tablett und lief in die Hütte. Dort verriegelte sie die Tür und schloss die Fensterläden. Zitternd lehnte sie sich gegen die Wand. Sie versuchte sich einzureden, dass es lediglich Einbildung gewesen war, doch es gelang ihr nicht ganz. Die Erlebnisse des letzten Jahres hatten sie für Gefahren sensibilisiert. Sie war sich fast sicher, dass sie wirklich beobachtet wurde. *Reiß dich zusammen, Autumn.* Alle Eingänge waren verschlossen, und sollte jemand versuchen, bei ihr einzubrechen, würde Shane bestimmt darauf aufmerksam werden und ihr helfen. Etwas ruhiger atmete sie tief durch. Sie sollte sich unbedingt ein Handy anschaffen. Nur für den Notfall.

Nach einer ausgedehnten Dusche fühlte sie sich angenehm entspannt. Wankend vor Müdigkeit zog sie sich aus und schlüpfte unter die Laken. Kaum hatte ihr Kopf das Kissen berührt, schlief sie ein.

Dunkelheit umgibt sie, die sie nicht mit den Augen zu durchdringen vermag, sosehr sie es auch versucht. Auch wenn sie nichts sehen kann, spürt sie doch die Anwesenheit des Bösen. Die Kälte dringt durch ihre zerfetzte Kleidung in ihren Körper und sie beginnt zu zittern. Ihre Zähne schlagen aufeinander. Nein! Sie darf kein Geräusch machen, sonst wird er zu ihr kommen und die Tortur fortsetzen.

Als hätte er ihre Gedanken gehört, kommen Schritte auf sie zu, näher, immer näher. Autumn beißt auf ihre Lippe, um die Schreie nicht nach außen dringen zu lassen, die sich in ihrer Kehle aufbauen. Keinen Laut, er darf sie nicht finden!

Etwas berührt ihr Knie und sie keucht auf. Oh Gott, oh Gott! Sie versucht, noch enger mit der Wand zu verschmelzen, aber sie weiß, dass sie nicht entkommen kann. Die Fessel schneidet in ihr Handgelenk und sie spürt eine warme Flüssigkeit an ihrem Arm herablaufen. Blut. Es wundert sie, dass es überhaupt noch einen Tropfen Blut in ihrem Körper gibt.

»Wie nett, dass du auf mich gewartet hast, Autumn.« Die Stimme hallt dumpf von den Wänden wider und löst in ihr einen Schauder aus. »Und, wollen wir weitermachen?«

Autumn will ›nein‹ schreien, doch kein Laut dringt aus ihrer zugeschnürten Kehle. Es ist, als liege eine unsichtbare Schlinge um ihren Hals, die sich immer enger zusammenzieht. Sie wünscht nur, sie könnte sterben, bevor Robert sein Messer herausholt.

Licht flammt auf und Autumn blinzelt gegen die plötzliche Helligkeit. Jetzt kann sie sich nirgends mehr vor Robert verstecken und sie weiß, wie er es genießt, sie so zu sehen. Autumn sieht das Messer aufblitzen und schließt die Augen.

Als morgens der Wecker klingelte, riss er Autumn aus einem unruhigen Schlummer, in den sie erst vor Kurzem gesunken war. Nach dem Albtraum hatte sie nicht wieder schlafen können und war stattdessen in der Hütte herumgelaufen. Auch die Ablenkung durch einen spannenden Roman hatte nicht geholfen. Sie fühlte sich wie gerädert. Wütend darauf, dass sie es nicht schaffte, ihre Erinnerungen zu verdrängen, und stattdessen nachts in ihren Träumen stets wieder in Roberts Gewalt war, trat sie die Bettdecke zur Seite. Egal wie schlecht sie auch geschlafen hatte, sie musste zur Arbeit, und in diesem Moment war sie sogar dankbar für die Ablenkung.

Im Badezimmer spritzte sie sich eiskaltes Wasser ins Gesicht. Selbst mit ihren kurzsichtigen Augen konnte sie die dunklen Ringe unter ihren Augen erkennen und dass ihre Haut bleich wirkte. Achselzuckend wandte sie sich vom Spiegel ab. Sie wollte schließlich keinen Schönheitswettbewerb gewinnen. Shanes Gesicht schoss ihr durch den Kopf, doch auch diesen Gedanken wies sie von sich. Sie hatte schmerzhaft lernen müssen, dass das Äußere trügen konnte und nur die inneren Werte zählten. Außerdem würde Shane sich sowieso zurückziehen, wenn er erst einmal den Rest von ihr gesehen hatte. Sie konnte sich noch gut an seinen Blick erinnern, als er die Narben an ihrem Oberschenkel entdeckt hatte. Und das war nur die geringste ihrer Verletzungen.

Während ihrer vormittäglichen Arbeit im Visitor Center kreisten ihre Gedanken weiter um Shane. Gerade als sie wieder vor sich hin träumte, stand er plötzlich vor ihr. Erschrocken presste sie die Hand auf ihr rasendes Herz. »Himmel, musst du dich so anschleichen?« Automatisch wollte sie zurückweichen, als er dicht vor sie trat, aber sie zwang sich dazu stehen zu bleiben.

Shane grinste amüsiert. »Eigentlich bin ich ganz normal gegangen. Du hast geträumt.«

»Stimmt.« Sie atmete tief durch und spürte, wie sie sich ein wenig entspannte. »Wolltest du etwas Bestimmtes?«

Shanes Augen funkelten, es war offensichtlich, was er dachte. Doch dann wurde er ernst. »Ich habe gehört, dass du heute die Fiery-Furnace-Tour mitmachst. Hält dein Knie das aus?«

Wärme erfasste sie, als sie erkannte, dass er sich um sie sorgte. »Ich denke schon.«

Prüfend betrachtete er sie, bevor er nickte. »Gut. Dann hole ich dich gegen drei Uhr bei deiner Hütte ab.«

»Danke, das wäre nett. Muss ich meine Uniform anbehalten?« Mit spitzen Fingern zupfte sie an ihrem Uniformhemd.

»Ja. Schließlich bist du noch im Dienst. Aber hinterher kannst du sie gerne ausziehen.«

Für einen Moment blieb ihr Herz stehen, um dann bei der Vorstellung, sich vor Shane auszuziehen, wild pochend wieder einzusetzen. Als er schelmisch lächelte, musste sie lachen. »Das werde ich – allein.«

»Ach, verdammt.«

Sosehr sie es auch genoss, ein wenig mit ihm zu flirten, sie wusste, dass sie noch nicht so weit war. Und Shane musste es auch erfahren. »Shane, ich …«

Er ließ sie nicht ausreden, sondern blickte sie ernst an. »Ich denke, du wirst dich in absehbarer Zeit damit auseinandersetzen müssen. Ich bin gerne bereit, ein wenig zu warten, aber ich muss zumindest sicher sein können, dass es nicht umsonst ist.«

Noch Stunden später, während sie sich in ihrer Hütte auf die Tour vorbereitete, dachte sie über seine Worte nach. Auch wenn er recht hatte, wusste sie nicht, ob sie schon dafür bereit war, den für sie so großen Schritt zu wagen, einem Mann wieder zu vertrauen. Egal wie sehr sie Shane auch mochte, sie kannte ihn erst wenige Wochen. Reichte das, um sich auf ihn einzulassen? Robert hatte sie lange vorher gekannt, bevor sie zum ersten Mal mit ihm ausgegangen war. Sie waren sogar ebenfalls Kollegen gewesen. Und trotzdem hatte sie nicht gesehen, was in ihm vorging, nicht geahnt, dass er sich zu einem Monster entwickeln würde.

Während sie ihren Rucksack packte, sprach sie sich Mut zu. »Sei ein bisschen lockerer, Autumn. Shane wird dir schon nichts tun.« Davon abgesehen würden sie nicht allein sein, sie hatte also nichts zu befürchten. Sie blickte auf die Uhr. Noch zehn Minuten. Sie war aufgeregter als gedacht. In ihrem Magen breitete sich ein flaues Gefühl aus. Wie sollte sie darauf reagieren, wenn Shane sie berührte oder wieder küsste? Am liebsten würde sie sich einfach gehen lassen und abwarten, was passierte, doch das konnte sie nicht. Ihre Vergangenheit hatte sie geprägt, *Robert* hatte sie geprägt. Er hatte es geschafft, fünfundzwanzig Jahre liebevoller Fürsorge und Geborgenheit zu zerstören. Aber sie hatte jetzt ein neues Leben, sie musste alles andere vergessen oder zumindest verdrängen, sonst würde sie nie glücklich werden.

Zur Beruhigung sang sie leise vor sich hin. Ihre tiefe, raue Stimme erfüllte das Zimmer. Als es kurz darauf an der Tür klopfte, brach sie abrupt ab. Sie riss die Tür auf und versuchte, Shane zuzulächeln. »Kleinen Moment noch, ich hole nur meinen Rucksack.« Sie verschwand wieder im Innern.

Kurz darauf trat sie aus der Hütte und schloss die Tür ab. Shane stand hinter ihr, sie glaubte die Wärme seines Körpers an ihrem Rücken spüren zu können, sein Atem strich über ihren Nacken. Langsam drehte sie sich um. Seine Nasenspitze war nur wenige Zentimeter von ihrer entfernt. Sie sah mit großen Augen zu ihm auf.

Sanft wie ein Schmetterling strich sein Mund über ihre Lippen. Danach trat er einen Schritt zurück. »Mit deiner Stimme kannst du Eis zum Schmelzen bringen.«

Erschrocken blickte Autumn ihn an. Brennende Röte stieg in ihr Gesicht. »Das konnte man hören?« Als er nickte, bedeckte sie das Gesicht mit den Händen. »Oh Gott. Das wollte ich nicht.«

Verwundert sah Shane sie an. »Kein Problem. Mir hat es gefallen. Was war das für ein Lied?«

»Aus *Porgy and Bess – Summertime*.« Es war ihr peinlich, beim Singen erwischt worden zu sein. Sie sang nur für sich selbst, ohne Publikum. »Sollten wir jetzt nicht lieber losfahren?«

Grinsend ging Shane neben ihr her. »Du willst doch wohl nicht ablenken?« Als sie ihr Schweigen noch vertiefte, hob er mit dem Zeigefinger ihr Kinn. »Warum bist du so verlegen? Du singst wirklich gut, du hast keinen Grund, dich zu verstecken.«

Autumn zog die Schultern hoch. »Nicht alle sind da deiner Meinung.«

Zweifelnd hob er eine Augenbraue. »So, wer denn nicht?«

»Mein ehemaliger Freund zum Beispiel. Ich habe mich bemüht, in seiner Gegenwart nicht mehr zu singen. Bist du nun zufrieden?« Abrupt wandte sie sich ab und lief zum Auto.

Shane öffnete ihr die Beifahrertür und ließ sie einsteigen. Die Hitze traf sie wie ein Schlag. Vorsichtig atmete sie die heiße

Luft ein. Ihre Lunge schien zu verbrennen. Ein leichter Luftzug strömte durch das geöffnete Fenster. Gierig streckte sie den Kopf hinaus und ließ, nachdem Shane losgefahren war, den Wind durch ihr Haar gleiten. Innerhalb kürzester Zeit klebte ihre Kleidung am Körper. Das einzig Positive an einem wüstenähnlichen Klima war, dass alles schnell durch die Hitze trocknete. Seufzend schloss sie die Augen. Der Fahrtwind strich sanft über ihr Gesicht, ihr Haar flatterte.

Weil sie Shanes prüfenden Blick auf sich fühlte, schlug sie die Augen wieder auf – und erstarrte, als sie eine Gestalt am Rande des Parkplatzes stehen sah. Sämtliches Blut wich aus ihrem Kopf, und ihr Mund öffnete sich zu einem Schrei.

»Anhalten!«

Shane trat voll auf die Bremse. Schlingernd und quietschend kam der Jeep zum Stehen. Eine Staubwolke umhüllte sie. Fassungslos blickte Shane Autumn an. »Was ist? Haben wir jemanden überfahren?« Seine Stimme schwankte. Autumn blickte angestrengt aus dem Fenster. Als er ihren Arm berührte, zuckte sie zusammen. »Was hast du? Sag es mir bitte!«

Sie blickte ihn an und versuchte ein Lächeln. »T… tut m… mir leid. Ich dachte, ich hätte jemanden gesehen … den ich kenne. Ich habe mich wohl getäuscht.«

Ein Zittern durchlief sie. Konnte sie wirklich Robert gesehen haben? Aber wie sollte das möglich sein? Sie hatte niemandem gesagt, dass sie hierherging. Die Wohnung und das Auto hatte sie noch in New York verkauft, und sie war über mehrere Zwischenstationen gefahren, um ihre Spur zu verwischen. Sie atmete tief durch und versuchte sich zu beruhigen: Robert konnte überhaupt nicht wissen, wo sie war – Ende der Diskussion! Sie richtete sich auf und warf einen vorsichtigen Blick auf Shane. Er war immer noch nicht weitergefahren, sondern musterte sie eindringlich.

Shane ließ den abgewürgten Motor wieder an, als er überzeugt zu sein schien, dass sie nicht noch einmal losschreien würde. »Willst du mir erzählen, worum es eben ging?« Sein besorgter Blick streichelte sie.

Autumn wurde langsam wieder wärmer. Sie lächelte ihn schief an. »Nichts weiter. Eine Verwechslung, das ist alles.«

Autumn wurde unbehaglich unter seinem prüfenden Blick. Sie hatte das Gefühl, dass er in sie hineinsehen konnte. Sie wollte, nein, konnte nicht über das reden, was ihr widerfahren war. Sie wollte nicht sein Mitleid, sondern seine Liebe. Erschrocken sog sie die Luft ein. Wieso dachte sie auf einmal an Liebe? Mit weit aufgerissenen Augen starrte sie Shane an.

»Was ist, hängt mir noch eine Nudel am Kinn?« Shane blickte weiter auf die Straße.

Autumn versuchte, sich wieder zu fangen. »Nein, natürlich nicht. Es gab doch heute gar keine Nudeln.« Als sie das Zucken seiner Mundwinkel sah, entspannte sie sich allmählich. Es war wirklich bewundernswert, wie er es immer schaffte, ihre Stimmung zu heben. Durch seine Gegenwart hatte sie den Schock schon beinahe überstanden. Sie hoffte nur, dass sie sich wirklich getäuscht hatte und Robert nicht im Arches war. Nur für einen Sekundenbruchteil hatte sie ihn gesehen, es musste ein harmloser Tourist gewesen sein, der eine gewisse Ähnlichkeit mit Robert hatte. Das war die einzig logische Erklärung.

Wieder etwas entspannter, lehnte sie sich im Sitz zurück. Nein, es konnte nicht Robert gewesen sein. Und sie war es leid, sich immer noch von ihm terrorisieren zu lassen, obwohl sie schon vor einem Jahr entkommen war. Sie würde sich hier nicht wieder vertreiben lassen. Sollte sie ihn noch einmal irgendwo sehen, würde sie sofort die Polizei benachrichtigen. Diesmal würde er nicht entkommen. Sie presste entschlossen die Zähne zusammen. Sie wollte kein Opfer mehr sein. Ihr neues Leben gefiel ihr: die Arbeit, die Landschaft, die Menschen. Zum ersten

Mal seit langer Zeit fühlte sie sich wohl. Nur Shane machte sie noch immer nervös, was jedoch eher an ihren Hormonen lag als an einer wirklichen Bedrohung. Sie war es einfach nicht mehr gewohnt, freundschaftlich mit einem Mann umzugehen. Aber sie würde es wieder lernen. Schritt für Schritt.

»Ich fahre am Nationalfeiertag zu meinen Eltern. Hast du Lust mitzukommen?« Diese so nebenbei gestellte Frage ließ ihren Herzschlag aussetzen. Als er wieder lospolterte, blickte sie Shane fragend an, der leicht verlegen mit den Schultern zuckte. »Ich wollte dich nicht überrumpeln. Der Gedanke ging mir gerade durch den Kopf.« Er blickte sie lächelnd an. »Und, hättest du Lust? Es wird ein ganz zwangloses Grillfest im Garten meiner Eltern. Der Rest der Familie kommt auch.« Als er ihre zweifelnde Miene sah, lachte er. »Keine Angst, wir beißen nicht.« Er nahm ihre Hand und führte sie an die Lippen. »Bitte, begleite mich, ja?«

Als er anfing, an ihren Fingern zu knabbern, fühlte Autumn eine tiefe Wärme in sich aufsteigen. Sie konnte tun, was sie wollte, Shane schaffte es immer wieder, durch ihren Schutzpanzer in ihr Inneres vorzudringen. Wie gern würde sie seine Familie kennenlernen. Leider war sie nicht mehr das nette, freundliche, unschuldige Mädchen von früher. Ihr Leben bestand zumindest teilweise aus Schmerz, Angst, Scham und Hass.

Entschlossen schüttelte sie den Kopf. »Das geht nicht. Ich bin ganz neu hier, ich habe bestimmt Dienst. Außerdem würden die anderen das ganz falsch verstehen.«

Er blickte sie erstaunt an. »Du glaubst, sie würden es *falsch* verstehen?«

Seine Lippen strichen noch immer über ihre Finger. Er nahm einen davon in den Mund. Hitze überschwemmte sie, und ein lange unterdrücktes Verlangen brach sich Bahn. Autumn stöhnte unterdrückt auf.

Shane warf ihr einen schnellen Blick zu und trat fluchend auf die Bremse, als er die Sehnsucht in ihren Augen sah. Der Jeep rollte am Straßenrand aus, während Shane Autumn in seine Arme riss. Gierig traf sein Mund auf ihre Lippen. Autumn rückte noch näher an ihn heran. Seufzend vergrub sie ihre Finger in seinem Haar. Ihre Zungen begrüßten sich zuerst zögernd, dann immer stürmischer. Die Hitze verschlang ihn. Shanes Hände wanderten über ihren Rücken. Ein Zittern durchlief ihren Körper, als er ihr Uniformhemd aus der Hose zupfte und seine Hände über ihren nackten Rücken gleiten ließ.

Die glatte Haut fühlte sich an wie feuchte Seide. Erregend. Shane vertiefte den Kuss. Autumns Hand an seinem Nacken machte ihn ganz wild.

Er wollte gerade seine Finger über ihre Rippen wandern lassen, als ein lautes Hupen ertönte. Erschrocken richtete er sich auf und sah gerade noch ein Auto dicht am Jeep vorbeischießen. Steine prasselten an den Lack. Er fuhr mit den Händen durch seine Haare und sah sich um. Wie ein Tourist hatte er genau in einer Kurve angehalten, die von beiden Seiten nicht einsehbar war. Sie hatten Glück gehabt, dass bisher noch niemand auf sie aufgefahren war.

Stöhnend blickte er Autumn an. Mit einem Finger strich er eine wilde Haarsträhne aus ihrem erhitzten Gesicht. »Was machst du nur aus mir?« Sie blickte ihn mit glasigen Augen an. Auf ihr Gesprächsthema zurückkommend, flüsterte er: »Ich glaube, die anderen würden es genau richtig verstehen.« Er lächelte sie an. »Wir können ja einfach mal nachfragen, ob du an dem Tag Dienst hast. Wenn nicht, fährst du mit. Versprochen?«

Autumn zögerte nur kurz. »Versprochen.«

Zufrieden lächelnd wandte er sich wieder der Fahrbahn zu und startete den Jeep. Er würde es schon hinkriegen, dass sie freihatte. Er würde betteln, tauschen oder seinen Jahresurlaub für diesen einen Tag mit ihr geben. Kopfschüttelnd fragte er sich, wie es kam, dass sie ihm in so kurzer Zeit so wichtig geworden war. Vor ein paar Wochen hatte er noch nicht einmal gewusst, dass sie überhaupt existierte. Und seit er sie kannte, war sie meist zurückhaltend freundlich, manchmal auch verängstigt oder verärgert gewesen. Nur ein paar kurze Momente wie eben dieser im Auto hatten ihm gezeigt, dass sie ihm nicht so gleichgültig gegenüberstand, wie es manchmal wirkte.

Irgendwie musste es ihm gelingen, herauszufinden, was sie bedrückte und wovor sie Angst zu haben schien. Bei ihrem Schrei hätte er beinahe einen Herzinfarkt bekommen, und er war sich sicher, dass sie irgendetwas gesehen hatte, das sie erschreckte. Ihr Gesicht war totenbleich gewesen, die Augen weit aufgerissen. Aber sie hatte wieder so getan, als wäre nichts gewesen, genauso wie bei ihrem Kennenlernen, als er die Narben an ihrem Bein entdeckt hatte. Shanes Augenbrauen schoben sich zusammen. Doch sosehr er auch überlegte, er konnte sich keinen Reim darauf machen, warum Autumn oft so verschreckt reagierte. Für den Moment würde er die Angelegenheit ruhen lassen, aber bei der nächsten Gelegenheit würde er in Erfahrung bringen, was es damit auf sich hatte.

12

Nach der Überquerung des Salt Valley Wash waren es nur noch wenige Meilen bis zum Parkplatz des Fiery Furnace. Gedankenverloren merkte Autumn nicht, dass sie bereits am Ziel waren. Erst als Shane ihr galant die Tür öffnete, erwachte sie aus ihrem Tagtraum. Blinzelnd sah sie auf seine ausgestreckte Hand, ergriff sie dann und kletterte mit seiner Hilfe aus dem Jeep.

Um sich von seiner Berührung abzulenken, blickte sie sich um. »Du parkst an der gleichen Stelle wie neulich.«

Shane grinste. »Stimmt. Ich wollte unser Kennenlernen feiern.«

»Also weißt du …« Der Rest des Satzes blieb ungesagt, da sich inzwischen etliche Touristen am Jeep eingefunden hatten, die ihnen interessiert lauschten. Autumn warf Shane einen bedeutsamen Blick zu und trat einen Schritt zur Seite. Unauffällig versuchte sie, sich ein wenig zurückzuziehen, doch Shane ließ dies nicht zu. Er griff beiläufig nach ihrem Arm und zog sie wieder neben sich.

Dann richtete er das Wort an die Besucher. »Willkommen bei der Fiery-Furnace-Tour. Ich bin Ranger Shane Hunter und dies hier neben mir ist Ranger Autumn Howard. Wir wollen Ihnen die Geologie, die Pflanzen und die Tiere des Fiery Furnace näherbringen – und zwar ohne dass sich jemand verirrt. Wir führen Sie mitten durch dieses außergewöhnliche Gebiet und zeigen Ihnen, wie Wind, Wasser und Temperaturen die Felsen zu diesem Labyrinth aus Sandstein-Canyons geformt haben.« Er machte eine Kunstpause. »Schon viele Besucher haben sich hier verlaufen und mussten gerettet werden, teilweise gelang das erst Tage später. Es ist deshalb verboten, diesen Teil des Parks ohne eine offizielle Erlaubnis alleine zu besuchen.« Er deutete auf ein Schild, das in der Nähe stand. »Die Wege sind nicht markiert, es bedarf schon einiger Erfahrung, den Rückweg zu finden. Sie sehen also, Ihre Entscheidung, die Tour mitzumachen, war goldrichtig. Eine letzte Sache noch vorweg: Denken Sie daran, dass die Steine sehr glatt sein können, also seien Sie vorsichtig.«

Er schulterte seinen Rucksack und schaute auf die Uhr. »Okay. Sind alle bereit?«

Es ertönte ein einvernehmliches Ja.

Autumn kam sich vor wie auf einem Schulausflug. Sie stupste Shane an. »Sollen wir auch noch in Zweierreihen marschieren und uns an den Händen halten?« Sie sprach leise, damit niemand sie hören konnte.

Sofort ergriff Shane ihre Hand und murmelte: »Eine wirklich gute Idee, Miss Howard.« Verlegen schüttelte sie die Hand ab.

Hinter sich hörte sie ein unterdrücktes Kichern. Als sie sich umdrehte, blickten die Besucher in eine andere Richtung und taten so, als wäre nichts geschehen.

Genervt wandte sie sich an Shane. »Können wir jetzt endlich gehen?«

Shane grinste sie an. »Klar doch.« Lauter sagte er. »Abmarsch.«

Mit seinen langen, wiegenden Schritten übernahm er die Führung, Autumn reihte sich in der Mitte der Gruppe ein.

Hinter sich hörte sie die Stimme einer deutschen Touristin. »Ein schönes Paar, die beiden Ranger, nicht wahr, Helmut?« Errötend blickte Autumn über die Schulter. Ein rundliches Rentner-Ehepaar, bekleidet mit Shorts und Wanderschuhen, blickte sie erstaunt an.

In nahezu perfektem Deutsch mit leichtem Akzent sprach Autumn sie an. »Wir sind nur Kollegen.«

Damit drehte sie sich wieder um und ging weiter. Als sie sich kurze Zeit später noch einmal umsah, waren es die beiden Deutschen, die rot anliefen und verlegen zur Seite blickten. Autumn lächelte sie beruhigend an, um zu zeigen, dass sie nicht böse war. Nachdem Shane seine ersten Erklärungen gemacht hatte, wurde sie als Dolmetscherin für die deutschen Urlauber in der Gruppe verpflichtet. Bis auf einige spezielle Ausdrücke für Pflanzen und Steine hatte sie damit kein Problem. Als sie Shanes anerkennenden Blick auf sich fühlte, breitete sich ein warmes Gefühl in ihr aus. Es war lange her, seit sie das letzte Mal Anerkennung erfahren hatte.

Autumn gefiel der Fiery Furnace sehr gut. Sie hatte befürchtet, die Erinnerung an ihr Erlebnis hier würde ihr den Ausflug verderben, doch sie fühlte sich momentan rundum wohl. Aber sie ahnte, dass es mit Shanes Anwesenheit zusammenhing. Heimlich beobachtete sie ihn, während er sich mit mehreren Touristen unterhielt. Sein Lächeln war freundlich, er schien seine Arbeit und die Menschen wirklich zu mögen. Er strahlte eine natürliche Freundlichkeit und ein gesundes Selbstbewusstsein aus, eine attraktive Mischung. Kein Wunder, dass sie es einfach nicht schaffte, sich von ihm fernzuhalten. Und es auch gar nicht mehr wollte.

Als sie angesprochen wurde, schreckte sie aus ihren Gedanken auf. Hastig wandte sie ihre Aufmerksamkeit dem deutschen Ehepaar zu, das auf ihre Antwort wartete. »Entschuldigung, könnten Sie Ihre Frage wiederholen?«

Die Frau lächelte vielsagend. »Ein toller Mann. Aber was ich eigentlich wissen wollte, war, wo Sie so gut Deutsch gelernt haben.«

Wieder errötete Autumn. Was war heute nur mit ihr los? »Ich habe als Kind einige Jahre in Deutschland gelebt. Später habe ich auch in Amerika in der Schule Deutsch belegt. Davon ist wohl einiges hängen geblieben.«

Eine Weile unterhielt sie sich mit dem Ehepaar, wobei sich herausstellte, dass sie ganz in der Nähe von Hannover eine Pension betrieben. Schließlich verabschiedete Autumn sich und entfernte sich rückwärts. Unvermittelt stieß sie gegen jemanden und blickte sich erschrocken um. Shane hatte sich leise an sie herangepirscht und nun ihren Rückzug aufgehalten. Seine Hände schlossen sich um ihre Oberarme.

»Worum ging es eben? Ich hatte fast das Gefühl, ich wäre das Gesprächsthema gewesen.«

Verlegen zuckte Autumn mit den Schultern. »Sie haben nur gefragt, ob ich bald mal wieder nach Deutschland komme.«

»Und?«

»Das war alles.« Sie konnte ihm nicht in die Augen sehen. Ihr Blick hing an seinem Hemdausschnitt. Sein krauses Brusthaar schimmerte feucht. In der Hitze schien sein Körper zu dampfen. Sie musste sich eingestehen, selten im Leben etwas Aufregenderes gesehen zu haben. Wie gern hätte sie ihre Finger in sein Hemd gleiten lassen, um die Hitze seiner Haut zu spüren. Unwillkürlich fuhr sie mit der Zunge über ihre Lippen.

»Wenn du nicht damit aufhörst, geraten wir gleich in Schwierigkeiten.« Shanes Stimme klang rau.

Seine Finger gruben sich in ihre Arme und ihr verhangener Blick traf seinen. Seine schwarzen Augen schienen zu glühen. Es hatte ihr die Sprache verschlagen, sie konnte nur stumm zu ihm aufsehen. Nach einigen Sekunden, die ihr beinahe wie Stunden vorkamen, löste er sich seufzend von ihr.

Er räusperte sich und setzte ein schiefes Lächeln auf. »Himmel, du schaffst mich.« Fahrig strich er sich mit der Hand durchs Haar. »Zurück zum Thema: Was hast du geantwortet und was hatte das mit mir zu tun?«

Nun war es an ihr zu seufzen. »Ich werde sicher irgendwann wieder mal nach Deutschland fahren, aber nicht gerade jetzt. Sie scheinen zu glauben, du wärst mein … Freund. Sie haben dich auch eingeladen, in ihrer Pension zu übernachten.« Verlegen blickte sie zur Seite.

Ein Finger unter ihrem Kinn führte ihren Blick zu Shane zurück. »Bin ich nicht dein Freund?« Diese Frage klang leicht amüsiert.

Das ärgerte Autumn. »Du weißt schon, was ich meinte.« Sie verschränkte die Arme vor der Brust.

»Da wir uns vorhin doch recht intensiv geküsst haben, nehme ich an, dass man uns als Freunde bezeichnen könnte. Oder siehst du das anders?«

Hitze stieg in ihr Gesicht. »Das mag ja sein, aber wir sind kein … Paar.« Ein besseres Wort fiel ihr nicht ein.

Shane blickte sie prüfend an. »Nein. Aber das liegt nicht an mir.« Damit wandte er sich um und rief die Tourteilnehmer zusammen, um die Wanderung fortzusetzen.

Autumn blickte ihm verunsichert nach. Hatte er verstimmt geklungen? Irgendwie musste sie ihm klarmachen, dass sie sich nicht einfach so in eine Beziehung stürzen konnte, sondern es langsam angehen mussten. Einen Schritt nach dem anderen. Und was sollte sie tun, wenn Shane nicht bereit war zu warten? Stirnrunzelnd reihte sie sich wieder in die Gruppe ein.

Den gesamten Rückweg, während sie über Felsen kletterte, auf Felsgraten entlanglief oder durch Sand stapfte, gingen ihr seine Worte nicht aus dem Sinn. War er ernsthaft an ihr interessiert? Wollte er eine richtige Beziehung mit ihr eingehen? Die körperliche Anziehungskraft war auf jeden Fall vorhanden, sie spürte sie immer noch in ihrem Magen. Aber war sie in der Lage, noch einmal eine Partnerschaft aufzubauen? Sie wusste es nicht. Nachdem sie heute geglaubt hatte, Robert zu sehen, waren die Erlebnisse von damals wieder hochgekommen. Vielleicht konnte sie nie wieder eine ernsthafte Beziehung mit einem Mann eingehen. Bei diesem Gedanken zog sich ihr Herz schmerzhaft zusammen. Tränen traten ihr in die Augen. Ärgerlich wischte sie sie weg. Sie hasste diese Schwäche.

Wenn sie noch am Leben wären, hätte sie ihre Eltern nach ihrer Meinung fragen können. Ob Shane ihnen wohl gefallen hätte? Er war ein netter, höflicher Mann, noch dazu intelligent und engagiert. Und außerdem gut aussehend und charmant. Ihre Eltern hätten ihn vermutlich gemocht. Robert dagegen hatten sie nie gemocht, obwohl er versucht hatte, sich bei ihnen einzuschmeicheln. Er war jedoch kläglich gescheitert, denn ihre Eltern waren zu schlau gewesen, um sich von ihm täuschen zu lassen. Sie hatten ihn für merkwürdig und falsch gehalten. Zu spät hatte Autumn gemerkt, dass sie damit richtig lagen. Doch dann waren ihre Eltern bei einem Autounfall ums Leben gekommen. Von einem Tag auf den anderen war sie plötzlich ganz allein gewesen, hatte niemanden außer Robert gehabt. Er hatte ihr in dieser schweren Zeit beigestanden, so getan, als würde er mit ihr trauern. Er war ihre Stütze gewesen, bis er sich zu einem Albtraum entwickelt hatte …

Ein eisiger Schauer kroch über ihr Rückgrat. Hastig blickte sie sich nach allen Seiten um. Die Gruppe hatte sich ein Stück von ihr entfernt. Nach einem letzten Blick über die Schulter schloss sie wieder zu den Touristen auf. Nachdem sie an Robert gedacht hatte, fühlte sie sich unbehaglich. Wie schon zuvor an der Straße hatte sie das Gefühl, beobachtet zu werden, aber wahrscheinlich waren das nur ihre Nerven. Sie zuckte mit den Schultern, schob sich den Hut tiefer in die Stirn und stapfte entschlossen weiter.

Ungläubig starrte Autumn am nächsten Morgen auf ihren Dienstplan. Sie hatte tatsächlich am 4. Juli frei. Misstrauisch blickte sie über den Tisch zu Shane, der sie seinerseits beobachtete und ihr vergnügt zublinzelte. Sie zog eine Augenbraue hoch, während ein kleines Lächeln an ihrem Mundwinkel zupfte. Bekam er eigentlich immer, was er wollte? An seiner Entschlossenheit, diesen Tag mit ihr verbringen zu wollen, bestand jedenfalls kein Zweifel.

Sie wandte sich an den neben ihr sitzenden Reed. »Wie hat er dich dazu gebracht, mit mir die Schichten zu tauschen?«

Zu ihrer Überraschung erschien ein roter Schimmer auf den Wangen ihres großen Kollegen. »Nun, äh, mir macht es nichts aus, am 4. Juli zu arbeiten.« Sein Blick schweifte kurz zu Sarah hinüber.

Nach einem erneuten Blick auf den Dienstplan sah sie seinen Grund für den Tausch: Sarah hatte am Feiertag ebenfalls Dienst. Autumn lächelte in sich hinein, beschloss jedoch, das nicht zu kommentieren. Ihr waren die vielen Anspielungen der anderen auf ihr Verhältnis zu Shane unangenehm, und sie konnte sich nicht vorstellen, dass es Reed und Sarah anders ging.

Nach der Besprechung wartete sie, bis Shane zu ihr aufgeschlossen hatte. »Wie hast du das hinbekommen? Du scheinst über unglaubliche Fähigkeiten zu verfügen.«

Shane lächelte verschmitzt. »Gut, dass du das erkannt hast. Aber eigentlich war es nicht so schwer, Reed zu überzeugen, dass Sarah ohne ihn doch ziemlich einsam wäre.« Plötzlich schaute er sie besorgt an. »Unsere Abmachung steht doch noch, oder?«

»Hättest du mich das nicht früher fragen sollen?« Als sich ein enttäuschter Ausdruck auf seinem Gesicht ausbreitete, lenkte sie ein. »Natürlich gilt unsere Abmachung noch. Das heißt, sofern du wirklich möchtest, dass ich mit zu deiner Familie komme.«

Er lächelte erleichtert. »Mehr als alles andere.« Seine Stimme klang, als meinte er es ernst.

Unter seinem intensiven Blick wurde Autumn warm. Seine Finger strichen über ihre Wange, sein Blick tauchte in ihren. Nach einiger Zeit löste er sich widerstrebend von ihr. Inzwischen war der Raum leer.

Verwirrt blickte Autumn um sich. »Wo sind denn alle geblieben?«

Shane lachte. »Wahrscheinlich gehen sie inzwischen brav ihrer Arbeit nach. Wir sollten wohl auch langsam unsere Plätze einnehmen. Wo bist du heute eingeteilt?«

»Mal wieder im Visitor Center. Heute habe ich mir vorgenommen, die Internetseite des Parks zu aktualisieren. Teilweise stehen da noch die Informationen von letztem Jahr. Wo bist du heute?«

»Erst mache ich Kontrollfahrten und nachmittags bin ich dann wieder im Fiery Furnace zur Führung. Ohne dich wird es mir allerdings nur halb so viel Spaß machen.«

Autumn lächelte. »Versuch nicht, dich einzuschmeicheln. Du hast doch sowieso schon gewonnen.«

»So? Gut zu wissen.«

Während sie langsam hinausgingen, verschränkte Shane seine Finger mit ihren. Autumn blickte auf ihre Hände hinab und lächelte. Es fühlte sich gut an, ihn neben sich zu haben.

Beim Auto angekommen ließ Shane widerwillig ihre Hand los. Er öffnete die Tür und lehnte sich auf den Rahmen. »Sehen wir uns heute Mittag? Wir könnten unseren Ausflug besprechen.«

Autumn überlegte kurz und nickte dann. »Ich bin um eins in der Kantine. Bis später.« Sie lächelte ihm noch einmal zu und machte sich dann zu Fuß auf den Weg zum Visitor Center.

Sie liebte die Stille und die kühlere Luft am Morgen. Der Park war noch nicht für die Besucher geöffnet und so hatte sie ihn ganz für sich alleine. Bei jedem Schritt wirbelte eine puderige Staubwolke vom Boden auf. Die Grillen zirpten am Straßenrand. Sie blickte hinauf in den strahlend blauen Himmel, an dem keine einzige Wolke zu erkennen war. Es würde wieder ein heißer Tag werden, soviel war klar. Die Hitzewelle war im Moment kaum auszuhalten, besonders nicht für jemanden, der bis vor Kurzem im etwas kühleren Osten gelebt hatte. Aber das Visitor Center hatte eine Klimaanlage, daher würde sie es gut aushalten können.

Autumn atmete tief durch und setzte gemächlich einen Fuß vor den anderen. Wenn es im Leben doch immer so ruhig zugehen würde. So friedlich und ohne Gewalt. Wenn sie jemanden wie Shane früher kennengelernt hätte, wäre ihr Leben im letzten Jahr anders verlaufen. Ärgerlich rief sie sich zur Ordnung. Es brachte nichts, jetzt darüber nachzugrübeln, was hätte sein können, es war nicht so und damit musste sie leben. Sie sollte froh sein, dass sie jetzt hier war und schon gute Freunde gefunden hatte. Und vielleicht sogar noch etwas mehr …

Während Autumn in Gedanken ein Problem mit der Homepage-Programmierung wälzte, griff sie sich ein Tablett, ließ es mit Essen füllen und zog eine eiskalte Cola aus dem Automaten. Dann fiel ihr ein, dass Shane auf sie wartete. Sie blickte sich suchend um. Seiner Haltung und dem Grinsen nach zu urteilen, hatte er sie schon länger beobachtet. Mit einem entschuldigenden Lächeln ließ sie sich ihm gegenüber nieder.

Shane beugte sich vor und stützte die Ellbogen auf den Tisch. Sein Kinn ruhte auf seinen Händen. »Wo warst du mit deinen Gedanken?«

»Bei der Internetseite. Ich wollte einen bestimmten Effekt erreichen, doch bis jetzt hat es noch nicht geklappt.« Sie griff nach Messer und Gabel. »Entschuldige, habe ich dich lange warten lassen?«

Shane ergriff ihre Hand und zog sie an seine Lippen. »Auf dich warte ich gerne.« Sein tiefes Murmeln ließ einen Hitzestoß durch ihren Körper schießen. Ihr Puls raste. Was ihm natürlich nicht entging, da sein Daumen über ihr Handgelenk strich.

Er ließ ihre Hand los und räusperte sich. »Dein Essen wird kalt.«

Abrupt tauchte Autumn wieder aus ihrer Gefühlswelt auf. Hastig blickte sie um sich. Keiner schien etwas bemerkt zu haben. »Ich wünschte, du würdest so etwas in der Öffentlichkeit lassen.« Ihre Stimme klang atemlos.

Shane zog amüsiert eine Augenbraue hoch. »Du meinst, wenn wir allein sind, darf ich dich berühren und küssen?«

Autumn erstarrte. Er würde doch wohl nicht erwarten, dass sie jetzt sofort willig mit ihm schlief, oder? Denn das konnte sie nicht, sie war noch nicht bereit, einen Mann so nah an sich heranzulassen. Ganz zu schweigen davon, dass Shane dann ihre Narben sehen würde, und sie würde es nicht ertragen, wenn er sich angeekelt von ihr abwandte. »So habe ich das nicht gemeint …«

Shane unterbrach sie. »Magst du es nicht, wenn ich dich berühre?« Er war inzwischen ernst geworden.

»Ja – nein, ich weiß nicht.« Sie holte tief Luft. »Doch, ich mag es, sogar sehr. Aber es macht mir auch Angst.«

»Warum?« Er hatte sich vorgebeugt, offensichtlich an ihrer Antwort interessiert.

Autumn presste die Lippen zusammen. Auf keinen Fall konnte sie ihm von ihrer Vergangenheit erzählen und schon gar nicht in der Kantine, während um sie herum ihre Kollegen saßen. Stumm schüttelte sie den Kopf.

Anscheinend erkannte Shane, dass sie es noch nicht schaffte, darüber zu reden, denn er sah sie nur geduldig an. »Irgendwann werden wir darüber reden, denn ich möchte nicht, dass etwas zwischen uns steht.«

Erleichtert atmete Autumn auf. »Ich auch nicht.«

Shane entspannte sich und griff nach seinem Besteck. »Gut. Dann lass uns jetzt erst mal etwas essen, ich sterbe schon vor Hunger.« Während er aß, ließ er sie nicht aus den Augen.

»Schau mich bitte nicht so an«, murmelte sie nach einigen Minuten. Den Blick hielt sie starr auf ihr Essen gerichtet.

Shanes Lachen klang beinahe verzweifelt. »Woher weißt du, dass ich dich ansehe?«

Autumn blickte auf. »Ich fühle es. Es prickelt auf meiner Haut, wenn du das tust.«

Shane atmete ruckartig aus. »So, jetzt reicht es aber. Wir besprechen unsere Fahrt am 4. Juli und lassen alle anderen Themen beiseite. Okay?«

»Gut.« Autumn widmete sich wieder ihrem Essen, obwohl sie keinen Appetit mehr verspürte. Als sie ihn anblickte, hatte er sich wieder etwas gefangen. Seine Augen glitzerten noch und an seinem Hals war eine leichte Röte zu entdecken, doch sonst wirkte er ruhig. Sie hätte nie gedacht, dass sie auf einen Mann eine solche Wirkung haben könnte. Robert war immer eher kühl geblieben, nie hatte er sie auch nur ansatzweise so leidenschaftlich angesehen wie Shane jetzt. Doch damals war ihr das erst viel zu spät aufgefallen, vielleicht weil Robert in ihr auch nicht so viel Leidenschaft hervorgerufen hatte. Energisch schob sie die unangenehmen Erinnerungen beiseite. Sie würde sich diesen schönen Tag nicht verderben lassen. »Also, was hast du geplant?«

Shane richtete sich auf. »Ich dachte, wir fahren hier gegen acht Uhr morgens los. Das Flugzeug startet eine halbe Stunde später und landet gegen zehn.«

Autumns Gabel fiel klirrend auf den Teller. »Flugzeug? Hast du nicht gesagt, sie wohnen in der Nähe?« Sie sah ihn mit verengten Augen an.

Shane zuckte mit den Schultern. »Mit dem Flugzeug schon.« Er blickte sie unschuldig an.

»Shane Hunter, versuch nicht, abzulenken. Warum hast du nicht gesagt, dass sie so weit weg leben, dass wir dafür mit dem Flugzeug fliegen müssen?«

»Wärst du mitgekommen, wenn ich es dir erzählt hätte?«

Autumn warf aufgebracht die Hand in die Luft. »Natürlich

nicht.« Schließlich war sie dann an ihn gebunden und hatte nicht die Kontrolle über die Situation. Außerdem war ein Flug auch nicht gerade billig und sie hatte ihr Erspartes im letzten Jahr beinahe aufgebraucht.

»Eben. Darum habe ich es für mich behalten.« Er blickte sie bittend an. »Du kommst doch noch mit, ja?«

Wie sollte sie diesem Blick widerstehen? Vor allem aber wollte sie wirklich gerne seine Familie kennenlernen, die auf den Fotos so herzlich und sympathisch aussah. Außerdem war das eine einmalige Möglichkeit, herauszufinden, ob Shane wirklich so war, wie er wirkte.

Autumn gab nach. »Eigentlich sollte ich aus Prinzip hierbleiben. Aber leider kann ich dir einfach nicht widerstehen. Wo genau fliegen wir denn hin?«

Shane strahlte. »Nach West Yellowstone, das ist eine kleine Stadt am Rand des Yellowstone National Park. Meinen Eltern gehört dort die Diamond Bar Ranch. In der Stadt gibt es einen kleinen Flughafen, sodass wir ganz bequem hier ins Flugzeug einsteigen können und dort wieder aus. Am Flughafen wird dann ein Auto für uns bereitstehen. Und am nächsten Tag genauso zurück.«

Wieder fiel Autumns Gabel auf den Teller. »Nächster Tag? Shane …«

Shane blickte sie besonders unschuldig an. »Aber natürlich. Das Barbecue geht bis abends und dann kommt noch das Feuerwerk. Nachts bekommen Kleinflugzeuge ohnehin keine Starterlaubnis. Außerdem dachte ich, du würdest vielleicht gerne etwas vom Yellowstone sehen.« Seine Augenbrauen hoben sich.

Einen Moment lang zögerte sie, eine Übernachtung bedeutete eine noch größere Verpflichtung als ein einfaches Treffen, dann atmete sie tief durch. »In Ordnung, dann suche ich mir ein Motelzimmer. Ich hoffe, es ist noch etwas frei.«

Shane schüttelte bereits den Kopf. »So ein Unsinn. Du schläfst natürlich bei uns.« Als Autumn protestieren wollte, fügte er hinzu: »Meine Eltern haben eine Gast-Ranch. Es sind genügend Zimmer vorhanden. Und falls du befürchten solltest, dass ich dir zu nahe trete, kann ich dich beruhigen.«

»Ich weiß nicht, wem ich weniger traue, dir oder mir selbst.«

Das ließ ihn verstummen. Nach einem Moment der Stille nickte er. »Das lassen wir wohl am besten auf uns zukommen. Jedenfalls verspreche ich dir, mich gut zu benehmen und dich zu nichts zu drängen. In Ordnung?«

Autumn nahm ihren Mut zusammen und nickte. »Gut. Was soll ich einpacken?«

»Es ist alles vorhanden. Du brauchst nur etwas zum Anziehen mitzunehmen.«

»Wird der 4. Juli bei euch besonders festlich gefeiert?« Im Geiste ging Autumn bereits den Inhalt ihres Kleiderschranks durch.

»Nein, zieh dich ganz normal an. Und denk daran, etwas Wärmeres mitzunehmen. Da oben kann es ganz schön kühl werden. Die Hitzewelle wurde gerade von einer Kaltfront verdrängt.«

Ein Lächeln spielte um Autumns Mund. »Ja, Mom.«

Shanes Augenbrauen zogen sich zusammen. »Ich versuche, dich vor einer Erkältung zu bewahren, und du machst dich über mich lustig?« Inzwischen zuckten auch seine Mundwinkel. »Na warte, das bekommst du alles zurück. Ab Mittwoch habe ich dich in der Hand, dann kommst du mir nicht mehr so leicht davon.«

Autumn wurde wieder ernst. »Ich freue mich auf die Fahrt. Als ich vor zwei Jahren das letzte Mal den 4. Juli gefeiert habe, lebten meine Eltern noch. Ich hoffe, ich kann dieses Jahr wieder an die schönen Erinnerungen anknüpfen.«

Shane nahm ihre Hand. »Das wirst du, ich verspreche es dir. Bei meiner Familie ist immer viel los und sie freuen sich sehr über Gäste.« Mit dem Daumen drehte er langsame, hypnotisierende Kreise auf ihrem Handrücken. Ein wohliger Schauer durchlief Autumn. Nach einem abschließenden Druck ihrer Hand ließ Shane sie los, schob seinen Stuhl zurück und erhob sich. »So, lange genug herumgetrödelt, die Pflicht ruft.«

Erschrocken blickte Autumn auf ihre Uhr. Es war bereits fast halb zwei. Hastig sprang sie auf. »Oh, ich komme zu spät. Ich fürchte, ich muss einen Sprint einlegen.«

Shane beruhigte sie. »Keine Panik, ich nehme dich mit dem Jeep mit, dann schaffst du es noch pünktlich.«

13

Der Morgen des 4. Juli dämmerte langsam herauf. Autumn stand bewegungslos an ihrem Fenster und beobachtete den wunderschönen Sonnenaufgang. Der dunkelblaue Himmel wurde von den kräftigen Rottönen der aufgehenden Sonne verdrängt. Die roten Felsen leuchteten auf, sie schienen von innen heraus zu strahlen. Ein tiefes Gefühl der Ruhe breitete sich in ihr aus. Sie hatte die richtige Entscheidung getroffen. Shane war ein wunderbarer Mensch, und sie hoffte, dass seine Familie genauso nett war, damit sie die zwei Tage genießen konnte. Auch wenn sie nicht wusste, ob sie sich Shane wirklich öffnen und eine richtige Beziehung mit ihm eingehen konnte, musste sie es doch versuchen.

Bedauernd wandte sie sich vom Fenster ab. Sie musste sich beeilen, wenn sie um acht Uhr fertig sein wollte. Schnell zog sie sich ihre Jeans und ein blaues T-Shirt an und ging dann ins Bad. Nach ihrer üblichen Zwanzig-Minuten-Prozedur riss sie den Schrank auf und begutachtete kritisch den Inhalt. Sie durfte nicht zu aufgedonnert erscheinen, aber auch nicht zu leger. Am wohlsten fühlte sie sich in Jeans, aber wenn sie einer Einladung folgte, musste sie ordentlich aussehen. Während sie weiter ihre Kleidung inspizierte, gestand sie sich ein, dass sie auch für Shane attraktiv sein wollte. Feministinnen würden ihr jetzt wahrscheinlich sagen, das wäre ein falscher Ansatz, doch ihr war nun einmal danach. Bisher hatte Shane sie nur in Uniform oder in Freizeitkleidung gesehen. Sicher, sie schien ihm auch so zu gefallen, aber es konnte sicher nicht schaden, ihn ein wenig mit ihrem Aussehen zu überraschen.

Sie zog ein schlichtes, ärmelloses Sommerkleid in einem warmen Grünton aus dem Schrank und hielt es vor sich. Kritisch betrachtete sie sich im Spiegel auf der Innenseite der Schranktür. Ja, das war es. Es brachte ihre Augen zum Leuchten und harmonierte gut mit ihrer Haarfarbe. Rasch legte sie noch etwas für abends in ihre Tasche, bevor sie im Bad ihre Kulturtasche packte und einen letzten Blick in den Spiegel warf. Ihr Haar umrahmte wild ihr Gesicht, sämtliche Bemühungen, es zu bändigen, waren heute vergebens gewesen. Ihre grünen Augen glitzerten erwartungsvoll. Ja, sie weilte eindeutig wieder unter den Lebenden!

Sie warf die Kulturtasche in die Reisetasche, steckte kurz entschlossen noch ein Taschenbuch hinein und zog den Reißverschluss zu. Ein Blick auf die Uhr zeigte ihr, dass sie noch etwas Zeit hatte. So erwärmte sie schnell einen Becher Kakao in der Mikrowelle und setzte sich mit dem dampfenden Getränk auf die Schaukel vor ihrer Hütte. Die Luft roch morgens noch frisch und sauber. Autumn atmete tief ein und genoss die Stille des Augenblicks. Es herrschten angenehme 20 Grad, die Bäume warfen lange Schatten. Autumn legte den Kopf an die Rückenlehne der Holzschaukel, schloss die Augen und trank langsam ihren Kakao.

So fand Shane sie zehn Minuten später vor, als er sie abholte. Ein nagender Hunger fuhr durch seine Eingeweide, der nur wenig mit dem verpassten Frühstück zu tun hatte. Vor allem aber wirkte Autumn zum ersten Mal wirklich entspannt, so als wäre eine Last von ihr abgefallen. Shane wünschte sich nichts mehr, als dass sie erkannte, dass sie von ihm nichts zu befürchten hatte und sich ihm ohne Bedenken öffnen konnte. Als die Holzstufen unter seinen Füßen knarrten, hoben sich Autumns Lider. Sie ließ ihren Blick langsam über ihn wandern und lächelte. Seine Augen glitten zu ihren Lippen. Während er darauf starrte, fuhr sie mit der Zungenspitze darüber. Wie sollte er mit ihr zu seinen

Eltern fahren, ohne sie zu berühren, ihre glatte Haut zu streicheln und sie zu küssen, bis sie beide die Orientierung verloren? Vermutlich war es besser, das gleich hier zu erledigen, damit er später nicht in Versuchung geriet. Shane setzte sich neben sie auf die Schaukel und ließ sie mithilfe seines Fußes schwingen. Sein Kopf beugte sich zu ihr hinunter, verharrte wenige Zentimeter vor ihrem Mund und senkte sich schließlich auf ihre Lippen. Sanft strich er darüber und richtete sich widerwillig wieder auf.

»Guten Morgen.« Seine Stimme war ungewohnt rau. Sein Arm glitt hinter ihren Rücken und kam auf der Lehne zum Liegen. Mit den Fingern zupfte er leicht an ihren zerzausten Haaren. Es fühlte sich so gut an, in der Morgensonne neben ihr zu sitzen und die Ruhe zu genießen.

»Guten Morgen. Möchtest du auch einen Kakao, bevor wir fahren?« Autumn deutete auf ihren Becher.

»Ja, danke.« Shane nahm ihr den Becher aus der Hand und trank ihn aus.

Mit hochgezogenen Augenbrauen beobachtete Autumn ihn dabei. »Eigentlich meinte ich einen eigenen Kakao.«

Ihre trockene Bemerkung ließ ihn schmunzeln. »Nein, danke. Wir müssen sowieso los, sonst hebt das Flugzeug noch ohne uns ab.«

Nach einem kurzen Blick auf ihre Uhr sprang Autumn auf. Sie riss ihm den Becher aus der Hand und lief zur Tür.

»Na, so eilig ist es nun auch wieder nicht«, murmelte er. Eigentlich hätte er gerne noch länger neben ihr auf der Schaukel gesessen. Er stand auf, als sie wieder aus der Hütte trat.

Während Shane ihr die Tasche abnahm, verschloss sie sorgfältig die Tür.

Robert zog sich tiefer in die spärlichen Wacholderbüsche, die die Personalhütten umgaben, zurück, als Autumn sich von dem

Kerl küssen ließ. Seine Hände ballten sich zu Fäusten und er hatte Mühe, nicht sofort zur Hütte zu stürmen und Autumn von der Schaukel zu reißen. Noch dringender wollte er jedoch ihrem neuen Liebhaber ein Messer ins Herz stoßen. Obwohl er das eigentlich viel zu gnädig für seinen Konkurrenten fand. Nein, er sollte vorher leiden … Zornig sah Robert zu, wie Autumn in den Jeep stieg und mit dem Kerl wegfuhr. Sie hatte eine Tasche dabei, vermutlich verbrachte sie den Feiertag mit ihm und würde wohl auch über Nacht wegbleiben.

Abrupt ließ Robert die Zweige des Busches, hinter dem er sich versteckt hatte, zurückschnappen und wandte sich ab. Er konnte Autumn gerade noch nachsehen, dass sie abgehauen war, aber dass sie sich gleich einen Liebhaber genommen hatte, machte ihn fast rasend vor Wut. Wie konnte sie das tun, wenn sie doch wusste, dass sie ihm gehörte? Niemand anders würde sie überhaupt noch ansehen wollen mit den Narben, die sie sicherlich haben musste. Zumindest hatte er das gedacht. Aber anscheinend war ihr neuer Freund entweder blind oder er stand darauf.

Robert fühlte den altbekannten Hass in sich aufsteigen. Während ihrer Beziehung hatte Autumn immer gedacht, er würde sich damit zufriedengeben, zur Verfügung zu stehen, wenn ihr nach Nähe war und sie jemanden brauchte, an den sie sich anlehnen konnte. Aber darin hatte sie sich getäuscht. Er verlangte mehr von der Frau an seiner Seite, viel mehr. Sie musste sich nach ihm richten, und nicht umgekehrt. Sie gehörte ihm, mit Haut und Haaren. Das hatte er versucht, ihr vor einem Jahr klarzumachen, indem er ihr gezeigt hatte, wie leicht er sie verletzen konnte und wie abhängig sie von seinem Wohlwollen war, aber anscheinend hatte sie es immer noch nicht verstanden.

Ihretwegen hatte er sein Haus verloren, das konfisziert worden war, und konnte sich nirgends mehr blicken lassen, aus Angst, erkannt zu werden. Gut, dass er so vorausschauend gewesen war, einen Großteil seines Vermögens auf einem geheimen Konto anzulegen, sein offizielles war sofort gesperrt worden, nachdem Autumn aus dem Keller seines Hauses entkommen war. Seine Hand strich über die Narbe an seiner Stirn. Es würde eine Genugtuung sein, sie für ihren Ungehorsam zu bestrafen. Wenn er diesmal mit ihr fertig war, würde sie darum betteln, dass er sie wieder liebte und sich um sie kümmerte. Vielleicht würde er sie erhören, vielleicht auch nicht. Schließlich hatte sie sich vor einem Jahr als seiner Liebe unwürdig erwiesen und dafür gesorgt, dass die Polizei ihn nun suchte.

Robert stieß ein Schnauben aus. Es war lächerlich gewesen, wie die Stümper von der Polizei versucht hatten, ihn zu finden. Dachten sie wirklich, er wäre so dumm, sich erwischen zu lassen? Es gab unzählige Möglichkeiten, in New York unterzutauchen, wenn man nicht gefunden werden wollte. Der zuständige Detective Murdock hatte damals mehr Zeit damit verbracht, Autumns Händchen zu halten, als ernsthaft zu versuchen, ihn zu finden. Der einzige Grund, warum Murdock noch lebte, war, dass Autumn ihn nie berührt, ihn nie geküsst oder so angesehen hatte, als wäre er ihr wichtiger als alles andere.

Ganz im Gegensatz zu diesem Ranger. Was war Shane überhaupt für ein Name? Auf keinen Fall würde dieser Schlappschwanz Robert aufhalten können, wenn er beschloss, Autumn zurückzuholen. Aber zuerst würde er ihr klarmachen, dass er immer in der Nähe war und sie sich nicht vor ihm verstecken konnte. Und wenn sie wieder weglaufen sollte, würde er ihr einfach folgen, so lange, bis sie nirgends mehr hin konnte. Und dann würde er ihrem Liebhaber zeigen, was passierte, wenn man ihm in die Quere kam.

Autumn stieg vorsichtig in die kleine Propellermaschine und ließ sich auf einen weich gepolsterten Fensterplatz sinken. Nachdem er ihr Gepäck im hinteren Teil des Flugzeugs verstaut hatte, nahm Shane neben ihr Platz. Obwohl sie noch gar nicht gestartet waren, umklammerten Autumns Hände die Armstützen ihres Sitzes.

Stirnrunzelnd blickte Shane sie an. »Du hast doch keine Flugangst, oder?«

Sofort lockerte sich Autumns Griff. »Nein, ich bin nur noch nie mit einer so kleinen Maschine geflogen und fühle mich eingesperrt. Das macht mich etwas nervös.« Shane legte seine Hand auf ihre und drückte sie kurz. Dankbar lächelte sie ihn an.

Sachte strich Shane eine lose Haarsträhne hinter ihr Ohr. Und da es sich so gut anfühlte, vergrub er seine Hand in ihrem Haar und massierte beruhigend ihren Nacken. Autumns Blick wurde verträumt, ehe sie genießerisch die Augen schloss. Ihre langen schwarzen Wimpern warfen Schatten auf ihre hohen Wangenknochen und ihr Mund öffnete sich zu einem leisen Seufzer. Damit zerstörte sie den letzten Rest seiner Selbstbeherrschung. Langsam lehnte er sich über sie, sein Mund näherte sich ihrem. Autumn riss die Augen auf, als der Flugzeugmotor aufheulte. Als sie Shane über sich entdeckte, schlich sich tiefe Röte in ihre Wangen. Ihre Zunge fuhr nervös über ihre Lippen. Bei diesem Anblick zog sich Shanes Magen zusammen. Er beugte sich noch etwas tiefer.

Der Aufruf des Piloten zum Anschnallen rettete sie. Shane presste seine Lippen zusammen und versuchte, mit zitternden Händen seinen Gurt zu sichern. Irgendwie musste es ihm gelingen, seine Gefühle wieder unter Kontrolle zu bringen. Autumn reizte ihn über alle Maßen, selbst wenn sie es nicht darauf anlegte. In ihrer Gegenwart war er nicht mehr er selbst. Schon sie anzusehen reichte, um sein Herz schneller schlagen und das Blut in seinen Adern kochen zu lassen. Die große Frage war nur: Wie stand sie zu ihm? Er war sicher, dass sie ihn mochte, oft auch begehrte. Aber reichten ihre Gefühle für eine ernsthafte Beziehung? Diese Frage würde er in den nächsten zwei Tagen beantworten, nahm er sich vor.

Als er bemerkte, dass Autumn noch immer mit ihrem Gurt kämpfte, schüttelte Shane belustigt den Kopf. Er schob ihre Finger zur Seite und ließ die Schnalle mit einem Klicken einrasten. Danach nahm er ihre Hände in seine, schob seinen Sitz zurück, damit seine Beine mehr Platz hatten, ließ seinen Kopf an die Kopfstütze sinken und schloss zufrieden die Augen. Er spürte Autumns verwirrten Blick beinahe körperlich. Schließlich ließ auch sie ihren Kopf seufzend zurücksinken und entspannte sich. Als er einige Minuten später sicher war, dass sie schlief, klappte er die Armlehne zwischen ihnen hoch und zog Autumn an sich. Ihr Kopf schmiegte sich an seine Schulter, während ihre Hand auf seiner Brust lag. Er schlang seinen Arm um ihren Rücken und legte seine Hand auf ihre Taille.

Es fühlte sich gut an, wie vertrauensvoll sie sich an ihn schmiegte. Im Schlaf schien sie instinktiv zu wissen, dass er ihr nie etwas tun würde. So genoss er ihre Nähe und küsste zärtlich ihre Stirn, als sie eine halbe Stunde später wieder aufwachte. In schlaftrunkener Erwiderung rieb Autumn ihre Wange an seiner Schulter, während ihre Hand über seine Brust wanderte. Shane schauderte, als Erregung durch seinen Körper schoss, und zog sie automatisch näher an sich.

Erst jetzt schien Autumn zu merken, was sie tat. Verwirrung stand in ihren Augen, als sie hastig ihre Hand wegzog und sich aufrichtete. »Oh, ich muss wohl eingeschlafen sein und …« Ihr Mund schloss sich, sie wandte sich von ihm ab und blickte aus dem Fenster. Offensichtlich suchte sie nach einem Grund, nicht darüber reden zu müssen, wie richtig sich ihre Umarmung angefühlt hatte. »Sieh mal, Shane. Welcher See ist das?«

Shane beugte sich über sie und warf einen kurzen Blick nach

unten. »Das ist der Salt Lake, die große Stadt daneben ist Salt Lake City.« Er blickte auf die Uhr. »Wir sind gut in der Zeit. Clint bringt ein Auto zum Flugplatz.«

»Wer ist noch mal Clint?«

»Mein ältester Bruder, er leitet die Ranch zusammen mit meinem Vater. Meist wirkt er etwas mürrisch und eigenbrötlerisch, doch für die, die er liebt, tut er alles.« Clint war auch der Einzige in der Familie, der ihn nicht darüber ausgefragt hatte, wer denn der weibliche Gast war, den er mitbringen wollte. In Gedanken daran musste Shane lächeln.

»Es muss schön sein, so eine Familie zu haben. Erzähl mir mehr von ihnen.«

Shane blickte Autumn prüfend an und entschied dann, dass sie anscheinend wirklich an seiner Familie interessiert war. Er erinnerte sich an ihren wehmütigen Blick auf das Familienfoto in seiner Hütte.

Entspannt lehnte er sich zurück. »Mein Vater George ist fünfundsechzig. Vor sechsunddreißig Jahren, nachdem er aus dem Militär ausgeschieden war, kaufte er für sich und meine Mutter Angela Weideland und baute eine Ranch auf. Die ersten Jahre waren schwierig, aber schließlich wurde die Ranch sehr erfolgreich. Es ist eine der größten Rinderfarmen in der Gegend. Vor vier Jahren, nachdem wir Kinder alle aus dem Haus waren, haben die beiden sich entschieden, eine Gast-Ranch daraus zu machen.« Shane lachte leise. »Ich denke, es war ihnen einfach zu ruhig ohne uns.«

»Das kann ich mir vorstellen bei fünf Kindern.« Ihre Augen glänzten.

»Sechs, mit mir. Bei uns ging es meistens hoch her. Einen ruhigen Moment gab es da eher selten.«

»Eure armen Eltern. Wie haben sie das nur ausgehalten?«

»Meine Mutter kann sehr energisch werden und mein Vater

ist die Ruhe in Person. Er ist durch fast nichts zu erschüttern.« Shane überlegte kurz. »Eigentlich hat ihn bisher nur eine einzige Sache wirklich aufgeregt, und das war Leighs Unfall.« Weder seinen Eltern noch ihm oder seinen Geschwistern war es gelungen, diesen Tag zu vergessen. Sie hatten einige Stunden im Krankenhaus warten müssen, bis die Ärzte sicher gewesen waren, dass Leigh überleben würde. Ihre Lähmung kam als weiterer Schock.

Als Autumn seine Hand drückte, schreckte Shane aus den schlimmen Erinnerungen auf und bemühte sich um ein Lächeln. »Wo war ich stehen geblieben? Ach ja, meine Mutter. Sie ist sechzig Jahre alt, in ihrer Freizeit bastelt sie Puppen. Du solltest sie dir unbedingt einmal ansehen, es sind echte Unikate.«

»Das werde ich bestimmt. Aber woher nimmt sie bei so vielen Kindern und einer Ranch die Zeit für ein Hobby?«

»Nun, der Tag hat vierundzwanzig Stunden und meine Mutter sehr viel Energie.« Shanes Lächeln fühlte sich natürlicher an. »Du wirst es ja bald selbst feststellen.«

»Kommen alle deine Geschwister?« Autumn schien mit ihren Fragen noch lange nicht fertig zu sein.

»Ja, der 4. Juli ist bei uns immer ein großes Familientreffen. Genauso wie viele andere Feiertage auch. Hin und wieder fehlt zwar einer von uns, aber am schönsten ist es, wenn alle zusammen sind.« Diesmal würden alle dabei sein, weil sie Autumn kennenlernen wollten. Shane brachte zum ersten Mal jemanden mit zu einer dieser Familienfeiern, und die Neugier war entsprechend groß.

»Ich kann mir eine so große Familie gar nicht vorstellen. Erzähl mir von deinen anderen Geschwistern.«

»Leigh hast du ja schon kennengelernt, sie hat vor ihrem Unfall als Innenarchitektin gearbeitet. Sie ist sechsundzwanzig, genauso wie ihre Zwillingsschwester Shannon. Shannon hat wohl auch ein paar kreative Gene von unserer Mutter geerbt, sie ist Schriftstellerin.«

Autumn setzte sich abrupt auf. »Shannon Hunter ist deine Schwester? Die Shannon Hunter, die gerade den Preis für die beste Military Romance – diese Liebesromane mit Helden aus dem Militär – gewonnen hat?«

Shane lächelte über ihre Aufregung. »Genau die.«

»Ihre Bücher sind toll! Die Spannung bleibt von der ersten bis zur letzten Seite erhalten. Und als Helden die Spezialeinheit der Navy, die SEALs, zu nehmen, war eine echt tolle Idee. Wie ist sie darauf gekommen?«

Lachend winkte Shane ab. »Am besten fragst du sie selbst. Sie freut sich immer, wenn sie mit Lesern über ihre Arbeit sprechen kann.« Autumns Augen funkelten aufgeregt. Im Augenblick war nichts von der Anspannung zu erkennen, die sich sonst so häufig bei ihr bemerkbar machte. Um diesen Zustand beizubehalten, sprach er rasch weiter. »Dann gibt es noch meinen jüngeren Bruder Jay, er ist dreißig und Detective in San Francisco.«

»Wie in ›Die Straßen von San Francisco‹?«

»Genau. Ich saß mal hinten im Wagen und kann es nicht empfehlen.« Auch jetzt bekam Shane noch Magendrücken, wenn er nur daran dachte.

Autumn lachte über seinen Gesichtsausdruck, doch er ignorierte es und redete weiter. »Das Nesthäkchen der Familie ist Chloe. Sie ist zweiundzwanzig und studiert in Harvard Jura.« Er schüttelte verwundert den Kopf. »Wenn man sich das mal vorstellt, meine kleine Schwester ist bald Anwältin.«

Autumn blickte ihn irritiert an. »Was hast du denn dagegen?«

Shane ruderte sofort zurück. »Das hast du falsch verstanden. Natürlich finde ich es gut, dass sie Jura studiert, aber sie erscheint mir noch so jung, es kommt mir wie gestern vor, als sie noch in Windeln über die Ranch gelaufen ist.«

»Was hast du denn gemacht, als du so alt warst wie sie?«

Er überlegte, die Stirn in Falten gezogen. »Ich denke, da habe ich gerade Architektur studiert. Aber das ist schon so lange her …«

Erstaunt blickte Autumn ihn an. »Du hast Architektur studiert? Und was machst du dann als Ranger im Arches?«

»Ich habe irgendwann gemerkt, dass ich lieber in der Natur bin als in der Großstadt und Häuser lieber fotografiere, als sie zu entwerfen.« Er zuckte die Schultern. »Ich fühle mich wohl in meinem jetzigen Beruf.«

Autumn nickte. »Das merkt man. Und nach den Fotos zu urteilen, die ich bis jetzt gesehen habe, hast du die richtige Entscheidung getroffen.« Shane lächelte erfreut, seine Ohrenspitzen wurden warm. Autumn wechselte das Thema. »Dann bist du als richtiger Naturbursche aufgewachsen?«

Shane lachte. »Mehr oder weniger. Wir hingen natürlich immer in den Ställen und bei den Cowboys herum, aber so richtig konnte ich mich nie mit der Arbeit anfreunden. Sie ist schwer und schmutzig und teilweise auch gefährlich. Ich habe mich deshalb ziemlich schnell den schöneren Seiten des Lebens zugewandt.«

Bei dem Gedanken daran begannen seine Augen zu leuchten. »Irgendwann habe ich von meinem Großvater zu Weihnachten seine alte Canon bekommen. Tag und Nacht bin ich damit über die Ranch gewandert und habe alles fotografiert, was mir vor die Linse kam. Tiere, Menschen, Pflanzen, Berge – einfach alles. Aufgrund der Nähe war ich auch oft im Yellowstone National Park. Ich war von der Natur so begeistert, dass ich Tausende von Fotos geschossen habe, die ich in meinem eigenen kleinen Labor entwickelte, weil ich mein Hobby sonst nicht mehr hätte bezahlen können. Da ich mich auch für Baustile interessierte und dachte, mit Fotografieren könnte man kein Geld verdienen, studierte ich in Laramie, an der Universität von Wyoming, Architektur. Danach arbeitete ich zwei Jahre für eine Baufirma, merkte aber schnell, dass ich doch lieber etwas anderes machen wollte. Ich bin dann zurück zum Yellowstone gekommen und habe dort als Ranger gearbeitet und nebenbei Fotos gemacht.« Er holte tief Luft. »Und das war meine Lebensgeschichte, den Rest kennst du ja schon.« Er lächelte Autumn an und blickte an ihr vorbei aus dem Fenster. »Wir sind fast da. Man kann schon die Grand Tetons sehen.« Die charakteristisch scharf gezackte Bergkette war von grünen Wiesen umgeben.

Autumn folgte seinem Blick nach unten. »Sind das da unten Tiere?«

Shane beugte sich über sie, bis seine Wange ihr Haar berührte. »Ja, der Größe nach zu urteilen wahrscheinlich Bisons. Es gibt hier aber auch viele Hirsche und sogar Elche.« Er atmete tief den Duft ihrer Haare ein. Er hätte Stunden damit zubringen können, einfach nur neben ihr zu sitzen, mit ihr zu reden, sie anzusehen und ihre Nähe zu spüren. Langsam zog er sich zurück, während er darauf achtete, sie an möglichst vielen Stellen zu berühren. Schließlich blickte er direkt in ihre brennenden Augen. Ihr Atem kam stoßweise. Sie sah ihn fragend an. Mit einem unterdrückten Stöhnen senkte er seinen Mund auf ihre weichen Lippen.

Wie um ihn zu ärgern, ertönte genau in diesem Moment wieder die Stimme des Piloten, der sie aufforderte, sich auf die Landung vorzubereiten.

Shane zögerte kurz, drückte noch einen sanften Kuss auf ihren Mund und zog sich dann zurück. »Irgendjemand meint es heute nicht gut mit mir.« Er blickte zu Autumn, die immer noch wie versteinert in ihrem Sitz hockte. »Bist du angeschnallt?«

»Ich … ähm … ja, ich hatte den Gurt gar nicht wieder gelöst.« Sie schüttelte den Kopf und wandte sich wieder dem Fenster zu. »Was ist denn mit dem Wald los?«

Riesige Waldflächen flogen unter ihnen dahin, in denen immer wieder große kahle Stellen auftauchten. »Das Gebiet gehört zum Yellowstone. 1988 wütete hier monatelang ein riesiges Feuer. Sechsunddreißig Prozent des Waldbestandes sind dabei abgebrannt. Inzwischen wachsen zwar wieder neue Bäume nach, doch bis diese die Größe der alten Bäume erreicht haben, dauert es bestimmt noch einmal zwanzig Jahre, wenn nicht noch länger.«

»Konnte man das Feuer denn nicht löschen?«

»Hat man versucht, doch es war außer Kontrolle und ließ sich nicht eindämmen. Schließlich beschränkte man sich darauf, die Häuser vor dem Feuer zu schützen. Es ist wirklich ganz interessant zu sehen, wie sich der Wald von alleine regeneriert.« Er deutete auf eine graue Linie unter ihnen. »Da ist auch schon der Flugplatz.«

14

Als sie die winzige Landebahn sah, riss Autumn die Augen auf. Darauf sollten sie landen? Sie konnte sich nicht vorstellen, dass das funktionierte. Blind griff sie nach Shanes Hand und umklammerte sie mit ganzer Kraft. Er zuckte zusammen, sagte jedoch nichts. Um nicht zusehen zu müssen, wie sie abstürzten, schloss Autumn die Augen. Das wäre es noch, wenn sie Roberts Terror überlebt hätte, nur um jetzt mit einem Flugzeug abzustürzen. Wenig später setzte die Maschine hart auf.

Shane legte seine Hand auf Autumns. »Wir sind gelandet, du kannst mich jetzt loslassen. Und die Augen kannst du auch aufmachen.«

Ein leises Lachen schwang in seiner Stimme mit, während Autumn langsam ein Auge aufklappte und nach draußen schielte. Sie standen tatsächlich noch auf der Landebahn und waren nicht darüber hinausgeschossen und auf der Wiese gelandet. Beruhigt öffnete sie auch noch das zweite Auge. Dann erst erinnerte sie sich an ihre Hand. Rasch löste sie ihren Klammergriff. Shanes Hand wies beinahe weiße Druckstellen auf.

»Tut mir leid. Warum hast du mir nicht gesagt, dass ich zu stark drücke?«

Shane zuckte die Schultern. »War ja meine eigene Schuld, schließlich habe ich dich dazu überredet mitzukommen.« Jetzt lächelte er. »Außerdem sind wir Männer hart im Nehmen.« Diese Bemerkung brachte ihm ein undamenhaftes Schnauben ein.

Während sie die Flugzeugtreppe hinabstieg, blickte Autumn sich um. Groß war der Flugplatz wirklich nicht. Nur eine Landebahn, eine große Halle und ein kleineres Gebäude, in dem sich vermutlich ein Büro und die Kontrolle befanden. Den Flugplatz umgaben Wiesen, auf denen Rinderherden grasten. In der Ferne war Wald zu erkennen. Autumn beschattete ihre Augen gegen die grelle Sonne. Am tiefblauen Himmel zogen langsam Kumuluswolken ihre Bahnen, eine leichte Brise ließ ihr T-Shirt flattern.

Tief atmete Autumn durch und drehte sich zu Shane um. »Es ist schön hier. Und vor allem ist es nicht so heiß wie im Arches.«

»Im Moment nicht, aber mittags kann es ziemlich warm werden. Und eincremen solltest du dich auch, durch die kühlere Luft merkst du nicht sofort, wenn du dich verbrennst.«

»Ich werde es mir merken.« Suchend blickte sie sich um. »Wo steht das Auto?«

»Hinter dem Büro.« Er schnappte sich ihre Tasche, ignorierte ihre Proteste und setzte sich in Bewegung. Autumn blieb nichts anderes übrig, als ihm zu folgen. Dabei konnte sie nicht umhin, ihn von hinten zu bewundern. Shane in Jeans war schon sehr nett anzusehen.

Über sich selbst den Kopf schüttelnd, schloss sie schnell zu ihm auf. »Wie lange fahren wir bis zur Ranch?«

»Ungefähr fünf Minuten. Und in die andere Richtung geht es in der gleichen Zeit zum Parkeingang.«

»Dann wohnen deine Eltern ja ziemlich zentral. Es übernachten doch bestimmt oft Parkbesucher bei ihnen.«

»Ja, das auch. Aber es kommen auch viele Urlauber, die einfach mal auf einer Ranch leben wollen. Sie können mitarbeiten oder auf unseren Pferden die Gegend erkunden.« Am Jeep angekommen, öffnete er die Beifahrertür für Autumn. Nachdem sie auf den Sitz geklettert war, klappte er die Tür zu, warf die Taschen auf die Rückbank und schwang sich auf den Fahrersitz. Er griff unter die Fußmatte, zog einen Autoschlüssel hervor und steckte ihn in die Zündung.

Autumn sah ihm fassungslos dabei zu. »Gibt es hier etwa keine Diebe?«

Shane grinste. »Doch, sicher. Aber es kommt nicht jeder auf das Flughafengelände. Außerdem, woher sollte ein Dieb wissen, dass hier ein unverschlossenes Auto steht?«

Auch wieder wahr. Bei dieser Art Logik konnte sie nicht mithalten, daher konzentrierte sie sich lieber auf das Anschnallen.

Die Fahrt führte aus dem Ort West Yellowstone heraus, der aus ein paar Supermärkten, Tankstellen, Souvenirläden und Motels bestand, auf eine zweispurige Straße durch die Wälder Montanas. In der Ferne waren einige Farmgebäude zu sehen, auf den Wiesen grasten Rinderherden.

Nach einem kurzen Blick in den Rückspiegel verlangsamte Shane das Tempo. Er deutete auf die linke Straßenseite. »Diese Wiesen gehören schon zur Diamond Bar Ranch. Die Gebäude und restlichen Wiesen befinden sich auf der anderen Straßenseite.«

Scheinbar endlose Ländereien erstreckten sich zu beiden Seiten der Straße. Nach kurzer Zeit bogen sie in einen schmalen asphaltierten Weg ein, über dem sich ein Holzschild mit dem eingeritzten Namen Diamond Bar Ranch befand. Der Weg führte einen Hügel hinauf. Bäume wuchsen vereinzelt auf den saftigen Wiesen, in deren Schatten Bänke sowie kleine gusseiserne Tische und Stühle standen. Das zweigeschossige Ranchhaus mit natursteinverzierten Ecken und Fenstereinfassungen schmiegte sich auf die Kuppe des Hügels. Vor dem Haus befand sich ein großzügiger Blumengarten mit wunderbaren Rosenbüschen. Neben dem Haupthaus gab es noch verschiedene andere Gebäude, Ställe, Scheunen und eine Garage, in der sie den Jeep abstellten.

Autum öffnete schnell ihre Tür und stieg aus. Shane nahm

ihre Taschen von der Rückbank und sie folgte ihm zur Tür. Kurz bevor sie ins Freie traten, hielt Shane inne und drehte sich zu ihr um. Forschend blickte er sie an. Anscheinend war er zu einem Entschluss gelangt, denn er ließ beide Taschen fallen und griff nach ihren Schultern. Überrascht von seiner Aktion machte sie automatisch einen Schritt zurück. Er folgte ihr und trat noch näher an sie heran. Eine Hand schob er in ihre Haare und umfasste ihren Nacken, den anderen Zeigefinger ließ er an ihrer Wange heruntergleiten und umfasste ihr Kinn.

Shane lächelte sie an. »Dies ist vermutlich die letzte Minute, die wir nur für uns haben. Ich möchte diese Gelegenheit nicht ungenutzt verstreichen lassen.« Damit zog er sie noch dichter an sich und senkte seinen Mund sanft auf ihre Lippen. Autumn stützte sich Halt suchend an seiner Brust ab. Seine Hände glitten von ihren Schultern über ihre Rippen bis zur Taille. Zärtlich strich er über ihren Rücken und ließ die Hände zu ihrem Po wandern. Hätte er sie nicht weiterhin festgehalten, wäre sie zu Boden gesunken. Ihre Beine schienen versagen zu wollen, von ihrem Rückgrat ganz zu schweigen.

Shane schloss die Augen und atmete tief durch. Schließlich sah er sie wieder an und lächelte. Sanft strich er eine Locke aus ihrer Stirn. »Wir sollten jetzt besser zum Haus gehen, sonst sucht uns gleich jemand.«

Dieser Gedanke riss sie aus ihrer Verzauberung. Sie wollte unbedingt einen guten Eindruck bei seiner Familie hinterlassen und nicht wie jemand aussehen, der gerade daran gedacht hatte, die Hände unter Shanes T-Shirt gleiten zu lassen, um seine warme Haut zu berühren.

Unsicher strich sie die Haare glatt, die Shanes Hand zerzaust hatte. »Geht es so?«

Shane betrachtete sie eingehend. »Wunderschön.«

Rasch ergriff er ihre Hand und führte sie zur Tür. Unterwegs hob er ihre Taschen auf und schwang sie über seine Schulter. Gerade als er den Griff berührte, wurde die Tür von der anderen Seite aufgerissen und ein quietschgrüner Wirbelwind rannte in sie hinein.

»Shane, wo bleibst … Uff.«

Shane ließ die Taschen fallen, um die junge Frau aufzufangen. »Chloe, hast du immer noch nicht gelernt, dass man nicht ohne zu gucken durch die Gegend rennt?« Dabei umarmte er sie heftig und hob sie etwas in die Höhe. Chloe lachte und zappelte mit den Füßen.

»Ich wollte nicht noch länger darauf warten, dass ihr endlich aus der Garage kommt. Vor zehn Minuten seid ihr hier hereingefahren und seitdem nicht wieder aufgetaucht. Was habt ihr denn so lange gemacht?« Neugierig schaute sie an der Schulter ihres Bruders vorbei auf Autumn.

Autumn bemühte sich krampfhaft, nicht schon wieder rot zu werden, und wechselte mit Shane einen ratlosen Blick.

»Du übertreibst mal wieder maßlos, Chloe. Es waren höchstens zwei Minuten. Wir haben im Flugzeug was Klebriges gegessen und wollten uns erst noch die Hände waschen.« Wo Shane diese Ausrede herhatte, war Autumn ein Rätsel, aber sie war immerhin besser als gar keine. Ihr selbst wäre jedenfalls garantiert nichts eingefallen. Sie war nur froh, dass Chloe nicht früher aufgetaucht war, sonst hätte sie den Kuss gesehen. Dieser Gedanke machte es Autumn auch nicht gerade leichter, unbefangen auf Shanes kleine Schwester zuzugehen.

Chloe sah jung und frisch aus in ihrem grünen Zweiteiler mit weiter, wadenlanger Hose, barfuß und ihren zerzausten hellbraunen Locken, in denen rote und goldene Strähnen aufleuchteten. Die kurzen Haare umrahmten ihr kleines, herzförmiges Gesicht wie ein Heiligenschein.

Ihre großen sherryfarbenen Augen blitzten schelmisch, während sie wieder von Shane zu Autumn blickte. Sie entzog Shane ihre Hände und hielt sie Autumn hin. »Hallo, da mein Bruder anscheinend seine Manieren vergessen hat, stelle ich mich selbst vor. Ich bin Chloe, schön dich kennenzulernen. Es wurde langsam Zeit, dass Shane mal jemanden mit nach Hause bringt.«

Autumn schüttelte Chloes Hand und lächelte. »Hallo, mein Name ist Autumn, ich bin eine Kollegin von Shane.«

Shane legte einen Arm um Autumns Schultern und küsste sie auf die Stirn. »Sie ist außerdem eine sehr gute Freundin. Ich wollte, dass sie euch kennenlernt.« Auf Chloes neugierigen Blick reagierte er mit einem Lächeln. »Können wir jetzt endlich zum Haus gehen?«

Chloe schlüpfte schnell aus der Tür und zog Autumn hinter sich her. »Ihr werdet schon sehnsüchtig erwartet. Schnappt eure Taschen und kommt endlich. Unterhalten können wir uns auch später noch.«

Autumn folgte ihr bereitwillig. Alles war besser, als Shane jetzt in die Augen zu blicken. Es war ein seltsames Gefühl, wieder von einem Mann als seine Freundin vorgestellt zu werden. Gleichzeitig löste es aber auch Wärme in ihr aus, denn Shane hatte es liebevoll gesagt, nicht so wie Robert, bei dem es immer wie ein Besitzanspruch geklungen hatte. Nein, sie wollte jetzt nicht an Robert denken und erst recht nicht Shane mit ihm vergleichen.

»Sind denn schon alle da?« Shanes tiefe Stimme schreckte sie aus ihren Gedanken auf. Sein Arm lag immer noch auf ihrer Schulter und es fühlte sich überraschend gut an. Vielleicht würde es ihr ja tatsächlich gelingen, mit seiner Hilfe ihr Trauma zu überwinden.

Chloe nickte. »Bis auf Jay sind alle da. Sein Flugzeug ist vor einer Stunde in Pocatello gelandet, er müsste also auch bald ankommen.«

»Wird er abgeholt?«

»Nein, er nimmt sich einen Mietwagen, so ist er unabhängiger. Du weißt doch, wie er ist.«

Shane schmunzelte. »Allerdings. Ich weiß, wie wir alle sind.«

Zwei Grübchen bildeten sich in Chloes Wangen, als sie lächelte. »Eben.« Sie wandte sich an Autumn. »Lass dich von unserer Familie nicht einschüchtern. Wir bellen nur, wir beißen nicht.«

»Ich werde es mir merken.«

Ihr trockener Tonfall brachte Shane und Chloe zum Lachen.

Chloe strahlte sie an. »Ich denke, wir werden gut miteinander auskommen.«

15

Auf der das Haus umlaufenden Veranda hatte sich bereits ein stattliches Empfangskomitee versammelt. Chloe lief voraus, während Shane und Autumn ihr langsamer folgten.

Autumn warf ihm einen Blick von der Seite zu. »Vielleicht solltest du mich einfach nur als Kollegin vorstellen.«

Fragend zog Shane die Augenbrauen hoch. »Wieso? Sind wir etwa nicht befreundet?«

Autumn wand sich. »Doch, schon, aber …«

»Aber was?« Er blieb stehen und wandte sich ihr zu. »Wir sind uns doch wohl schon nähergekommen als normale Kollegen und platonische Freunde, oder siehst du das nicht so?«

Nach einem Blick auf die wartenden Menschen, die sich bereits lächelnd anstießen, lenkte sie ein. »Doch, natürlich. Aber es ist noch so neu und ich weiß nicht … wohin es führen wird.«

Shane sah sie eine Weile schweigend an. »In Ordnung, wenn du dich nicht wohl damit fühlst, meine Freundin zu sein, stelle ich dich als Kollegin vor.« Seinem Gesichtsausdruck nach zu urteilen, hatte sie ihn durch ihre Bitte verletzt. Aber sie konnte nichts dagegen tun, ihr Gefühl sagte ihr, dass sie noch nicht bereit war, diesen letzten Schritt wirklich zu gehen. Zuerst musste sie sicher sein, dass aus Shane und ihr wirklich etwas werden konnte, dass sie in der Lage sein würde, eine neue Beziehung einzugehen. Ihr blieb jedoch keine Zeit, darüber nachzugrübeln, denn inzwischen waren sie bereits von der Horde eingekesselt. Anscheinend hatte jeder alles stehen und liegen gelassen, um Shane und sie zu begrüßen.

Nach ein paar herzlichen Umarmungen, während denen Autumn am Rand der Gruppe stehen blieb, zog Shane sie am Arm nach vorne. »Mom, Dad, das ist meine Kollegin Autumn Howard.« Vor dem Wort Kollegin stockte er kurz, aber außer ihr schien es niemand bemerkt zu haben. »Autumn, meine Eltern Angela und George.«

Mit einem freundlichen Lächeln schüttelte Shanes Mutter ihr die Hand. »Willkommen auf der Diamond Bar Ranch. Wir freuen uns, Sie kennenzulernen. Shane hat schon viel von Ihnen erzählt.«

Bei diesen Worten kroch eine seltsame Röte an Shanes Hals hinauf. Was hatte er seiner Familie von ihr erzählt?

»Guten Tag, Mrs Hunter. Vielen Dank für die Einladung.« Wohlweislich ignorierte Autumn den letzten Satz. Sie versuchte fröhlich zu wirken, doch Shanes Reaktion auf ihre Bitte drückte ihre Stimmung. Sie wollte nicht, dass er wütend auf sie war und dachte, sie würde ihn an der Nase herumführen.

Angela Hunter war eine bemerkenswerte Frau. Wahrscheinlich nicht größer als ein Meter sechzig, wirkte sie zart und zerbrechlich in ihrem langen, apricotfarbenen Crêperock und der dazu passenden Bluse. Sanft gewellt lagen ihre rotbraunen Haare um ihr Gesicht, das von ihren ausdrucksvollen dunkelgrauen Augen dominiert wurde, die Autumn nun unverhohlen musterten. Es war kaum zu glauben, dass diese so jugendlich wirkende Frau tatsächlich einen fünfunddreißigjährigen Sohn hatte.

»Bitte, nennen Sie mich Angela, und das hier ist mein Mann George.«

Lächelnd schüttelte Autumn ihm die Hand. Auch er wirkte wesentlich jünger als fünfundsechzig. Sein Körper war durchtrainiert und in den schwarzen Haaren zeigten sich nur vereinzelte graue Strähnen.

»Auch von mir ein herzliches Willkommen, Autumn. Wir

dürfen Sie doch Autumn nennen?« Sein Lächeln ließ sein ganzes Gesicht aufleuchten, um seine sherryfarbenen Augen bildeten sich attraktive Lachfältchen. In dem Moment ähnelte er Shane so stark, dass Autumns Herz einen kleinen Hüpfer machte.

»Aber natürlich, damit fühle ich mich sowieso wohler. Das, was ich bisher von der Ranch gesehen habe, ist einfach herrlich.«

Anscheinend hatte sie genau die richtigen Worte gefunden, denn George und Angela strahlten voller Stolz. »Danke. Wenn Sie wollen, kann Shane Sie vor dem Barbecue noch ein wenig auf dem Grundstück herumführen. Besonders die Ställe sind sehenswert.«

»Gerne.« Vielleicht konnte Autumn diese Gelegenheit nutzen, Shane zu erklären, was in ihr vorging, obwohl sie noch nicht genau wusste, wie sie das machen sollte. Sie konnte ihm auf keinen Fall von Robert erzählen, während sie bei seinen Eltern zu Besuch waren.

»Gut, dann ist das abgemacht. Shane kann Ihnen ja erst einmal Ihr Zimmer zeigen, damit Sie sich schon ein wenig einrichten können.«

Eine junge Frau mit langen rotbraunen Haaren und dunklen Augen schob sich nach vorne. »Bevor Shane dich wieder wegzerrt, sollten wir uns vielleicht auch noch vorstellen. Ich bin Shannon und dies ist meine Schwester Leigh, aber ich glaube, ihr habt euch ja schon kennengelernt.«

Die Erinnerung daran war Autumn nicht besonders angenehm. In ihrer unbewussten Eifersucht war sie vermutlich nicht besonders nett zu Leigh gewesen. »Das stimmt, wenn es auch nur kurz war.«

Leigh rollte mit ihrem Rollstuhl nach vorne und hielt Autumn ihre Hand hin. »Hallo. Ich freue mich, dass Shane dich überreden konnte, mitzukommen.« Ein leichtes Lächeln umspielte ihren Mund, in ihren Augen lag aber immer noch dieselbe Traurigkeit wie an dem Tag im Park.

»Ich freue mich auch.« Nachdem Autumn auch Shannon begrüßt hatte, die ihrer Mutter sehr ähnlich sah, war nur noch ein älteres Ehepaar unerwähnt geblieben.

Shane legte der rundlichen Frau einen Arm um die Schultern. »Und dies hier ist Martha, die beste Köchin von ganz Montana. Es ist eine Schande, dass wir heute grillen.«

Martha lächelte erfreut und verlegen zugleich. »Du! Einschmeicheln nützt dir gar nichts.« Sie wandte sich an Autumn. »Mein Mann Joseph kümmert sich um den Garten und die Autos.« Joseph schien nicht sehr gesprächig zu sein, aber sein freundliches Lächeln entschädigte dafür.

Shane blickte sich suchend um. »Wo ist denn Clint?«

»Irgendwo mit Devil unterwegs. Ich glaube, er wollte noch die Westweide kontrollieren.« Angela ergriff Autumns Arm und zog sie ins Haus. »Kommen Sie herein, ich habe Ihnen im Obergeschoss ein Zimmer fertig gemacht. Wenn Sie noch etwas benötigen, sagen Sie einfach Shane Bescheid.« Damit reichte sie Autumns Arm an Shane weiter und schob ihn in Richtung Treppe. Belustigt musste Autumn zugeben, dass Shane in seinen Erzählungen über die Art seiner Mutter nicht übertrieben hatte.

»Wenn du lieber etwas anderes machen möchtest, ist das kein Problem.« Shane war auf der untersten Stufe stehen geblieben und blickte sie fragend an.

»Ich würde mich schon gerne etwas frisch machen. Geh ruhig vor, ich folge dir.«

Die breite Holztreppe führte auf eine Galerie, von der aus sie das Wohnzimmer unter ihnen überblicken konnte. Dort hatten sich Shannon und Leigh niedergelassen, beide mit einem Buch in der Hand. Anscheinend waren sie völlig in ihre Lektüre vertieft, denn sie blickten nicht auf, als das Holz über ihnen knackte.

»Ich hätte nicht gedacht, dass Shannon noch Zeit zum Lesen findet, soviel wie sie im Jahr schreibt.« Verwundert schüttelte Autumn den Kopf.

»Wenn sie nicht gerade schreibt, liest sie in jeder freien Minute. Es ist schon ziemlich lange her, dass ich sie ohne Buch gesehen habe. In diesem Fall dürfte es sich um den Vorabdruck ihres neuesten Buches handeln, zumindest hatte sie mir das am Telefon erzählt. Sie wollte noch einmal nachprüfen, ob alles korrekt ist.«

Autumns Augen weiteten sich. »Sie hat tatsächlich schon ihr neuestes Buch hier, das erst in einem halben Jahr erscheint?« Sie beugte sich weit über das Geländer, als könnte sie aus der Entfernung ein paar Worte erhaschen.

Shane ergriff ihren Arm und zog sie zurück. »Willst du dich zu Tode stürzen? Du wirst dich noch früh genug mit ihr unterhalten können.«

Widerwillig ließ sie sich von ihm über den Flur führen. Am Ende des Ganges blieb er vor einer Tür stehen und öffnete sie schwungvoll. Mit seiner freien Hand machte er eine einladende Bewegung.

»Nach dir.« Anscheinend hatte er sich wieder seiner Manieren erinnert.

»Danke.« Autumn blickte in das Zimmer und blieb staunend auf der Schwelle stehen. Auf dem Parkettboden lag ein flauschiger cremeweißer Teppich. Ein riesiges Doppelbett mit vier beinahe deckenhohen Pfosten beherrschte eine Ecke des Raumes, während in der anderen ein bequem aussehendes Sofa stand. Die Holzmöbel wiesen Glasverzierungen in Tiffanytechnik auf. Durch riesige Fenster konnte sie über die Wälder und Wiesen der Ranch blicken.

Shane, der ihr gefolgt war, stieß gegen sie. »Hmpf.« Er blickte sie fragend an. »Warum gehst du nicht weiter?«

Nach einem letzten Rundumblick wandte Autumn sich

schließlich Shane zu. »Ein wunderschönes Zimmer! Ist es ein Gästezimmer?«

Shane stellte ihre Tasche vor dem zweitürigen Schrank ab. »Nein, es ist Leighs altes Zimmer. Sie war Innenausstatterin, außerdem hat sie mit Glas gearbeitet. Sie wohnt jetzt immer in einer der Gästehütten, die rollstuhlgerecht ist. Sie war nicht mehr hier oben seit …« Er brach ab und räusperte sich. »Ich freue mich jedenfalls, dass es dir gefällt. Wenn du etwas brauchst, mein Zimmer ist gleich nebenan.« Damit drehte er sich um und verließ den Raum.

Autumn blickte ihm verwirrt nach, sie hatte erwartet, dass er noch mit ihr reden wollte. Aber das konnte sicher auch warten, bis sie sich etwas frisch gemacht hatten. Schulterzuckend ließ sie sich aufs Bett sinken und zog ihre Tasche zu sich heran. Auspacken war nicht gerade ihre Lieblingsbeschäftigung. Seufzend hängte sie ihre wenigen Kleidungsstücke in den Schrank. Bewundernd strich sie mit den Fingerspitzen über die Einlegearbeit. Was würde sie für einen solchen Schrank geben! Traurig dachte sie an die schönen Möbelstücke ihrer Eltern, die sie nach deren Tod hatte einlagern müssen.

Nebenan hörte sie Shane rumoren, Schubladen wurden aufgezogen und zugeschoben, Schranktüren klapperten. Nach einem kurzen Moment der Stille rauschte Wasser, wahrscheinlich die Dusche. Bei dem Gedanken an Shane nackt unter dem Wasserstrahl begann ihr Herz heftig zu klopfen. Energisch rief sie sich zur Ordnung. Sie schlüpfte aus Jeans und T-Shirt und zog ihr Kleid an. Zweifelnd betrachtete sie ihre hochhackigen Schuhe. War das übertrieben auf einer Grillparty? Kurzentschlossen schob sie ihre Füße hinein. Wann hatte sie sonst schon mal Gelegenheit, sie anzuziehen? Bei der Arbeit bestimmt nicht. Autumn schnappte sich ihre Kulturtasche und verschwand im angrenzenden Badezimmer.

Auch dieses war gemütlich und wunderschön eingerichtet. Die Terrakotta-Fliesen harmonierten mit den hellen Wandfliesen und der terrakottafarbenen und dunkelgrün gemusterten Dekorleiste. Selbst die Armaturen hatten die gleichen Farbtöne. Die flauschigen Handtücher hingen auf kühn geschwungenen Haltern. Die Duschwanne hatte die Form eines Tortenstücks und ließ sich auch als Badewanne benutzen. Am besten gefiel Autumn allerdings ein kleiner Schminktisch aus Kirschbaumholz mit Spiegelaufsatz. Man merkte, dass eine Frau den Raum geplant hatte, ein Mann wäre nie auf die Idee gekommen, dass es vielleicht bequemer wäre, bei der Körperpflege sitzen zu können.

Sie stellte ihre Kulturtasche auf die Ablage und beugte sich vor, um sich eingehend zu betrachten. Ihre Haut war noch leicht gerötet und ihre Augen glänzten erwartungsvoll. Das morgens aufgetragene Make-up war bereits wieder verschwunden. Es war ein echtes Phänomen, wie angeblich wasser- und wischfeste Schminke bei ihr innerhalb kürzester Zeit spurlos verschwand. Natürlich hatte Shanes Kuss in der Garage nicht gerade zur Haltbarkeit beigetragen.

Bei der Erinnerung an die gestohlenen Momente vertiefte sich die Röte. Kühlend legte sie ihre Hände an ihre brennenden Wangen. Sie war anscheinend nicht in der Lage, Shane zu widerstehen. Die Vorstellung, sich noch einmal einem Mann anzuvertrauen, war für sie jedoch immer noch zutiefst beängstigend. Nie wieder wollte sie hilflos der Gnade eines Mannes ausgeliefert sein, ohne Aussicht auf Rettung. *Angekettet, hungrig, durstig, verängstigt.* Mit einem Ruck tauchte Autumn aus ihren düsteren Erinnerungen auf. Energisch schüttelte sie den Kopf. Nein, sie würde Shane nicht mit Robert vergleichen, das hatte er nicht verdient. Sie würde zwar nie wieder unbelastet in eine Beziehung gehen können, aber sie würde sich auch nicht zur Sklavin ihrer Erlebnisse machen lassen. Dann hätte Robert gewonnen. Shanes

Familie wirkte so nett, es wäre eine Schande, die kurze Zeit hier nicht zu genießen.

Entschlossen machte sie sich daran, die Reste ihres Make-ups zu entfernen und neues aufzutragen. Nachdem sie auch noch ihre Haare zu einem Zopf gebändigt hatte, machte sie sich auf den Weg zu Shanes Zimmer. Vor der Tür blieb sie stehen und atmete tief durch. Sie wusste nicht, ob sie schon bereit war, Shane erneut gegenüberzutreten, aber sie wollte auch keine Minute ihres Aufenthalts hier verschwenden. Ganz davon abgesehen, dass sie es kaum erwarten konnte, Shane wiederzusehen. Kopfschüttelnd ignorierte sie ihre widerstreitenden Gefühle und klopfte leise an die Tür. Sie hörte das Quietschen einer Schranktür.

»Einen Moment!«

»Wenn du noch nicht fertig bist, warte ich so lange in meinem Zimmer. Lass dir Zeit.« Autumn hatte erst drei Schritte zurückgelegt, als die Tür hinter ihr aufgerissen wurde. Erstaunt blickte sie über ihre Schulter und blieb wie angewurzelt stehen, während ihr Mund sich zu einem lautlosen »Oh« öffnete. In der Türöffnung stand ein tropfender Shane mit einem sehr kleinen Handtuch um die Hüfte. Unwillkürlich trat sie einen Schritt zurück, während ihre Augen über seinen nahezu nackten Körper wanderten. Sein Oberkörper bestand ebenso wie seine Beine aus fein modellierten Muskeln. Ein schwarzes Haardreieck bedeckte seine Brust, von dem aus eine dünne Haarlinie unter dem Handtuch verschwand. Als Autumn bemerkte, wohin sie gerade starrte, riss sie ihren Blick von der Beule los, nur um in seinen glühenden Augen zu versinken.

Nur mit einem Handtuch bekleidet war Shane fast zu viel des Guten. Schwach stützte sie sich an der Wand ab und schloss die Augen. Sie hörte und roch, wie er langsam näher kam.

»Geht es dir nicht gut?« Seine Stimme klang, als würde er ein Lächeln unterdrücken.

Vorsichtig öffnete Autumn die Augen. »Doch.« Sie räusperte sich. »Doch, natürlich. Wie gesagt, ich gehe wohl lieber in mein Zimmer zurück und warte dort auf dich.«

»Aber nein, ich bin in zwei Minuten fertig. Komm doch einfach mit rein und sieh dich um.« Um einer möglichen Flucht zuvorzukommen, ergriff er ihren Arm und zog sie mit sich ins Zimmer. Bei dieser Bewegung geriet das Handtuch gefährlich ins Rutschen. Blitzschnell griff Autumn danach und hielt es fest, ihren Blick dabei streng auf sein Gesicht gerichtet.

Shane grinste sie an. »Danke. Du hast mich gerettet.« Ihre Finger drückten gegen seinen Bauch, gefährlich nahe an der kritischen Zone. Er löste sich von ihr, nachdem er das Handtuch befestigt hatte, und deutete auf das Sofa. »Mach es dir bequem, es dauert nicht lange.«

Unsicher wich Autumn zum Sofa zurück, bis ihre Kniekehlen die Sitzfläche berührten. Wenig elegant sank sie darauf. Während sie versuchte, sich wieder zu beruhigen, ließ sie ihren Blick durch den Raum wandern. Shanes Zimmer war nicht so perfekt eingerichtet wie Leighs, aber es wirkte trotzdem gemütlich. Die dunkleren Möbel passten perfekt zu ihm. Das Bett mit der dunkelblauen Überdecke war ebenfalls riesig. Schnell riss Autumn ihren Blick davon los, als ihr sofort Bilder von einem fast nackten Shane in leidenschaftlicher Umarmung mit ihr durch den Kopf schossen.

Wie sollte sie diese zwei Tage überstehen, wenn sie bereits jetzt den Gedanken an Sex mit Shane nicht mehr aus dem Kopf bekam? Ihr ganzes bisheriges Leben hatte sie immer besonnen und beherrscht reagiert, aber diesmal schien ihre übliche Gelassenheit nicht zu funktionieren. Shane ging ihr unter die Haut. Es lag noch nicht einmal an seinem Aussehen, sondern vielmehr an seiner ganzen Art. Seine Freundlichkeit hatte ihren Panzer durchdrungen und sie wusste nicht, ob sie sich darüber freuen sollte. Zumindest schienen die Gefühle nicht nur auf ihrer Seite zu bestehen, sondern waren gegenseitig.

Das Geräusch von Schritten ließ sie aufblicken. Shane hatte sich inzwischen abgetrocknet und seine Jeans angezogen. Während er sein Hemd zuknöpfte, kam er langsam auf sie zu. Mit seinen nackten Füßen, dem verwuschelten Haar und seinem nur halb zugeknöpften Hemd wirkte er unglaublich verführerisch. Autumn schluckte hörbar und wandte sich dem Fenster zu.

»Und, möchtest du ihn jetzt sehen?«

Diese Frage brachte ihm ihre ungeteilte Aufmerksamkeit. Das Blut wich aus ihrem Gesicht, um im nächsten Moment wieder zurückzuschießen. Mit den Armen umfing sie ihren Oberkörper, während sie in eine Ecke des Sofas rutschte. Er konnte doch nicht wirklich …

Shane nahm neben ihr Platz, streckte die Hand aus und umfing ihre. Langsam zog er sie zu sich heran, während er tief in ihre Augen blickte. Fast verzweifelt versuchte Autumn ihre Hand zu befreien.

Shane bemerkte wohl ihren Widerstand, denn er sah sie fragend an. »Was ist los?«

Autumn konnte ihm nicht in die Augen blicken. »Wen sehen?« Ihre Stimme klang noch rauer als gewöhnlich.

»Na, den Stall. Was dachtest du …« Seine Stimme verebbte und er begann zu lachen.

Autumn erstarrte. Was war daran lustig, wenn sie noch nicht bereit war, sich mit einem nackten Shane auseinanderzusetzen? Hatte sie sich so in ihm getäuscht? Schweigend erhob sie sich. Während er nach Luft rang, griff Shane erneut nach ihrem Arm. Mit dem Handrücken wischte er sich die Tränen aus den Augen. Schließlich zog er Autumn auf seinen Schoß und umfing sie mit beiden Armen. Windend versuchte sie, sich seinem Griff zu entziehen.

»Bitte, halt still. Ich habe nicht die Kraft, mit dir zu kämpfen.«

Schließlich blieb Autumn stocksteif sitzen. Ihre Arme verschränkte sie vor der Brust. »Kann ich jetzt gehen?«

Shane seufzte. »Bitte entschuldige, ich habe nicht über dich gelacht, sondern über mich, über die Situation.« Er lächelte sie an. »Ich habe daran gedacht, wie gerne ich dir alles Mögliche zeigen würde, aber in diesem Fall meinte ich wirklich nur den Stall.« Wieder einmal schob er ihr eine Haarsträhne aus dem Gesicht.

Unsicher sah sie ihn an. Hatte er tatsächlich nur vom Stall gesprochen und sie hatte ihn völlig falsch verstanden? Ein Lächeln zupfte an ihren Mundwinkeln, als sie sich zurückerinnerte, was er gesagt hatte. Ihr Gehirn war wohl noch auf seinen Anblick nur mit Handtuch fixiert gewesen, sonst hätte sie nie sofort den falschen Schluss gezogen.

»Mein Fehler, ich war wohl in Gedanken woanders.«

»Ich frage jetzt besser nicht, wo.« Seine tiefe Stimme dicht an ihrem Ohr war sanft und verführerisch. Er räusperte sich. »Wir sollten gehen, wenn wir vor dem Essen noch den Stall sehen wollen.«

16

Der Stall wirkte von außen schon groß, von innen war er gigantisch. Das in Holzständerbauweise errichtete Gebäude hatte Flügeltüren, durch die ohne Probleme ein Doppeldeckerbus gepasst hätte. Die Wände waren von unzähligen großen Fenstern durchbrochen. Im Innern roch es nach frischem Stroh und Pferden. Für Autumn ein ungewohnter, aber trotzdem faszinierender Duft. Tief atmete sie ihn ein. Shane ging mit den Händen in den Hosentaschen langsam neben ihr her.

»Und, habe ich zu viel versprochen?«

Autumn lächelte ihn an. »Nein, er ist wirklich schön. Wie viele Pferde habt ihr?«

»Soweit ich weiß, sind es momentan achtzehn. Es können aber inzwischen durch Kauf oder Geburt ein paar mehr sein.«

»Wofür braucht ihr so viele?«

»Größtenteils für die Arbeit mit den Rindern. Außerdem bieten wir Gästen Pferdeausflüge an. Im Yellowstone gibt es einige Gebiete, die fürs Reiten sehr gut geeignet sind. Vielleicht willst du es ja auch mal probieren?«

Autumn hob abwehrend die Hände. »Nein, bloß nicht. Ich schaue gerne Pferde an, aber ich muss nicht unbedingt auf einem sitzen.«

Shane blickte sie neugierig an. »Schlechte Erfahrungen gemacht?«

Sie zuckte mit den Schultern. »Als Kinder sind wir bei einer Geburtstagsfeier zu einer Reitbahn gegangen. Ich habe natürlich ein Pferd erwischt, das an jeder Ecke stieg, obwohl es geführt wurde, und schließlich durchging und mich abwarf. Danach habe ich mich dann von Reitställen ferngehalten.«

Shanes Lachen war ansteckend. »Das kann ich mir vorstellen. Ich habe reiten gelernt, weil ich hier auf der Ranch aufgewachsen bin, aber meine liebste Beschäftigung war es nie. Clint dagegen wirkt, als wäre er auf dem Pferderücken festgewachsen.«

Die Vorstellung ließ Autumn schmunzeln. »Das stelle ich mir ungesund vor.«

»Stimmt. Obwohl ihm alles zuzutrauen ist.«

Sie schlenderten den Mittelgang entlang und blieben ab und zu bei einem Pferd stehen. Einer besonders schönen rotbraunen Stute boten sie eine Karotte an, die sie begeistert akzeptierte.

Autumn strich vorsichtig mit der Hand über die weichen Nüstern. »Sie ist wunderschön.« Shane stand dicht neben ihr. Als er sich über die brusthohe Holztür lehnte, streifte er sie mit seinem Arm. Sofort setzte bei ihr eine fast schon automatische Reaktion auf seine Nähe ein. Zusammen mit dem Duft des Strohs und der Tiere verstärkte sich ihr Schwindelgefühl. Ihr aus den Erfahrungen mit Robert erwachsener Instinkt sagte ihr, dass sie hier schleunigst verschwinden und etwas Abstand zwischen sich und Shane bringen sollte, doch sie unterdrückte ihn. Sie war mit Shane nach Montana gekommen, um herauszufinden, ob sie noch einmal zu einer Beziehung fähig war, und es würde nichts bringen, wenn sie immer nur vor ihm floh.

»Ja, das ist sie. Und intelligent dazu. Flower ist mein Liebling.« Als die Stute ihn mit der Nase anstubste, lachte er. »Und das weiß sie auch genau.«

Nach einem letzten Tätscheln wandten sie sich dem Ausgang zu, durch den helles Sonnenlicht einfiel. Staubpartikel schwebten in der Luft. Ein Gefühl von Frieden überkam Autumn, sie hatte sich richtig entschieden.

Shane blickte aus den Augenwinkeln zu Autumn hinüber. Sie wirkte endlich einmal völlig entspannt und glücklich. Sein Herz zog sich bei ihrem Anblick zusammen. Was würde er dafür geben, sie immer so zu sehen. In diesem Augenblick beschloss er herauszufinden, was sie so oft quälte, und diese Sache wenn möglich aus dem Weg zu räumen. Aber nicht gerade jetzt, wo sie so friedlich wirkte. Er wollte sie am liebsten in einen schützenden Kokon hüllen und dafür sorgen, dass nie wieder solch ein ängstlicher Ausdruck auf ihr Gesicht trat, den er nun schon viel zu oft gesehen hatte. Aber zuerst musste er dringend das tun, was er bereits unterdrückte, seit sie das Handtuch festgehalten hatte.

In einer geschmeidigen Bewegung verstellte er Autumn den Weg in die Freiheit und zog sie, ihren erschrockenen Protest ignorierend, an sich. Seine Lippen senkten sich sanft auf ihre. Als Autumn den Mund öffnete, nutzte er die Gelegenheit und erkundete mit seiner Zunge ihre Mundhöhle.

Autumn stöhnte, löste sich aber nicht von ihm. Im Gegenteil, sie schlang ihre Arme um seinen Nacken und zog ihn näher zu sich heran. Ihre Hände in seinem Haar brachten ihn um die letzte Beherrschung und er drängte sich an sie. Noch nicht einmal ein Strohhalm hätte mehr zwischen sie gepasst. Ihr Körper fühlte sich an, als wäre er für ihn geschaffen: genau an den richtigen Stellen gerundet, an anderen fest. Wenn sie wie jetzt auf Zehenspitzen stand, lief er auch nicht Gefahr, sich den Nacken zu brechen, wie bei einigen seiner früheren Freundinnen. Er vertiefte den Kuss und ließ seine Hände an ihrem Rücken herabgleiten, bis sie ihr angenehm rundes Hinterteil umfassten. Langsam zog er ihre Mitte näher zu sich heran und rieb sich an ihr. Das Blut pochte in seinen Schläfen und das Herz galoppierte in seiner Brust. Das Geräusch wurde immer lauter, als käme es nicht von ihm, sondern …

Shane hob den Kopf und blickte auf das offene Tor. Ein riesiger Schatten erschien in der lichtdurchfluteten Öffnung. Mit einem lauten Fluch riss er Autumn mit sich an die Wand und schützte sie mit seinem Körper.

Autumn wusste nicht, was mit ihr geschah. Im einen Moment empfing sie den Kuss ihres Lebens und im nächsten stand sie mit dem Rücken zur Wand und wurde von Shane fast zerquetscht. Verwirrt versuchte sie sich von ihm zu lösen, doch er hielt sie erbarmungslos fest. Furcht schoss durch ihren Körper und erstickte die Leidenschaft, die Shanes Berührungen in ihr ausgelöst hatten. Es dauerte einen Moment, bis sie merkte, dass er nicht versuchte, sie zu überwältigen, sondern sich schützend über sie beugte.

»Shane?« Ihre Stimme klang gedämpft gegen Shanes Hemd. Selbst wenn sie geschrien hätte, wäre der Ton in dem Lärm untergegangen, der nun herrschte. Vorsichtig blickte sie über seine Schulter in den Gang. Ein riesiges schwarzes Pferd galoppierte gerade durch das Tor. Vorsichtshalber verschmolz Autumn noch etwas mehr mit der Wand, während sie Shane dichter an sich zog, fort aus der Gefahrenzone. Als das Pferd sie entdeckte, stieg es mit rollenden Augen. In Erwartung eines fatalen Sturzes des Reiters schloss Autumn die Augen. Nach einer Weile öffnete sie sie wieder. Der Tumult hatte sich gelegt. Das Pferd stand zitternd und schweißbedeckt im Gang, der Reiter saß noch im Sattel.

Shane löste sich von ihr. Er wandte sich dem Mann zu. »Himmel, Clint, du weißt doch, wie gefährlich es ist, in vollem Tempo in den Stall zu reiten. Wolltest du uns umbringen?« Mit einer zitternden Hand wischte er sich den Schweiß von der Stirn.

»Woher sollte ich denn wissen, dass sich jemand im Stall hinter der Tür versteckt? Was treibt ihr überhaupt hier?«

Autumn blickte ihn mit offenem Mund an. Die Stimme von

Shanes Bruder war tief und rau, fast als würde er ständig rostige Nägel kauen. Aber sie musste zugeben, zu ihm passte sie. Sie konnte seine Größe nicht genau schätzen, da er auf dem Pferd saß, aber er schien noch größer als Shane zu sein. Die Schultern in seinem durchgeschwitzten Arbeitshemd wirkten gigantisch und unter der Jeans war das Muskelspiel seines Oberschenkels zu sehen.

»Wir haben uns den Stall angesehen, was denn sonst.« Shane wandte sich Autumn zu. »Ist mit dir alles in Ordnung?« Als sie nicht antwortete, sondern nur mit glasigen Augen zu Clint hinaufstarrte, schüttelte er sie leicht. »Autumn?«

Es dauerte eine Weile, bis sie reagieren konnte. »Ja, was?«

»Geht es dir gut?«

Sie lächelte wässrig. »Ja, alles in Ordnung. Ich bewundere nur gerade … eure Gene.« Als ihr klar wurde, was sie gesagt hatte, biss sie sich auf die Zunge.

Shane blickte sie fassungslos an. »Wie bitte?«

»Nichts, schon gut.« Verlegen warf sie einen kurzen Blick zu Clint. Sie war sich nicht sicher, aber sie glaubte, einen seiner Mundwinkel leicht zucken zu sehen. Ansonsten blieb sein Gesicht völlig ausdruckslos. Er würde bestimmt einen guten Pokerspieler abgeben. Fasziniert beobachtete sie, wie Clint sich geschmeidig und mit einer für seine Größe denkwürdigen Leichtigkeit aus dem Sattel schwang. Das Spiel seiner ausgeprägten Muskeln war spektakulär. Autumn riss ihren Blick ruckartig von Clint los, was er mit einem weiteren Heben seines Mundwinkels quittierte, und wandte sich Shane zu, der sie noch immer mit gerunzelter Stirn betrachtete.

»Clint, das hier ist meine Kollegin Autumn Howard; Autumn, mein unvernünftiger Bruder Clint.« Seine Vorstellung klang nicht besonders freundlich.

Sie blickte ihn erstaunt an. Mit den Augen schien er seinen

Bruder zu durchbohren, der wiederum kaum wahrnehmbar mit den Schultern zuckte. Autumn betrachtete dieses Zwischenspiel erstaunt. Hatte sie irgendetwas verpasst? Shane legte besitzergreifend seinen Arm um ihre Schultern und zog sie an seine Seite. Es kam ihr fast vor, als wäre er eifersüchtig auf seinen Bruder, aber das konnte doch nicht sein, oder? Prüfend sah sie in seine Augen. Zum ersten Mal, seit sie ihn kannte, erblickte sie dort eine gewisse Unsicherheit. Wer hätte das gedacht? Um ihn zu besänftigen, schlang sie ihren linken Arm um seine Taille, während sie Clint mit der anderen Hand begrüßte. Ihre Finger verschwanden fast in dessen Pranke.

Noch immer zeigte sich auf seinem Gesicht kein Ausdruck. Im Großen und Ganzen ähnelte er Shane stark, doch alles an ihm war größer, härter. Sein schwarzes Haar war fast militärisch kurz geschnitten, seine sherryfarbenen Augen mit einem dunklen Ring um die Iris blickten hart und kompromisslos. Sein fein geschnittener Mund, eine weitere Ähnlichkeit mit Shane, ließ kein Lächeln erahnen. Autumn bezweifelte, dass er überhaupt dazu in der Lage war. Die Falten neben seinen Augen schienen jedenfalls mehr vom Blinzeln gegen die Sonne zu stammen als vom Lachen.

»Hallo.«

Clint drückte kurz ihre Hand und ließ sie gleich darauf wieder los. Seine Begrüßung bestand aus einem kurzen Nicken. Shane legte er eine Hand auf die Schulter, bevor er mit dem schwarzen Hengst in einer der Boxen verschwand.

»Sehr gesprächig ist dein Bruder wohl nicht, oder?« Lächelnd blickte sie Shane an.

»Nein. Er war nie ein besonders geselliger Mensch, aber in den letzten drei Jahren hat er sich noch mehr zurückgezogen. Es ist schwierig, mehr als drei Worte aus ihm herauszubekommen.« Shane zuckte mit den Schultern. »Da der Rest der Familie sehr kommunikativ ist, fällt es umso mehr auf. Hast du hier genug gesehen?«

Autumn blieb stehen. »Was ist mit dir los?«

Shane konnte ihr nicht in die Augen blicken. »Was soll denn sein?«

Mit einem Finger pikste sie ihm in die Brust. »Du bist nicht etwa eifersüchtig, oder?« Autumn blickte ihn prüfend an und ignorierte sein schockiertes Kopfschütteln. »Denn wenn es so wäre, hättest du absolut keinen Grund dazu. Ich bin mit dir hier und mit niemandem sonst. Hast du mich verstanden?«

Auf Shanes Gesicht breitete sich ein Lächeln aus, seine Schultern entspannten sich. »Ja, Ma'am.« Er ergriff ihre Hand und drückte einen Kuss darauf. »Wollen wir jetzt in den Garten gehen?«

Autumn blickte ihn prüfend an. Er schien sich wieder beruhigt zu haben und lächelte sie warm an. »In Ordnung.«

Im Garten war bereits der Grill aufgebaut, ein Sack Holzkohle und eine riesige Grillzange lagen griffbereit. Zwei zusammengeschobene Gartentische bildeten die Tafel, auf der elf Gedecke Platz fanden.

Nachdem Autumn sie gezählt hatte, blickte sie Shane fragend an. »Habt ihr denn sonst keine Gäste?«

»Nein, du bist die Einzige.«

»Wirklich? Deine Geschwister bringen niemanden mit?«

Shane zuckte die Schultern. »Anscheinend diesmal nicht. Im Moment sind sie wohl alle gerade zwischen zwei Beziehungen.«

»Und du nicht?«

Shane lächelte. »Ich denke, ich stehe gerade am Anfang einer sehr vielversprechenden Beziehung.« Das ließ Autumn verstummen. Shane zupfte an ihren Haaren. »Zieh nicht so ein Gesicht. Man könnte ja glauben, du wärst beim Zahnarzt.«

Der Anflug eines Lächelns erhellte ihr Gesicht. »Ein Zahnarztbesuch ist wesentlich schmerzfreier. Zur Not kann man sich eine Betäubung setzen lassen.«

Shane blies scherzhaft die Backe auf. »Autsch. Und da dachte ich immer, ich wäre ein echter Fang für die Frauenwelt.«

Autumn blickte ihn ernst an. »Das bist du auch. Ich bin mir nur nicht sicher, was meinen Nutzen für die Männerwelt angeht.«

Shane betrachtete sie forschend. Sie schien es ernst zu meinen. Konnte sie denn nicht sehen, dass sie für jeden Mann eine echte Bereicherung wäre? Nun, vielleicht nicht für jeden, aber für ihn ganz bestimmt. Er wollte mit ihr leben, am besten sofort und für immer. Doch das konnte er ihr jetzt noch nicht sagen. Sowie sie einen Schritt in ihrer Beziehung vorankamen, wich sie gleich wieder mindestens einen halben Schritt zurück. Warum dachte sie, sie könnte nicht gut genug für ihn sein? Was hatte sie erlebt, dass sie dermaßen verängstigt und unsicher war, was eine neue Beziehung anging? Was auch immer es war, es musste ihm gelingen, sie davon zu überzeugen, dass er sie brauchte. Und zwar nicht nur als Zeitvertreib, sondern weil er wirklich mit ihr zusammen sein wollte. Was auch immer in ihrer Vergangenheit vorgefallen war, er musste die Erinnerung daran in ihr auslöschen und ihr zeigen, wie gut sie zusammenpassten, wie richtig es sich für ihn anfühlte, wenn sie bei ihm war. Vielleicht war nach dem Essen der richtige Zeitpunkt dafür. Nach dem berühmten Nackensteak seines Vaters würde sie vielleicht eher geneigt sein, ihrer Beziehung eine Chance zu geben.

»Du bist die, die ich will.« Er bemühte sich um einen leichten Tonfall. »Wollen wir in der Küche nachschauen, was es sonst noch zu essen gibt? Ich bin schon fast verhungert.« Als Autumn ihm nicht sofort folgte, drehte er sich noch einmal um. »Was ist, kommst du?« Er konnte an ihrem Gesichtsausdruck erkennen, dass sie versuchte, seine Absichten einzuschätzen, und sich gerade fragte, wie sie am schnellsten wieder Abstand zwischen sie bringen konnte. Also trat er näher an sie heran und legte seine Hände um ihr Gesicht. »Denk nicht darüber nach, genieß einfach nur die Zeit, die wir hier verbringen. Alles andere kann warten.«

Wenig später traten sie durch die Hintertür in die geräumige Küche der Ranch. Der Anblick der vielen Speisen ließ Autumn das Wasser im Mund zusammenlaufen. Die Köchin Martha stand vor einer riesigen Arbeitsplatte und schnitt in atemberaubendem Tempo Kartoffelscheiben in einen Topf. Auf einem Tisch in der Mitte des Raumes waren bereits verschiedene Schüsseln mit Salaten und Soßen aufgebaut.

»Ah, da seid ihr ja. Bringt schon mal die Sachen in den Garten, wir können gleich essen.«

Shane stibitzte eine Gurkenscheibe aus einer der Schüsseln. »Kein Problem. Ist Jay denn schon angekommen?«

Martha wischte sich die Hände an ihrer voluminösen Schürze ab. »Ja, er ist oben in seinem Zimmer. Er kommt gleich wieder runter.«

Wie auf Befehl schlenderte in diesem Moment ein weiteres Prachtexemplar der Sorte Mann durch die Tür. Sein goldbraunes Haar war zerwühlt, als wäre er gerade mit der Hand durchgefahren, die schwarzen Augen blitzten fröhlich, als er auf Martha zuging, sie mit einer bärenhaften Umarmung hochhob und ihr einen laut schmatzenden Kuss auf die Wange gab.

Martha lachte belustigt und verlegen zugleich. »Jay, also wirklich, was soll denn Shanes Gast von uns denken?«

Schwungvoll stellte Jay sie wieder auf die Füße und wandte sich Shane und Autumn zu. Seine ausdrucksvollen Augen blickten sie prüfend an. Unter dem Blick wurde Autumn etwas mulmig, unruhig trat sie von einem Bein aufs andere. Schließlich kam er langsam, panthergleich auf sie zu, ein kleines Lächeln im Gesicht. Unwillkürlich trat Autumn von ihm zurück, bis sie auf Widerstand stieß.

Shane schlang die Arme um sie und zog sie an seine harte Brust. »Benimm dich, Jay.«

Jay lachte. »Hallo Shane, schön dich zu sehen.« Er drückte kurz seine Schulter und trat dann vorsichtshalber ein paar Schritte zurück. »Heb dir deinen bösen Blick für jemand anderen auf, ich will dir bestimmt nichts wegnehmen.«

Shane schnaubte. »Das könntest du auch gar nicht, Jay.« Sein Griff löste sich ein wenig. »Die Frau, die du eben so erschreckt hast, heißt übrigens Autumn. Wie wäre es, wenn du dich zur Abwechslung einmal gut benehmen würdest?«

Jay zuckte die Schultern. »Tue ich das nicht immer?« Nach einem erneuten Blick auf Shane schüttelte er ihr die Hand und begrüßte sie mit einem fröhlichen Lächeln. »Ich hoffe, ich habe dich nicht erschreckt. Ich wollte nur meinen Bruder ein bisschen ärgern.«

Niemand konnte Jay lange böse sein, vermutete Autumn, während sie stumm nickte.

»Also, was ist denn nun mit den Schüsseln?« Martha klang inzwischen etwas ungeduldig.

Autumn griff sich schnell eine riesige Schale mit grünem Salat samt Dressing und verschwand aus der Küche, Shane und Jay nur knapp hinter ihr. Sie mussten einige Male die Strecke zwischen Haus und Garten zurücklegen, um sämtliche Schüsseln aus der Küche auf den Gartentischen zu verteilen. George stand bereits am Grill und fächelte mit einem Pappteller die Kohlen an. Chloe hatte sich neben ihm niedergelassen, die Knie angezogen, die Arme darüber verschränkt, und erzählte ihm eine Geschichte aus ihrem Studium. Die Energie schien in Wellen von ihr auszugehen. Selbst wenn sie still saß, war ihre

Lebendigkeit spürbar. Ihr Fuß wippte im Takt zu einer unhörbaren Melodie.

Nach und nach kam auch der Rest der Familie aus diversen Richtungen zum Tisch.

Shane zog Autumn galant einen Stuhl zurück. »Was möchtest du trinken?« Er blickte unter den Tisch. »Wir haben Wasser, Cola, Sprite, Bier und verschiedene Säfte.«

»Cola, bitte.« Shane öffnete die Flasche und goss ihr schwungvoll ein. »Danke.«

»Bitte.« Er lächelte sie an. »Und, wie gefällt es dir bisher? Bereust du, mitgekommen zu sein?«

»Es ist sehr schön hier. Und solange du nicht ständig danach fragst, werde ich es wohl nicht bereuen.« Sie gestikulierte in Richtung Grill. »Was glaubst du, wie lange das noch dauert?«

Shane lachte. »Hungrig, was? Nimm dir doch einfach schon ein bisschen von dem Grünzeug, als Appetitanreger.«

»Einen Anreger brauche ich nun wirklich nicht mehr. Außerdem mag ich mir nicht als Erste etwas nehmen.«

Shane griff sich einen Teller, häufte Salat und ein riesiges Stück Weißbrot darauf und begann zu essen.

»Jetzt bist du nicht mehr die Erste. Greif zu.« Autumn konnte nur noch den Kopf schütteln: Dieser Mann war einfach unglaublich. Da sich ihr Magen schon beim Anblick seines Tellers verkrampfte, ließ sie sich nicht lange bitten.

Kurze Zeit später war die gesamte Familie um den Tisch versammelt. Die laute und lebhafte Gruppe war für Autumn als Einzelkind eine Offenbarung. Die Kommentare flogen wie Pingpongbälle hin und her und bald war Autumn völlig integriert, als hätte sie schon immer zur Familie gehört. So viel Spaß hatte sie seit Jahren nicht mehr gehabt und sie spürte, wie sie sich immer mehr entspannte. Die Furcht und die Einsamkeit des vergangenen Jahres fielen von ihr ab.

Die Einzigen am Tisch, die nicht ganz so viel zu der guten Stimmung beitrugen, waren Leigh und Clint. Leigh versuchte zwar, den Anschein zu wahren, das Familienessen mache ihr Spaß, aber es war deutlich zu erkennen, wie unglücklich sie war. Clint jedoch war ein ganz anderes Kaliber. Er sprach selten, eigentlich nur, wenn er direkt etwas gefragt wurde, und sie hatte ihn immer noch nicht lächeln gesehen.

Autumn wandte sich wieder ihrem saftigen Rindersteak zu. Shanes Vater verstand etwas vom Grillen. Das Fleisch war genau richtig und der gegrillte Maiskolben war das Beste, was sie seit langer Zeit gegessen hatte. Mit einem Ohr lauschte sie dem Gespräch zwischen Chloe und Shannon.

»Ich weiß wirklich nicht, wie du das immer machst. Dein neues Buch ist schon wieder das Beste, das ich je gelesen habe.«

Shannon lachte. »Das sagst du jedes Mal.«

»Weil es jedes Mal stimmt. Immer wenn ich denke, besser geht es gar nicht, schreibst du ein noch viel genialeres Buch.«

Leigh nickte. »Da hat sie recht. Ich finde es auch toll.«

Shane mischte sich ein. »Übrigens ist Autumn ein Fan von dir. Sie wollte mich schon über deine Bücher ausfragen, aber da ich dafür nicht der richtige Ansprechpartner wäre, habe ich ihr geraten, dich selbst zu fragen.«

Autumn fühlte Hitze in ihre Wangen steigen, als sich alle Köpfe am Tisch zu ihr umdrehten. »Okay, ich oute mich.« Sie stieß Shane ihren Ellbogen zwischen die Rippen und zischte aus einem Mundwinkel: »Danke schön.« Die anderen lachten.

Shane grinste sie an. »Kein Problem.«

»Shane, du bist doch hoffentlich nicht auch einer dieser Männer, die sich über Liebesromanleser lustig machen, oder?« Shannon durchbohrte ihn mit einem Blick.

Er hob abwehrend die Hände. »Nein, natürlich nicht. Wie könnte ich auch, wenn meine Schwester eine so bekannte und gefeierte Autorin ist? Ich halte mich nur lieber an die Realität, die ist auch sehr viel besser als jede Fantasie.« Dabei blickte er Autumn an und wackelte mit den Augenbrauen. Eigentlich hätte ihr diese Bemerkung peinlich sein müssen, aber sie konnte nicht anders, als zu lachen.

Chloe mischte sich ein. »Also ich weiß nicht, die Männer in Shannons Büchern scheinen doch etwas aufregender zu sein als in natura.« Sie blickte sich um. »Anwesende natürlich ausgenommen.« Damit hatte sie den männlichen Entrüstungssturm gerade noch aufhalten können. »Aber auch ihr könnt nicht mit SEALs mithalten.«

Clints Augenbrauen schossen in die Höhe. Fast die größte Gefühlsregung, die Autumn bisher von ihm gesehen hatte. Schnell hob er sein Glas an die Lippen.

Chloe war noch nicht mit ihren Ausführungen fertig. »Die Männer dieser Spezialeinheit der Navy sind echte Helden. Ihre Einsätze auf See, in der Luft und an Land, deshalb auch SEAL – SEa, Air, Land – genannt, sind das Gefährlichste, was man sich überhaupt vorstellen kann.« Sie verdrehte anbetungsvoll ihre Augen. »Und vor allem sind sie unglaublich sexy!« Clint verschluckte sich an seinem Bier. Jay schlug ihm hilfreich und ziemlich kräftig auf den Rücken, während Jay erfolglos versuchte, sein Lachen zu unterdrücken. Auch von George war ein Glucksen zu hören.

Chloe sprang auf und riss die Arme in Siegerpose in die Luft. »Ich hab's geschafft! Ich habe meinen unerschütterlichen Bruder schockiert!« Damit löste sie weiteres Lachen aus.

Selbst Clint konnte ein Kräuseln seiner Lippe nicht verhindern. Ein weiterer Hustenanfall schüttelte ihn, was einen erneuten Heiterkeitsausbruch zur Folge hatte. Clint räusperte sich. Als er sprach, war seine Stimme noch rauer als gewöhnlich. »Chloe, hast du überhaupt je in deinem Leben einen SEAL kennengelernt?«

Sie zuckte die Schultern. »Nein, aber ich habe genug Fantasie.«

Clint blickte sie ernst an. »Eben, es ist nur eine Fantasie. In Wirklichkeit sind sie wahrscheinlich nicht wesentlich anders als du oder ich, nur eben für eine bestimmte Aufgabe ausgebildet. So wie du jetzt juristische Feinheiten lernst.«

Chloe zog eine Flunsch. »Spielverderber.« Sie wandte sich an Autumn. »Möchtest du nicht auch gerne mal so einen Mann kennenlernen?« Alle blickten erwartungsvoll auf Autumn.

»Nun ja, interessant wäre es schon. Aber ich habe festgestellt, dass im Leben häufig etwas nicht so ist, wie es scheint. Daher halte ich mich dann doch lieber an die Realität.« Sie bemerkte, dass Shane sie eindringlich musterte, doch sie traute sich nicht, ihm in die Augen zu schauen.

17

Nach dem Essen brachte Shane Autumn zu ihrem Zimmer, weil sie sich beide für das große Feuerwerk im Ort umziehen wollten. Er gab ihr den Tipp, sich wärmer zu kleiden, da es in dieser Gegend ziemlich kühl wurde, sowie die Sonne hinter dem Horizont verschwunden war. Autumn musste über seine Fürsorglichkeit lächeln.

Erstaunlicherweise hatte sie sich beim Essen wirklich amüsiert. So locker und frei, wie die gesamte Familie mit ihr umgegangen war, hatte sie schon länger niemand mehr behandelt. Sicher, die Ärzte, Krankenschwestern und Polizisten waren nett gewesen, aber sie hatten nur ihre Pflicht getan. Privates Interesse und Sorge waren meist nicht mit dabei gewesen. Im letzten Jahr war sie ziemlich einsam gewesen, selbst gewollt, aber nicht selbst verschuldet. Langsam, aber sicher verwandelten sich ihre Angst und Panik in heiße Wut. Sie wollte nicht mehr Opfer sein, sondern ihr Leben wieder selbst in die Hand nehmen können. Gerade jetzt, wo sie sich in Shane verliebt hatte …

Entsetzt über ihre Gedanken ließ sie sich auf ihr Bett sinken. Sie wollte niemanden mehr lieben, sie *konnte* niemanden lieben. Zumindest hatte sie das gedacht, bevor sie in den Arches gekommen und Shane in ihr Leben getreten war. Sie lachte schwach. Hätte ihr jemand noch vor zwei Monaten erzählt, was passieren würde, sie hätte ihn für verrückt erklärt. Im Moment herrschten zwei Gefühle in ihr vor, Furcht und vorsichtige Freude. Bewusst drängte sie die schlechten Gefühle beiseite und konzentrierte sich auf das Glücksgefühl. Schnell zog sie ihre Jeans über, ein frisches T-Shirt und ihre Laufschuhe. Einen Pullover legte sie zum Mitnehmen bereit. Um nicht länger als nötig von Shane getrennt zu sein, beschränkte sich Autumn auf eine kurze Auffrischung ihres Make-ups und ein paar hastige Bürstenstriche.

Ihre Eile war auch nötig gewesen, denn diesmal war Shane schneller fertig und klopfte bereits an ihre Zimmertür, als sie noch mit dem Hochstecken ihrer Haare beschäftigt war. Durch die Haarspange in ihrem Mund war ihre Aussprache etwas undeutlich, als sie ihn hereinrief. Da sich gleich darauf die Tür öffnete, war sich Autumn fast sicher, dass Shane ihre Antwort gar nicht abgewartet hatte, sondern einfach hereingekommen war. Nur gut, dass sie nicht mehr in ihren Dessous herumlief.

Shane ging durch das Zimmer und blieb schließlich an der offenen Badezimmertür stehen. Autumn spürte seinen Blick in ihrem Rücken, bevor sie ihm im Spiegel begegnete. Shane hatte wirklich wunderschöne, ausdrucksvolle Augen. Obwohl sie fast schwarz waren, wirkten sie doch nie kalt oder leer, sondern immer lebendig. Im Moment schimmerte so viel Wärme in ihnen, dass Autumn Mühe hatte, nicht einfach in seine Arme zu sinken und alles andere zu vergessen.

Staunend blickte Autumn zu dem grandiosen Feuerwerk hinauf. Sie saß an Shane gelehnt auf der Picknickdecke und genoss seine Wärme. Seine Arme waren schützend um sie gelegt, sein Kinn ruhte auf ihrem Kopf. Autumn konnte sich nicht erinnern, sich jemals geborgener gefühlt zu haben. Während sie das Schauspiel am Himmel beobachtete, fragte sie sich, was geschehen wäre, wenn sie ihrem Impuls gefolgt wäre und Shane in ihrem Badezimmer umarmt hätte. Hätte er verstanden, was sie ihm damit sagen wollte? Doch sie hatte sich nicht getraut und der Moment war verflogen.

Mit dem Rest der Familie waren sie in einem Autokonvoi nach

West Yellowstone gefahren, um dort auf der Gemeindewiese das Feuerwerk zu erleben. Viele einheimische Familien, aber auch Touristen hatten es sich auf der Wiese gemütlich gemacht, versorgt mit Essen und Trinken und viel guter Laune. Mit der Dunkelheit war es kühler geworden und Autumn hatte ihren Pullover übergezogen. Auch Shane trug das erste Mal, seit sie ihn kannte, ein Sweatshirt. Nach ihrem wiederholten Frösteln hatte Shane sie kurzerhand an sich gezogen, um sie mit seinem Körper zu wärmen. Seine Finger malten sanfte Kreise auf ihren Bauch, während seine Nase in ihren Nacken tauchte. Seine kräftigen Oberschenkel rahmten ihre ein, ein weiterer Grund dafür, dass sie inzwischen nicht mehr fror. Im Gegenteil, langsam, aber sicher fing sie an zu sieden. Unruhig rutschte sie auf der Decke umher.

»Wenn du nicht still sitzt, passiert ein Unglück«, flüsterte Shane heiser in ihr Ohr. Sofort blieb Autumn stocksteif sitzen. Shane streichelte ihre Wange. »Das Feuerwerk ist gleich vorbei, dann fahren wir zurück zur Ranch.«

Was sollte das nun wieder bedeuten? Sie waren bald im Haus und konnten sich ungestört aneinander reiben? Wenn sie ehrlich war, gefiel Autumn die Idee, aber es erschien ihr nicht besonders sinnvoll, im Haus seiner Eltern eine Liebesbeziehung anzufangen. Wenn sie sich Shane hingab, und er sich ihr, dann wollte sie es dort tun, wo niemand sie störte, wo sie nicht am nächsten Morgen seiner Familie in die Augen sehen musste. Die Frage war nur, ob sie sich im Eifer des Gefechts daran erinnern würde. Sie bezweifelte es.

Als das Feuerwerk seinem Höhepunkt entgegenstrebte, schmiegte Autumn sich wieder in Shanes Umarmung und genoss das Gefühl seiner starken Arme, die sie umgaben.

Shane drückte sie an sich, stöhnend vergrub er sein Gesicht in ihrem Haar. »Ich brauche dich«, murmelte er in ihr Ohr.

Hitze durchfuhr Autumns Körper bei seinen Worten. Langsam wandte sie ihm ihr Gesicht zu. Shane nutzte sofort die Gelegenheit und senkte seinen Mund auf ihre Lippen. Es war ein sanfter, eindringlicher Kuss, der Autumn aufwühlte und sie wünschen ließ, nicht mitten auf einer öffentlichen Wiese zu sitzen. Shane beendete den Kuss und lächelte sie an. In seinen Augen schimmerte sein Begehren, aber auch tiefere Gefühle. Konnte es wirklich sein, dass Shane sie liebte? Autumns Herz klopfte heftiger. Irgendwie konnte sie sich nicht vorstellen, was ein Mann wie Shane an ihr finden konnte. Aber wie sehr sie es sich wünschte!

Sie konnte nicht bis in alle Ewigkeit davonlaufen und sich von allem abkapseln. Jeder Mensch brauchte zumindest einen Freund. Und bis jetzt war Shane ein sehr guter Freund gewesen – und noch viel mehr. Er brachte sie zum Lachen, kümmerte sich um sie, unterhielt sich mit ihr und nahm sie sogar an einem Feiertag mit zu seiner Familie. Sie dagegen hatte, bis auf ein paar Ausrutscher, die meiste Zeit versucht, ihn auf Abstand und jeden Kontakt oberflächlich zu halten. Ab sofort würde sie versuchen, das zu ändern, sich offener zu geben, auf ihn zuzugehen. Er hatte nicht verdient, dass sie ihn noch länger hinhielt, nur weil sie sich nicht einzugestehen traute, was sie für ihn empfand. Zufrieden mit dieser Entscheidung konnte sie den Rest des Feuerwerks genießen und in die Ahs und Ohs der anderen einstimmen.

Es war schon spät, als sie schließlich zum Wagen zurückkehrten. Autumn ließ sich auf den Beifahrersitz sinken und unterdrückte ein Gähnen.

Shane bemerkte es und lächelte. »Hältst du die Fahrt noch durch? Danach kannst du sofort ins Bett gehen.«

»Aber sicher.« Trotzdem konnte Autumn nicht verhindern, dass ihr ständig die Augen zufielen. Die monotonen Geräusche des Motors und der Reifen auf der Fahrbahn wirkten besser als jedes Schlafmittel. Hinzu kamen noch die Geborgenheit, die Shane ihr vermittelte, und die leisen Stimmen von Shannon und Chloe, die sich auf dem Rücksitz unterhielten. Zum zweiten Mal seit langer Zeit gelang es ihr einzuschlafen, ohne die Ängste zu spüren, die in der Dunkelheit immer in ihr hochkrochen. Und beide Male war Shane bei ihr gewesen und hatte dafür gesorgt, dass sie sich sicher fühlte.

Shane warf Autumn einen amüsierten Blick zu. Der Tag hatte sie eindeutig erschöpft. Es schien ein entspannter Schlaf zu sein, Autumn wirkte deutlich ruhiger als im Arches. Als er daran dachte, wie sie sich in seine Arme geschmiegt hatte, lief ihm jetzt noch ein Schauer über den Rücken. Es war ihm so perfekt vorgekommen. Ein sternenklarer Sommerabend, ein schönes Feuerwerk, seine Familie um ihn herum und Autumn in seinen Armen. Besser konnte es einem Mann gar nicht gehen. Er stieß einen zufriedenen Seufzer aus, während er seinen Blick noch einmal über Autumn wandern ließ. Sie sah mit geschlossenen Augen und leicht geöffneten Lippen so weich und verletzlich aus.

Ein Loch im Asphalt ließ ihn schnell wieder auf die Straße blicken. Shane schüttelte amüsiert den Kopf. Wenn sich Autumn in seiner Nähe befand, war er zu nichts mehr zu gebrauchen. Noch nicht einmal Autofahren schaffte er, ohne dabei an sie zu denken oder sie anzuschauen. Bei einem flüchtigen Blick in den Rückspiegel fiel ihm auf, dass seine Schwestern dies anscheinend bereits erkannt hatten. Sie lachten eindeutig über ihn. Er konnte sich vorstellen, dass Shannon sich schon überlegte, wie sie ihn als liebeskranken Narren in eine ihrer Geschichten einbauen konnte. Aber das war ihm egal, solange nur die Chance bestand, dass Autumn ihn auch liebte.

Manchmal blitzte ein Gefühl in ihren Augen auf, doch es hielt sich nie so lange, dass er sich sicher war. Irgendetwas schien sie noch daran zu hindern, ihm völlig zu vertrauen. Er musste unbedingt herausfinden, was das war, wenn er sie ganz für sich gewinnen wollte. Allerdings würde er geduldig und behutsam sein müssen, um sie nicht zu verschrecken. Aber das würde er schaffen, denn mehr als alles andere wollte er Autumns Liebe gewinnen.

Schweigend fuhren sie die lange Auffahrt zum Ranchhaus hinauf. In der Garage bremste er sanft ab und stellte den Motor aus. Shane blieb regungslos sitzen und wartete, bis seine Schwestern den Wagen und die Garage verlassen hatten. Dann erst strich er mit den Fingerspitzen eine aus dem Knoten entkommene Haarsträhne von Autumns Wange. Bei der Berührung flatterten Autumns Augenlider, ihr Mund zuckte. Shane konnte nicht widerstehen und strich mit seinen Lippen über ihre. Das weckte sie vollends auf. Mit weit aufgerissenen Augen starrte sie ihn an. Als sie ihn erkannte, sackte sie in sich zusammen.

»Entschuldige, ich wollte dich nicht erschrecken.« Er strich noch einmal über ihre Wange. »Wir sind da. Soll ich dich reintragen?«

»Nicht nötig. Danke.« Ihre Stimme klang schläfrig. Sie streckte sich einmal kurz und stieß dann die Autotür auf. Shane lief um den Wagen herum und hielt ihr die Tür auf. Langsam gingen sie auf das Haus zu, weil Shane den schönen Abend noch nicht beenden wollte. Erst als Autumn vor Müdigkeit schwankte, riss er sich zusammen.

»So, das reicht. Ich bringe dich jetzt ins Bett.« Rasch nahm er sie auf seine Arme und ignorierte Autumns Versuch, ihn daran zu hindern. Vorsichtig trug Shane sie die Holztreppe hoch. Ihr Gewicht in seinen Armen erinnerte ihn an den Tag ihres Kennenlernens. Damals war sie in seinen Armen eingeschlafen. Wenn er darüber nachdachte, was in der Zwischenzeit alles geschehen war, kam es ihm vor wie ein Wunder. Im Alter von zweiunddreißig Jahren war ihm schließlich die Liebe begegnet. Wenn es nicht ein so tolles Gefühl gewesen wäre, dann hätte er sich gefürchtet. Autumn gegenüber war er völlig schutzlos, sie war still und heimlich unter seine Haut gekrochen und hatte sich in seinem Herzen eingenistet.

Shane seufzte. Es geschah ihm ganz recht. Jahrelang waren die Frauen hinter ihm hergelaufen, er hatte sich nie besonders um eine bemühen müssen. Doch Autumn war anders. Bei ihrem Zimmer angekommen, stellte er sie sanft auf ihre Füße.

Autumn schwankte und klammerte sich an ihn. »Ich fürchte, Teile von mir sind bereits im Reich der Träume.«

Shane öffnete die Zimmertür und hob sie wieder hoch. »Kein Problem, der Begleitservice gilt bis zum Bett.«

Autumn schwieg und sah ihn nur mit großen Augen an, während Shane das Zimmer durchquerte und sie auf dem Bett absetzte. Er gab ihr einen Kuss, wünschte ihr eine gute Nacht und verließ das Zimmer, bevor er es sich anders überlegen konnte und sich zu ihr legte.

Danach lehnte er an der Flurwand außerhalb ihres Zimmers und versuchte, sich davon zu überzeugen, dass es richtig gewesen war, Autumn alleine zu lassen. Er schlug mit der Stirn leicht an die Wand und wartete auf die Kraft, in sein eigenes Zimmer zu gehen.

Hinter ihm erklang eine amüsierte Stimme. »Du glaubst doch nicht wirklich, dass das hilft?« Clint war auf seine unnachahmlich leise Art hinter ihn getreten, ohne dass er es bemerkt hatte.

»Verdammt, Clint, du sollst dich doch nicht immer so anschleichen.«

»Eigentlich bin ich ganz normal gegangen. Du warst wohl mit deinen Gedanken woanders.« Die Stichelei ignorierend, wandte Shane sich um. Bevor er seine Tür erreichte, legte sich Clints Hand auf seinen Arm. »Es ist doch alles in Ordnung?«

Shane blickte ihn verwundert an. »Ja, natürlich. Ich habe mich nur gerade einem Anfall von Selbstmitleid hingegeben. Wieso fragst du?«

Clint zuckte unbehaglich die Schultern. »Du siehst so aus, als würde etwas an dir nagen.«

Da Clint damit recht hatte und Shane jemanden brauchte, bei dem er sich aussprechen konnte, lud er seinen Bruder auf einen Drink in sein Zimmer ein. Schweigend ließ Clint sich auf dem Sofa nieder, während Shane eine Flasche Whiskey aus dem Wandschrank holte.

»Es geht um Autumn.«

Als er nicht weitersprach, nickte Clint. »Das dachte ich mir.«

Shane sah ihn scharf an, aber als sein Bruder nichts weiter dazu sagte, zwang er sich, das auszusprechen, was ihn nun schon seit Wochen beschäftigte. »Ich mag Autumn sehr und möchte gern mit ihr zusammen sein. Aber irgendetwas scheint sie zu ängstigen. Die meiste Zeit benimmt sie sich ganz normal, aber manchmal, wenn sie denkt, es merkt niemand, blickt sie um sich, als würde sie damit rechnen, dass jemand sie beobachtet. Wenn sie nicht abgelenkt ist, dann wirkt sie nervös und fast ängstlich. Sobald sich ihr jemand von hinten nähert, ohne dass sie es merkt, wird sie vor Schreck totenbleich und ist kurz davor wegzulaufen.« Shane brach ab und beobachtete Clint scharf. »Dir ist es auch aufgefallen.« Eine Feststellung, keine Frage.

Clint zuckte unbehaglich mit den Schultern. »Ja. Hat sie dir erzählt, wovor sie Angst hat?«

Während Shane mit einer fahrigen Bewegung den Whiskey in zwei Gläser goss, dachte er über seine Antwort nach. Seufzend reichte er seinem Bruder ein Glas. »Bisher hat sie mir noch nichts erzählt. Sie scheint nicht leicht zu vertrauen, erst recht keinem Mann. Mich duldet sie nur, weil sie gemerkt hat, dass ich ihr nichts tun werde. In letzter Zeit ist sie in meiner Gegenwart etwas entspannter, doch es gibt noch immer Momente, wenn sie eine bestimmte Aktion nicht vorhergesehen hat, in denen sie einen panischen Blick bekommt. Aber es wird seltener.« Shane trank einen Schluck. »Als ich ihr damals im Fiery Furnace helfen wollte, war sie erst völlig verängstigt. Nachdem ich mich vorgestellt hatte, ließ es etwas nach, aber als ich dann mein Messer gezogen habe, um an ihr Knie zu kommen, hätte es mich nicht gewundert, wenn sie trotz der Verletzung geflüchtet wäre. Ich habe mir ihr Knie angesehen und dabei die Narben entdeckt.« Shane ballte die Fäuste. »Clint, mindestens einer ihrer Oberschenkel ist über und über mit Narben bedeckt. Ich wollte sie erst darauf ansprechen, aber sie schien sich zu schämen, daher habe ich es gelassen. Wahrscheinlich hätte sie mir sowieso nicht geantwortet, es ging mich im Prinzip auch nichts an. Irgendwie muss es mir gelingen, sie zum Reden zu bringen, ich muss wissen, was sie so ängstigt. Aber immer wenn ich mit ihr darüber reden will, weicht sie aus oder es kommt etwas dazwischen.« Frustriert biss er die Zähne zusammen.

»Könnte sie einen Unfall gehabt haben?«

Shane überlegte kurz und schüttelte schließlich den Kopf. »Nein, ich denke nicht. Die Narben sahen eher aus wie … Schnitte, die nicht rechtzeitig behandelt wurden.« Er schlug sich vor den Kopf. »Genau, wie Messerschnitte …« Als ihm klar wurde, was das heißen musste, wurde ihm schlecht. »Verdammt, wenn ich jetzt noch ihre Angst vor Männern dazurechne, dann bin ich mir sicher, dass ein Mann etwas damit zu tun hatte.«

Auch Clint verzog das Gesicht. »Hört sich nicht gut an. Hat sie erwähnt, ob sie verheiratet war?«

Shane blickte ihn schockiert an. »Nein. So direkt hat sie es nicht gesagt. Aber ich hatte sie gefragt, ob im Osten jemand auf sie wartet, und sie hat verneint.«

Clint strich sich über das stoppelige Kinn. »Das sagt leider nichts darüber aus, ob es einen Mann gegeben hat oder nicht. Aber sie muss ihn natürlich auch nicht unbedingt gekannt haben.« Er trank seinen Whiskey aus und stand auf. »Am besten fragst du sie bei der nächsten Gelegenheit und lässt dich diesmal nicht abweisen. Wenn sie sich nämlich immer noch umschaut, dann ist derjenige, der ihr das angetan hat, noch da draußen.« Während Shane diesen letzten Schock verdaute, ging Clint zur Tür. »Solltest du Hilfe benötigen, weißt du, wo du mich findest.«

Damit schloss er leise die Tür hinter sich. Tief in Gedanken stellte Shane die Gläser zur Seite und ging zum Fenster. Er öffnete die Balkontür und schlenderte auf den das ganze Haus umrundenden Balkon. Tief einatmend lehnte er sich an das hüfthohe Holzgeländer. Clint hatte es geschafft, ihn erst richtig nervös zu machen. Was war, wenn Autumn wirklich in Gefahr schwebte? Würde er ihr helfen können? Sie würden spätestens, wenn sie wieder im Arches waren, darüber reden müssen. Er hoffte nur, dass er damit nicht ihre noch so zerbrechliche Beziehung zerstörte.

18

Nach einem ausgiebigen Frühstück im Familienkreis brachen Autumn und Shane mit dem Auto zum Yellowstone National Park auf. Auf dem Rücksitz lagen eine Kühlbox mit kalten Getränken und kleinen Snacks sowie Shanes Fotoausrüstung. Um zehn Uhr morgens herrschten noch angenehme Temperaturen, Schönwetterwolken durchbrachen hin und wieder den strahlend blauen Himmel. Auf beiden Seiten der Straße reihte sich Baum an Baum. Vor ihnen tauchten bald zwei Autoschlangen auf, in der Ferne waren die aus dunklem Holz gebauten Eingangshäuschen des Parks zu sehen.

Shane seufzte. »Das habe ich mir schon gedacht. Wenn man nicht gleich frühmorgens ankommt, muss man viel Geduld mitbringen. Vor allem an den beliebtesten Punkten ist dann die Hölle los. Ganze Busladungen werden dort abgesetzt und man bekommt kein Bein mehr auf die Erde.«

»Und warum sind wir dann hier?« Fragend blickte Autumn ihn an.

Shanes Augen leuchteten. »Weil ich dich zu den weniger besuchten Stellen des Parks führen werde. Du erhältst sozusagen eine Insiderführung.«

Autumn lächelte. »Ich fühle mich geehrt.«

»Das solltest du auch. Ich teile meine Kenntnisse nicht mit jedem.«

Inzwischen waren sie dem Eingang schon ein beträchtliches Stück näher gekommen. Langsam überzog ein Grinsen Shanes Gesicht. Bevor Autumn nach dem Grund fragen konnte, waren sie bereits an der Reihe. Shane kurbelte sein Fenster ganz herunter und lächelte die diensthabende Rangerin an. »Hallo Melissa!«

Die zierliche Blondine in der tristen Nationalpark-Uniform fiel vor Begeisterung fast aus dem Fenster ihres Häuschens, als sie ihn erkannte. »Shane, was machst du denn hier? Willst du wieder anfangen?«

Shane lachte über den überschwänglichen Empfang. »Nein, ich bin immer noch im Arches. Ich wollte nur meiner Kollegin den Yellowstone zeigen.«

Melissa warf einen neugierigen Blick auf Autumn, bevor sie sie begrüßte. Die Autofahrer hinter ihnen wurden langsam ungeduldig, einige Gesten waren schon recht eindeutig. Shane zog zwei Zehndollarnoten heraus und reichte sie Melissa.

Diese nahm sie nur zögernd an. »Du weißt doch, dass du jederzeit umsonst in den Park kommst.« Sie wollte das Geld zurückweisen, Shane bestand jedoch darauf.

»Ist schon in Ordnung. Wenn ich den Park nutze, will ich auch dafür bezahlen.«

Melissa zuckte die Schultern. »Wie du willst. Möchtest du das Übliche haben?«

»Ja, bitte.« Sie reichte ihm verschiedene Papiere und die Eintrittskarte. »Danke. Diesmal habe ich keine Zeit für ein Treffen, aber wenn ich nächstes Mal vorbeikomme, nehme ich sie mir.« Nach einem letzten Händedruck gab Shane Gas. Die Prospekte drückte er Autumn in die Hand.

Autumn blickte Shane von der Seite an. »Eine alte Freundin?« Sowie sie die Frage ausgesprochen hatte, wünschte sie sich, sie könnte sie zurücknehmen.

Shanes hochgezogene Augenbrauen und das seinen Mund umspielende teuflische Grinsen bestärkten sie darin. »Ja, wieso?«

Autumn winkte ab. »Ist ja auch egal.«

»Bist du etwa eifersüchtig?«

»Natürlich nicht.«

»Das dachte ich mir. Falls es dich beruhigt, vor dir habe ich noch nie eine Beziehung mit einer Kollegin gehabt.«

Automatisch wehrte sie ab. »Aber wir haben keine ...«

Shane funkelte sie an. »Sag es nicht!«

Abrupt schloss sie ihren Mund.

Während Shane sich wieder der Straße zuwandte, blätterte Autumn in der Faltkarte des Gebiets und der Parkzeitung. Neben Warnhinweisen, aktuellen Änderungen und den Öffnungszeiten der Eingänge und des Visitor Centers waren dort auch einzelne Sehenswürdigkeiten und Wanderungen beschrieben.

Nachdenklich blickte Autumn vor sich hin. »Du hattest recht.«

Shane blickte sie erstaunt an. »Womit?«

»Ich war eifersüchtig.« Damit wandte sie sich schnell wieder der Zeitung zu.

Das Auto schlingerte leicht, als Shane seinen Blick von ihr losriss und ihn wieder der Straße zuwandte. Er räusperte sich, konnte aber keine passende Erwiderung finden. »Toll« wäre wohl nicht so angebracht gewesen, und Luftsprünge konnte er im Auto auch schlecht vollführen. So begnügte er sich mit einem stillen Lächeln und einem innerlichen Hochgefühl. Es schien ihm, als wären sie in ihrer Beziehung einen großen Schritt vorangekommen, und das ließ ihn hoffen, dass Autumn ihm antworten würde, wenn er sie fragte, wovor sie sich fürchtete.

Allmählich gab es neben den Bäumen auch noch Flüsse, Wiesen und dampfende Quellen zu sehen.

Shane stieß Autumn an. »Leg lieber die Zeitung zur Seite, sonst verpasst du noch alles.«

Die zusammengefaltete Zeitung verstaute Autumn im Handschuhfach, während sie die Karte zur Orientierung auf dem

Schoß behielt. Vor einem kleinen Fluss lagen zahlreiche Bisons im hohen Gras. »Und es gibt hier wirklich keine Zäune?«

Shane lachte. »Nein. Im Prinzip leben Menschen und Tiere friedlich nebeneinander. Natürlich sollte man immer Abstand halten. Wenn ein Bison losrennt, möchte ich ihm nicht unbedingt im Weg stehen.«

Autumn schauderte. »Ich auch nicht. Aber laufen sie denn nicht auf die Straße?«

»Doch, häufig sogar. Man muss eben aufmerksam fahren und den Tieren die Vorfahrt lassen.«

Neben der Straße war ein kleiner Parkplatz, auf dem schon mehrere Autos und Wohnmobile standen. Bevor Shane geparkt und den Motor abgeschaltet hatte, war Autumn bereits aus dem Wagen gesprungen. Mit schnellen Schritten ging sie auf die Wiese zu. Shane schüttelte den Kopf. Wenn sie nur ein Mal so auf ihn zulaufen würde … Langsamer schulterte er seine Fotoausrüstung und folgte ihr. Wenige Meter hinter ihr baute er sein Stativ auf und befestigte seine Kamera daran. Ihm schwebte ein ganz besonderes Bild vor: Autumn vor einem Hintergrund aus Wiese und Bisons. Während er das Foto vorbereitete, stand Autumn bewegungslos vor der malerischen Kulisse von mächtigen Tieren, die gemütlich kauend am Flussufer entlangliefen oder im Gras lagen. Ihr rotes Haar flatterte im Wind. Von Weitem sah es aus, als würden Flammen ihren Kopf umzüngeln. Genau diesen Augenblick bannte Shane auf sein Foto.

Als sie sich kurz darauf lächelnd zu ihm umdrehte, drückte er gleich noch einmal auf den Auslöser. Zufrieden mit seiner Ausbeute, nahm er seine Ausrüstung und ging auf sie zu.

Autumn sah ihn unsicher an. »Ich stand doch hoffentlich nicht im Weg?«

Shane legte ihr einen Arm um die Schultern. »Aber nein, überhaupt nicht. Und wie gefällt dir der Ausblick?«

Strahlend breitete sie die Arme aus. »Es ist wirklich toll. Ich könnte mich fast dazulegen.«

Das brachte Shane zum Lachen. »Lieber nicht. Bist du bereit für weitere spektakuläre Motive?«

Autumn war so schnell beim Auto, dass er selbst mit seinen langen Beinen nicht hinterherkam.

Kurz danach hieß ein Schild am Straßenrand den Besucher im Bundesstaat Wyoming willkommen.

»Fast der gesamte Park liegt in Wyoming. Für Montana ist das ziemlich schade, weil die meisten Touristen in Wyoming übernachten. West Yellowstone ist fast der einzige Ort, der überhaupt touristisch genutzt wird.«

»Da haben deine Eltern mit ihrer Gast-Ranch wirklich das große Los gezogen.«

Shane lächelte. »Ja, sie wird gut angenommen. Aber das wussten meine Eltern schon vorher, der Park ist ja nicht erst seit gestern hier. Und nicht nur ihnen geht es gut, sondern es sind auch sämtliche Hotels und Motels im Ort gut ausgebucht und der Campingplatz in der Nähe der Ranch ebenso.«

»Das kann ich mir vorstellen.«

Als sie auf der Parkstraße weiterfuhren, schlängelte sich daneben der Madison River entlang. Autumn konnte sich kaum sattsehen an den dampfenden Quellen, den Wiesen, auf denen Bisons und Rotwild grasten, und an den schroffen Felsen, die hin und wieder die Straße einrahmten. Genauso faszinierend fand sie die riesigen verbrannten Waldstücke. Zwischen den verkohlten Stämmen wuchsen bereits wieder kleine Nadelbäume in großer Fülle. Vorbei an Geysiren, brodelnden Quellen und am Straßenrand aufsteigenden Dampfschwaden hielten sie am Parkplatz zum Midway Geyser Basin kurz an, entschieden aber mit Blick auf die zahlreichen Autos und Reisebusse weiterzufahren. Am

Geysir Old Faithful mussten sie einige Minuten auf einen Parkplatz warten, aber schließlich ließen sie das Gewühl hinter sich und tauchten in den Besucherstrom des großen Visitor Centers ein.

Shane nahm Autumns Hand. »Keine Panik, wir schreiben uns nur schnell die Eruptionszeiten der Geysire auf, dann sind wir schon wieder draußen.«

Autumn nickte und beobachtete, wie Shane die Zeiten von einer Tafel in der Nähe des Informationsstands der Ranger notierte. Neben dem Namen des jeweiligen Geysirs war eine Uhrzeit genannt und dann in Klammern verschiedene plus/minus-Werte.

Verwundert über die unterschiedlichen Angaben fragte Autumn: »Warum sind die Zeiten denn teilweise so ungenau angegeben?«

Shane blickte sie belustigt an. »Wir sind hier in der Natur, Stadtkind. Es ist sowieso nur den fleißigen Helfern zu verdanken, die die Ausbrüche vermerken und vorausberechnen, dass hier überhaupt die Zeiten festgehalten sind.«

»Ja, aber beim Old Faithful steht doch zum Beispiel plus/minus zehn Minuten. Ist er wirklich so genau zu berechnen?«

»Wie der Name schon sagt, ist er extrem zuverlässig. Deshalb sind auch die meisten Touristen nur in diesem Bereich anzutreffen. Geht man ein paar Meter weiter, hat man freie Bahn.« Er blickte auf die Uhr. »Schon elf Uhr. Wir sollten uns auf den Weg machen, bevor alle Wege verstopft sind.«

Trotzdem dauerte es noch einmal zehn Minuten, bis sie das Gebäude verlassen konnten, da Shane ein paar frühere Kollegen traf. Einerseits war Autumn froh, dass er sie als Kollegin vorstellte, trotzdem versetzte es ihr jedes Mal einen kleinen Stich. Allerdings war sie selbst schuld, sie hatte es schließlich von ihm verlangt.

Der kurze Weg zum Geysir war tatsächlich voller Menschen,

ebenso wie die im Halbkreis um den Geysirhügel angeordneten Bänke. Sie fanden schließlich eine ruhigere Stelle etwas abseits vom Rummel, aber trotzdem noch mit gutem Blick auf den Wasserdampf ausstoßenden Geysir. Shane lehnte sich an den Holzzaun, der ein Rasenstück abtrennte, und zog Autumn an sich. Seine Arme schlangen sich um ihren Oberkörper, sein Kinn ruhte auf ihrem Kopf.

Nachdem er den Geysir einige Zeit beobachtet hatte, beugte er sich zu ihr hinunter. »Wir sind genau richtig gekommen. Jetzt dauert es nicht mehr lange.«

Autumn runzelte die Stirn. »Woher weißt du das? Es ist doch noch nicht zwanzig Minuten nach elf?«

Shane lachte. »Na, so genau hält er sich dann doch nicht an die Uhrzeit. Beobachte ihn einfach eine Weile. Am Anfang stieg nur eine dünne Dampfsäule auf, inzwischen kommt schon viel mehr. Außerdem ändern sich die Geräusche, die er macht.«

Autumn blickte ihn ungläubig an. »Wie kannst du denn neben dem Menschenlärm noch etwas anderes hören?«

»Wenn man weiß, worauf man achten muss, hört man es auch. Versuch die Menschen auszublenden und konzentrier dich auf den Geysir. Hörst du das tiefe Grollen und Stampfen? Je näher er dem Ausbruch kommt, desto lauter wird es.«

Autumn lauschte angestrengt. Und tatsächlich, sie war sich fast sicher, das Geräusch zu hören. Gerade wollte sie es Shane sagen, als sie spürte, wie sein Körper sich anspannte.

Sein Mund streifte ihr Ohr, als er ihr »Jetzt!« zuflüsterte.

In diesem Moment wurde das Geräusch zu einem lauten Tosen. Riesige Wassermassen schossen in die Höhe und fielen dann zur Erde zurück. Eine etwa dreißig Meter hohe Fontäne pumpte Tausende Liter Wasser aus dem unterirdischen Reservoir in die Luft. Nach kurzer Zeit wurde die Fontäne immer kleiner, bis sie schließlich ganz verschwand und nur noch Wasserdampf aufstieg. Autumn war beeindruckt, aber auch ein wenig enttäuscht, dass es nur ein so kurzes Vergnügen gewesen war.

Sie drehte sich zu Shane um. »War das schon alles?«

Shane lachte. »Der Old Faithful ist zuverlässig, dafür aber nicht besonders hoch oder ausdauernd. Um größer zu sein, müsste er längere Ruhephasen durchlaufen und ein größeres unterirdisches Wasserreservoir haben. Wie zum Beispiel der Grand Geyser, der nur alle sieben bis fünfzehn Stunden ausbricht und dabei eine sechzig Meter hohe Fontäne ausstößt. Leider haben wir nicht genug Zeit, auf einen Ausbruch zu warten, aber vielleicht beim nächsten Mal.« Er blickte auf seine Uhr. »Wir sollten uns lieber beeilen. Der Riverside könnte jeden Moment ausbrechen.«

Autumn folgte ihm schnell und ergriff seine Hand, um in dem Menschenstrom nicht von ihm getrennt zu werden. Shane blickte sie überrascht an, lächelte dann aber nur. Seine Hand schloss sich fest um ihre, während er ihnen den Weg bahnte. Bereits nach einigen Metern war der Großteil der Besucher verschwunden. Nur ein paar Unentwegte liefen die Wege zu den anderen Geysiren entlang.

Der Riverside-Geysir war bereits mitten in seiner Eruptionsphase, als sie ihn erreichten. Die Fontäne sprühte in einem hohen Bogen über den Fluss hinweg. Autumn ließ sich auf eine der Bänke sinken und konnte den Blick nicht von dem beeindruckenden Naturschauspiel abwenden.

Ein tiefer Seufzer entfuhr ihr. »Schade, dass wir es nicht früher geschafft haben.«

»Kein Problem, dieser Geysir hat eine Eruptionsphase von zwanzig Minuten, also haben wir nicht allzu viel verpasst.« Shane setzte sich neben sie, legte den Arm um ihre Schultern und ließ sich an die Lehne zurücksinken.

Nur ungern verließen sie zehn Minuten später ihren Logenplatz.

»Wie wäre es, wenn wir noch bis zum Ende dieses Weges gehen und uns dann langsam auf den Rückweg zum Auto machen?«

»In Ordnung, ich würde gerne so viel wie möglich sehen.«

Shane schulterte Rucksack und Fototasche und ergriff wieder ihre Hand. Autumn fühlte sich frei und glücklich, als sie langsam den Weg entlangschlenderten und bei verschiedenen Quellen und Geysiren anhielten, um einen näheren Blick darauf zu werfen. Am Ende des Weges lag eingezäunt der Morning Glory Pool, eine kleine stille Quelle, die in der Mitte leuchtend blau war, während Bakterien die äußeren Ringe gelb und orange färbten.

Autumn war hingerissen. »Ist das die Quelle, die du als Foto in deiner Hütte hast?«

»Nein, das war die Grand Prismatic Spring. Sie liegt nicht in diesem Gebiet. Aber wenn wir nachher bei Midway vorbeifahren, können wir sie uns ansehen, wenn du willst. Du musst nur sagen, ob du sie von unten sehen willst oder von oben.«

»Von oben natürlich.«

»Gut, aber es gibt keinen richtigen Weg dahin. Wir müssen einen Hügel hochklettern.«

Autumn blickte zweifelnd. »Und es gibt keine andere Möglichkeit?«

Shane lachte. »Nein, außer du hast zufällig einen Hubschrauber dabei.«

Autumn schnitt eine Grimasse. »Heute mal nicht. Okay, versuchen wir es.«

Zwanzig Minuten später saßen sie wieder im Auto und fuhren zum Midway Geyser Basin. Kurz davor bog Shane auf einen kleinen Parkplatz ab, der nicht näher gekennzeichnet war. Von dort aus führte ein einfacher Wanderweg in die das Becken umgebenden Hügel. Als sie ungefähr auf Höhe der Grand Prismatic

Spring waren, verließen sie den Weg und kletterten den Hügel hinauf. Da auch hier Brände gewütet hatten, waren nur noch wenige verkohlte Baumstämme im Boden verankert. Viele lagen kreuz und quer und gestalteten den Aufstieg für Autumn nicht gerade leichter. Während Shane mit seinen langen Beinen einfach darüberstieg, musste sie häufig die Hände zu Hilfe nehmen. Nach ein paar Ausrutschern waren ihre Hände und Hose fast so schwarz wie die Stämme. Autumn warf einen bösen Blick auf Shanes Rücken. Dieser bemerkte überhaupt nichts von ihren Problemen, sondern stieg leise vor sich hin pfeifend gleichmäßig wie ein Uhrwerk den Hügel hinauf. Gerade als sie aufgeben wollte, drehte Shane sich lächelnd um. Der Kerl war noch nicht einmal aus der Puste, während Autumn alle drei Meter anhalten musste, um zu verschnaufen.

Seine Augen weiteten sich, als er sie so weit unter sich entdeckte. Anscheinend wirkte sie so erschöpft, wie sie sich fühlte, denn Shane begann sie anzufeuern. »Komm, nur noch ein kleines Stück. Hier oben kannst du dich ausruhen.«

Mit dieser tröstlichen Vorstellung mobilisierte Autumn ihre verbleibenden Kraftreserven und stolperte die letzten Meter hoch. Shane empfing sie mit einer Umarmung und führte sie dann zu einem nicht ganz so schwarzen Stamm, auf den sie sich setzen konnte.

Seinen Rucksack stellte er daneben und holte eine Wasserflasche heraus. »Hier, trink etwas.« Pustend und schnaufend ließ Autumn sich fallen. Zu erschöpft zum Trinken, ließ sie die Flasche von ihren Fingern baumeln. Shane kauerte sich neben ihr nieder. »Entschuldige, ich hätte langsamer gehen sollen. Geht es jetzt wieder?«

Autumn schnaubte. »Was hattest du denn gedacht, dass ich heimliche Bergsteigerin bin? Ich war Bibliothekarin, um Himmels willen!«

Beruhigend strich Shane über ihren Rücken. »Vielleicht würde dich die Aussicht entschädigen, wenn du mal einen Blick darauf werfen würdest.« Er klang amüsiert.

Überrascht richtete Autumn sich auf. Sie hatte gar nicht mehr an den Grund für diese Schinderei gedacht. Und wirklich, genau unter ihnen lag in all ihrer Pracht die Grand Prismatic Spring. Von Dunkelblau in der tiefen Mitte über Mittelblau bis hin zu Orange an den Rändern reichte die beeindruckende Farbpalette der Quelle. Autumn merkte erst, dass ihr der Mund offen stand, als Shane ihn sanft zuklappte. Sie konnte von hier oben kleine Figuren sehen, die sich auf den Plankenwegen zwischen den Quellen bewegten.

»Kann man von da unten denn überhaupt etwas von der Quelle sehen?«

Shane zuckte die Schultern. »Nicht besonders viel. Da der Weg genau auf der Höhe der Quelle liegt, sieht man nur einen glatten Wasserspiegel und ein paar der orangefarbenen Ausläufer. Die meisten Besucher wissen auch gar nicht, wie sie von oben aussieht. Das, was wir gemacht haben, ist nämlich eigentlich nicht erlaubt. Also verrat es keinem.« Er zwinkerte ihr zu.

Autumn nahm einen Schluck Wasser. »Was bietest du mir für mein Schweigen an?«

Shane kräuselte die Lippen und tat, als würde er nachdenken. »Wie wäre es mit einem Kuss?«

Autumn lachte. »Na so was. Welch eine Überraschung!«

Shanes Augen glitzerten, als er sich langsam zu ihr hinunterbeugte. Seine Lippen strichen sanft über ihre.

Als er sich zurückziehen wollte, legte Autumn ihre Hand um seinen Nacken und zog ihn wieder zu sich hinunter. Ihr Mund öffnete sich unter seinem, ihre Zunge fuhr über seine Unterlippe. Stöhnend ergriff Shane die Gelegenheit, den Kuss zu vertiefen.

Seine Hände legten sich um ihr Gesicht, sein Atem vermischte sich mit ihrem. Autumn zog ihn dichter zu sich heran. Shane erschauerte, bevor er sich schließlich von ihr losriss. Schwer atmend blickte er sie an. Ihre grünen Augen strahlten mit unverkennbarem Verlangen.

Er lehnte seine Stirn an ihre. »Warum suchst du dir eigentlich immer so öffentliche Orte zum Küssen aus?« Er hatte es eher scherzhaft gemeint, doch Autumn zog sich von ihm zurück und drehte sich um. »Autumn?« Er zog sie am Arm in seine Umarmung und legte sein Kinn auf ihren Kopf.

Nach kurzer Zeit entspannte sich ihr steifer Rücken und sie lehnte sich an ihn. »Vielleicht gerade deswegen.«

Shane musste sich anstrengen, um ihre leise Stimme zu verstehen. Aber auch so konnte er den Sinn ihrer Worte nicht deuten. »Was …?«

Autumn unterbrach ihn. »In einer öffentlichen Umgebung fühle ich mich sicher genug, um mich ein bisschen gehen zu lassen.«

Shane war schockiert. »Aber ich würde dich nie zu etwas zwingen, das musst du doch wissen!«

Autumn strich beruhigend über seine Wange. »Ich weiß, das habe ich auch nie angenommen. Es liegt an mir.« Bevor Shane weiterfragen konnte, blickte sie demonstrativ auf ihre Uhr. »Wir sollten langsam aufbrechen, sonst verpassen wir noch unseren Flug.«

Shane blickte sie durchdringend an. »Du musst es mir irgendwann erzählen, Autumn, sonst kann ich dir nicht helfen.«

Autumn tat nicht so, als würde sie ihn nicht verstehen. »Ja, bald.«

Es war klar, dass er im Moment nicht mehr aus ihr herausbekommen würde. Shane nickte kurz und packte seinen Rucksack zusammen.

Kurze Zeit später begannen sie den Abstieg. Obwohl sie einige Male ausrutschte, gelang Autumn der Rückweg wesentlich besser als der Aufstieg. Shane nahm den Weg nur bedingt wahr, seine Gedanken drehten sich um das vorangegangene Gespräch. Konnte es sein, dass Autumn sich wirklich nur dann mit ihm sicher fühlte, wenn sie sich in der Öffentlichkeit befanden? Er dachte an die Gelegenheiten zurück, während der sie sich nähergekommen waren. Im Eingang ihrer Hütte, im Auto, in der Garage, im Stall, hier auf dem Berg, überall hätte jederzeit jemand auftauchen können oder sie hatten keine Zeit für mehr als einen flüchtigen Kuss gehabt. Solange es zwischen ihnen noch Geheimnisse gab, konnten sie keine richtige Beziehung beginnen, und das wollte er. Deshalb würde er dieses Mal auf einer Erklärung bestehen. Das Gespräch mit Clint hatte ihm die Augen geöffnet und er wusste nun, dass er es sich nicht leisten konnte, Autumn mehr Zeit zu geben. Nicht, wenn sie vielleicht in Gefahr schwebte.

Auch die Fahrt aus dem Park verlief weitgehend schweigend. Die angespannte Stimmung lockerte sich etwas, als kurz vor dem Parkausgang eine Herde Bisons auf die Straße lief. Zwischen den erwachsenen Tieren hielten sich auch viele Jungtiere auf. Shane trat sofort auf die Bremse und ließ den Wagen nur noch langsam vorwärtsrollen. Während die Herde gemächlich auf der Straße vor ihnen hertrottete, blickte Shane auf die Uhr.

»Gut dass wir schon kurz vor dem Ausgang sind. Ich habe mal anderthalb Stunden hinter einer Gruppe Bisons gestanden.«

Autumn blickte ihn ungläubig an. »So lange? Konnte man sie denn nicht verscheuchen?«

»Hast du schon mal versucht, eine Kuhherde zu irgendetwas zu zwingen?«

Autumn lachte. »In New York? Du machst wohl Witze.«

»Dann glaub mir einfach, dass das ziemlich schwierig ist.

Und Bisons sind noch viel dickfelliger. Wir haben Glück, dass es hier für die Tiere Wiesen zum Ausweichen gibt. Als ich hinter ihnen stand, sind wir die ganze Zeit im Schritttempo durch eine kilometerlange Schlucht gefahren. Der Autokorso war hinterher mehrere Kilometer lang. Keine Erfahrung, die ich wiederholen möchte, wenn ich es eilig habe.« Die Bisons streiften beinahe das Auto, als sie schließlich über die Straße auf die Wiese trotteten.

Shane gab Gas, während Autumn noch einen letzten Blick auf die friedlichen Tiere warf. Kurze Zeit später hatten sie den Park verlassen und waren auf dem Weg zur Ranch. Shane blickte auf die Uhr. Bereits drei Uhr, wenn sie das Flugzeug pünktlich erreichen wollten, mussten sie sich beeilen. Eigentlich hatte er auch noch ein wenig Zeit mit seiner Familie verbringen wollen, aber das musste wohl bis zum nächsten Besuch warten. Seufzend lenkte er den Wagen in die Einfahrt zur Ranch.

In der Garage wandte er sich an Autumn. »Wie schnell kannst du deine Tasche packen?«

»Zehn Minuten.« Sie blickte an sich herunter. »Wenn ich allerdings noch mein dreckiges Zeug wechseln will und meine Hände waschen, brauche ich länger.« Lächelnd blickte sie ihn an. »Vielleicht solltest du dich auch waschen, ich fürchte, ich habe dich mit meinen schwarzen Händen angefasst.« Shane blickte in den Rückspiegel und sah auf beiden Seiten seines Gesichts dunkle Streifen. Rasch stieg er aus und ging zum Waschbecken hinüber. Nachdem sie sich so gut es ging gereinigt hatten, holten sie ihre Sachen aus den Zimmern und waren nach einer Viertelstunde zum Aufbruch bereit.

Wieder hatte sich die Familie auf der Veranda versammelt, und alle verabschiedeten sie herzlich. Shane wurde umarmt, während Autumn Hände schüttelte. Auch Jay traute sich nichts anderes, nachdem sie ihm einen scharfen Blick zugeworfen hatte. Es tat

Autumn leid, diese nette Familie und die schöne Ranch so schnell schon wieder verlassen zu müssen, aber die Arbeit wartete.

Von Clint wurden sie schließlich zum Flughafen gebracht. Er fuhr genauso, wie er ritt, schnell, aber sehr kontrolliert. Auch diesmal gab sein Gesichtsausdruck keinen seiner Gedanken preis, während er Shanes Fragen zur Ranch beantwortete. Sie erreichten den Flugplatz zehn Minuten vor dem Abflug. Clint ließ den Motor laufen, während er ihr flüchtig die Hand reichte und Shane kurz die Schulter drückte.

»Du weißt, wo du mich erreichst.« Mit dieser kryptischen Aussage wendete er den Jeep und fuhr davon.

Autumn blickte erstaunt dem davonbrausenden Auto hinterher. Fragend wandte sie sich an Shane. »Was hat er damit gemeint?«

Er sah ihr nicht direkt in die Augen. »Gar nichts, nur eine Floskel.«

Autumn runzelte die Stirn. Soweit sie es beurteilen konnte, hatte Shane sie bisher noch nie belogen. Warum sollte er jetzt damit anfangen? Nach einem prüfenden Blick erkannte sie, dass er nichts mehr zu dem Thema sagen würde.

Während des Fluges, der weitgehend schweigend verlief, fühlte Autumn die Seitenblicke, die Shane ihr von Zeit zu Zeit zuwarf. Als sie ihn wieder einmal dabei ertappte, reichte es ihr. »Was ist los mit dir?«

Erst dachte sie, Shane würde sich wieder herausreden, doch diesmal nahm er ihre Hand und blickte sie ernst an. »Findest du nicht, es wird Zeit, dass wir uns einmal ernsthaft unterhalten?«

Zu seiner und auch ihrer eigenen Überraschung nickte sie. »Aber nicht jetzt, heute Abend.« Damit schloss sie die Augen und ließ ihren Kopf an die Lehne sinken. Sie fragte sich, ob sie mit diesem Gespräch nicht die Büchse der Pandora öffnete …

19

Ungeduldig schob Autumn den Schlüssel ins Schloss ihrer Hüttentür. Obwohl ihr der Ausflug zu Shanes Eltern sehr gefallen hatte, war sie doch froh, wieder zu Hause zu sein. Erstaunt hielt sie inne. Seit wann sah sie die kleine Hütte im Arches als ihr Zuhause an? Aber es war so und sie würde es sich nicht wieder nehmen lassen. Shanes Schweigen auf dem Rückflug hatte sie nervös gemacht. Was mochte in ihm vorgehen? Mit einem Ruck öffnete sie die Tür und trat in die Hütte. Sie ließ ihre Tasche auf den Boden fallen, bevor sie sich an die Tür lehnte und tief den Holzgeruch einatmete. Sie hatte sich bereits an ihr neues Leben gewöhnt, stellte sie fest. Es war im Endeffekt egal, dass fast nichts in dieser Hütte ihr gehörte oder dass sie ihr altes Leben hinter sich hatte lassen müssen, solange sie ihre Arbeit mochte und in Sicherheit war. Dass sie in Shane auch noch einen Freund gefunden hatte – und wahrscheinlich noch viel mehr, war ein netter, aber unerwarteter Bonus. Sein Zögern, als sie darauf bestanden hatte, allein sein zu wollen, wärmte ihr Herz. Vielleicht sollte sie nur kurz duschen und dann zu seiner Hütte hinübergehen.

Lächelnd hob sie ihre Tasche auf und ging in Richtung Schlafzimmer. Aus den Augenwinkeln sah sie ein Paket auf dem Küchentisch liegen. Neugierig ging sie darauf zu. Auf den Seiten prangte der Schriftzug eines Verlags für Naturbücher. Die Hand bereits an der Pappe hielt sie inne. Warum sollte jemand Bücher in ihre Hütte und nicht ins Visitor Center schicken? Und wie war das Paket in ihre Hütte gekommen? Sie versuchte sich zu erinnern, ob ihre Tür richtig verschlossen gewesen war, aber sie wusste es einfach nicht mehr. Ein unangenehmes Prickeln entstand in ihrem Nacken. Bevor der Mut sie verließ, knipste sie in allen Räumen das Licht an. Sie war allein in ihrer Hütte. Niemand versteckte sich in der Dusche oder unter dem Bett. Auch der Schrank war bis auf ihre Kleidung leer.

Erleichtert stieß sie den angehaltenen Atem aus. Dann lachte sie. Was hatte sie denn erwartet? Niemand wusste, dass sie hier war, schon gar nicht Robert. Schnell schob sie ihn aus ihren Gedanken. Sie würde sich nicht noch einmal von ihm das Leben zerstören lassen. Diesmal würde sie kämpfen – und wenn es nur gegen ihre eigenen Erinnerungen war. Sich wegen ihrer Feigheit scheltend, holte Autumn eine Schere aus der Schublade und machte sich daran, das Paket zu öffnen. Erneut breitete sich ein unangenehmes Gefühl in ihr aus.

»Nun mach schon, Autumn, schlimmer als in deiner Vorstellung kann es wohl kaum sein.«

Entschlossen riss sie den Karton auf und blickte hinein. Erschrocken stolperte sie zurück und schlug ihre zitternde Hand vor den Mund. Übelkeit stieg in ihr hoch. Ohne den Karton aus dem Blick zu lassen, taumelte sie rückwärts zur Tür. Kalter Schweiß lief ihren Rücken hinunter. Sie musste hier raus! Blind fummelte sie am Türgriff, bis er unter ihren rüttelnden Händen nachgab. Voller Panik rannte sie aus der Hütte und über die Veranda, bis sie davor zusammenbrach. Ihre zitternden Beine trugen sie nicht mehr, sie fiel hart auf Knie und Hände. Autumn machte sich nicht die Mühe, wieder aufzustehen. Sie blieb einfach dort, wo sie war, zog ihre Beine an die Brust und vergrub ihr Gesicht in ihren Armen. Ein Schauer nach dem anderen lief über ihren Rücken, ihr Magen krampfte sich zusammen. Sie konnte nicht glauben, dass er sie hier gefunden hatte. Wie war das möglich?

Shane blickte aus dem Fenster, als er einen lauten Knall hörte, und sah gerade noch Autumns Tür zurückschwingen, während sie wie ein Derwisch aus der Hütte lief und aus seinem Blickfeld verschwand. Alarmiert rannte er den kurzen Weg zu ihrer Hütte, wo Autumn einige Meter entfernt zu einem Ball zusammengerollt vor und zurück schaukelte, während sie wie Espenlaub zitterte. Als Shane vorsichtig ihren Nacken berührte, zuckte sie wie unter einem Stromschlag zusammen. Beunruhigt ging er neben ihr in die Hocke und strich vorsichtig über ihren zitternden Rücken.

»Autumn?« Als sie nicht reagierte, nahm er sie in seine Arme und strich über ihr wirres Haar. »Autumn, ich bin es, Shane. Bist du verletzt?«

Er merkte, wie sie sich etwas entspannte, als er seinen Namen nannte. Da er keine Verletzung erkennen konnte, ging er dazu über, sie sanft zu schaukeln, während er ihr beruhigende Worte ins Ohr murmelte. Langsam löste sich ihre furchtbare Anspannung und sie lehnte sich schwer an ihn. »Autumn? Kannst du mir sagen, was los ist?« Als sie den Kopf hob, erschrak er. Ihr Gesicht war kalkweiß und glänzte vor Schweiß. Ihre grünen Augen wirkten fiebrig und schienen in tiefen Höhlen zu liegen. Ihre zitternden Lippen waren bläulich angelaufen. »Du bist krank. Ich werde Margret anrufen.«

Als er aufstehen wollte, klammerte sie sich an seinen Arm. »Nein … « Ihre Stimme klang noch rauer als sonst, sie war kaum zu verstehen. Mit der Zunge fuhr sie über ihre trockenen Lippen. »Hütte … Karton.«

Shane versuchte, sie zu verstehen. »Da ist etwas in deiner Hütte?« Autumn nickte heftig. »Soll ich nachschauen?«

Autumn zögerte und nickte dann abermals. »Der Karton auf dem Tisch.«

»Okay. Bin gleich wieder da.« Shane erhob sich und ging in die Hütte.

Er fand den offenen Karton auf dem Küchentisch und sah hinein. Eingeschweißt in eine durchsichtige Plastikhülle lag der Kadaver einer Katze. Entsetzt fuhr er zurück und stieß einen Fluch aus. Nachdem er sicher war, sich nicht sofort übergeben zu müssen, beugte Shane sich wieder vor und zwang sich, genauer hinzusehen. Es sah ganz so aus, als wäre die Katze nicht durch einen Unfall, sondern durch Menschenhand gestorben, nach höllischen Qualen. Der Schwanz und die Pfoten waren abgetrennt und der Körper wies mehrere Schnittverletzungen auf. Genauer konnte er den Inhalt des Kartons nicht betrachten, aus Angst, mögliche Spuren zu verwischen. Außerdem wollte er auch gar nichts mehr davon sehen. Er konnte Autumns Reaktion inzwischen verstehen, auch seine Beine waren wackelig, als er aus der Hütte trat und die Tür fest hinter sich schloss.

Als er Autumn ansprach, war seine Stimme sanft. »Komm mit zu mir, dann kann ich dir etwas Heißes zu trinken machen, während wir auf die Polizei warten.«

Autumn ließ sich von ihm auf die Füße ziehen und zu seiner Hütte geleiten. Er setzte sie in den Sessel und breitete eine Decke über ihr aus. Während er die Enden feststeckte, betrachtete er sie prüfend. Sie hatte wieder etwas Farbe bekommen und schien nicht mehr ganz so stark zu zittern. »Was möchtest du haben? Kaffee, Tee, Kakao?«

»Kakao wäre schön.« Ihre Stimme war nur ein Hauch.

Shane nickte kurz und stellte einen Becher mit Milch in die Mikrowelle. Er nahm sein Handy und tippte die Nummer von Chefranger Bob Williams ein.

Bob hob nach dem fünften Läuten ab. »Ja?«

»Hier ist Shane. Wir haben ein Problem in Autumns Hütte, könntest du vorbeikommen?«

»Ist es denn so dringend? Ich wollte gerade …«

Shane unterbrach ihn. »Ja. Es war jemand in ihrer Abwesenheit in der Hütte und hat ein Geschenk dagelassen. Wann kannst du da sein?«

Kurze Stille. »Bin schon unterwegs.«

»Danke.« Shane legte auf. Autumn sah ihn fragend an. »Bob kommt gleich vorbei. Ich gehe kurz mit ihm rüber und dann benachrichtigen wir die Polizei, damit sie nach Fingerabdrücken suchen.«

Ein weiterer Schauder überlief Autumn. »Das ist nicht nötig.«

Shane blickte sie stirnrunzelnd an. »Willst du denn nicht wissen, wer bei dir eingebrochen ist?«

Ihre Stimme war leise und heiser, als sie antwortete. »Ich weiß, wer es war.«

Perplex schwieg Shane einige Sekunden. »Du weißt es?« Verwirrt blickte er sie an. »War ein Brief oder irgendetwas dabei, das ich nicht gesehen habe?«

Autumn blickte in ihren inzwischen leeren Becher. »Nein, aber das ist auch nicht nötig.«

Langsam verwandelte sich Shanes Verwirrung in Ärger. »Willst du vielleicht endlich mal mit der Sprache rausrücken?« Als Autumns Gesicht daraufhin noch blasser wurde, fluchte er leise. Er ging neben ihr in die Hocke und nahm ihre Hände in seine. »Entschuldige. Ich wollte dich nicht anschreien.« Er drückte einen leichten Kuss auf ihre Stirn.

Autumn entspannte sich sichtlich. »Ist schon gut. Es ist meine Schuld, dass du mit hineingezogen wurdest.« Als Shane protestieren wollte, legte sie ihre Finger auf seinen Mund. »Es ist wahr. Ich dachte, ich hätte ihn abgeschüttelt, aber anscheinend weiß er ganz genau, wo er mich finden kann.« Das Zittern verstärkte sich wieder.

Shane strich ihr beruhigend über den Rücken. »Wer?«

Alarmiert richtete Autumn sich auf und blickte sich um. »Wo ist Coco?«

Shanes Stirnrunzeln vertiefte sich. »Sie ist noch bei Janet. Wieso?«

Autumn atmete hart aus. »Für einen Moment dachte ich …« Heftig schluckend brach sie ab. »Ich dachte, die Katze im Karton wäre vielleicht Coco. Aber da du ja weißt, wo sie ist … «

Shanes Gesicht verdüsterte sich. »Ich habe gerade mit Janet telefoniert, Coco geht es gut. Aber wieso sollte jemand meiner Katze etwas tun?«

Autumns Stimme war leise, als sie antwortete. »Um mir wehzutun.«

Shane blickte sie scharf an. »Du weißt wirklich, wer das Paket in deine Hütte gestellt hat?«

Sie schloss kurz die Augen, sah ihn dann aber fest an. »Ja.«

Bevor Shane die ganzen Fragen loswerden konnte, die in seinem Kopf herumschwirrten, klopfte es an der Tür. Nach einem letzten Stirnrunzeln in Autumns Richtung öffnete Shane die Tür.

Er stutzte, als er Bobs weinrote Bundfaltenhose und das gebügelte Hemd sah. »Tut mir leid, dass wir dich in deiner Freizeit stören mussten.«

Bob zuckte mit den Schultern. »Es ist schließlich mein Job, mich um alles zu kümmern, was das Personal betrifft. Worum geht es?«

»Komm mit zu Autumns Hütte, ich zeige es dir.« Als Autumn sich ebenfalls erheben wollte, hielt Shane sie mit einer Handbewegung auf. »Du bleibst hier.«

Autumn wollte erst protestieren, überlegte es sich dann aber anders. Sie musste wirklich nicht noch einmal in den Karton sehen, der Anblick hatte sich auch so schon in ihr Gedächtnis gebrannt. Fest in die Decke gehüllt, blickte sie den beiden Männern nach. Sie beneidete sie nicht um ihre Aufgabe. Außerdem musste sie sowieso darüber nachdenken, was sie jetzt machen sollte. Zuerst musste sie Shane ihre Situation erklären, das war sie ihm schuldig. Danach konnte sie entscheiden, ob sie hier bleiben oder erneut fliehen sollte. Unruhig stand Autumn auf und lief in die Decke gewickelt im Raum auf und ab. Wie war es Robert gelungen, sie zu finden? Sie hatte niemandem gesagt, wohin sie fuhr, ihr Auto hatte sie gleich in New York verkauft, um danach mit dem Zug abzureisen. Und für das letzte Stück der Reise hatte sie sich eine Fahrkarte für den Bus gekauft. Nie im Leben hätte ihr Robert auf diesem Weg folgen können. Aber eigentlich war es auch egal, wie es ihm gelungen war: Er hatte sie gefunden und beabsichtigte anscheinend, sein Spiel fortzusetzen. Ein Schauder lief durch ihren Körper, als sie sich vorstellte, was er mit ihr tun würde, wenn er sie erwischte. Aber noch schlimmer war der Gedanke, dass vielleicht auch Shane in Gefahr sein könnte. Das konnte sie auf gar keinen Fall zulassen.

Inzwischen hatte auch Bob einen Blick in den Karton geworfen. Etwas grün im Gesicht, die Lippen zu einer grimmigen Linie verzogen, folgte er Shane nach draußen. »Verdammt! Wer macht denn so was?«

Shane wischte sich mit einer zitternden Hand über das Gesicht. »Ich habe keine Ahnung. Ich weiß nur eins: der Typ ist krank.«

Bob nickte. »Ich rufe jetzt die Polizei. Wäre doch gelacht, wenn wir diesen Schweinehund nicht erwischen.«

Shane war sich da nicht so sicher. »Autumn sagt, sie weiß, wer das getan hat.«

Bob drehte sich ruckartig um. »Was? Wer ist es?«

Shane hob die Schultern. »Ich weiß es nicht, mehr habe ich noch nicht aus ihr herausbekommen. Das Ganze hat sie sehr mitgenommen.«

Bobs Gesichtsausdruck wurde sanfter. »Ja, das kann ich mir vorstellen. Gut, dann befrage ich sie erst, bevor ich die Polizei rufe.«

Autumn lief immer noch hin und her, als sie die Tür zu Shanes Hütte öffneten. Shane erschrak erneut über die Blässe in ihrem Gesicht. »Du solltest doch sitzen bleiben und dich ausruhen!«

Kampfbereit wirbelte Autumn zu Shane herum. Als sie erkannte, wie besorgt er war, ließ sie ihre Fäuste sinken. »Ich musste mich bewegen, sonst wäre ich verrückt geworden.« Da sie wusste, dass nun die Fragestunde beginnen würde, ließ sie sich wieder in den Sessel sinken. Ihre Hände verkrampften sich ineinander.

Shane ließ sich auf der Lehne nieder, während Bob einen Stuhl heranzog. Shane strich beruhigend über ihren Kopf und gab ihr einen sanften Kuss.

Bob blickte zur Seite und räusperte sich. »Shane hat gesagt, du wüsstest, wer der Täter ist?«

»Ja, das stimmt.«

Als sie nichts mehr sagte, blickte Bob Autumn mit leichter Ungeduld an. »Nun, wer ist es?«

Autumn schluckte schwer. Als sie sprach, war ihre Stimme noch rauer als gewöhnlich. »Sein Name ist Robert Pears. Er wird in New York polizeilich gesucht und ist untergetaucht. Wahrscheinlich benutzt er inzwischen einen anderen Namen.«

»Wieso bist du so sicher, dass er es war?« Leichter Unglaube klang in Bobs Stimme mit.

Autumn lachte bitter. »Weil nur er zu so etwas fähig wäre. Er will mir damit Angst machen. Und er hat meinen Kater vor einem Jahr auf die gleiche Weise getötet.« Bei dem Gedanken an Tombo stiegen ihr Tränen in die Augen, die sie heftig fortblinzelte. Shane murmelte etwas Unverständliches und zog sie enger an sich.

»Das ist aber noch kein Beweis für seine Schuld«, erwiderte Bob.

»Glaub mir, er war's. Ich bin ganz sicher.«

Bob neigte den Kopf. »Handfeste Beweise wären mir lieber.«

»Dann lass die Polizei Fingerabdrücke nehmen. Du wirst sehen, dass ich recht habe.«

Bob zog die Augenbrauen hoch. »Es gibt eine Polizeiakte von diesem Robert Pears?«

»Ja. Ruf das New York Police Department an, die suchen ihn mit Haftbefehl.«

Bob blickte sie nachdenklich an, bevor er sich langsam erhob. »Erst mal werde ich den Sheriff benachrichtigen, er wird entscheiden, wie wir weiter vorgehen.« Während er zur Tür ging, zog er bereits sein Handy heraus.

Autumn fühlte Shanes Blick auf sich, doch sie konnte ihn jetzt einfach nicht ansehen. Zu beschmutzt fühlte sie sich alleine dadurch, dass sie jemanden wie Robert überhaupt kannte.

Shane stieß geräuschvoll die angehaltene Luft aus. »Ist dieser Pears schuld daran, dass du Angst vor einer neuen Beziehung hast?«

Schmerz trat in Autumns Augen, ihr Gesicht wurde noch bleicher. »Ja.«

Shane stieß einen rauen Fluch aus, seine Arme schlossen sich fester um sie. »Was hat er dir angetan?« Er hatte die furchtbare Vermutung, dass dieser Robert nicht nur ihren Kater getötet hatte, sondern auch für die Narben an ihren Beinen verantwortlich war, und wenn das stimmte, wusste er nicht, was er tun sollte. Der Drang aufzuspringen, den Mistkerl zu suchen und eigenhändig zur Strecke zu bringen, war überwältigend.

Autumn schien das zu spüren, denn ihre Hand legte sich auf seinen Arm. »Er hat mich gefangen gehalten und gequält.«

»Gott!« Shane kniff die Augen zusammen, in dem Versuch, die grauenvollen Bilder, die durch seinen Kopf gingen, zu unterdrücken. Doch es half nicht.

Ein Zittern lief durch Autumns Körper und riss Shane aus seinen Gedanken. Wichtig war jetzt nur, dass es Autumn gut ging und sie in Sicherheit war. Er würde nicht zulassen, dass ihr noch einmal etwas geschah.

Trotzdem musste er wissen, was passiert war, damit er ihr helfen konnte. »Wirst du es mir erzählen?«

Autumn hielt ihren Blick abgewandt. »Ja, wenn die Polizei hier fertig ist.«

Damit musste er sich wohl abfinden. Es brachte nichts, wenn sie gleich wieder unterbrochen wurden. Gemeinsam warteten sie schweigend auf das Eintreffen der Polizei. Autumn schien völlig in ihren Gedanken gefangen zu sein. Sie rührte sich nicht, sondern saß in sich zusammengesunken im Sessel und starrte auf den Boden. Shane wollte sie in seine Arme nehmen und ihr versichern, dass alles in Ordnung war, doch das wäre gelogen gewesen. Einem Menschen, der in der Lage war, so etwas zu tun, war alles zuzutrauen. Und da Autumn diesen Robert anscheinend aus New York kannte, hieß das, dass er ihr hierher gefolgt war. Als Shane über die Situation nachdachte, kam ihm wieder das Gespräch mit Clint in den Sinn. Anscheinend lag sein Bruder mit der Idee von einem früheren Freund oder Bekannten gar nicht so falsch. Bei dem Gedanken daran, dass ein Irrer Autumn bedrohen könnte, ballte er die Hände zu Fäusten.

Autumn gab einen leisen Laut von sich. Shane hob sie trotz ihres Protests hoch, setzte sich in den Sessel und zog sie auf seinen Schoß. Seine Arme schlossen sich beschützend um sie. Autumn stieß einen tiefen Seufzer aus. Ihren Kopf legte sie an seine Schulter, während ihre kalten Hände sich unter sein T-Shirt schoben. Als sie sich auf seine Brust legten, stockte Shane der

Atem. Doch jetzt war nicht der richtige Zeitpunkt, daran zu denken, wie gut sich ihre Haut an seiner anfühlte, denn in diesem Moment hörte er ein Auto vorfahren und Türen klappen. Anscheinend hatte Bob die Polizei von Moab von der Dringlichkeit der Situation überzeugt. Shane wollte erst aufstehen, überlegte es sich dann aber anders. Autumn brauchte ihn mehr als Bob.

Robert entfuhr ein leises Lachen, als er beobachtete, welche Wirkung sein kleines Geschenk auf Autumn hatte. Das lief ja noch besser, als er es geplant hatte. Und dass sie aus der Hütte lief, um ihn an dem Schauspiel teilhaben zu lassen, war einfach wunderbar. Das war aber auch das Mindeste, was sie tun konnte, nach der Mühe, die er sich gegeben hatte. Es war gar nicht so einfach gewesen, ein passendes Objekt zu finden und dann aus dem Lager des Visitor Centers einen Bücherkarton zu entwenden, ohne erwischt zu werden. Er wusste, dass es nur eine Sache gab, der Autumn nicht widerstehen konnte: Bücher. Ja, er kannte sie in- und auswendig, besser als jeder andere. Schließlich war er auch sicher gewesen, dass sie sich irgendwann bei ihrer Freundin melden würde. Kate war die einzige Verbindung zur Vergangenheit, die Autumn noch geblieben war. Vielleicht hätte er sich doch die Zeit nehmen sollen, Kate ein wenig zu bearbeiten, das hätte sicher eine noch viel grandiosere Wirkung bei Autumn hervorgerufen. Nein, es war die richtige Entscheidung gewesen, sofort zum Arches zu fahren, damit er ihre Spur nicht verlor. Im Nachhinein hatte sich herausgestellt, dass die Eile nicht nötig gewesen wäre, aber so hatte er genug Zeit gehabt, seine nächsten Schritte vorzubereiten.

Robert hob den Kopf, als die Tür zur Nachbarhütte aufging und Autumns Liebhaber herauskam. Während seine Finger über das Messer an seiner Hüfte strichen, beobachtete Robert, wie der Mistkerl Autumn ansprach und sie dann berührte. Mit Mühe unterdrückte er das Verlangen, aufzuspringen und den beiden sofort ein Ende zu bereiten. Denn er wollte schließlich auch noch seinen Spaß haben, wenn es endlich so weit war. Seine Hand schloss sich um das Messer, als dieser Shane Autumn in die Arme schloss und sie sanft hin und her wiegte. Und diese Schlampe schmiegte sich auch noch an ihn, als wäre er ihre einzige Rettung! Aber dafür würde sie büßen, dafür würde er sie beide leiden lassen! Autumn gehörte ihm, nur ihm, und kein anderer durfte sie ungestraft berühren. Das würde der Ranger bald bemerken und sich wünschen, sie nie getroffen zu haben. Aber dann würde es zu spät sein, denn Robert vergaß nie etwas und würde Autumns Fremdgehen bestrafen.

Nach einiger Zeit ging ihr Liebhaber in Autumns Hütte und kam kurz darauf wieder heraus. Es bereitete Robert große Genugtuung, als er das bleiche Gesicht des ach so heldenhaften Rangers sah. Offensichtlich hatte er nicht erwartet, so etwas in Autumns Hütte vorzufinden. Konnte es sein, dass sie ihm gar nicht erzählt hatte, woher sie die ganzen wunderschönen Narben hatte? Der Gedanke löste beinahe so etwas wie Zufriedenheit bei ihm aus. Er hatte Autumn damit markiert, sie gehörte ihm und niemandem sonst. Nicht lange, und Shane würde das verstehen. Robert beobachtete, wie der Ranger Autumn zu seiner Hütte führte. Erst als die beiden aus seinem Blickfeld verschwunden waren, sah er nach unten. Die Klinge des Messers war tief in seine Handfläche eingedrungen, Blut lief daran entlang und tropfte in den Sand.

Gleichgültig sah Robert darauf hinunter, bevor er ein Taschentuch herauszog und die Klinge sorgfältig abwischte. Mit dem Messer hatte er noch einiges vor, es durfte keinen Schaden nehmen. Erst nachdem er es weggesteckt hatte, drückte er das Taschentuch gegen seine Hand. Robert genoss den Schmerz, weil er von Autumn verursacht worden war und er es ihr bald heimzahlen konnte. Er sah auf, als ein Wagen vor der Hütte hielt und sich ein korpulenter Mann herausschwang. Obwohl er keine Uniform trug, erkannte Robert sofort den Chefranger wieder. Langsam zahlte sich aus, dass er sich die Zeit genommen hatte, den Park und das Personal genauestens auszukundschaften.

Nachdem Williams sich kurz mit Shane unterhalten hatte, gingen sie zu zweit zu Autumns Hütte hinüber. Robert überlegte, ob er die Gelegenheit nutzen sollte, Autumn zu sich zu holen, doch er entschied sich dagegen. Noch war nicht alles hundertprozentig durchgeplant, es wäre töricht, jetzt schon zuzuschlagen. Außerdem hätte er dann auf das Vergnügen verzichten müssen, ihren Liebhaber langsam und qualvoll zu töten, und das wollte er sich nicht entgehen lassen.

Robert wartete, bis die beiden Männer wieder aus der Hütte traten, bevor er sich weiter zurückzog. Es würde nicht lange dauern, bis die Polizei eintraf, und dann durfte er nicht mehr hier sein. Zwar war es unwahrscheinlich, dass sie ihn entdeckten, aber er wollte kein Risiko eingehen. Nicht mehr lange und er hatte Autumn wieder ganz für sich.

20

Es war vielleicht eine halbe Stunde vergangen, als Bob Williams mit dem Sheriff Shanes Hütte betrat. Er war ein großer, schlanker Mann mit einem schmalen wettergegerbten Gesicht. Grimmig begrüßte der Sheriff sie und nahm auf dem angebotenen Stuhl Platz. Aus der Brusttasche seiner Uniform zog er ein abgegriffenes Notizbuch, das er stirnrunzelnd durchblätterte. Schließlich blickte er Autumn erwartungsvoll an. Sein Gesichtsausdruck wurde etwas sanfter, als er ihre Blässe bemerkte.

Kurz bevor die beiden Männer hereingekommen waren, war Shane aufgestanden und hatte Autumn in dem Sessel allein gelassen. Es wäre ihr nicht richtig vorgekommen, bei einer Polizeibefragung auf dem Schoß eines Mannes zu sitzen, aber zugleich vermisste sie Shanes Wärme und Stärke und die Geborgenheit seiner Umarmung.

Der Sheriff räusperte sich. »Sie sind Miss Autumn Howard?«

Autumn nickte, ihre Kehle war wie zugeschnürt.

»Ich bin Sheriff Taggert. Ich muss Ihnen einige Fragen stellen. Sind Sie dazu in der Lage?«

Autumn atmete tief durch. »Ja.«

Taggert nickte und fuhr geschäftsmäßig fort. »Sie wohnen in der Hütte nebenan und haben das Paket gefunden und geöffnet?«

»Ja.«

»Wann war das?«

Autumn blickte auf ihre Uhr. »Vor ungefähr einer Stunde. Aber ich kann nicht sagen, wie lange es dort schon lag, da ich seit gestern Morgen nicht mehr in der Hütte war.«

Sheriff Taggert hob fragend die Augenbrauen. »Bob sagt, sie waren über den Feiertag in Montana. War es allgemein bekannt, dass Sie nicht da sind?«

Autumn errötete leicht. »Ich habe kein Geheimnis daraus gemacht, deshalb nehme ich schon an, dass viele meiner Kollegen von meiner Abwesenheit wussten.«

»Also könnte fast jeder der Täter gewesen sein. Wir haben einige Fingerabdrücke gefunden und müssen sie nun vergleichen. Dafür bräuchten wir auch Ihre Abdrücke, um sie ausschließen zu können. War sonst noch jemand in Ihrer Hütte?«

Autumn schüttelte den Kopf. »Ja, meine Kollegen. Aber sie waren es nicht.«

Taggert runzelte die Stirn. »Bob sagte mir schon, dass Sie zu wissen glauben, wer bei Ihnen eingebrochen ist. Wen verdächtigen Sie denn?«

Autumn schluckte beklommen. »Sein Name ist Robert Pears. Ich bin sicher, dass Sie seine Fingerabdrücke in der Hütte finden werden. Sie müssten im Computer des New York Police Department gespeichert sein. Er wird seit einem Jahr von der dortigen Polizei per Haftbefehl gesucht. Am besten setzen Sie sich mit Detective Zach Murdock in Verbindung, er hat den Fall damals bearbeitet.«

Taggerts Überraschung war offensichtlich. »Ein Detective hat in einem Fall von Tierquälerei ermittelt?«

Autumns Gesicht verschloss sich. »Nein. Es ging auch noch um Verschleppung, Freiheitsberaubung und schwere Körperverletzung. Wenn Sie mir nicht glauben, fragen Sie Zach.« Sie wagte es nicht, in Shanes Richtung zu blicken.

»Das werde ich tun.« Der Sheriff räusperte sich. »Aber ich würde gerne zuerst von Ihnen hören, was sich damals zugetragen hat. Sie sagen, Robert Pears hat vor einem Jahr jemanden entführt? Sie?«

Autumn schluckte hart. »Nicht direkt entführt, er hat mich mehrere Tage in seinem Haus gefangen gehalten. Dort hat er auch meinen Kater auf dieselbe Weise getötet wie jetzt die Katze in der Hütte. Ich konnte schließlich entkommen und seitdem ist Robert verschwunden.« Sie presste die Lippen zusammen. »Er ist äußerst gefährlich, und wenn er wirklich hier ist …« Sie brach ab, ein Schauder lief durch ihren Körper.

Taggert schien zu bemerken, dass sie am Ende ihrer Kräfte war, und stand auf. »Ich werde mich dann jetzt an die Arbeit machen. Vielleicht könnten Sie morgen im Laufe des Tages im Revier vorbeischauen, damit wir Ihre Aussage schriftlich festhalten können?«

Autumn nickte. »Brauchen Sie ein Foto von Robert, um nach ihm zu fahnden?«

Taggert blieb erstaunt stehen, während Bob und Shane sie anstarrten. »Sie haben ein Foto von ihm bei sich? Wozu?«

Autumn zuckte die Schultern. »Genau für so einen Fall wie diesen.« Sie zog das Portemonnaie aus ihrer Hosentasche, nahm ein kleines Foto aus einem Geheimfach und reichte es dem Sheriff.

Dieser nahm es wortlos entgegen. Bob und Shane blickten über seine Schulter auf das Bild. Autumn brauchte nicht mehr darauf zu schauen, sie wusste auch so, dass es einen lächelnden, gut aussehenden blonden Mann zeigte.

»Wenn er sich als der Täter herausstellt, dann ist das wieder einmal ein gutes Beispiel dafür, wie irreführend das Äußere sein kann.« Sheriff Taggert steckte das Foto ein und ging zur Tür. »Sie sollten lieber nicht allein in Ihre Hütte gehen, falls er Sie beobachtet. Zumindest bis wir ihn verhaftet haben – sollte er sich als per Haftbefehl gesucht herausstellen, wovon ich nach Ihrer Aussage ausgehe –, übernachten Sie besser woanders, und gehen Sie nirgendwo alleine hin.«

»Mal sehen, ob hier noch irgendwo Platz für mich ist. Sonst kann ich auch nach Moab in ein Motel ziehen.«

Shanes Arm legte sich um ihre Schultern. »Sie bleibt bei mir.«

Der Sheriff nickte kurz und verließ die Hütte.

Bob räusperte sich wiederholt. »Nun … ich werde dann auch mal gehen. Wenn noch etwas passiert, benachrichtigt mich sofort, egal ob tagsüber oder nachts.«

Shane führte ihn zur Tür. »Machen wir. Danke.« Nachdem er die Tür sanft geschlossen hatte, drehte er sich zu Autumn um.

Sie biss auf ihre Lippe. »Ich sollte nicht hier bei dir schlafen.«

Shane legte seine Hände auf ihre Schultern. Sein Blick bohrte sich in ihren. »Doch, das wirst du. Ich werde nicht zulassen, dass er dich alleine erwischt und dir noch einmal wehtut.«

Noch nicht beruhigt, nahm sie seine Hände in ihre, irgendwie musste sie ihn davon überzeugen, dass es zu gefährlich war. »Du kennst ihn nicht. Wenn er etwas will, kann ihn niemand aufhalten, auch du nicht.«

Shane schnaubte. »Das werden wir ja sehen. Auf jeden Fall bleibst du hier, wo ich dich beschützen kann.« Er gab ihr einen sanften Kuss. »Und ich werde ihn kennenlernen, denn du wirst mir jetzt von ihm erzählen.«

Autumn erkannte an seinen Augen, dass er sich nicht umstimmen lassen würde. »In Ordnung, heute Nacht bleibe ich hier. Hast du eine Luftmatratze oder Ähnliches?«

Ein erleichtertes Lächeln breitete sich auf seinem Gesicht aus. »Ich werde schon etwas finden.«

Nachdem die Übernachtungsfrage geklärt war, begleitete Shane sie in ihre Hütte, um einige Sachen für die Nacht zu holen. Als Autumn die Tür öffnete, lief ihr erneut ein eisiger Schauer über den Rücken. Sie hoffte, dass sie sich in ein paar Tagen wieder so weit beruhigt hatte, dass sie in ihre Hütte zurückkehren konnte. Entschlossen straffte sie die Schultern. Sie würde sich diesmal nicht von Robert vertreiben lassen. Dies war ihr Leben, ihr Park und ihre Hütte. Er hatte kein Recht, ihr das alles wieder zur Hölle zu machen. Diesmal würde sie sich wehren. Sie nahm ihre Reisetasche, die immer noch verlassen auf dem Boden lag, tauschte ihre alte Wäsche gegen frische aus und das Kleid gegen ihre Uniform. Wortlos drückte sie Shane ihre Wanderschuhe in die Hände. Nach einem letzten Rundumblick konnten sie aufbrechen.

Schweigend trat Shane auf die Veranda und beobachtete, wie Autumn die Tür schloss. Er bewunderte ihre Haltung, ihm war jedenfalls beim Anblick des nun leeren Tisches ganz anders geworden. Schützend legte er seinen Arm um ihre schmalen Schultern, während sie langsam zu seiner Hütte zurückgingen. Dabei wurde er das Gefühl nicht los, beobachtet zu werden. Er drehte sich um und spähte in die Dunkelheit, konnte jedoch nichts entdecken. Die Felsen und Büsche lagen in tiefen Schatten, zu leicht konnte sich jemand hinter ihnen verstecken. Autumn, die seine Unruhe bemerkt hatte, blickte ihn fragend an. Shane schüttelte nur stumm den Kopf und ging schneller. Er riss seine Hüttentür auf und schob sie hinein. Erleichtert schob er den Riegel vor und lehnte sich an die Tür.

Autumn blickte ihn mit großen Augen an. »Was hast du?«

Shane lächelte verlegen. »Irgendwie kam es mir so vor, als hätten wir einen Beobachter gehabt. Wahrscheinlich war das nur Einbildung.« Als sie ihn weiter stirnrunzelnd ansah, stieg ihm eine leichte Röte ins Gesicht. »Es tut mir leid, wenn ich dich erschreckt habe. Eigentlich wollte ich dich beruhigen und nicht noch zusätzliche Aufregung verursachen.«

Autumn streichelte seine Wange. »Das hast du nicht. Mir kommt es auch so vor, als wäre Robert noch irgendwo in der Nähe. Er liebt es, die Aufregung zu beobachten, die er verursacht hat.« Shanes Gesichtszüge verhärteten sich. Er griff nach seinem Handy. »Was hast du vor?«

»Ich alarmiere Bob, damit noch mal nach dem Typen gesucht wird.«

Autumn legte ihre Hand auf seinen Arm. »Lass es. In der Zwischenzeit wird er sowieso weg sein.« Sie glaubte schon, er würde nicht auf sie hören, bis er schließlich mit einem Seufzer das Telefon auf die Arbeitsplatte legte.

»In Ordnung. Aber trotzdem gefällt es mir überhaupt nicht, wenn hier möglicherweise ein Irrer herumschleicht und ich nichts dagegen tun kann. Vielleicht sollte ich mal kurz ...«

Autumn unterbrach ihn heftig. »Nein!«

Shane schaute sie erstaunt an. »Aber du hast doch eben gesagt ...«

»Ja, ich weiß.« Diesmal war sie verlegen. »Ich denke nur einfach, wir sollten kein Risiko eingehen. Außerdem, wenn du draußen herumläufst, wer beschützt mich dann hier?« Sie wusste selbst, dass es ungerecht war, aber ihr fiel keine andere Möglichkeit ein, Shane im Haus zu halten. Er würde zwar vermutlich in einem fairen Kampf als Sieger hervorgehen, schließlich war er deutlich größer und muskulöser, aber Robert kümmerte sich nicht um Fairness. Sie wollte nicht das Risiko eingehen, Shane zu verlieren. Zu ihrer Erleichterung ließ er das Thema fallen. Shane zog die Vorhänge an sämtlichen Fenstern zu, bevor er sie sanft in Richtung des Sessels schob.

»Ruh dich aus, ich mache so lange das Essen fertig.«

Autumn schluckte. »Ich weiß nicht, ob ich überhaupt etwas herunterbekomme.«

Shane lächelte schwach. »Ich auch nicht, aber wir sollten es zumindest versuchen.«

Autumn war überrascht, mit wie viel Appetit sie die Suppe hinunterschlang, die Shane für sie erhitzte. Gerade als sie den

Löffel weglegen wollte, klopfte es an der Tür. Klirrend fiel er auf ihren Teller. Mit vor Schreck weißem Gesicht blickte sie zu Shane. Auch er wirkte verunsichert. Als es erneut klopfte, schob er seinen Stuhl zurück und ging zum Fenster. Vorsichtig schob er den Vorhang zur Seite und schaute nach draußen. Ein ersticktes Lachen entfuhr ihm. Autumn blickte ihn fragend an.

»Janet, mit Coco.« Er ging zur Tür und öffnete seiner Kollegin.

»Du warst doch wohl noch nicht im Bett, oder?«

Shane lächelte. »Nein, noch nicht …«

Autumn verdrehte die Augen, als Shane absichtlich zweideutig antwortete.

Janet blickte um Shane herum und grinste. »Oh, hallo Autumn.« Sie räusperte sich und wandte sich mit einem vorwurfsvollen Blick wieder an Shane. »Ich dachte mir, ich bringe Coco einfach vorbei, da du ja nicht aufgetaucht bist. Warum eigentlich nicht? Du wolltest doch schon vor einer Stunde da sein.«

Shane strich sich verlegen über das Haar. »Entschuldige, ich habe es in der Hektik ganz vergessen.« Als er Janets ungläubigen Blick sah, beeilte er sich, ihr die Situation zu erklären. Anschließend lud er sie ein, ihnen Gesellschaft zu leisten.

Janet schüttelte den Kopf. »Nein, danke. Ich muss gleich wieder los.« Sie wandte sich an Autumn. »Wenn du nicht in deiner Hütte bleiben willst, kannst du bei uns übernachten.«

Autumn öffnete gerade den Mund, um erleichtert zuzustimmen, als Shane für sie antwortete. »Nicht nötig, sie bleibt hier.«

Janets Augen wurden groß. »Oh …«

Aus Cocos Korb drang ein jämmerliches Maunzen. Anscheinend war ihre Geduld endgültig erschöpft. Shane kniete sich hin und löste die Riegel der Klappe. Coco schoss wie ein Blitz hinaus und verkroch sich im Schlafzimmer unter dem Bett.

Noch einmal versuchte Autumn es. »Was eine Schlafgelegenheit angeht …«

Shane unterbrach sie sofort. »Du kannst in meinem Bett schlafen, ich halte sowieso Wache.«

Bevor Janet aufbrach, zog sie Autumn kurz beiseite, um sich zu erkundigen, was genau vor sich ging. Autumn vertröstete sie auf die Mittagspause des nächsten Tages. Sie war zurzeit einfach nicht in der Lage, sich zu unterhalten, dafür war sie zu aufgewühlt.

Shane schloss die Tür hinter ihr und lehnte sich dagegen. Forschend blickte er Autumn an. »Es stört dich doch nicht, dass Coco jetzt hier ist?«

Sie schüttelte den Kopf. »Nein, natürlich nicht. Ich habe nur Angst, dass ihr auch etwas … passiert.«

Shane griff nach ihren Händen und zog sie an sich. Als sie von Kopf bis Fuß an ihn geschmiegt war, legte er sein Kinn auf ihren Scheitel. »Wir werden auf sie aufpassen … gemeinsam.«

Eine wohlige Gänsehaut überzog Autumns Rücken. Mit einem bedauernden Seufzer löste sie sich von Shane. »Warum sollte ich Janet nicht nach einer Schlafgelegenheit fragen? Ich möchte dich nicht aus deinem Bett vertreiben.«

Ein langsames Lächeln breitete sich auf seinem Gesicht aus. »Dann tu es nicht.«

Autumn schnitt eine Grimasse. »Warum sagst du eigentlich immer so etwas?«

Er blickte sie mit glühenden Augen an. »Weil es das ist, was ich mir wünsche, und ich hoffe immer noch, dich irgendwann davon zu überzeugen.«

Autumn wurde warm. »Vielleicht schaffst du das sogar.« Als Shane wieder nach ihr greifen wollte, trat sie schnell zurück. So ungern sie diesen Moment auch beenden wollte, es wurde Zeit, Shane von Robert zu erzählen. Allein bei dem Gedanken daran wurde ihr übel. Sie wusste nicht, ob sie in der Lage sein würde, die Geschehnisse des vergangenen Jahres zu schildern. Wie konnte sie Shane in die Augen sehen, während sie berichtete, wie sie von ihrem Freund gefangen gehalten und gequält worden war? Ob er sie danach noch mögen würde? Sowie ihr dieser Gedanke durch den Kopf schoss, verwarf sie ihn wieder. Shane war nicht so wankelmütig. Wenn er sagte, er wollte eine Beziehung mit ihr eingehen, dann meinte er das auch so. Eine Geschichte aus der Vergangenheit würde ihn nicht von ihr entfernen, vor allem nicht, wenn sie daran bis auf ihre eigene Dummheit keine Schuld traf.

Als sie aus ihren Gedanken auftauchte, bemerkte sie, dass Shane sie forschend betrachtete. Langsam beugte er sich vor und strich behutsam mit seinen Lippen über ihre. »Warum setzt du dich nicht schon, ich komme sofort nach.«

21

Während Shane rasch die Lebensmittel wegstellte, setzte Autumn sich in den Sessel und beobachtete ihn dabei. Seine ökonomisch knappen Bewegungen zeugten von langer Übung. Autumns Blick wanderte von seinem muskulösen Rücken über die schlanken Hüften bis zu seinen langen Beinen. Sie seufzte auf. Es war schön, sich auf jemanden stützen zu können und nicht immer alles alleine entscheiden zu müssen.

Sie schreckte aus ihrer Betrachtung auf, als Shane sich unvermutet umdrehte. Da ihr Blick auf seinem äußerst wohlgeformten Hinterteil gelegen hatte, riss sie nun verlegen die Augen hoch. Shanes Lächeln wirkte wie das einer Katze, die gerade einen Kanarienvogel gefressen hatte. Mit langsamen, zielstrebigen Schritten kam er auf sie zu. Autumn wusste nicht, ob sie flüchten oder auf ihn zulaufen sollte, daher blieb sie einfach sitzen. Nur mit den Augen verfolgte sie seine raubtierhafte Annäherung. Sie schluckte trocken. In seinen Augen war genug Hitze, um sie und mit ihr die ganze Hütte zu versengen. Sie würde nichts lieber tun, als einfach in seine Arme zu flüchten und alles andere zu vergessen. Doch das konnte sie nicht. Bevor sie mit ihm eine engere, intimere Beziehung einging, musste sie ihm von ihrer Vergangenheit erzählen. Er musste wissen, worauf er sich einließ.

Shane schien die Veränderung in ihrem Gesichtsausdruck zu bemerken. Er kniete sich vor sie und nahm ihre kalten Hände in seine. »Habe ich dich erschreckt?«

Autumn schüttelte den Kopf und versuchte ein wackliges Lächeln. »Nein, es hat nichts mit dir zu tun. Oder doch, eigentlich schon. Es geht um meine Vergangenheit. Ich weiß, ich muss dir davon erzählen, aber ich fürchte mich davor.«

Am liebsten hätte Shane gesagt, sie müsste ihm gar nichts sagen, dass er es gar nicht wissen wollte, aber das wäre eine Lüge gewesen, denn er musste erfahren, was mit ihr geschehen war. Er wollte sie verstehen, damit er ihr helfen konnte. »Egal, was dir auch in deiner Vergangenheit passiert ist, es hat keinen Einfluss auf meine Gefühle für dich. Wenn du es mir erzählen willst, höre ich dir zu.«

Autumn traten Tränen in die Augen. Sie hob seine Hand an ihren Mund und küsste sie. Danach ließ sie sie los. »Danke. Die Geschichte ist ziemlich lang. Wie wäre es, wenn du dich irgendwohin setzt?«

Shane zog sich einen Stuhl heran und setzte sich ihr gegenüber. Er sagte nichts und wartete ab, bis sie von selbst begann.

Eine Weile blickte Autumn ihn einfach nur an. Schließlich atmete sie tief durch und begann mit leiser Stimme zu erzählen. »Vor vier Jahren, nach dem Ende meines Studiums, begann ich in der Bibliothek der Columbia University zu arbeiten. Ich verstand mich recht gut mit meinen Kollegen, unter ihnen war auch Robert Pears. Wir hatten neben der Arbeit noch einige andere gemeinsame Interessen, sodass wir uns hin und wieder privat unterhielten oder uns auch mal in einem Museum trafen. Es entwickelte sich langsam eine Freundschaft, später dann eine Beziehung. Er war nett, aufmerksam und sah gut aus. Ich mochte ihn und konnte keinen Grund finden, unsere Freundschaft nicht zu vertiefen. Das war jedoch ein Fehler.« Ihre Stimme war bitter geworden, voll von Selbstvorwürfen. Shanes Magen zog sich bei ihrem Anblick zusammen.

»Ich dachte, dass ich ihn liebe, und wir sind zuerst gut miteinander ausgekommen. Aber ich glaube heute, dass ich nur bei ihm geblieben bin, weil ich einsam war. Meine Eltern waren nach Florida gezogen, als mein Vater dort eine Stelle angeboten bekam, meine einzige Freundin verschlug es kurz darauf nach Houston. Ich hatte niemanden mehr, mit dem ich richtig hätte reden können, außer Robert. Und so blieb ich bei ihm.«

Sie lachte unfroh. »Alleine wäre es mir im Endeffekt besser gegangen.« Sie wischte den Gedanken mit einer Handbewegung beiseite. »Jedenfalls fing es nach einiger Zeit an zu kriseln. Kein Tag verging mehr, ohne dass wir über irgendetwas in Streit gerieten. Robert wurde immer besitzergreifender und wollte über mein Leben bestimmen. Meine Eltern, mit denen ich trotz der weiten Entfernung weiterhin ein sehr enges Verhältnis hatte, rieten mir, ihn zu verlassen, aber ich konnte mich einfach nicht dazu durchringen. Robert hatte es geschafft, mir einzureden, dass mich kein anderer Mann wollen würde, und alleine wollte ich nicht sein. Erstaunlicherweise mochten meine Eltern Robert von Anfang an nicht. Ich hatte ihn einmal zu einem Besuch mitgenommen, aber aus irgendeinem Grund konnten sie sich gegenseitig nicht ausstehen. In den folgenden Monaten drängten mich meine Eltern immer wieder, die Sache zu beenden und mir lieber einen Mann zu suchen, der mich wirklich liebte und mich nicht nur als sein Eigentum ansah. Aber ich dachte, ich wüsste es besser.«

Shane zuckte zusammen. Er hasste ihre Geschichte schon jetzt. Anscheinend hatte sie vor, sich selbst die Schuld an den Geschehnissen zu geben, welche auch immer das waren. Er hätte ihr sagen können, dass zu einer schlechten Beziehung immer zwei gehörten, aber er glaubte nicht, dass sie ihm zuhören, geschweige denn zustimmen würde. So blieb er stumm und beobachtete, wie die Geschichte sie quälte.

»Unsere Auseinandersetzungen wurden immer heftiger. Eines Tages sagte ich ihm, dass mir die Beziehung nichts mehr gäbe und ich ihn deshalb verlassen würde.« Autumn schluckte schwer. »Er schlug mich.«

Shane fluchte.

Sie versuchte ein Lächeln. »Es war nur eine Ohrfeige und er entschuldigte sich hinterher dafür. Aber für mich war es der letzte Beweis für das Ende der Beziehung. Es hat mich wachgerüttelt und mir gezeigt, dass es für uns keine Zukunft gab. Um ehrlich zu sein, war ich erleichtert, einen Grund zu haben, Robert zu verlassen, denn ohne die Misshandlung hätte ich mich wahrscheinlich nicht dazu entschließen können, so sehr hatte er mir eingetrichtert, dass ich alleine gar nicht zurechtkommen würde. Ich zog also aus seinem Haus aus und mietete eine kleine Wohnung in der Nähe des Campus. Meinen Kater Tombo nahm ich natürlich mit. Robert hatte ihn sowieso nie gemocht.« Der Gedanke an Tombo trieb ihr die Tränen in die Augen. Mit belegter Stimme fuhr sie fort: »Es war schwierig, weiter mit ihm zusammenarbeiten zu müssen, vor allem, weil er ständig versuchte, mich umzustimmen. Ich verzieh ihm den Schlag, wollte aber keine neue Beziehung mit ihm eingehen. Er bedrängte mich immer mehr, so lange, bis ich mich gezwungen sah, zu unserem Vorgesetzten zu gehen. Danach hielt Robert sich von mir fern, aber ich konnte seine hasserfüllten Blicke spüren.« Sie schauderte, als sie sich daran erinnerte. Warum hatte sie die Gefahr, die von ihm ausging, nicht bemerkt? Wie hatte sie so dumm sein können, sich noch einmal mit ihm einzulassen?

»Einmal lag auf meinem Schreibtisch ein Zettel, auf dem stand: ›Das wirst du noch bereuen!‹. Ich wusste, dass er von Robert stammte, aber ich konnte es nicht beweisen, daher habe ich niemandem davon erzählt. Kurze Zeit später erhielt ich die Nachricht aus Florida, dass meine Eltern bei einem Autounfall ums Leben gekommen waren. Sie wollten nach einem Restaurantbesuch nach Hause fahren, als sie von einem anderen Auto gerammt wurden und bei einer Brücke zwanzig Meter tief in einen Fluss stürzten. Der Fahrer des anderen Wagens wurde nie ermittelt.« Diesmal liefen die Tränen über. »Es gab einen Zeugen des Unfalls, aber er war zu weit weg, um mehr von dem Unfallverursacher zu erkennen, als dass es sich um ein dunkles Auto handelte. Er hat sofort über sein Autotelefon Hilfe angefordert, aber es war schon zu spät. Mein Vater war durch den Aufprall ums Leben gekommen, meine Mutter ertrunken.«

Noch immer rannen Autumn Tränen über die Wangen. Sie schien sie gar nicht wahrzunehmen. Shane zog sich das Herz zusammen, als er sie so sah. Wie gerne hätte er sie in den Arm genommen und getröstet. Wenn sie ihm nicht vorher klargemacht hätte, dass sie ein wenig Abstand brauchte, hätte er genau das getan. So beschränkte er sich auf ein hilfloses »Das tut mir leid«.

Autumn sah ihn an, als würde ihr seine Gegenwart erst jetzt wieder bewusst werden. Ein geisterhaftes Lächeln hob ihre Mundwinkel ein winziges Stück. »Danke.«

Shane konnte sich nicht vorstellen, wie es wäre, seine Eltern zu verlieren, und dann auch noch so plötzlich. Ihm blieben dann jedoch immer noch seine Geschwister, aber Autumn hatte niemanden mehr. Ab sofort würde sie nie wieder allein sein müssen, das schwor er sich. Sie würde zu seiner Familie gehören, ihr Leben mit ihm teilen. Doch jetzt war nicht der richtige Zeitpunkt, ihr das klarzumachen. Sie hatte sich inzwischen wieder gefasst, ihre Tränen waren versiegt.

Autumn räusperte sich. »Mein schlimmster Fehler war, dass ich mich danach von Robert trösten ließ und wir wieder zusammenkamen. Ich fühlte mich derart alleine ohne meine Eltern, dass ich eine Person brauchte, an die ich mich anlehnen konnte. Und außer Robert war niemand da. Während unserer Beziehung war es ihm gelungen, mich immer mehr zu isolieren. Ich hatte nie viele enge Freunde, aber er schaffte es, dass ich mich immer seltener mit ihnen traf und außerhalb der Bibliothek auch kaum Kontakt zu den Arbeitskollegen hatte. In der ersten Zeit nach dem Tod meiner Eltern war ich deshalb froh, wenigstens Robert um mich zu haben. Er war plötzlich wieder nett und aufmerksam, und mehr brauchte ich zu der Zeit auch nicht. Nach einer Weile jedoch entstanden die gleichen Probleme wie zuvor. Robert war extrem eifersüchtig und wollte von mir eine Rechtfertigung über jede Minute meiner Zeit. Er wollte mir vorschreiben, wie ich mein Leben zu führen hatte und wen ich treffen durfte. Immer wenn ich mich nicht an seine Vorgaben hielt, wurde er furchtbar wütend und warf mir vor, ihn zu betrügen. Zuerst versuchte ich ihn zu beruhigen und möglichst das zu tun, was er wollte, um ihn nicht zu verlieren. Mit der Zeit wurde es aber immer unheimlicher, er begann, mir heimlich zu folgen und jeden meiner Schritte zu überprüfen. Ich kam mir vor, als müsste ich ersticken, er ließ mir keinerlei Luft zum Atmen und ich fühlte mich verfolgt. Roberts Besessenheit nahm immer angsteinflößendere Züge an. Irgendwann habe ich es dann nicht mehr ausgehalten: Ich bereitete meinen Auszug vor, als Robert unerwartet nach Hause kam. Als er mich packen sah, bekam er einen Wutanfall.«

Autumn schlang schützend ihre Arme um sich und wiegte sich vor und zurück, während sie in Gedanken in jene Zeit zurückgeschleudert wurde.

Sie sieht die erste Attacke nicht kommen. In einem Moment steht sie noch über ihren Koffer gebeugt, im nächsten fliegt sie wie eine Stoffpuppe durch die Luft. Sie schlägt mit dem Kopf gegen die Wand. Benommen bleibt sie liegen, während das Blut aus der Kopfwunde in den Teppich sickert. Langsam versucht sie sich aufzurichten, sinkt jedoch mit einem Schmerzenslaut zurück. Ihr linker Arm kann ihr Körpergewicht nicht mehr stützen. Er ist mindestens verstaucht, wenn nicht sogar gebrochen. Mühsam bringt sie sich in eine sitzende Haltung. In ihrem Kopf dreht sich alles, gequält schließt sie die Augen. So sieht sie auch den zweiten Angriff nicht kommen …

Shanes Stimme holte sie aus ihren Gedanken zurück. »Autumn? Komm schon, Schatz, sieh mich an.«

Er kniete vor ihrem Sessel, ihre eisigen Hände in seinen warmen. Schon seit einiger Zeit versuchte er, sie aus ihrer Trance zu holen, doch Autumn hatte einfach mit totenbleichem Gesicht durch ihn hindurchgesehen. Als er sie nicht erreichen konnte, hatte er Angst bekommen. Endlich verloren Autumns Augen den starren Blick und sammelten sich auf seinem Gesicht.

»Shane.« Ihre zitternden Finger strichen über seine Wange.

Er führte sie an seinen Mund und küsste sie sanft. »Alles wieder in Ordnung?«

Autumn nickte. »Wo war ich stehen geblieben?«

Shane stand auf und kehrte zu seinem Stuhl zurück. »Robert fand dich beim Packen und wurde wütend … « Schon die Vorstellung, dass sie diesem Psychopathen allein gegenübergestanden hatte, war mehr, als er ertragen konnte.

»Er schlug mich. Durch eine blutende Kopfwunde und einen verletzten Arm konnte ich mich nicht richtig zur Wehr setzen. Ich habe es natürlich versucht, aber ich war nicht stark genug.« Ihre Stimme brach. Sie schluckte einige Male heftig und fuhr dann leise fort. »Irgendwann verlor ich das Bewusstsein. Ich weiß nicht, wie lange ich ohnmächtig war, aber als ich erwachte, war es dunkel. Zuerst war ich orientierungslos, bis ich bemerkte, dass ich nicht mehr im Schlafzimmer war, sondern im Keller. Ich versuchte zu fliehen, doch mein Arm war mit Handschellen an ein Wasserrohr gefesselt. Meine Kleidung war zerfetzt und ich fror.«

»Hat er …?«

Autumn lächelte schwach. »Nein, ich denke nicht, dass er mich vergewaltigt hat, jedenfalls habe ich keine Beweise dafür gefunden. Ich war ziemlich wütend, auch ängstlich und verwirrt, aber ich bildete mir ein, dass Robert bald zur Vernunft kommen würde, und wenn nicht, würde ich bei der Arbeit vermisst werden. Ich kam gar nicht auf die Idee, dass er mich einfach krankmelden könnte. Also wartete ich den ganzen nächsten Tag darauf, dass irgendjemand mich aus meiner Lage befreien würde. Doch niemand kam. Ich hatte kein Essen, es gab keine sanitären Anlagen und nur das bisschen Wasser, was am kaputten Wasserrohr entlanglief. Ich saß nur da, fror, hatte Schmerzen und konnte überhaupt nichts dagegen tun. Als es immer später wurde, bekam ich Panik.« Autumn wandte den Kopf ab, doch Shane sah die Furcht in ihrem Blick.

Shane sagte gar nichts, er gab ihr einfach die Zeit und den Raum, den sie brauchte. Seine Hände waren zu Fäusten geballt, damit er sie nicht nach ihr ausstreckte. Oder vielleicht, damit er nicht nach draußen stürmte und diesem Robert das gab, was er verdient hatte. Am liebsten hätte er Autumn gesagt, sie sollte aufhören zu erzählen, doch er musste es hören, und vielleicht half es ihr auch, darüber zu reden. Oder auch nicht. Er konnte Autumn ansehen, wie viel Kraft und Überwindung sie dieses Gespräch kostete.

»Irgendwann hörte ich Robert die Kellertreppe herunterkommen. Ich dachte wirklich, er würde mich nun befreien und aus dem Haus werfen. Aber ich hatte nicht mit seinem Hass gerechnet – und auch nicht mit seinem Wahnsinn. Denn irgendetwas hatte ihm endgültig den Rest gegeben. Er grinste, als er mir erzählte, dass niemand nach mir suchen würde, weil er mich krankgemeldet hätte und sich sowieso außer ihm niemand für mich interessieren würde. Und er hatte recht: Ich hatte keine Freunde oder Bekannte mehr, die sich gewundert hätten, wenn ich mich nicht meldete. Und so konnte er mich fünf Tage und Nächte im Keller gefangen halten, ohne dass mich jemand überhaupt vermisste.« Die letzten Worte stieß sie in bitterem Ton hervor. Sie gab sich selbst mindestens die Hälfte der Schuld daran.

Shane stieß einen rauen Laut aus. »Fünf Tage? Und niemandem fiel etwas auf?«

Autumn zuckte mit den Schultern. »Alle dachten, ich wäre bei Robert in guten Händen. Sie konnten ja nicht wissen, dass Robert nach außen hin eine Maske trug und eigentlich ganz anders war. Später habe ich dann erfahren, dass Robert überall verbreitet hat, dass ich nach dem Tod meiner Eltern psychische Probleme hätte und viel Ruhe bräuchte. Er hat sich als den guten Samariter dargestellt, der bei mir bleibt und sich um mich kümmert, obwohl ich so undankbar bin und mich sogar schlecht über ihn äußere. Es ist ihm gelungen, alle zu täuschen.« Sie atmete tief durch. Jetzt kam der schlimmste Teil. »Als er diesen Abend in den Keller kam, hatte er ein Messer in der Hand. Durch die Handschellen hatte ich keine Möglichkeit, ihm zu entkommen. Er schlitzte erst meine Kleidung auf, und als ihm das nicht genügte, schnitt er in mein Fleisch.« Autumns Stimme versagte. Instinktiv kauerte sie sich in ihrem Sessel zusammen, genauso wie sie es damals getan hatte.

»Die Schnitte waren nicht tief genug, um mich zu töten, doch sie schmerzten und bluteten stark. Irgendwann ließ er von mir ab und zog sich nach oben zurück. Ich war wieder allein. Ohne Nahrung, mit nur wenig Wasser und ohne Medikamente, mit denen ich die Wunden hätte versorgen können. Sie entzündeten sich in den nächsten Tagen und ich bekam Fieber. Das hielt Robert jedoch nicht davon ab, jeden Abend mit dem Messer zurückzukommen. Im Gegenteil, es bereitete ihm anscheinend sogar Freude, mich so zu sehen. Ich ging dazu über, nachts wach zu bleiben und dafür tagsüber, wenn Robert das Haus verließ, zu schlafen. Inzwischen versuchte ich weiterhin, mich zu befreien. Ich rief so lange um Hilfe, bis meine Stimmbänder versagten. Sie wurden nie wieder so wie vorher.«

Shane gab einen Laut von sich, aber Autumn nahm ihn kaum wahr, so sehr war sie in ihrer Geschichte gefangen. »Ein paar Tage später, ich kann gar nicht genau sagen an welchem Tag, war Robert in besonders guter Stimmung. Er verhöhnte mich und warf schließlich etwas vor meine Füße.« Sie schluckte und atmete tief und zittrig durch, bevor sie fortuhr. »Es war Tombo. Er hatte ihn mit seinem Messer getötet und verstümmelt.«

Dicke Tränen rannen über ihre Wangen und tropften auf ihre im Schoß verkrampften Hände. Shane stand auf und drückte ihr ein Taschentuch in die Hand. Autumn blickte zögernd auf. »Danke.«

Shane setzte sich vor dem Sessel auf den Boden und umfasste ihre Hände. Dankbar nahm sie seine Wärme und Nähe in sich auf, die ihr die Stärke gaben, weiterzureden.

»Ich konnte Tombo nicht einmal begraben, weil ich immer noch festgekettet war. Ich konnte ihn nur in eine Ecke legen und einen alten Karton darüberstülpen. Wahrscheinlich rettete mir Tombos Tod das Leben. Denn plötzlich wurde mir klar, dass Robert mich auch umbringen würde, wenn ich ihn nicht aufhielt. Und vor allem weckte es meinen Selbsterhaltungstrieb, sodass ich die Kraft fand, mich zu wehren. Ich entdeckte eine Schraube auf dem Boden und bearbeitete damit so lange den Mörtel im Mauerwerk, bis ich einen Ziegelstein herausbrechen konnte. Ich versteckte ihn hinter mir und wartete auf Roberts Rückkehr. Als er in den Keller kam, tat ich so, als würde ich schlafen, und warte-te, bis er nahe genug herankam, um ihn zu erreichen. Er beugte sich über mich und ich schlug ihm den Stein an den Kopf. Er fiel hin, rappelte sich aber gleich wieder auf. Also schlug ich so lange zu, bis er sich nicht mehr rührte. Ich fand den Schlüssel für die Handschellen in seiner Hosentasche und befreite mich von dem Rohr. Damit er mich nicht mehr überwältigen konnte, steckte ich schließlich seinen Arm in die Handschelle. Dann nahm ich den Karton mit Tombo und das Messer, das Robert verloren hatte, und schleppte mich die Kellertreppe hoch. Meine Beine waren kaum noch zu gebrauchen und ich war so geschwächt, dass ich bestimmt eine halbe Stunde brauchte, um ins Erdgeschoss zu gelangen. Ich verriegelte die Kellertür und rief von der Küche aus die Polizei an. Ich nahm mir eine Flasche Wasser und ver-ließ dann das Haus, um mich in der Nähe zu verstecken und auf die Polizei zu warten. Ich dachte nicht einmal daran, mich umzuziehen oder mir wenigstens eine Decke mitzunehmen. Ich wollte einfach nur raus. Wie sich herausstellte, war das auch gut so, denn als die Polizisten im Keller nachschauten, war Robert verschwunden, nur noch einige Blutstropfen waren zu finden. Sie führten durch das ganze Haus bis zur Hintertür. Danach ver-lor sich jede Spur von ihm, und bis heute wurde er nicht wieder gesehen. Tagelang befragte mich die Polizei im Krankenhaus. Es wurde ein Steckbrief herausgegeben und ein Haftbefehl erstellt. Sollte Robert jemals gefunden werden, erwarten ihn Anklagen wegen Freiheitsberaubung, Körperverletzung und versuchten Totschlags. Und wegen Tierquälerei.«

Ein bitteres Lachen entrang sich ihr. »*Wenn* er gefunden wird. Bisher hat er ein echtes Talent fürs Verschwinden bewiesen. Ich war danach für einige Wochen im Krankenhaus, vor allem damit ich besser bewacht werden konnte. Als Robert nicht auftauchte, wurde irgendwann entschieden, dass mir keine akute Gefahr mehr drohte, solange ich nicht an Orte zurückkehrte, die Robert kannte. Also besorgte ich mir eine neue Wohnung und lebte erst einmal von dem Geld, das meine Eltern mir hinterlassen hatten. Meine Kleider und Möbel wurden aus Roberts Haus geholt und mir übergeben, und das war's dann. Seitdem habe ich nur noch Kontakt zu Zach Murdock, dem zuständigen Detective des NYPD. Zuletzt habe ich mit ihm gesprochen, bevor ich hierherkam. Damals war immer noch nichts Neues über Roberts Aufenthaltsort bekannt. Zach hat meine Idee befürwortet, eine möglichst große Entfernung zwischen New York und mich zu legen. Er hat auch nicht geglaubt, dass Robert mich hier findet.«

Shane setzte sich auf. »Wer weiß sonst noch, wo du bist?«

»Ich denke niemand.«

»Und dieser Zach …«

»Nein, ich vertraue ihm vollkommen.«

Shane hatte einen seltsamen Gesichtsausdruck, den sie nicht deuten konnte. »Okay, der Detective nicht. Vielleicht einer seiner Mitarbeiter?«

Autumn schüttelte den Kopf. »Zach hat es niemandem gesagt. Und er hat dafür gesorgt, dass mein Name nirgends im Internet in Verbindung mit dem Park auftaucht. Da müsste Robert schon einen Informanten innerhalb des Park Service haben und vor allem wissen, dass er mich dort suchen muss, und so weit reicht seine Macht dann doch nicht.«

»Aber irgendwie muss er dich gefunden haben.« Shane strich frustriert durch seine Haare. »Was ist mit deiner Freundin, die aus … wo lebt sie noch mal?«

»Houston. Ich wüsste nicht, wie er von ihr etwas erfahren haben sollte, sie weiß nicht, wo ich bin. Ich habe ihr nie … oh.« Autumn spürte, wie das Blut aus ihrem Gesicht wich.

»Was?« Besorgt sah Shane sie an.

Autumn biss nervös auf ihre Lippe. »Als ich hier angekommen

bin, habe ich ihr eine Postkarte geschickt. Aber ich habe nicht gesagt, dass ich hier arbeite oder Ähnliches. Es war einfach nur eine Urlaubskarte.«

»Ich nehme an, mit einem Motiv des Arches und einem Poststempel in Moab?«

Unglücklich nickte Autumn. »Aber trotzdem kann ich mir nicht vorstellen, wie Robert an diese Information gekommen sein sollte. Kate weiß, dass er polizeilich gesucht wird, sie würde ihm nie verraten, wo ich bin.«

Shane drückte beruhigend ihre Hand. »Vielleicht hat er die Karte abgefangen oder ein Gespräch belauscht.«

Dankbar für seine Unterstützung richtete sie sich auf. »Ich werde Kate morgen anrufen und sie fragen. Ich hoffe nur, es geht ihr gut. Robert ist wirklich alles zuzutrauen, besonders jetzt, wo er seine harmlose Fassade nicht mehr aufrechterhalten muss.«

22

Als Autumn den Detective so vertraut beim Vornamen genannt hatte, war Shane von einer Welle der Eifersucht überschwemmt worden, die ihn angesichts ihrer furchtbaren Geschichte beschämte. Aber er unterdrückte die unwillkommene Regung, als er in ihrem Gesicht die Spuren totaler Erschöpfung und die Sorge um ihre Freundin sah. Es war kein leichter Tag für Autumn gewesen, sie war körperlich und mental völlig erschöpft. Shane stand auf, beugte sich zu ihr hinunter und hob sie ungeachtet ihrer Proteste auf seine Arme. Mit mehreren langen Schritten war er bei seinem Bett angelangt und ließ sie vorsichtig darauf sinken. Er hätte sie gerne noch länger im Arm gehalten, doch sie brauchte jetzt Ruhe. Widerstrebend wollte er aufstehen, doch sie hielt ihn am Arm zurück.

»Kannst du noch ein bisschen bei mir bleiben?« Als sie sah, dass er ablehnen wollte, blickte sie ihn flehend an. »Bitte, nur so lange, bis ich eingeschlafen bin.«

Shane konnte sich ihrem unsicheren Gesichtsausdruck nicht entziehen. Er wartete im Wohnzimmer, bis sie ihr Nachthemd übergestreift hatte, bevor er sich mit einem Seufzer auf die Bettkante setzte und ihre Hand in seine nahm. »Besser so?«

Autumn blickte ihn dankbar an. »Danke. Für alles.« Damit schloss sie die Augen und versank kurze Zeit später in einen unruhigen Schlaf.

Shane wartete, bis ihr Atem in einen gleichmäßigen Rhythmus wechselte, und erhob sich dann vorsichtig. Als er sie so klein und zerbrechlich in den Kissen liegen sah, zog sich sein Herz zusammen. Er wollte sie beschützen und ihr nahe sein. Wenn möglich für sein gesamtes restliches Leben. Doch nachdem er nun wusste, woher ihre Furcht und die Zurückhaltung kamen, wusste er, dass er noch viel langsamer und vorsichtiger vorgehen musste, wenn er Autumn halten wollte. Er durfte sie nicht unter Druck setzen, sondern musste warten, bis sie sich entschied, ob sie noch einmal einem Mann vertrauen konnte.

Nach einem letzten sehnsüchtigen Blick wandte er sich schließlich ab und ging in das angrenzende Wohnzimmer. Er würde Wache halten, damit er wusste, dass sie in Sicherheit war. Nach einem kurzen Besuch im Bad entkleidete er sich bis auf seine Boxershorts, ein Zugeständnis an Autumns Aufenthalt in seiner Hütte, setzte sich in den Sessel und zog eine Decke über sich. Obwohl er eigentlich wach bleiben wollte, sank er schon bald in einen tiefen Schlaf.

Wieder befindet sie sich im Keller von Roberts Haus, dreckig, blutend, hungrig und durstig. Tombos zerschmetterter Körper liegt vor ihr, seine Augen blicken sie vorwurfsvoll an. Sie hört das Klappern von Roberts Stiefeln, als er die Stufen in den Keller heruntersteigt. Sein Mund ist zu einem Grinsen verzogen, seine Augen glänzen unnatürlich. In der Hand hält er sein geliebtes Messer. Sie weiß bereits, was er damit machen wird, und versucht, noch weiter in die Ecke zu kriechen. Dabei ist ihr klar, dass es nichts nutzen wird. Sie kann ihm nicht entkommen. Weder ihm noch seinem Messer. Ihr Blick fällt wieder auf Tombo und Eiseskälte breitet sich in ihr aus. Sie will nicht sterben. Mit dem Mut der Verzweiflung hebt sie ihr Kinn und starrt Robert entgegen, der sich mit einem Lachen vor sie hinkauert. Das Messer glitzert in seiner Hand.

»Du bist mein Eigentum, vergiss das nicht.« Erregung vibriert in seiner Stimme. Er zieht ihr aufgerissenes T-Shirt zur Seite und

entblößt ihren Oberkörper. Er biegt ihren freien Arm hinter ihren Rücken, sodass sich ihm ihre Brüste entgegenheben. »Glaubst du, ein anderer Mann wird dich noch ansehen wollen, wenn ich mit dir fertig bin?« Dann legt er das Messer an ihre Haut und fängt an zu schneiden …

Autumn erwachte von ihren eigenen Schreien. Völlig verängstigt versuchte sie, sich von der Umklammerung ihrer Bettdecke zu befreien, doch sie blieb gefangen. Plötzlich flammte das Licht auf und Schritte näherten sich ihr. Immer noch durch ihren Traum gefesselt, gab sie einen verzweifelten Laut von sich.

Eine Stimme erklang. »Es ist alles in Ordnung, es war nur ein Albtraum. Ich bin es, Shane.«

Shane – sie war in seiner Hütte und nicht in dem dunklen, feuchten Keller mit Robert. Erleichtert sank sie in sich zusammen. Beschämt schlug Autumn ihre Hände vor das Gesicht. Sie wollte nicht, dass Shane sie so sah, zitternd und verängstigt.

Doch er kniete sich vor das Bett und löste vorsichtig ihre Hände von ihrem Gesicht. Er strich mit seinen Daumen über ihre Wangen und schob feuchte Haarsträhnen zur Seite.

Langsam öffnete Autumn die Augen. Shane betrachtete sie besorgt, aber auch liebevoll. Allmählich löste sich die durch den Traum verursachte Umklammerung ihres Herzens. »Es tut mir leid, ich …«

»Schsch.« Shane legte ihr sanft einen Finger auf den Mund. »Geht es dir jetzt besser?«

»Ja, danke.«

Shane streichelte ihre Wange. »Kann ich dir noch etwas bringen, bevor ich dich allein lasse?« Noch während er sprach, erhob er sich.

Autumn griff rasch nach seiner Hand. »Könntest … könntest du vielleicht hier bei mir bleiben und mich festhalten?«

Shane blieb abrupt stehen, sein Blick glitt über ihren Körper und sie konnte die Unentschlossenheit in seinen Augen erkennen. Wenn er ablehnte, wusste sie nicht, was sie machen sollte. Zu ihrer Überraschung nickte er nur knapp.

Autumn hob einladend die Bettdecke und rutschte ein Stück zur Seite, um Platz für Shane zu machen. Sie konnte jetzt einfach nicht alleine sein. Zu deutlich war noch die Erinnerung an den Traum. Schweigend beobachtete sie, wie Shane zum Lichtschalter ging. Jetzt erst bemerkte sie, dass er so gut wie nackt war, er trug nur eng anliegende graue Shorts, zu groß waren ihr Entsetzen und ihre Scham gewesen. Als Shane sich noch einmal zu ihr umwandte, riss sie schnell den Blick nach oben.

»Bist du so weit?«

Autumns Stimme klang heiser, als sie die Frage bejahte. Ein leises Klicken ertönte und es wurde dunkel. Durch die zugezogenen Vorhänge sickerte nur wenig Licht von draußen herein. Trotzdem konnte Autumn die Umrisse von Shanes Körper erkennen. Die Matratze neigte sich zu seiner Seite, als er sich darauf niederließ. Er streckte sich aus und zog Autumn an sich. Eifrig rückte sie noch näher an ihn und bettete ihren Kopf auf seine Schulter. Zufrieden stieß sie einen tiefen Seufzer aus.

Shane biss die Zähne zusammen, als ihr Atem über seine Brust fuhr. Wie sollte er dieser Tortur standhalten, ohne dabei verrückt zu werden? Die Nähte seiner Shorts drohten zu reißen, sein Herz unter Autumns Hand pochte heftig. Er schlang seinen Arm um sie und ließ damit auch noch die letzte Entfernung zwischen ihnen verschwinden. Autumn schmiegte sich an ihn, ihre Lippen strichen über sein Schlüsselbein. Shane zuckte wie unter einem Stromschlag zusammen. Hatte denn niemand Erbarmen mit ihm? Er konnte doch nach solch einem Tag nicht auch noch über sie herfallen. Sie hatte etwas Besseres verdient.

Er riss sich zusammen und drückte ihr einen Kuss auf den Kopf. »Schlaf schön.«

Autumn schob ihr Bein über das seine. »Du auch.«

Shanes Erregung wuchs. Musste sie unbedingt ihren Schenkel über seine empfindlichste Stelle legen? Unbehaglich wartete er darauf, dass sie endlich einschlafen würde. Doch sie rutschte nur weiter hin und her.

»Könntest du jetzt endlich still liegen?« Die Anspannung ließ seine Stimme scharf klingen.

Sofort lag Autumn stocksteif da. »Entschuldige. Ich wollte dich nicht vom Schlafen abhalten.«

Shane lachte verzweifelt auf. »Schlafen? Du machst wohl Witze!«

Autumn zog sich von ihm zurück. »Vielleicht solltest du doch besser wieder rübergehen, wenn du dich von mir gestört fühlst.«

Shane seufzte, als er den verletzten Ton in ihrer Stimme hörte. »Du störst mich nicht. Es würde nur helfen, wenn du einfach still liegen würdest. Ich versuche gerade das Richtige zu tun.«

Autumn hob den Kopf. »Und was ist das Richtige?«

»Dich schlafen zu lassen, anstatt mich in dir zu vergraben.«

Autumn erstarrte, während die Gedanken durch ihren Kopf wirbelten. Noch immer konnte sie den Nachhall des Albtraums spüren, der nur langsam von ihr wich. Shanes Wärme und die Art, wie er sie sicher mit den Armen umfangen hielt, halfen ihr dabei. Ihre Hand glitt über seine Brust und sie spürte seinen schnellen Herzschlag. Der Gedanke, dass Shane sie trotz allem, was sie ihm erzählt hatte, noch wollte, machte sie geradezu lächerlich glücklich. Shanes Erregung bewies, dass ein Mann sie begehrenswert finden konnte. Jemand, der sie sanft anfasste, liebevoll, und nicht gewalttätig. Und langsam erwachte ihr Körper, ihre Haut erhitzte sich überall, wo sie Shane berührte. Sein harter Schaft drückte in ihren Oberschenkel und sie wusste, dass sie mit Shanes Hilfe ihre Albträume und Ängste überwinden konnte.

Sie holte tief Luft, bevor sie wieder sprach. »Wer braucht schon Schlaf?«

Seine Hand, die Kreise auf ihren Rücken gemalt hatte, blieb still liegen. Kein Laut war von ihm zu hören. Hätte sie nicht seinen rasenden Herzschlag unter ihrer Hand gespürt, sie hätte gedacht, er wäre vor Schreck gestorben.

Seine Stimme war rau, als er wieder sprach. »Bist du sicher?«

Sie war sich so sicher, wie sie nur sein konnte, wenn es darum ging, sich von einem Mann berühren zu lassen. »Ja, du nicht?«

Shane vergrub stöhnend sein Gesicht an ihrem Hals. »Seit dem Tag, als ich dich im Fiery Furnace gefunden habe, kann ich kaum noch an etwas anderes denken. Mir tut alles weh, so sehr will ich dich!«

Autumn schlang die Arme um seinen Nacken. »Wirklich?«

Grollend zog Shane ihren Mund zu sich herab. »Wirklich …«

Hungrig legten sich seine Lippen auf ihre, seine Zunge schob sich suchend in ihren Mund. Autumn griff in seine dichten Haare und berührte mit ihrer Zunge zögernd die seine. Ein verlangender Laut drang dabei aus ihrer Kehle. Hungrig bewegte Shane seinen Mund auf ihrem, während seine Hände gierig über ihren Körper strichen. Im ersten Moment versteifte sich Autumn, doch schon bald wurde sie von ihrem eigenen Verlangen mitgerissen und ließ ihre Hände über seinen fast nackten Körper gleiten. Shane in der Öffentlichkeit zu küssen, wenn sie beide angezogen waren, hatte ihr wirklich gut gefallen, doch dies war anders, elementarer.

Shanes Hand schob sich vorsichtig unter ihr seidiges Nachthemd. Sie in diesem tief ausgeschnittenen blauen Nichts zu sehen hätte ihn beinahe um den Verstand gebracht. Früher hatte er sich immer für seine Selbstbeherrschung gerühmt, doch bei Autumn war alles anders. Sie hatte sich von Anfang an in seinem Herzen eingenistet, und er konnte und wollte sie nicht wieder daraus vertreiben. Sie gehörten zusammen, das fühlte er mit jeder Faser seines Körpers. Seine Hand strich über die glatte Haut ihrer Hüfte. Ein weiterer heißer Stoß durchzuckte ihn, als er seine Finger langsam ihren Rücken hinaufwandern ließ. Er hielt es nicht mehr aus, er musste ihre nackte Haut an seiner spüren. Mit einer fließenden Bewegung zog er ihr das Nachthemd über den Kopf und warf es zur Seite. Das Gefühl ihrer heißen Haut an seiner ließ ihn aufstöhnen. Er zog Autumn auf sich, um sie von Kopf bis Fuß spüren zu können.

Autumn stieß einen überraschten Laut aus, als er sie hungrig an sich presste. Ihr Kopf lag auf seiner Brust, seine Erektion drückte in ihren Bauch. Für einen Moment erstarrte er, unsicher, ob er sie mit seiner Leidenschaft erschreckt hatte. Sie drehte ihren Kopf zur Seite und ließ ihre Zunge über seine Brust wandern. Shane sog scharf den Atem ein. Offensichtlich war Autumn genauso erregt wie er selbst. Sie erinnerte ihn an eine kleine, gierige Katze. Langsam wurden sogar seine sonst gut tragbaren Boxershorts ungemütlich. Autumns Mund hatte inzwischen seine Brustwarze erreicht. Sanft biss sie hinein, um kurz darauf zärtlich darüberzulecken. Shane kam beinahe vor Lust um. Er betete für mehr Durchhaltevermögen, klammerte sich mit beiden Händen an das Kopfteil des Bettes und ließ Autumn das Vergnügen, ihn in aller Ruhe kennenzulernen.

Shanes angespannte Brustmuskeln bildeten ein interessantes erotisches Relief, das Autumn mit Händen, Lippen und Zunge ausgiebig erkundete. Sie liebte seine warme, feste Haut unter sich. Es war unglaublich erotisch, genau wie seine offenkundig schwer zu bändigende Begierde. Sie konnte das Beben seines

Körpers spüren, genau wie die nicht zu missdeutende gewaltige Wölbung in seinen Shorts. Es war für sie ein Wunder, dass sie so etwas bewirken konnte. Robert war immer eher steif und auf Schnelligkeit bedacht gewesen, der Sex lief fast automatisch ab und irgendwie steril. Und auch ihre früheren Freunde waren nicht mit dieser Erfahrung zu vergleichen. In all den Jahren hatte sie nie so viel gefühlt wie jetzt, indem sie einfach nur auf Shane lag und ihn berührte und schmeckte. Langsam rutschte sie an ihm hinunter und hinterließ eine Spur aus Küssen und neckenden Bissen.

Shanes Hüfte hob sich ihr fast wie von selbst entgegen, sein Schaft grub sich wieder und wieder in ihre Brüste. Genüsslich tauchte sie ihre Zunge in seinen Bauchnabel. Autumn keuchte gemeinsam mit Shane auf. Langsam rutschte sie tiefer, bis sich ihr Gesicht über seiner Hüfte befand. Shane lag auf einmal ganz still, seine Armmuskeln verspannten sich. Als sie probeweise sanft mit der Nase seinen harten Schaft berührte, stieß er ein tiefes Grollen aus.

Dann bewegte er sich so schnell, dass sie es kaum mitbekam. Eben lag sie noch auf ihm, ihr Gesicht über einem äußerst interessanten Körperteil, im nächsten Moment lag sie mit dem Rücken auf der Matratze und ein aufs Äußerste erregter Shane auf ihr. Sein heißer Atem strich über ihr Gesicht, als er sich zu ihr hinunterbeugte. »Jetzt bin ich dran!«

Das Glitzern in seinen Augen ließ sie lustvoll erschauern. Es zeigte ihr aber auch, dass er vorhatte, sich genauso an ihr gütlich zu tun, wie sie es bei ihm getan hatte. Sie drückte mit ihrem Oberschenkel versuchsweise gegen seinen Schaft. Sein abrupt ausgestoßener Atem belohnte sie dafür. Es gab ihr ein gutes Gefühl, Shane derart erregen zu können. Als sie ihn wieder anblickte, hatten sich seine Augen zu Schlitzen verengt.

»Na warte.« Seine Stimme war nicht mehr als ein Knurren. Er

stützte sich auf seine Ellbogen, seine großen Hände hielten ihre Arme neben ihrem Körper gefangen, während sein Mund über ihre Haut wanderte. Im schwachen Mondschein, der durch die Vorhänge sickerte, betrachtete er die Narben auf ihren Brüsten. Autumns Körper versteifte sich. Für einen Moment hatte sie völlig vergessen, wie sie aussah. Verzweifelt versuchte sie, ihre Arme aus seinem Griff zu befreien, damit sie sich bedecken konnte. Was hatte sie sich bloß dabei gedacht, ihm ihren Körper so anzubieten? Sie wusste doch, wie hässlich die wulstigen Narben waren. Nicht umsonst bedeckte sie sie immer mit Kleidung und achtete darauf, dass niemand sie zu Gesicht bekam.

Shane schien ihre Gedanken zu erraten, denn er verstärkte seinen Druck auf ihren Körper und hielt sie unter sich fest. »Nein, das wirst du nicht tun.«

Damit senkte er seinen Kopf und drückte leichte Küsse auf ihren Hals, den Brustansatz und schließlich ihren fest zusammengezogenen Nippel. Fast gegen ihren Willen hob ihr Körper sich ihm verlangend entgegen. Shane lächelte triumphierend. Er fuhr mit Lippen und Zunge sämtliche Narben nach und glitt langsam an ihrem Körper hinab. Auch ihre Oberschenkel waren stark vernarbt, doch das machte ihm anscheinend nichts aus. Autumn befand sich in einem erotischen Rausch. Shanes neckende Küsse und das leichte Knabbern an ihren Beinen machten sie ganz verrückt. Sie hatte nicht gewusst, dass sie so viele empfindliche Stellen besaß. Eine weitere Welle der Lust ergriff sie. Ihre Hüften hoben sich von der Matratze und sie stöhnte auf.

Lange würde er diese Tortur nicht mehr aushalten. Langsam schlängelte Shane sich nach oben, bis er in Höhe ihres spitzenbesetzten Slips war. Um sie genauso zu reizen, wie sie es bei ihm getan hatte, biss er leicht in den weichen Hügel. Als Autumn aufschrie, war Shane am Rande seiner Beherrschung angelangt.

Er hakte seine Finger in ihren Slip und zog kräftig daran. Fast wie von selbst rutschte er an ihren langen Beinen entlang und landete schließlich auf dem Boden. Autumn schnappte hörbar nach Luft, dann riss sie ihre Arme los und zog Shane zu sich hoch. Mit zitternden Fingern machte sie sich an seinen Shorts zu schaffen. Sie war vielleicht nicht so geschickt auf diesem Gebiet wie er, doch das machte sie durch ihren Eifer mehr als wett. Nachdem sie sich endlich aller störenden Hindernisse entledigt hatten, lagen sie atemlos Haut an Haut.

Shane war bis aufs Äußerste erregt, er musste sie jetzt unbedingt lieben. Er stützte sich erneut auf seine Ellbogen und blickte in Autumns Gesicht. Ihre Augen waren halb geschlossen, ihr Mund leicht geöffnet und die Lippen feucht. Shane senkte den Kopf zu einem intensiven Kuss. Autumns Reaktion war nicht minder heiß, sie küsste ihn verlangend, während ihre Hände gierig über seinen Rücken bis zu seinem Po wanderten. Sie drückte ihn mit beiden Händen an sich, rieb sich an ihm, bis er es nicht mehr aushielt und mit einem kleinen Stoß leicht in sie eindrang. Dort verharrte er lange Zeit, bemüht, nicht sofort zu explodieren. Seine feuchte Stirn lag an ihrer.

Als Autumn ihre Hüfte anhob, folgte Shane sofort ihrer Bewegung. »Warte …«

Doch Autumn legte ihre Beine um seine und hielt ihn auf sich fest. Dadurch rutschte er noch ein Stück tiefer in sie.

Er keuchte. »Stopp!« Mehr konnte er nicht herausbringen, denn sie hob erneut ihre Hüften. Verzweifelt hielt er sie mit beiden Händen auf der Matratze. »Nicht … weitermachen … Kondom.«

Das stoppte sie kurz, doch dann zuckte sie nur die Schultern. »Nicht notwendig, ich nehme die Pille.«

Shane runzelte die Stirn. »Aber …«

Autumn unterbrach ihn, indem sie die Hand auf seinen Mund

legte. »Bitte … es ist in Ordnung. Ich möchte dich ganz in mir spüren. Nur dich.«

Ihr flehender Blick war Shanes Untergang. Mit einem Knurren schob er sich vollständig in sie. Unglaubliche Gefühle bestürmten ihn, als er sie in Besitz nahm. Sie war so eng, heiß und feucht. Ihre um ihn zuckenden Muskeln brachten ihn an den Rand seiner Beherrschung. Vorsichtig begann er, sich in ihr zu bewegen. Langsam erst, dann immer schneller. Autumn folgte seinem Rhythmus, ihre Hüften hoben sich jedem Stoß entgegen. Mit den Händen klammerte sie sich an ihn, ihr Mund suchte hungrig den seinen. Shanes Finger strichen gierig über ihre Brüste, fanden die harten Spitzen bereit für ihn. Von Autumns Keuchen geleitet, zupfte er daran und wurde mit einem Aufstöhnen belohnt. Ihre Finger krallten sich inzwischen in sein Fleisch, doch das störte ihn nicht. Als die Zuckungen ihres Höhepunktes ihn umgaben, schloss er die Augen und gab sich selbst dem Orgasmus hin. Er warf seinen Kopf in den Nacken, während er hart in sie stieß. Erschöpft und schweißbedeckt sank er schließlich schwer atmend auf sie nieder. Auch Autumns Atem war unregelmäßig, ein Schauder nach dem anderen lief durch ihren Körper.

Es zuckte immer noch in ihrem Unterleib, als Shane sich lange Zeit später auf seine Ellbogen stützte und auf sie hinablächelte. »Das war … intensiv.«

Autumns Lider hoben sich und sie lächelte zufrieden. »Ja.«

Er zuckte in ihr. Um sie nicht zu verschrecken, zog Shane seinen bereits wieder halb erigierten Schaft aus ihrer feuchten Höhle. Sie war so eng gewesen, bestimmt konnte sie nicht gleich noch einmal von vorne beginnen. Denk nicht daran, ermahnte er sich. Mit einem Ruck zog er die Bettdecke über sie beide, schmiegte sich an Autumns Rücken und legte seine Hand auf ihre Brust. Nach einigen Sekunden presste Autumn sich an ihn und schlief sofort ein.

Shane küsste ihren Hinterkopf und lächelte zufrieden. Jetzt hatte er sie endlich da, wo sie hingehörte: in sein Leben, in sein Bett. Er zog sie noch enger an sich und schloss die Augen.

23

Autumn erwachte vom Brummen eines Rasenmähers. Wer mähte mitten in der Nacht seinen Rasen? Als ihr einfiel, dass im Arches gar kein Gras wuchs, öffnete sie erschrocken ihre Augen. Nase an Nase mit ihr lag Coco auf dem Kopfkissen. Genüsslich schnurrend streckte sie sich und grub ihre Krallen in den Stoff, bevor sie sich ihrer Morgentoilette widmete. Autumn lächelte. Es hatte etwas Beruhigendes, einer Katze beim Putzen zuzusehen. Eine suchende Hand wanderte langsam über ihren nackten Rücken. Shane! Für einen Moment hatte sie vergessen, dass sie in seinem Bett lag. Bei der Erinnerung an letzte Nacht stieg ihr die Hitze ins Gesicht und auch ihr Körper erwärmte sich.

»Bist du wach?« Shanes Morgenstimme war rauer als gewöhnlich.

Autumn lächelte glücklich. »Ja.«

»Gut.« Er drehte sie mit einem Ruck auf den Rücken, beugte sich über sie und küsste sie hingebungsvoll. Schließlich löste er sich widerstrebend von ihr. »Mhm. Daran könnte ich mich gewöhnen …«

Autumn versetzte ihm einen strafenden Klaps auf die Schulter und schob ihn von sich. »Das könnte dir so passen.«

Shane grinste. »Ja.«

Autumn setzte sich lächelnd auf. Sie konnte ihm einfach nicht böse sein, wenn er mit verschlafenen Augen, zerzausten Haaren und einem Laken über der Hüfte neben ihr lag. Er sah einfach unwiderstehlich aus. Sie beugte sich zu ihm hinunter, um ihm einen Kuss auf die Schulter zu drücken. Dabei fiel ihr Blick auf den Wecker. Ein Entsetzensschrei löste sich direkt neben Shanes Ohr aus ihrer Kehle.

Shane, der damit nicht gerechnet hatte, fiel vor Schreck fast vom Bett. Sein geschädigtes Ohr zuhaltend, blickte er sie fragend an. »Was ist los?« Suchend blickte er sich um. Kein dunkler Mann kroch unter dem Bett hervor, kein Schatten bewegte sich. Autumn hatte sich inzwischen von den Laken befreit und sprang aus dem Bett. Dabei vergaß sie vollkommen, dass sie überhaupt nichts anhatte. Shane genoss das Schauspiel ungemein, auch wenn er sich den Grund dafür immer noch nicht zusammenreimen konnte.

Autumn blickte ihn schließlich genervt an. »Hast du etwa den Wecker nicht gestellt? Ich muss um acht Uhr im Visitor Center sein und jetzt ist es bereits halb! Das schaffe ich nie.«

Shane hörte gar nicht richtig zu. Er war viel zu sehr damit beschäftigt, seinen Blick gierig über ihren Körper gleiten zu lassen. Jetzt erst merkte Autumn, dass sie überhaupt nichts anhatte. Mit einem leisen Aufschrei stürzte sie zum Bett und riss die Decke hoch. Jetzt war sie bedeckt, dafür lag Shane in all seiner Pracht auf dem Bett.

Erst schaute er verdutzt, doch dann lächelte er schief und legte sich entspannt zurück. Seine Nacktheit störte ihn überhaupt nicht, erst recht nicht, da er wusste, wie sehr Autumn seinen Körper mochte. »Bitte, sieh hin. Das ist nur gerecht.«

Nach einem kurzen Blick auf seine Erektion sammelte sie rasch ihre Kleidung auf. Lachend beobachtete Shane ihre Flucht ins Bad. Er hoffte, sie würde sich in ein paar Tagen daran gewöhnt haben, ihn nackt zu sehen und selbst nackt zu sein. Ihre Befangenheit würde vergehen. Die Erinnerung an letzte Nacht schlich sich in seine Gedanken. Autumn war überhaupt nicht schüchtern gewesen, ganz im Gegenteil. Die Erinnerung an ihre

Lippen und Hände, die über seinen Körper glitten, ließen ihn aufstöhnen. Er blickte an sich herunter. Nicht schlecht für eine Morgenerektion.

»Zeit aufzustehen.« Seufzend rollte Shane sich vom Bett und machte sich auf die Suche nach seiner Jeans. Als Autumn zehn Minuten später aus dem Bad kam, stand er bereits mit zwei dampfenden Bechern Kakao in der Küche.

Sie blickte über seine Schulter, während sie einen Becher entgegennahm. »Danke.«

Shane ließ seinen Blick über Autumn gleiten. Sie sah schon wesentlich gesünder aus als gestern. Die wächserne Bleiche ihrer Wangen und die dunklen Ringe unter ihren Augen waren einer gesunden Farbe gewichen. Um nichts in der Welt wollte er wieder den ängstlichen Ausdruck von gestern in ihren Augen sehen, aber er musste es ansprechen. »Autumn …« Er brach ab, nicht sicher, wie er fortfahren sollte.

»Was ist?« Autumn blickte ihn fragend an.

Shane nahm ihre Hand in seine und zog Autumn sanft an sich. »Willst du wirklich heute arbeiten? Bob hat sicher nichts dagegen, wenn du dich noch etwas schonst.«

Sofort schüttelte Autumn den Kopf. »Wenn ich fit genug bin für Sex, dann kann ich auch arbeiten.«

Der Argumentation konnte er nicht widersprechen, er hatte nur gehofft, damit das eigentliche Thema umgehen zu können. Mit einem tiefen Seufzer lehnte er seine Stirn an Autumns.

»Es geht mir eher darum, dass ich Angst um dich habe, solange dieser Robert noch frei herumläuft.« Seine Stimme klang rau vor Anspannung.

Autum biss in ihre Unterlippe, ihr Gesicht war blasser als zuvor. »Robert hat mir schon so viel genommen, ich werde nicht zulassen, dass er mir mein Leben hier auch noch zerstört.« Sie legte ihre Finger über seinen Mund, als er etwas sagen wollte.

»Ich werde darauf achten, niemals allein zu sein, aber ich werde arbeiten.«

Resigniert erkannte Shane, dass Autumn nicht von ihrer Entscheidung abrücken würde. Gleichzeitig bewunderte er sie für die Kraft, die aus ihren Worten klang. »In Ordnung, ich werde mit Bob absprechen, dass dich immer jemand zu deinem jeweiligen Arbeitsort begleitet und wieder abholt, wenn ich keine Zeit habe. Hoffentlich schnappt der Sheriff diesen Mistkerl bald, damit du wieder in Ruhe leben kannst.«

Autumn stellte sich auf die Zehenspitzen und küsste ihn sanft. »Das hoffe ich auch. Ich möchte so gern genießen können, was wir gemeinsam gefunden haben.« Noch einmal küsste sie ihn, diesmal tiefer. Shane unterdrückte ein Stöhnen. »Warst du nicht zu spät dran?«

Autumn riss erschrocken die Augen auf. »Das habe ich fast vergessen!« Sie blickte auf ihre Uhr. »In zehn Minuten muss ich im Visitor Center sein.«

»Keine Panik. Trink deinen Kakao aus, hol deinen Kram und dann fahre ich dich hin.«

Autumn lächelte ihn dankbar an. »Ich schulde dir was.« Damit drehte sie sich auf dem Absatz um und stürmte ins Bad.

Kurze Zeit später stoppte Shane vor dem Visitor Center. »Bitte schön, die Dame. Und sogar fast pünktlich.«

Autumn griff nach ihrer Tasche und öffnete die Tür. »Vielen Dank für alles.«

Shane lächelte. »Wollen wir mittags zusammen essen?«

»Ja, gerne.« Sie schlug sich vor die Stirn. »Nein, es geht doch nicht. Ich hatte mich mit Janet verabredet. Aber du kannst gerne auch kommen.«

Shane verzog den Mund. »Lieber nicht. Es hört sich nach einem Frauengespräch an. Da fahre ich lieber in die Stadt und mache ein paar Besorgungen.« Als Autumn protestieren wollte, zog er sie an sich und drückte einen heißen Kuss auf ihren Mund. Dann schob er sie energisch von sich. »Wenn du nicht noch später kommen willst, solltest du jetzt lieber reingehen. Wir sehen uns heute Abend, ich hole dich dann hier ab.«

Gedankenverloren stand Autumn vor dem Visitor Center und blickte dem Jeep hinterher.

»Na, wenn das nicht einer der besten Gründe ist, zu spät zu kommen …«

Erschrocken wirbelte sie herum. Sie hatte weder das Öffnen der Tür noch die Schritte hinter sich gehört. Alyssa grinste sie an. Als Autumn bewusst wurde, dass ihre Kollegin sie und Shane zusammen gesehen hatte, lief sie tiefrot an.

Alyssa bemerkte ihren Gesichtsausdruck und beruhigte sie schnell. »Schon gut, ich frage nicht nach Details. Obwohl sie bestimmt sehr interessant wären. Aber vielleicht wäre ein neutraler Gesichtsausdruck besser, denn Clarissa hat mit uns Dienst und sie schäumt bereits, weil sie euch zusammen gesehen hat.« Sie drehte sich um und ging zur Tür.

Autumn fühlte Clarissas Blicke den ganzen Vormittag im Rücken. Doch nachdem sie durch Roberts Auftauchen viel ernst zu nehmendere Probleme hatte, ließ sie sich davon nicht aus der Ruhe bringen. Trotzdem war sie froh, als sie mittags der feindseligen Stimmung entkommen konnte. Das Gespräch mit Janet, mit der sie in der Kantine verabredet war, würde sie sicher ein bisschen ablenken.

Pfeifend stieg Shane in seinen Wagen, nachdem er einem Touristen geholfen hatte, der eine Abzweigung verpasst hatte. Er war heute ausnehmend guter Laune. Sogar seine Kollegen blickten ihn schon merkwürdig an. Aber das war ihm egal – er war glücklich. Diese Nacht mit Autumn hatte ihm bestätigt, dass sie zusammengehörten. Sie einfach nur im Arm halten zu dürfen, war eine der schönsten Erfahrungen in seinem Leben gewesen. Ganz zu schweigen von dem, was sonst noch passiert war. Er ließ den Motor an und fuhr los. Zufrieden dachte er an die Überraschung, die er für Autumn vorbereiten wollte. Er hatte einige seiner besten Fotos ausgesucht, für die er jetzt in Moab Rahmen kaufen wollte.

An der steilen Abfahrt zur Parkausfahrt trat er auf die Bremse, um das vorgeschriebene Tempo von zwanzig Meilen pro Stunde nicht zu überschreiten. Nichts passierte. Ihm blieb das Pfeifen im Halse stecken. Er trat nochmals auf die Bremse, doch auch diesmal sprach sie nicht an. Viel zu schnell fuhr er auf die scharfe Kurve zu. Shane versuchte, die Geschwindigkeit mit der Handbremse zu verringern, doch die Tachonadel stand bereits auf vierzig Meilen pro Stunde, selbstmörderisch auf dieser Strecke. Adrenalin schoss durch seinen Körper, Schweiß trat auf seine Stirn.

Mit beiden Händen hielt er das Lenkrad umklammert, um in der Spur zu bleiben. Da bemerkte er das Wohnmobil, das ihm entgegenkam. Es gab keine Ausweichmöglichkeit, auf der einen Seite war die Felswand, auf der anderen der steile Abhang. So lenkte er das schlingernde Auto dicht an die Felswand und hoffte, dass er die Kurve trotzdem noch schaffen würde. Das Wohnmobil schoss hupend an ihm vorbei. Die Seite des Jeeps schrappte kreischend gegen Stein. Er versuchte, wieder auf die Straße zu kommen, doch es war zu spät. Vor ihm tauchte ein gewaltiger Felsvorsprung auf. Fluchend riss er das Lenkrad herum, der Wagen schlitterte wild. Shane blieb keine Zeit für ein Gebet, er krachte frontal gegen den Felsen. Schmerz schoss durch seinen Körper, es wurde dunkel um ihn.

Autumn wurde auf den Tumult am Eingang des Speisesaals aufmerksam. »Was ist denn da los?«

Janet reckte den Hals, um besser sehen zu können. »Keine Ahnung. Aber bei der Aufregung muss es schon etwas Schlimmes sein.«

Entschlossen schob Autumn ihren Stuhl zurück. »Ich werde mal nachschauen.« Janet folgte ihr sofort. Schon am Rande der Gruppe schnappte sie Wortfetzen auf.

»... Unfall ...«

»... voller Blut ...«

»... Bremsen ...«

Als sie dann auch noch den Namen »Shane« hörte, wurde es Autumn eiskalt. Vor ihren Augen sah sie ein anderes Auto, zwei andere Menschen, die ihr durch einen Unfall genommen worden waren. Rücksichtslos drängte sie sich durch die Menge, bis sie neben Reed stand. Er blickte sehr besorgt drein.

»Was ist passiert?« Ihre Stimme war rau, selbst sie hörte die Panik darin.

Reed fasste sie am Arm und zog sie aus der Menge. »Shane hatte einen Unfall mit dem Jeep. In der Kurve zur Parkausfahrt haben seine Bremsen versagt. Er musste einem anderen Auto ausweichen und ist gegen die Felswand geprallt. Wenn er nicht angeschnallt gewesen wäre, wäre er jetzt wahrscheinlich tot.«

Autumn sackte erleichtert zusammen. Wenigstens lebte er noch. »Wo ist er? Wie geht es ihm?«

Reed betrachtete sie besorgt. »Vielleicht sollten wir lieber nach draußen gehen. Ich erzähle dir alles, was ich weiß, auf dem Weg.«

Zu dritt traten sie in die Hitze hinaus. Autumn schwankte unter dem Ansturm ihrer Gefühle und der heißen Luft. Janet zog sie zu einer Bank und schob sie darauf.

Autumn atmete einige Male tief durch und hob dann den Kopf.

»Geht's wieder?« Janet beugte sich zu ihr hinunter.

»Ja. Es war nur der Schock.« Autumn wandte sich an Reed. »Was ist mit Shane?«

Reed trat unbehaglich von einem Fuß auf den anderen. »Ich habe nicht so viel mitbekommen. Er blutete stark am Kopf und außerdem schienen seine Rippen etwas abbekommen zu haben. Er ist jetzt bei Margret.«

Das war das Stichwort für Autumn. Sie sprang auf. »Ich fahre sofort hin.« Nach wenigen Schritten blieb sie stehen. »Ich habe kein Auto. Könnte vielleicht einer von euch …?«

Janet schlang als Stütze einen Arm um sie. »Natürlich. Mein Wagen ist gleich da vorne.«

Ohne zu zögern strebte Autumn in die angegebene Richtung. Am Auto drehte sie sich noch einmal um. »Danke, Reed.«

Er lächelte ihr aufmunternd zu.

24

Auf dem kurzen Weg zur Krankenstation spürte sie Janets besorgten Blick auf sich gerichtet, doch sie konnte jetzt nicht reden. Sie musste erst wissen, wie es Shane ging. Sowie das Auto abbremste, war sie bereits auf der Straße.

Sie beugte sich durch das offene Fenster ins Wageninnere. »Würdest du bitte im Visitor Center Bescheid sagen, dass ich etwas später komme?«

»Klar. Ruf mich an, wenn du Näheres weißt.« Janet startete den Motor und fuhr vom Parkplatz.

Autumn nickte, drehte sich um und strebte auf den Eingang der Krankenstation zu. Hastig riss sie die Tür auf, um gleich darauf wie angewurzelt stehen zu bleiben. Shane lag ausgestreckt auf der Liege, sein helles T-Shirt rot vor Blut. Margret beugte sich über seinen Kopf, in der Hand einen blutdurchtränkten Tupfer. Bei dem Geräusch der zuknallenden Tür drehte sie sich um. Ihre Stirn war sorgenvoll gerunzelt, ihre Kleidung unordentlich.

Als sie Autumn erkannte, hellte sich Margrets Miene auf. »Autumn, komm näher. Shane hat nach dir gefragt.«

Zögernd bewegte sich Autumn auf die Liege zu. »Ich habe gerade erst davon gehört. Wie geht es ihm?«

»Es würde ihm viel besser gehen, wenn ihr nicht über ihn reden würdet, als wäre er nicht da.« Shanes Stimme war zwar nicht so kräftig wie sonst, aber dass er überhaupt sprechen konnte, war ein gutes Zeichen.

Margret trat zur Seite, um Autumn Platz zu machen. Shanes Gesichtsfarbe war unter der Bräune grau. Eine tiefe Falte hatte sich zwischen seine Augenbrauen gegraben. Auf der linken Stirnseite hatte er eine ernst aussehende Wunde, die sicher genäht werden musste. Sonst konnte sie keine anderen Verletzungen erkennen.

Shane wollte ihr den Kopf zudrehen, brach aber mit einem unterdrückten Stöhnen ab. Schließlich öffnete er seine Augen einen kleinen Spalt. Autumn beugte sich zu ihm hinunter und versuchte ein Lächeln, während sie ihre Finger über seinen Arm gleiten ließ. »Wie fühlst du dich?«

»Nicht ganz so gut wie heute Morgen.«

Autumn spürte Hitze in ihre Wangen steigen. »Du hättest aber nicht extra gegen den Felsen fahren müssen, damit ich meine Pause mit dir verbringe, etwas weniger Spektakuläres hätte auch gereicht.«

Shane lachte, verzog aber gleich darauf das Gesicht. »Verdammt, das tut weh. Bring mich bitte nicht zum Lachen.«

Aber ihr war das Scherzen bereits wieder vergangen. Shane so zu sehen ließ sie beinahe zusammenbrechen. Doch diesmal musste sie stark sein, Shane war auch immer für sie da gewesen.

»Warum bist du dann an den Felsen gefahren?«

Shane schnaubte und krümmte sich dann. Als er sprach, klang er atemlos. »Die Bremsen haben versagt. Eine sehr merkwürdige Sache, denn kurz davor funktionierten sie noch ausgezeichnet. Ich war nur ein paar Minuten ausgestiegen, um einem Touristen zu helfen, und nachdem ich wieder losgefahren war, reagierte die Bremse nicht mehr.« Autumn spürte, wie das Blut aus ihrem Kopf wich. »Bob lässt das Auto untersuchen. Wenn jemand daran herumgefummelt hat, werden wir es bald wissen.«

Autumn hatte nur einen Gedanken: Robert musste etwas damit zu tun haben. Er versuchte Shane zu töten, so wie er Tombo getötet hatte und wie er wahrscheinlich auch etwas mit dem

Tod ihrer Eltern zu tun hatte, auch wenn sie das nicht beweisen konnte. Ein Zittern lief durch ihren Körper und sie hatte Mühe, auf den Beinen zu bleiben. Eines wurde durch den Unfall überdeutlich: Robert hatte sie beobachtet und wusste, dass sie mit Shane eine Beziehung eingegangen war. So eifersüchtig wie er früher auf jeden anderen Mann gewesen war, der auch nur in ihre Nähe kam, war es für Autumn klar, was Robert nun tun würde. Er würde immer weiter versuchen, Shane zu töten, bis sie entweder wieder auf der Flucht war oder er alle Hindernisse beseitigt hatte. Wenn sie hierblieb, brachte sie andere in Gefahr, vor allem Shane. Das konnte sie nicht zulassen. Sie musste weiterziehen, auch wenn es ihr das Herz brach. Aber das wäre immer noch besser, als einen weiteren Menschen zu verlieren, der ihr etwas bedeutete.

Shane, der sie beobachtet hatte, ergriff ihre Hand und drückte sie. »Woran denkst du?«

Autumn zuckte zusammen und versuchte, sich gegen den Schmerz zu wappnen. »Sollte sich herausstellen, dass wirklich Robert etwas mit deinem Unfall zu tun hatte – und davon gehe ich aus –, dann muss ich den Park verlassen. Wenn ich hierbleibe, bringe ich euch in Gefahr.«

Entsetzt sah Shane sie an, seine Finger schlossen sich fester um ihre. »Das kannst du nicht machen! Wo würdest du denn hingehen?«

»Irgendwohin, wo ich niemanden kenne, damit Robert nicht noch einmal jemanden verletzen kann, nur um mir wehzutun.« Ihre Stimme war nur noch ein raues Flüstern.

»Wir sind jetzt vorgewarnt. Noch einmal wird er nicht so nah an mich herankommen. Bitte, bleib bei mir.«

Unsicher blickte Autumn in sein zerschundenes Gesicht. Sie würde es nicht ertragen, noch einen geliebten Menschen zu verlieren. Ihre Augen füllten sich mit Tränen. »Ich kann nicht.«

Verzweiflung malte sich auf Shanes Gesicht ab. »Aber ich brauche dich. Ich habe mich in dich verliebt.«

Das gab Autumn den Rest. Aufschluchzend sank sie zu Boden.

Da Shane sich nicht richtig bewegen konnte, blieb ihm nichts anderes übrig, als ihr unbeholfen mit der Hand über den Kopf zu streichen. Wieder einmal verfluchte er Robert dafür, dass er Autumn leiden ließ und sie dazu trieb, wieder zu flüchten.

Er konnte nur versuchen, sie mit seinen Worten zu beruhigen und zu überzeugen, dass sie bei ihm bleiben musste. »Bob lässt schon Fotos verteilen, damit alle nach Robert Ausschau halten können. Sheriff Taggerts Leute laufen in Zivil durch den Park, nachdem die Fingerabdrücke auf dem Karton tatsächlich mit denen aus New York übereinstimmten. Wir werden ihn früher oder später finden. Du musst hierbleiben, denn wenn du jetzt wegläufst, wird er dir folgen und dich erwischen. Hier können wir dich beschützen.«

Autumn blickte mit tränenfeuchten Augen zu ihm auf. »Ich könnte es nicht ertragen, wenn dir noch etwas zustoßen würde.«

Shane versuchte ein Lächeln. »Viel schlimmer wäre es, wenn du nicht bei mir bliebest. Ich wäre dann einsam, unglücklich und rastlos. Du musst mich retten, bitte.« Nervös beobachtete er, wie sie mit sich rang. Er konnte nicht zulassen, dass sie ging, nur um ihn zu schützen. »Bitte, Autumn, bleib bei mir.«

Eine Träne löste sich und glitt über ihre Wange. »In Ordnung, ich bleibe vorerst. Unter einer Bedingung: Du wirst besonders vorsichtig sein und, sobald du etwas von Robert siehst, nicht alleine gegen ihn vorgehen, sondern umgehend Hilfe holen.«

»Das sind aber schon zwei Bedingungen.«

Autumn lächelte nicht. »Akzeptier es oder lass es.«

Shane verzog das Gesicht. »Okay. Aber du bleibst doch bei mir in der Hütte, oder?« Als Autumn zögerte, sah er sie beschwörend an. »Dort bist du sicherer. Obendrein kannst du mich so viel besser pflegen.«

Um ihm nicht zu zeigen, wie sehr seine Bitte sie berührte, blickte Autumn sich suchend um. »Wo ist denn Margret hin?«

Shane lächelte. »Sie ist bereits vor einiger Zeit gegangen, sie wollte wohl nicht stören. Wie wäre es, wenn du sie wieder hereinholst, damit sie mich weiter zusammenflicken kann? Ich möchte endlich hier raus.«

Autumn zögerte. »Meinst du nicht, du solltest dich in einem Krankenhaus untersuchen lassen?«

Shane schüttelte den Kopf und stöhnte. »Auf gar keinen Fall. Mir geht es gut. Außerdem werde ich dich jetzt bestimmt nicht alleine lassen.«

»Ich werde Margret fragen, was sie dazu sagt. Solltest du in ein Krankenhaus müssen, wirst du auch dahin gehen, und wenn ich dich eigenhändig hinfahren muss.«

Robert schaute interessiert zu, wie das Wrack von einem Abschleppwagen den Hügel hinuntertransportiert wurde. Verdammt, wieso lebte dieser Kerl noch? Dabei hatte er sich so viel Mühe mit dem Bremsschlauch gegeben. Und diese Ablenkung mit dem Touristen, einfach perfekt. Leider hatte es der Ranger geschafft, lebend und auch noch relativ unbeschadet aus dem Auto zu kommen. Anscheinend hatte er einen Schutzengel und es hatte nicht so gut funktioniert wie bei Autumns Eltern. Damals hatte er sich eine wunderbare Stelle ausgesucht, an der er ihr Auto von der Straße drängen konnte. Das hatte perfekt funktioniert, der Wagen war eine Böschung hinuntergerollt und kopfüber im Fluss liegen geblieben. Am liebsten hätte er das Wrack noch länger beobachtet, doch es war ein anderer Wagen gekommen und er hatte verschwinden müssen. Aber er war dafür entschädigt worden, als Autumn sich in ihrem Kummer wieder ihm zugewandt hatte. Seine Planung war wie immer makellos gewesen.

Immerhin hatte er diesmal den Unfall und auch die Folgen miterleben können, auch wenn der Ausgang nicht ganz befriedigend war. Wenn Shane nicht angeschnallt gewesen wäre, hätte Robert endlich freie Bahn gehabt. Aber gut, wenigstens hatte er dem Ranger so für ein paar Tage den Spaß an Autumn verdorben. Vielleicht würde sie sogar fliehen, wenn sie erkannte, dass es kein Unfall war, sondern er hinter der Sache steckte. Es wäre doch nett, wenn sie den Park verlassen würde und er sie weiter jagen konnte. Seit er sie hier wiedergefunden hatte, bereitete es ihm ungeahnten Spaß, sie zu beobachten und zu planen, was er mit ihr tun würde, wenn er sie schließlich in seine Gewalt brachte. Oh ja, Autumn würde sich noch wünschen, ihm nie entkommen zu sein. Denn das, was er in New York mit ihr gemacht hatte, würde ihr dann wie ein Kinderspiel vorkommen.

Es erregte Robert, sich auszumalen, wie er Autumn fesseln und ihr ganz langsam mit dem Messer die Kleidung vom Körper schälen würde. Sie würde versuchen, sich zu wehren, doch diesmal würde er ihr keine Gelegenheit dazu geben. Egal wie viel sie auch schrie, niemand würde sie hören. Er würde dafür sorgen, dass kein anderer Mann sie jemals mehr mit etwas anderem als Abscheu oder Mitleid anblickte. Wenn er sie nicht sowieso beseitigte, nachdem er seinen Spaß gehabt hatte. Andererseits war es wesentlich befriedigender, ihren Schmerz mitzuerleben, die Qualen, wenn sie versuchte, ihr Leben fortzusetzen. Aber dafür hätte er sie wieder gehen lassen müssen und er wusste nicht, ob er das konnte, wenn er sie erst einmal wieder in der Hand hatte.

Zögernd löste Robert seine Hand vom Griff des Messers. Sosehr er auch das Vorspiel genoss, er wollte endlich zugreifen und sie leiden lassen. Vielleicht ergab sich ja etwas, solange ihr Held verletzt war und sie nicht schützen konnte …

Nachdem der Nachmittag unendlich langsam vorbeigegangen war, eilte Autumn zu Shanes Hütte. Margret hatte ihr versprochen, ihren Patienten höchstpersönlich ins Bett zu stecken, sobald geklärt war, dass Shane nicht ins Krankenhaus gebracht werden musste. Autumn hatte die Hand bereits zur Klinke ausgestreckt, zögerte dann aber. Was würde sie auf der anderen Seite der Tür erwarten? Genervt schüttelte sie den Kopf. Es war egal, sie wollte für Shane da sein, was auch immer geschah. Mit zitternden Fingern kramte sie den Schlüssel, den Shane ihr heute Morgen gegeben hatte, aus ihrer Tasche. Lag das alles erst so kurz zurück? Ihr kam es viel länger vor. Nach einigen Versuchen gelang es ihr schließlich, die Tür zu öffnen. Schummriges Halbdunkel umgab sie. Coco empfing sie jaulend, anscheinend war sie nicht gefüttert worden.

Autumn bückte sich und strich ihr über das weiche Fell. »Ist ja gut, ich gebe dir gleich was.«

Schnurrend gab die Katze ihr Einverständnis. Als Autumn den Napf füllte, strich Coco unruhig um ihre Beine. Autumn lachte leise. Sie hatte es vermisst, eine Katze um sich zu haben. Nachdem sie den Napf auf den Boden gestellt hatte, blickte sie sich im Zimmer um. Shane hatte morgens noch aufgeräumt. Die Küche war blitzblank. Anscheinend war Shane es wirklich gewohnt, selbst sauber zu machen. Robert war der Meinung gewesen, er könnte alles stehen lassen, sie würde es dann schon wegräumen. Das war nur einer ihrer vielen Streitpunkte gewesen. Wütend schüttelte Autumn den Kopf. Sie sollte endlich aufhören, die beiden miteinander zu vergleichen, Robert konnte Shane in keiner Hinsicht das Wasser reichen.

Leise öffnete sie die Schlafzimmertür. Shane lag tief schlafend im Bett. Langsam trat Autumn näher. Die Bettdecke war bis zu seiner Hüfte heruntergerutscht, um seine Rippen war ein breiter Verband gewickelt. Trotz seiner Verletzungen und der liegenden Position sah er noch riesig aus. Seine Schultern nahmen Dreiviertel des Bettes ein. Autumn ließ sich vorsichtig auf die Bettkante sinken. Mit sanften Fingern berührte sie den weißen Verband, der Shanes Stirn bedeckte. Inzwischen war wenigstens etwas Farbe in sein Gesicht zurückgekehrt.

Die Augenlider flatterten. Langsam schlug Shane die Augen auf, sein Blick konzentrierte sich auf ihr Gesicht. »Du bist noch da.«

Autumn lächelte. »Ja, das hatte ich doch gesagt.«

Shanes Blick wanderte zu ihren Händen. »Ich hatte Angst, du würdest es dir anders überlegen.«

Autumn sah ihn ungläubig an. »Aber ich würde bestimmt nicht gehen, ohne dir Bescheid zu sagen!«

Nun lächelte Shane. »Das beruhigt mich. Noch lieber wäre es mir aber, wenn du nie mehr weggehen würdest.« Bevor Autumn etwas darauf sagen konnte, hob er seine Hand. »Komm, leg dich zu mir.«

Autumn schüttelte den Kopf. »Ich möchte dir nicht wehtun.«

Shane ergriff ihre Hand und zog sanft daran. »Unsinn. Das Bett ist breit genug für uns beide.« Als sie erneut ablehnen wollte, blickte er sie mit flehendem Blick an. »Bitte, ich fühle mich so einsam.«

Damit hatte er sie, denn mit Einsamkeit kannte sie sich aus. Außerdem musste sie ihn spüren, sich vergewissern, dass er noch da war. Schnell schlüpfte sie aus ihren Schuhen und legte sich neben ihn, vorsichtig darauf bedacht, möglichst keine Erschütterungen zu verursachen.

Shane drehte seinen Kopf in ihre Richtung und lächelte. »Na, war das so schwer?« Er schloss die Augen, seufzte zufrieden und schlief wieder ein. Ihre Hand hielt er fest umklammert.

Autumn legte sich auf die Seite, um ihn beim Schlafen betrachten zu können. Kurze Zeit später fielen auch ihr die Augen zu und sie gab sich dem Schlaf hin.

Shane erwachte von dem Gefühl zu ersticken. Ein schwerer Druck lastete auf seiner Brust. Keuchend setzte er sich auf, schaffte es aber nur bis auf seine Ellbogen, bevor er wieder zurücksank. Während er nach Luft rang, stieß sich Coco mit ihren Krallen von seinem Oberkörper ab, wo sie sich gemütlich niedergelassen hatte.

»Autsch!« Shane rieb über seine schmerzende Brust.

Autumn regte sich neben ihm. »Was hast du? Tut dir etwas weh?« Ihre vom Schlaf heisere Stimme brach. Mit den Fingern strich sie suchend über seinen Körper.

Shane holte einmal tief Luft und zuckte zusammen, als seine Rippe erneut zu schmerzen begann. »Mir geht's gut. Coco meinte bloß, sie müsste auf mir liegen. Schlaf weiter.« Autumns sanfte Hände hatten den Schmerz bereits beseitigt. Um genau zu sein, hatten sie sogar noch viel mehr bewirkt. Gewisse Körperteile von ihm schienen sich nicht daran zu stören, dass er verletzt war. Sie reagierten wie immer, wenn Autumn in seiner Nähe war. Bevor ihre Finger in gefährliches Gebiet eintauchen konnten, ergriff er ihre Hand und führte sie zu seinem Mund. Er drückte einen leichten Kuss auf ihre Handfläche und legte sie dann auf seine Brust.

Autumn rückte enger an ihn heran. Sie schlief immer noch halb, aber als ihre Finger seinen Verband streiften, setzte sie sich ruckartig auf. »Oh Gott, geht es dir schlechter? Soll ich einen Arzt rufen?« Sie war schon halb aus dem Bett, bevor er sie an der Hand erwischte und zurückzog.

»Ich sagte doch, es geht mir gut. Komm wieder hierher und lass uns weiterschlafen.«

Widerwillig ließ Autumn sich auf die Matratze zurücksinken. »Wie spät ist es eigentlich?« Noch während sie sprach, lehnte sie sich zur Seite, um auf den Wecker zu schauen: halb neun. Sie hatte nur etwas über zwei Stunden geschlafen. Ihr kam es wie eine Ewigkeit vor. So tief und traumlos hatte sie schon lange nicht mehr geschlafen, bis auf letzte Nacht, musste sie sich eingestehen. Sie konnte sich nicht vorstellen, dass seit diesem einschneidenden Erlebnis noch nicht einmal vierundzwanzig Stunden vergangen waren.

»Du bist so still. Woran denkst du?« Seine Finger glitten ihren Arm hinauf.

Shane hatte ihretwegen Schmerzen und sie dachte darüber nach, wie sich sein Körper an ihrem angefühlt hatte. Verlegen drehte Autumn sich von ihm weg und schwang ihre Beine aus dem Bett.

»Hey, bleib doch hier. Wo willst du denn so plötzlich hin?«

Das wusste sie selbst nicht so genau, sie musste sich nur von ihm entfernen, damit sie nicht über ihn herfiel. Sie sollte lieber ihre Aufgabe als Krankenschwester wahrnehmen. Sie knipste die Nachttischlampe an und beugte sich über ihn. »Kann ich dir etwas besorgen?«

Shane blickte sie schweigend an, während sich langsam Lachfältchen um seine Augen bildeten. Da erst wurde ihr bewusst, was sie gesagt hatte. Sie errötete und wandte ihr Gesicht ab. »Nahrung, ich rede von Essen und Trinken.«

Shane ließ seine Hand ihren Rücken hinaufwandern. »Ich weiß. Entschuldige, ich konnte einfach nicht widerstehen.« Seine Stimme klang heiser. »Immer, wenn ich dich berühre, deine Stimme höre oder dich nur ansehe, kann ich nur noch an eine Sache denken. Und die hat nichts mit Essen zu tun, dafür aber sehr viel mit Genuss.«

Autumn blickte ihn mit großen Augen an. Sie konnte es immer

noch nicht glauben, dass es jemanden gab, in dem sie solche Leidenschaft weckte.

Shane lächelte reumütig. »Jetzt habe ich dich erschreckt. Wie gut, dass ich ordentlich bedeckt bin, sonst würdest du wahrscheinlich schreiend davonlaufen.«

Autumns Mund verzog sich zu einem Lächeln. Nein, erschreckt war sie nicht, eher … erregt. Ihre Hand wanderte unbemerkt zu einem Zipfel der Bettdecke. Mit einem Ruck zog sie sie nach unten.

Damit hatte sie ihn eindeutig überrascht. Er gab einen zischenden Laut von sich und seine Augen verengten sich zu leidenschaftlichen Schlitzen. »Du spielst mit dem Feuer.«

Autumn blickte ihn ernst an. »Aber ich habe doch noch gar nicht angefangen zu spielen …« Damit beugte sie sich nach unten und betrachtete den verdächtigen Hügel in seinen engen blauen Boxershorts genauer. Mit einem Finger strich sie sanft darüber. Wie aus eigenem Willen folgte er ihrer Bewegung. Autumn durchströmte Hitze, als sie diesen Beweis seines Verlangens entdeckte. Doch Shanes Finger schlossen sich um ihr Handgelenk, bevor sie seine Erektion genauer untersuchen konnte. Sie sah fragend zu ihm auf.

»Du solltest besser damit aufhören. Ich glaube nicht, dass ich derzeit im richtigen Zustand für körperliche Ertüchtigung bin.« Damit meinte er vermutlich seine Rippen, denn der Rest von ihm sah aus, als wartete er nur auf den Startschuss.

»Das ist mir klar. Leg dich einfach zurück und genieße.« Damit löste Autumn ihren Arm aus seinem Griff und wandte sich wieder dem Objekt ihrer Begierde zu.

25

Shane wollte erst protestieren, doch dann ließ er sich mit einem Seufzer in die Kissen zurücksinken. Autumn über sich gebeugt zu sehen ließ ihn seine Schmerzen augenblicklich vergessen. Sein Schaft spannte sich in Erwartung ihrer Berührung an. Lächelnd hakte Autumn ihre Finger in seine Boxershorts und zog sie langsam herunter. Shane, der nicht erwartet hatte, dass sie so schnell vorgehen würde, atmete zitternd ein. Wie aus eigenem Antrieb hob sich sein Schaft Autumns Händen entgegen, die ihn warm umschlossen. Das fühlte sich so gut an, dass Shane ein Stöhnen unterdrücken musste. Seine Augen schlossen sich für einen Moment, bevor er sie wieder aufriss, weil er den Anblick nicht verpassen wollte. Autumn hockte sich über ihn, er konnte ihre Hitze durch ihre Hose an seinen Oberschenkeln spüren. Würden seine Rippen nicht bei jeder Bewegung schmerzen, würde er Autumn ausziehen, um ihre Haut an seiner spüren zu können.

Doch so blieb ihm nur übrig, seine Hände in das Laken zu krallen, während Autumn ihre Finger an seinem Schaft auf und ab gleiten ließ. Röte überzog ihre Wangen und ihre Augen glitzerten verlangend. Durch ihr Uniformhemd konnte er ihre aufgestellten Brustspitzen sehen und er wünschte, er könnte sie berühren und in seinen Mund saugen.

»Zieh dich aus.« Er erkannte kaum seine eigene Stimme wieder, so rau klang sie.

Autumns Kopf ruckte hoch. »Was?«

»Zieh dich für mich aus.«

Sie biss auf ihre Lippe. »Es ist zu hell.«

»Das ist der Sinn der Sache: Ich möchte dich sehen.« Als sie ihn nur schweigend ansah, verlegte er sich aufs Betteln. »Bitte. Ich würde dich zu gern berühren, aber wenn das schon nicht geht, kann ich mir nichts Schöneres vorstellen, als dir zuzusehen, wie du dich nackt über mich beugst. Du weißt, dass ich dich wunderschön finde, oder?« Unsicherheit stand in Autumns Augen. »Außerdem siehst du mich ja auch nackt, da ist es nur gerecht, wenn ich deinen Körper auch bewundern kann.«

Autumns Hände schlossen sich enger um seinen Schaft. Shane hielt die Luft an, während er auf ihre Entscheidung wartete. Sein Herz begann zu hämmern, als sie zögernd die Hände hob und ihr Uniformhemd aufknöpfte. Darunter trug sie ein weißes Trägertop, das ihre vollen Brüste deutlich zeigte. Autumn ließ das Hemd auf den Boden fallen und sah Shane abwartend an.

Er hatte Mühe, seine Zunge vom Gaumen zu lösen. »Sehr schön. Jetzt den Rest.«

Mit einem unsicheren Lächeln griff Autumn nach dem Saum und zog das Top über den Kopf. Gierig ließ Shane seinen Blick über ihre Brüste gleiten. Die Narben waren deutlich zu erkennen, aber er ignorierte sie. »Beug dich vor.« Auf Händen und Knien beugte Autumn sich über ihn. Ihre Brustspitzen glitten über seine nackte Hüfte. »Komm höher!« Gott, er war bestimmt gestorben und im Himmel.

Es war unglaublich erotisch, zuzusehen, wie Autumn sich langsam höher schob, bis ihr Gesicht über seinem war. Sanft legte sie ihre Lippen auf seine und küsste ihn.

Eine Weile genoss er den Kuss, dann war ihm das nicht mehr genug. »Höher.«

Autumn richtete sich wieder auf und kroch höher, bis ihre Brust direkt über seinem Mund war. Shane berührte mit der Zungenspitze ihre Brustwarze, die sich sofort noch fester zusammenzog.

Hungrig nahm er sie in seinen Mund und begann zu saugen. Autumn gab einen unterdrückten Laut von sich und drängte sich dichter an ihn. Vorsichtig hob Shane den Arm auf seiner unverletzten Seite und ließ seine Hand über Autumns Bauch gleiten. Unruhig bewegte sie die Hüfte, ihre Finger schlossen sich um die Stäbe des Kopfteils vom Bett. Das nahm Shane als Zustimmung, er öffnete ihre Hose und zog sie herunter, soweit es ihre gespreizten Beine zuließen. Autumn richtete sich etwas auf und bot ihm ihre andere Brust an. Shane schabte mit den Zähnen über ihre Brustspitze und entlockte Autumn damit ein tiefes Stöhnen. Während er die Bewegung wiederholte, schob er seine Hand zwischen ihre weit gespreizten Beine. Als seine Fingerspitzen ihre Klitoris streiften, zuckte Autumn zusammen, ein Schauder rollte durch ihren Körper.

Er liebte es, wie leidenschaftlich sie auf ihn reagierte. Seine Zunge wand sich um ihre Brustspitze, während seine Finger sie weiter erkundeten. Schon jetzt war sie so feucht, dass er mit Leichtigkeit in sie hätte eindringen können. Doch das wäre im Moment vermutlich wirklich zu sportlich für ihn gewesen. Stattdessen schob er einen Finger in sie, sein Daumen reizte weiterhin ihre Klitoris. Autumn schrie erregt auf, ihre Hüfte bewegte sich ihm entgegen. Shane saugte hart an ihrer Brustwarze und schob einen zweiten Finger in sie. Ihre Bewegungen wurden schneller, sie zog sich um ihn herum zusammen. Gott, wenn er jetzt in ihr sein könnte! Schweiß trat auf seine Stirn, als er versuchte, sich zurückzuhalten. Sein Schaft schmerzte, so sehr sehnte er sich danach, sich in Autumns feuchte Hitze zu schieben. Shane bewegte seine Finger schneller, immer schneller. Autumns Keuchen wurde lauter, sie war kurz vor dem Höhepunkt. Gleichzeitig schob er einen dritten Finger in sie und biss in ihre Brustspitze. Autumn erstarrte, ihre Hüfte schob sich nach unten, um seine Finger so tief in sich aufzunehmen, wie es nur ging, ihre Brust presste sich in seinen Mund. Ihr Schrei hallte durch die Hütte, während sich ihre Muskeln um seine Finger herum zusammenzogen.

Schließlich sackte Autumn mit einem Stöhnen zusammen, aber sie erinnerte sich noch rechtzeitig daran, dass er verletzt war, und blieb auf Händen und Knien über ihm hocken. Schließlich sah sie ihn durch ihre Haare hindurch an. Shane konnte nicht anders und strich noch einmal mit dem Daumen über ihre Klitoris.

Autumn schauderte. »Oh Gott!«

Shane musste lachen und zuckte zusammen. »Mein Name ist Shane, aber du kannst mich auch gerne Gott nennen.«

Autumns Lächeln war so sinnlich, dass Shanes Herz einen Schlag aussetzte. »Mal sehen, ob du auch noch so frech bist, wenn ich mit dir fertig bin.«

»Ich kann es kaum erwarten.« Seine Stimme klang belegt.

Mit einem bedauernden Laut hob Autumn ihre Hüfte und er zog seine Finger aus ihr heraus. Während sie an ihm nach unten rutschte, strich er über ihren Bauch, die Rippen und über ihre immer noch harten Brustwarzen. Das brachte ihm ein weiteres Stöhnen ein. Dann waren alle interessanten Körperteile aus seiner Reichweite, er hob die Hand und atmete tief Autumns Duft ein. Autumns Augen verdunkelten sich, als sie ihn dabei beobachtete. Ihre Hände schlossen sich um seinen Schaft und sie beugte ihren Kopf darüber. Als ihre Zunge seinen Penis berührte, blieb Shanes Herz beinahe stehen. Mit kleinen knabbernden Bissen bewegte sie sich nach unten, ihre Finger legten sich um seine Hoden. Shane wollte die Hüfte heben, doch seine Rippen hielten ihn davon ab. So konnte er nur still liegen bleiben und Autumns Berührungen bewegungslos ertragen. Dadurch erhöhten sich die Gefühle, bis er glaubte, es nicht länger aushalten zu können. Autumn schob ihren Mund so tief es ging über seinen Schaft und blickte ihm dabei in die Augen.

Shane spürte den Orgasmus in sich aufsteigen und versuchte ihn hinauszuzögern. Während Autumn sich an seinem Schaft auf und ab bewegte, steckte er einen Finger in den Mund und leckte ihn ab. Autumns Geschmack auf seiner Zunge ließ ihn explodieren. Mit einem Stöhnen tauchte er wieder und wieder in Autumns Mundhöhle ein, es schien so, als könnte er gar nicht genug von ihr bekommen. Als er sich völlig entleert hatte, zog er Autumn an sich, schloss die Augen und sank in einen tiefen Schlaf.

Als sie das nächste Mal aufwachte, war es bereits Morgen. Da Autumn ihre Schicht mit Janet getauscht hatte, konnte sie sich den ganzen Tag um Shane kümmern und für ihn sorgen. Jetzt betrachtete sie ihn im Licht der aufgehenden Sonne und ihr wurde bewusst, wie nahe sie daran gewesen war, ihn für immer zu verlieren. Dabei hatte sie ihm noch nicht einmal gesagt, dass sie ihn ebenfalls liebte – jedenfalls nicht mit Worten. Bei diesem Gedanken tauchten wieder Bilder vom gestrigen Abend auf: wie sich Shanes Finger in ihr angefühlt hatten, sein Mund an ihrer Brust und wie sie hinterher seine Erregung mit Händen und Mund immer weiter gesteigert hatte, bis er schließlich mit einem tiefen Stöhnen gekommen war. Er war danach eingeschlafen und sie hatte ihre Hose und den Slip ganz ausgezogen und sich nackt neben ihn gelegt.

Sie wunderte sich über sich selbst. Bisher hatte sie nie den Wunsch verspürt, einen Mann mit dem Mund zu lieben, doch bei Shane war es ihr leichtgefallen. Es war ihr ein innerstes Bedürfnis gewesen und sie konnte es kaum erwarten, das Ganze zu wiederholen. Ihr Blick ruhte auf der Bettdecke, als sie eine verdächtige Bewegung darunter bemerkte. Rasch sah sie zu Shane auf. Er beobachtete sie durch halb geschlossene Augen, in denen sie sein Verlangen erkennen konnte.

»Guten Morgen.« Seine raue Stimme ließ ihr einen wohligen

Schauer über den Rücken laufen. Ihr Herz flatterte in ihrer Brust, als sich ein langsames Lächeln in seinem Gesicht ausbreitete. »Um nicht zu sagen ein sehr guter Morgen, da du dich hier nackt in meinem Bett befindest.«

Eine tiefe Wärme erfüllte Autumn. Shane liebte sie. Er wollte mit ihr zusammen sein. Und er konnte sogar einen Morgen gut finden, obwohl er verletzt war und beinahe gestorben wäre. Sie blickte ihm ernst in die Augen. »Ich liebe dich.«

Shane verschlug es den Atem. Er hatte mit vielem gerechnet, aber nicht damit, dass Autumn ihre Gefühle in nächster Zeit in Worte fassen würde. Es breitete sich ein so großes Glücksgefühl in ihm aus, dass es ihm die Kehle zuschnürte. So konnte er nur daliegen, in Autumns wunderschöne Augen starren und mit seinen Gefühlen kämpfen. Hinter seinen Augen bildete sich ein Druck und er kämpfte stumm gegen die Tränen an.

Als er so lange still blieb, wandte Autumn sich ab. Shane bemerkte die Veränderung in ihren Zügen und schlang schnell seine Finger um ihr Handgelenk. »Wo willst du denn hin?« Autumn antwortete nicht, sondern versuchte nur stumm, ihren Arm zu befreien. »Autumn? Sieh mich an.« Als sie sich weigerte, fügte er hinzu: »Bitte.«

Zögernd blickte Autumn zu ihm auf. »Ich wollte dich nicht in Verlegenheit bringen.«

Sprachlos starrte Shane sie an. Dann schüttelte er den Kopf. »Warum sollte mich deine Liebeserklärung verlegen machen? Überwältigt trifft es eher, überglücklich, verliebt, erregt. Aber doch nicht verlegen!« Er zog sie dichter zu sich heran. »Etwas Schöneres hättest du überhaupt nicht sagen können.« Er küsste ihre Augen, Nase und Stirn, bevor er an ihrem Ohr knabberte. »Ich liebe dich auch.«

Diese in ihr Ohr geflüsterten Worte bewirkten schließlich,

dass Autumn sich entspannte. Ihre Augen strahlten glücklich. »Das freut mich.«

Shane grinste. »Und mich erst, mein Kätzchen.«

Fragend zuckte ihre Augenbraue in die Höhe. »Kätzchen?«

»Aber natürlich. Zu jeder festen Beziehung gehört auch ein Kosename.«

Lachend drückte ihm Autumn einen Kuss auf den Mund, bevor sie sich erhob, ihre Kleidung aufhob und nackt den Raum verließ. Shane ließ sich in die Kissen zurücksinken und versuchte, seine Gefühle wieder unter Kontrolle zu bringen. Autumn liebte ihn. Es war wie ein Traum, und er hatte Angst, irgendwann daraus aufzuwachen. Als er versuchte, sich aufzurichten, spürte er einen scharfen Schmerz in den Rippen. Nein, es war definitiv kein Traum, wenn ihm an solch einem Tag alles wehtat. Mühsam warf er die Decke beiseite und schob die Beine aus dem Bett. So gern er auch weiter hier liegen und Autumns Liebesgeständnis genießen wollte, musste er noch etwas erledigen.

Er rief Clint an, um ihn über die neuesten Geschehnisse zu informieren und ihn um Rat zu fragen. Als er alles berichtet hatte, herrschte am anderen Ende der Leitung Stille. »Clint, bist du noch da?«

Clint fluchte. »Geht es dir auch wirklich gut?«

Shane unterdrückte ein Lachen. »Es ging mir schon mal besser. Ich fühle mich wie durch die Mangel gedreht. Aber ich mache mir viel mehr Sorgen um Autumn. Das Ganze hat sie ziemlich mitgenommen. Bisher hält sie sich noch recht gut, aber wie kann ich sie schützen? Ich kann sie nicht vierundzwanzig Stunden am Tag bewachen. Nachts ist das kein Problem …« Bei diesen Worten schnalzte Clint mit der Zunge. »… aber tagsüber bei der Arbeit ist sie ohne Schutz. Die anderen Ranger achten zwar auch auf sie, aber wenn der Mistkerl ihr wirklich etwas tun will, wird ihr niemand helfen können.«

»Und die Polizei hat noch keine Hinweise, wo er sich aufhalten könnte?«

Shane schnaubte. »Nein. Sie haben allerdings die Fingerabdrücke auf dem Paket identifiziert. Sie stimmen mit denen aus New York überein. Es war tatsächlich dieser Robert Pears. Und Bob hat am Bremsschlauch meines Jeeps einen Schnitt gefunden, durch den die Bremsflüssigkeit ausgetreten ist. Also war es eindeutig Manipulation.«

»Dieses Schwein. Sag mir Bescheid, wenn sie ihn gefasst haben, dann knöpfe ich ihn mir vor.«

Shane stieß ein Lachen hervor, das seine Rippen schmerzen ließ. »Da musst du dich schon hinten anstellen.«

Clint schwieg kurz. »Dir ist es ernst mit Autumn, oder?«

Shane atmete tief durch. »Ja.«

»Gut. Wenn du meine Hilfe brauchst, ruf mich an.« Er zögerte. »Du weißt, dass ich mich in der Krisenbekämpfung auskenne …«

»Wenn du deine Zeit in der Navy meinst, ja. Aber du hast nie erwähnt, was du dort genau gemacht hast.« Gespannt wartete Shane auf Clints Antwort. Bisher hatte er sich nie getraut, seinen Bruder danach zu fragen, aber jetzt, wo Autumns Leben auf dem Spiel stand – und seines auch –, wollte er wissen, wen er an seiner Seite hatte.

Clints Schweigen zog sich in die Länge. »Ich war ein SEAL.« Seine Antwort war kurz, fast abgehackt.

Shane stieß die angehaltene Luft zischend aus. »Ein SEAL? Und du hast uns nie davon erzählt?«

»Dad weiß es, sonst niemand. Ich hatte dort bestimmte Aufgaben, die der Geheimhaltung unterlagen.« Er zögerte. »Und es wäre mir lieb, wenn du es auch weiterhin als Geheimnis behandeln könntest.«

Shane zuckte die Achseln und schnitt eine Grimasse, als der

Schmerz durch seine Rippen fuhr. »Wie du willst. Aber warum hast du es Dad erzählt?«

»Habe ich nicht. Dad war auch SEAL, beziehungsweise die Vorform davon. Er war ein Unterwasserdemolationsexperte, UDT, damals in Vietnam. Dadurch bin ich überhaupt erst darauf gekommen.«

»Dad …? Okay, lassen wir das. Ich denke, wenn wir das nächste Mal ein Familientreffen haben, werde ich mit euch beiden ein langes Gespräch führen müssen.« Shane lachte, als ihm ein Gedanke kam. »Und Shannon schreibt die ganze Zeit über SEALs und weiß überhaupt nicht, dass sie einen – vielmehr zwei – davon in der Familie hat? Wenn sie das herausfindet, ist die Hölle los.«

»Ich habe nicht vor, es ihr zu verraten. Sie würde mir ständig Löcher in den Bauch fragen und es dann doch so drehen, dass ihre SEALs eher Superman gleichen als normalen Menschen. Nein danke. Also erzähl es ihr bloß nicht.«

Shane lächelte. »In Ordnung. Aber es beruhigt mich sehr, dass du mir helfen kannst, wenn es nötig ist. Danke.«

Clint räusperte sich. »Kein Problem. Wenn du mich brauchst, melde dich. Du weißt ja, ich habe mein Handy immer bei mir.«

»Danke. Ich hoffe, es wird nicht nötig sein. Sehen wir uns an Thanksgiving?«

»Natürlich. Bringst du deine Autumn wieder mit?«

Shane grinste. »Natürlich.«

Nachdem er aufgelegt hatte, lachte er weiter vor sich hin. Sein Bruder war ein SEAL. Warum hatte er davon bisher nie etwas gehört? Aber spätestens Thanksgiving würde er Genaueres erfahren.

26

Nur widerwillig hatte Autumn die Hütte verlassen, um sich von Scott zum Visitor Center fahren zu lassen. Bob hatte entschieden, sie vorerst nur dort einzusetzen, solange Robert noch nicht gefasst war, damit sie immer von Menschen umgeben war. Es behagte ihr gar nicht, Shane alleine zu lassen. Mit seinen Verletzungen konnte er sich kaum bewegen, und außerdem quälte sie die Angst, dass Robert noch einmal versuchen könnte, ihm etwas anzutun. Er hatte sie damit zu beruhigen versucht, dass immer einer von Sheriff Taggerts Männern in der Nähe der Hütte sein würde, doch sie wusste nicht, ob das Robert wirklich abhalten würde. Wenn er etwas wollte, dann gab es kaum etwas, das ihn stoppen konnte.

Autumn richtete sich auf und versuchte, ihre Furcht zu verdrängen und sich auf ihre Arbeit zu konzentrieren. Glücklicherweise war sie heute nicht im Besucherbereich eingeteilt, sondern widmete sich einmal mehr der Homepage. Sie war zurzeit nicht in der Lage, sich mit anderen Menschen auseinanderzusetzen. Noch immer fragte sie sich, ob es nicht besser gewesen wäre, den Park zu verlassen und Robert von hier wegzulocken. Shane hatte Glück gehabt und würde sich wieder erholen, aber beim nächsten Mal war das vielleicht nicht mehr der Fall. Und sie wusste, dass Robert nicht aufgeben würde, bis er sie in seine Gewalt gebracht hatte. Wahrscheinlich würde er Shane oder einen ihrer anderen neuen Freunde einfach nur deshalb töten, weil sie es gewagt hatte, sich wieder anderen Menschen anzuschließen.

Aber wo sollte sie hingehen? Sie würde ganz alleine leben

müssen, ohne engeren Kontakt zu anderen Menschen, an einem Ort, wo Robert sie nicht vermutete. Autumn schloss die Augen und rieb über ihre pochenden Schläfen. Seitdem sie die tote Katze in ihrer Hütte gefunden hatte, fühlte sie sich wie zerschlagen. All die Hoffnungen, die sie in die Zukunft gesetzt hatte, der Versuch, wieder einen Mann an sich heranzulassen – Gefühle zuzulassen –, waren zerstört. Durch die Ereignisse war ihr klar geworden, dass sie nie wirklich frei sein würde, solange Robert nicht gefasst war. Was sollte sie tun, wenn die Polizei ihn nie fand? Sollte sie sich ihr Leben lang verstecken und ständig fürchten müssen, dass er hinter der nächsten Ecke auf sie lauerte? Das konnte sie nicht tun. Ihr Leben war im letzten Jahr die Hölle gewesen, sie hatte fast die gesamte Zeit nur in ihrer Wohnung gesessen und sich gefragt, wann Robert sie finden würde. Sie brauchte eine sinnvolle Arbeit und vor allem Menschen um sich, denen sie vertrauen konnte. Wie Shane und Janet.

»Hallo Autumn.«

Sie drehte sich so schnell um, dass sie beinahe vom Stuhl kippte. Fassungslos starrte sie den Mann an, der in den kleinen Raum getreten war. Es dauerte einen Moment, bis sie realisierte, dass er tatsächlich vor ihr stand. Autumn sprang auf und der Stuhl knallte mit einem lauten Krachen gegen den Schreibtisch.

»Zach!« Nach kurzem Zögern trat sie auf den großen Detective zu und umarmte ihn. »Was tust du denn hier?«

Zach schob sie ein Stück zurück und betrachtete sie aufmerksam. »Nachdem mich Sheriff Taggert angerufen hatte, bin ich so schnell wie möglich hierhergekommen. Es tut mir leid, dass es nicht früh genug war, um den Unfall deines Kollegen zu verhindern. Geht es dir gut?«

Autumn presste ihre Lippen aufeinander und schüttelte den Kopf. »Es ging mir gut, bis Robert wieder aufgetaucht ist. Weißt du, ich dachte, ich könnte hier noch einmal neu anfangen. Ich habe es sogar geschafft, wieder einem Mann zu vertrauen. Und jetzt liegt er meinetwegen schwer verletzt in seiner Hütte!« Tränen traten in ihre Augen. »Ich könnte es mir nie verzeihen, wenn Shane …«

Zach legte seine große Hand auf ihre Schulter und drückte sie beruhigend. »Wir werden alles tun, um Robert Pears unschädlich zu machen, ich verspreche es.«

Einen Moment lang betrachtete sie den Detective. Sorge stand in seinen dunkelbraunen Augen und seine rotbraunen Haare standen zu allen Seiten ab, als wäre er seit Stunden mit den Händen hindurchgefahren. Seine harten Gesichtszüge drückten Entschlossenheit aus.

Langsam atmete sie aus. »Danke. Ich bin froh, dass du hier bist.«

Seine Miene wurde weicher. »Für dich würde ich alles tun, Autumn.«

Autumn wusste nicht, was sie dazu sagen sollte, deshalb schwieg sie. Schon in New York hatte sie das Gefühl gehabt, dass Zach vielleicht mehr von ihr wollte als Freundschaft, doch das konnte sie ihm nicht geben. Sie mochte ihn sehr, aber für sie war er eher wie der Bruder, den sie nie gehabt hatte.

Nachdem Robert ihr alles genommen hatte, ihre Freunde, ihre Selbstsicherheit, die Fähigkeit anderen zu vertrauen, schien es, als würde sie endlich wieder zu sich zurückfinden. Stück für Stück baute sie sich ihr Leben wieder auf, und sie würde alles tun, um es sich nicht wieder von Robert zerstören zu lassen.

»Zuerst werde ich mich mit dem Chefranger unterhalten und dann sehe ich mich im Park um. Es wäre gut, wenn ich vielleicht heute Abend mit dir und dem verletzten Ranger sprechen kann.« Jetzt wirkte Zach wieder wie der Detective, der sie vor einem Jahr zum ersten Mal im Krankenhaus besucht hatte, um mit ihr über Robert zu sprechen.

»Natürlich.« Sie berührte seinen Arm, als er sich zur Tür umdrehte. »Sei bitte vorsichtig, Zach.«

Ein seltenes Lächeln erhellte seine Züge. »Das bin ich immer.« Seine Hand legte er auf die Pistole an seiner Hüfte. Er drückte noch einmal ihre Finger und verließ den Raum.

Einerseits war Autumn froh, dass Zach hier war, gleichzeitig musste sie sich aber jetzt auch noch um ihn sorgen.

Vorsichtig zog Robert sich zurück. Er hatte nicht damit gerechnet, dass dieser Detective aus New York hier auftauchen würde. Das würde seine Planung verzögern, so viel war sicher. Wut breitete sich in ihm aus. Warum hatte er den Kerl damals nicht gleich beseitigt, als er in New York ständig um Autumn herumscharwenzelte und verhinderte, dass Robert an sie herankam? Hier war ihm bis jetzt niemand in die Quere gekommen. Warum hatte er so lange gezögert, Autumn zu sich zu holen? Manchmal stand ihm sein Perfektionismus wirklich im Weg. Aber er würde sich auch nicht von Zach Murdock aufhalten lassen, dafür hatte er zu lange darauf gewartet, Autumn für ihren Verrat zu bestrafen.

Der Detective würde sicher in ein oder zwei Tagen wieder zurückfliegen und Robert konnte dann mit seiner Planung unbehelligt fortfahren. Die hiesigen Polizisten waren größtenteils Witzfiguren, die glaubten, ihn fassen zu können, nur weil sie ein Abzeichen und eine Waffe trugen. Lachhaft. Robert machte sich einen Spaß daraus, immer wieder mal direkt vor ihrer Nase herumzulaufen, ohne von ihnen erkannt zu werden. Aber die Sache hatte natürlich auch einen ernsten Hintergrund: Er testete damit, ob seine jetzige Verkleidung funktionierte. Und das tat sie perfekt. Selbst Autumn würde ihn vermutlich nicht auf Anhieb erkennen, sondern erst, wenn er so nah war, dass ihr keine Chance mehr zur Flucht blieb.

Aber zuerst musste er herausfinden, was dieser Murdock vorhatte. Durch sein Interesse an Autumn war er gefährlicher für Robert als die hiesigen Dorfpolizisten. Schon in New York waren ihm die schmachtenden Blicke des Detectives aufgefallen und er bezweifelte, dass sich daran etwas geändert hatte, sonst wäre Murdock nicht extra hierhergekommen. Hatte Autumn ihn angerufen und gebeten zu kommen? Vielleicht reichte ihr ein Liebhaber nicht. Ein so heftiger Zorn überkam Robert, dass er buchstäblich rot sah. Seine Hand krampfte sich um das Geländer, um nicht das Gleichgewicht zu verlieren, als sich seine Sicht trübte.

»Geht es Ihnen nicht gut?«

Robert erstarrte, als die Stimme hinter ihm ertönte. Auch ohne sich umzudrehen wusste er, wer dort stand. Er nahm ein Taschentuch heraus und tat so, als würde er sich den Schweiß im Gesicht abwischen, während er sich umdrehte. »Ja, danke, es ist nur die Hitze.«

Zach Murdock nickte mitfühlend. Keine Regung in seinem Gesicht deutete darauf hin, dass er ihn erkannte. »Soll ich Sie ins Gebäude bringen oder zur Krankenstation?«

Robert zwang sich zu einem Lächeln. »Nein, danke, ich warte auf meine Frau. Ich setze mich einfach in den Schatten, dann geht es schon wieder. Vielen Dank für das Angebot.«

»Kein Problem.« Der Detective nickte ihm noch einmal zu und ging weiter in Richtung Parkplatz.

Verspätet setzte das Zittern ein, das Robert nur mühsam unterdrücken konnte. Das hätte nie passieren dürfen. Wie hatte er so unaufmerksam sein können? Solche Fehler konnten seinen ganzen Plan zunichtemachen. Vielleicht würde Murdock noch einfallen, wen er da angesprochen hatte, und seine Tarnung auffliegen lassen. Das konnte er auf keinen Fall zulassen. Entschlossen richtete Robert sich auf und folgte dem Detective in einigem Abstand.

Während er die gewundene Parkstraße entlangfuhr, hing Zach seinen Gedanken nach. Es war schön gewesen, Autumn wiederzusehen, auch unter diesen schrecklichen Umständen. Wie hatte Pears erfahren, dass sie hier war? Er selbst hatte es niemandem erzählt und auch nirgends schriftlich festgehalten. Schon seit Sheriff Taggert ihm am Telefon von der getöteten Katze berichtet hatte, läuteten bei ihm alle Alarmglocken und er hatte sofort Sonderurlaub eingereicht, um hierherzukommen. Doch in der Zeit, die er gebraucht hatte, um sämtliche Fälle abzugeben und einen Flug zu buchen, war Robert schon wieder tätig geworden. Es war eindeutig, dass der Mistkerl versuchen würde, Autumn wieder in seine Gewalt zu bringen, es war nur eine Frage der Zeit. Und so rasch wie er zweimal hintereinander zugeschlagen hatte, würde der nächste Akt sicher nicht lange auf sich warten lassen.

Zach biss die Zähne zusammen. Er würde nicht zulassen, dass Autumn etwas geschah. Sie hatte genug durchgemacht. Und trotz ihrer offensichtlichen Angst und der Sorge um ihren verletzten Kollegen war etwas in ihren Augen gewesen, das er in New York nicht dort gesehen hatte: Hoffnung und der Wille, für ihr neues Leben zu kämpfen. Sie verdiente diese Chance, und er würde dafür sorgen, dass sie sie bekam. Und wenn er sehr viel Glück hatte, würde sie erkennen, dass sie ihn auch liebte, und mit ihm zurück nach New York kommen, sobald Pears gefasst war.

Sein Gespräch bei Chefranger Bob Williams war nicht wirklich ergiebig gewesen, im Grunde hatte er auch nichts anderes als Sheriff Taggert gesagt: Sie würden alles tun, um Robert Pears zu finden und ihn zur Strecke zu bringen. Es war offensichtlich, dass Williams Autumn mochte und es als persönlichen Angriff ansah, wenn einer seiner Ranger verfolgt und ein anderer schwer verletzt wurde. Auf Zachs Frage hin, warum Pears gerade diesen Shane Hunter aus dem Weg räumen wollte, hatte der Chefranger herumgedruckst, bevor er schließlich angedeutet hatte, dass sich zwischen Autumn und Hunter eine Beziehung entwickelte. Sie war sogar mit ihm bei seiner Familie in Montana gewesen, als Robert Pears die Katze getötet und in ihrer Hütte deponiert hatte.

Zachs Herz krampfte sich schmerzhaft zusammen. Er hatte sich nie getraut, Autumn seine Gefühle für sie zu deutlich zu zeigen, weil er gespürt hatte, dass sie noch nicht so weit war, wieder einem Mann zu vertrauen. Irgendwie musste es dieser Hunter jedoch geschafft haben, zu ihr durchzudringen. Doch was genau sie für den Ranger empfand, war erst einmal zweitrangig. Jetzt zählte nur, dass Robert Pears so schnell wie möglich gefunden wurde, damit Autumn endlich in Sicherheit war. Vielleicht würde sie dann auch mit ihm nach New York zurückkommen, um ihr Leben dort wieder aufzunehmen.

Aber zuerst würde er jetzt mit Shane Hunter sprechen, um zu sehen, ob der vielleicht unbewusst irgendetwas gesehen hatte, das Zach helfen würde, den Verbrecher zu fassen.

Er bog in die schmale Straße ein, die zu den Behausungen der Ranger führte, und parkte vor Autumns Hütte. Mit zusammengezogenen Augenbrauen blickte er zu der Nachbarhütte, in der Shane Hunter lebte. Anscheinend schaffte er es doch nicht ganz, die Beziehung des Rangers zu Autumn zu ignorieren. Um sich davon abzulenken, blickte er in die Landschaft jenseits der Hütten. Einige Wacholderbüsche grenzten die Unterkünfte von der wilden Natur des Parks ab. Für einen Moment genoss er den Anblick der roten Felsen unter einem strahlend blauen Himmel. Es wirkte alles so ruhig und friedlich, die Vorstellung, dass sich irgendwo in dieser Landschaft vermutlich ein gewalttätiger Verbrecher versteckte, erschien absurd.

Gerade wollte er sich umdrehen, um zur Hütte des Rangers zu gehen, als er hinter den Büschen etwas aufblitzen sah. Angestrengt starrte er in die Richtung, doch es wiederholte sich nicht. Noch einmal warf er einen Blick zur Hütte, dann entschied er, zuerst herauszufinden, was er eben gesehen hatte. Vermutlich war es nichts, aber so dicht an Autumns Hütte machte es ihn trotzdem nervös. Er hatte nämlich immer noch dieses ungute Gefühl, das an ihm nagte, seit er vom Visitor Center weggefahren war. So als hätte er etwas übersehen. Aber er kam einfach nicht drauf, was es war. Deshalb sollte er besser allem nachgehen, was verdächtig erschien.

Zach schnitt eine Grimasse. Okay, vielleicht wollte er es auch noch ein wenig aufschieben, mit dem Ranger zu reden und von ihm bestätigt zu bekommen, dass Autumn tatsächlich eine Beziehung mit ihm eingegangen war. So viel zu seinem Ruf, immer professionell zu agieren und zuallererst an seinen Job zu denken.

Kopfschüttelnd ging Zach in Richtung der Büsche und löste dabei den Riemen, der verhinderte, dass seine Pistole aus Versehen aus dem Holster fiel. Mit der Hand auf dem Griff näherte er sich vorsichtig der Stelle, an der er das Aufblitzen gesehen hatte. Vermutlich würde er hier nichts finden, Robert Pears wäre wohl kaum so unverfroren, sich unter den Augen der Polizisten Autumn so weit zu nähern. Vielleicht war es auch einer von Taggerts Leuten, der die Hütten bewachte, beruhigte er sich, doch das ungute Gefühl, das an ihm nagte, blieb.

Zach zog die Pistole aus dem Holster und bewegte sich noch vorsichtiger vorwärts. Es kribbelte warnend in seinem Nacken und er blieb stehen. Während er weiterhin vorsichtig die Umgebung beobachtete, griff er in seine Hemdtasche, um sein Handy herauszuholen. Es wurde eindeutig Zeit für Rückendeckung. Für einen Moment blickte er auf das Display, während er die Nummer von Sheriff Taggert heraussuchte. Ein leises Knirschen ertönte hinter ihm und er wirbelte herum, doch es war bereits zu spät. Etwas schlug mit Wucht gegen seinen Kopf und er ging in die Knie. Der Boden kam immer näher und er schaffte es kaum, seinen Fall zu bremsen. Hart schlug er auf der Erde auf und für einen Moment wurde es schwarz vor seinen Augen.

Das Gefühl von Gefahr verstärkte sich und Zach versuchte, wieder auf die Füße zu kommen. Punkte tanzten vor seinen Augen, deshalb konnte er nicht genau erkennen, wohin die Pistole geflogen war, die er bei dem Sturz verloren hatte. Mit der Hand strich er über den Boden, bis er das Metall berührte. Doch bevor er die Waffe greifen konnte, wurde sie von einem in einen Wanderstiefel gekleideten Fuß aus seiner Reichweite geschoben. Gegen die Sonne blinzelnd sah Zach auf, konnte jedoch nur einen verschwommenen Umriss erkennen. Ohne darüber nachzudenken schoss sein Fuß hervor und er trat hart gegen die Beine seines Gegners. Dieser stieß einen überraschten Fluch aus und landete neben Zach im Staub. Durch den Schlag fast blind, stürzte Zach sich instinktiv auf den Mann und begrub ihn unter sich.

Die Gesichtszüge waren verzerrt und durch seine verschwommene Wahrnehmung verschoben, aber Zach erkannte den Mann, den er vor dem Visitor Center angesprochen hatte. In diesem Moment verstand er, was vorher an ihm genagt hatte: Es war Robert Pears, durch die dunklen Haare und den Vollbart kaum zu erkennen. Wut stieg in Zach auf – auf sich selbst, vor allem aber auf diesen Mistkerl, der Autumn das Leben zur Hölle machte. Mit der Faust traf er Pears mitten im Gesicht. Es tat gut, das endlich tun zu können, auch wenn seine Knöchel dabei schmerzten. Ein befriedigendes Knirschen deutete an, dass er die Nase seines Gegners gebrochen hatte. Blut schoss daraus hervor und tropfte in den Sand.

Anstatt ihn auszuschalten, schien die Verletzung Pears aber nur wütend zu machen. Mit einem lauten Röhren griff er an. Zach konnte gerade noch dem Knie ausweichen, das zwischen seine Beine stieß, verlor dadurch aber den Griff am Arm des Verbrechers. Das nutzte dieser sofort aus und warf ihm eine Handvoll Sand ins Gesicht. Hustend und spuckend versuchte Zach, die Körner aus Mund und Nase zu bekommen, seine Augen hatte er glücklicherweise automatisch im letzten Moment geschlossen. Davon abgelenkt merkte er nicht, dass es Pears inzwischen gelungen war, den Knüppel wieder in die Hände zu bekommen, mit dem er ihn zuvor niedergeschlagen hatte. Diesmal stieß er ihn Zach mit so viel Kraft gegen den Arm, dass der Unterarmknochen brach.

Der Schmerz raubte Zach den Atem, seine Muskeln erstarrten. Er konnte sich nicht dagegen wehren, als Pears ihn mit einem Ruck von sich schob und unter ihm herauskroch. Mühsam kämpfte sich Zach auf die Knie, bereit, den Verbrecher irgendwie zur Strecke zu bringen, auch wenn er nur noch einen Arm benutzen konnte und inzwischen alles doppelt sah. Wahrscheinlich hatte er mindestens eine Gehirnerschütterung. Zach biss die Zähne gegen den Schmerz zusammen, er durfte die Gelegenheit, Pears aus dem Verkehr zu ziehen, nicht vergeben. Zu lange hatte er – und vor allem Autumn – darauf gewartet.

Zach schwankte und schaffte es nicht, auf die Füße zu kommen. Pears musste irgendwo hinter ihm sein, aber sosehr er auch versuchte, sich umzudrehen, sein Körper gehorchte ihm nicht mehr. Es war, als würde ein System nach dem anderen abschalten. Seine Beine wurden gefühllos, gefolgt von seinen Armen, und Zach schlug ungebremst auf den harten Boden. Sand und Steine schabten über seine Wange und er war froh, dass er die Augen geschlossen hatte. Als er jetzt versuchte, sie wieder zu öffnen, stellte er fest, dass sie ihm nicht gehorchten. Er konnte sich nicht mehr rühren! Furcht rieselte durch seinen Körper, dicht gefolgt von Wut auf Robert Pears, vor allem aber auf sich selbst, weil es ihm hätte gelingen müssen, den Verbrecher zu schnappen, und er nun stattdessen hier sterben würde.

Als der erste Schlag seinen Körper traf, bäumte sich sein Lebenswille noch einmal auf, aber es gelang ihm nicht, auch nur einen Finger zu heben. *Es tut mir leid, Autumn.*

»Was ist denn das für ein Wagen?« Janets Stimme drang durch Autumns Gedanken.

Sie sah auf und erkannte, dass sie bereits vor Shanes Hütte angekommen waren. »Welcher?«

Janet verdrehte die Augen. »Na der, der vor deiner Hütte steht.« Sie wurde ernst. »Geht es dir nicht gut? Du bist so still.«

Bis auf die Tatsache, dass sie von einem Wahnsinnigen verfolgt wurde, der nicht nur Katzen quälte, sondern auch keine Skrupel hatte, einen anderen Mann zu töten? Autumn drängte die Antwort zurück, die ihr auf der Zunge lag. »Ich denke nur nach.« Sie drehte den Kopf und betrachtete den Wagen vor ihrer Hütte. »Anscheinend ein Mietwagen.« Als ihr ein Gedanke kam, setzte sie sich gerader auf. »Vielleicht gehört er Zach Murdock.«

»Wem?« Neugierig sah Janet sie an.

»Dem Detective aus New York, der damals meinen Fall bearbeitet hat. Er kam vorhin überraschend ins Visitor Center. Heute Abend will er mit Shane und mir über den Unfall reden.« Unruhe erfasste Autumn. Eigentlich sollte sie froh sein, dass Zach jetzt hier war – und das war sie auch –, aber irgendwie wurde sie das Gefühl nicht los, dass dadurch alles nur noch schlimmer werden würde.

»Ich hoffe, er kann dir helfen. Es wird Zeit, dass dieser Irre geschnappt wird.« Janet klang, als würde sie ihn eigenhändig überwältigen, wenn es sein musste.

Autumn legte ihre Hand auf Janets Arm. »Ja, es wird Zeit. Aber bitte, halt dich von Robert fern. Ich möchte nicht, dass dir auch noch etwas geschieht.«

»Keine Angst, ich kenne meine Grenzen.«

Rasch stieg Autumn aus dem Wagen. »Gut. Wir sehen uns morgen!«

Janet winkte ihr zu und fuhr weiter, während Autumn zu Shanes Hütte lief. Er hatte sicher den Motor gehört und fragte sich schon, wo sie so lange blieb. Sie öffnete die Tür mit ihrem Schlüssel und lauschte. Kein Laut war zu hören.

»Shane?« Rasch durchquerte sie das Wohnzimmer und blieb in der Tür zum Schlafzimmer stehen. Ein Lächeln überzog ihr Gesicht, als sie sah, dass er schlief. Vorsichtig setzte sie sich auf die Bettkante und strich ihm die zerzausten Haare aus der Stirn. Ein so starkes Gefühl der Liebe stieg in ihr auf, dass es ihr den Brustkorb zu sprengen drohte.

Seine Augen öffneten sich langsam und ein zärtliches Lächeln spielte um seine Mundwinkel. »Hallo, mein Kätzchen.«

Autumn beugte sich vor und küsste ihn sanft auf die Lippen. »Hast du gut geschlafen?«

»Ich habe von dir geträumt.« Als er ihren zweifelnden Gesichtsausdruck sah, grinste er. »Nur Gutes natürlich.«

Kopfschüttelnd erhob Autumn sich. »War Zach Murdock schon hier?«

Stirnrunzelnd sah Shane sie an. »Der Detective aus New York? Warum sollte er hier sein?«

Sorge breitete sich in Autumn aus. »Er war vorhin im Visitor Center und hat gesagt, dass er später hierherkommt. Vor meiner Hütte steht ein Mietwagen, ich dachte, er gehört vielleicht ihm.«

»Hier ist niemand gewesen.« Shane blickte auf den Wecker. »Ich glaube, ich habe vor etwa einer Stunde ein Auto gehört. Es hat angehalten und eine Tür wurde zugeworfen. Danach kam nichts mehr. Vielleicht bin ich auch eingeschlafen.«

Autumn knabberte an ihrer Unterlippe. »Aber wenn es Zach war, wo könnte er jetzt sein? Ich habe ihn draußen nicht gesehen.«

»Vielleicht in deiner Hütte?«

Ein Schauder erfasste Autumn, aber dann straffte sie die Schultern. »Ich werde ihn suchen.«

Shane versuchte sich aufzusetzen. »Nein, das wirst du nicht. Du weißt ja noch nicht mal, ob es überhaupt sein Wagen ist.«

»Dann werde ich das herausfinden.« Shane erkannte wohl an ihrer Miene, dass er sie nicht umstimmen konnte, denn er schob seine Beine aus dem Bett.

»Was tust du da?«

»Wonach sieht es denn aus? Ich komme mit.« Tiefe Falten bildeten sich um seinen Mund, er hatte offensichtlich starke Schmerzen.

»Shane, sei doch vernünftig, du musst dich schonen.« Autumn versuchte ihn aufzuhalten, aber sie schaffte es nicht, ohne ihn dabei zu verletzen.

Er sah sie ernst an. »Ja, aber noch mehr muss ich dafür sorgen, dass dir nie wieder etwas geschieht.« Einen Moment saß er still da, dann sprach er weiter. »Wenn du dort rausgehst und untersuchst, wem der Wagen gehört, dann komme ich mit. Du könntest natürlich auch gleich Bob oder Sheriff Taggert anrufen.«

Das war auch eine Möglichkeit, aber Autumn wollte die beiden nicht noch mehr belasten, als sie es sowieso schon tat. Jedenfalls nicht, solange sie nicht wusste, was es mit dem Wagen auf sich hatte. »Das werde ich, wenn ich sicher weiß, dass es nicht Zachs Wagen, sondern der eines Fremden ist.«

Shane stieß einen Seufzer aus und zuckte vor Schmerz zusammen. »Hilfst du mir hoch?«

Autumn wollte, dass er liegen blieb, aber sie wusste genau, dass er es nicht tun würde, solange er dachte, sie wäre in Gefahr. Je schneller sie herausfand, was vor sich ging, desto eher würde er sich wieder hinlegen. Vorsichtig half sie ihm hoch und stützte ihn, während er sich langsam durch den Raum bewegte. Glücklicherweise waren seine Beine bis auf einige Prellungen unverletzt, sodass er nur darauf achten musste, seinen Oberkörper ruhig zu halten. Hoffentlich wurde ihm durch die Kopfverletzung nicht schwindelig, sie würde ihn nicht halten können.

Sie öffnete ihnen die Haustür und trat hinaus. Der Wagen stand immer noch genauso da wie vorher. »Warum setzt du dich nicht hier auf die Bank, wo du mich sehen kannst, und ich gehe schnell zum Auto und schaue hinein?«

Mit zusammengepressten Lippen schüttelte Shane den Kopf und folgte ihr den Weg hinunter zur Straße. Insgeheim froh, ihn in ihrer Nähe zu haben, trat Autumn neben den Mietwagen und blickte in das Innere. Es war aufgeräumt, nur auf dem Beifahrersitz lag eine Karte und auf dem Rücksitz ein Jackett und eine Laptoptasche. Erleichterung durchströmte Autumn.

Sie deutete auf den Rücksitz. »Das Jackett hatte Zach vorhin an.«

Shane lehnte sich an die Tür, um sich aufrecht zu halten. »Bist du sicher?«

»Ziemlich. Außerdem, welcher Tourist sollte hier seinen Wagen hinstellen und dann auch noch bei dem Wetter mit Jackett unterwegs sein?« Autumn blickte zu ihrer Hütte hinüber. »Allerdings weiß ich nicht, wo er sein könnte. Die Hütte ist abgeschlossen, er hätte also erst zu dir kommen müssen.«

»Vielleicht hat er von Bob einen Schlüssel bekommen.« Sie konnte seiner Stimme anhören, dass er auch nicht recht daran glaubte.

»Sehen wir nach.« Ohne Shanes Antwort abzuwarten, legte sie ihm wieder ihre Hand um die Taille und führte ihn zur Haustür. Als sie dort ankamen, atmete er bereits schwer, deshalb ließ sie ihn auf der Schaukel zurück, während sie die Tür aufschloss. Nach einem tiefen Atemzug zog sie die Tür auf und starrte in das dunkle Innere. »Zach?« Sie brauchte gar nicht erst einzutreten, um zu wissen, dass er nicht dort war.

27

Die Hütte fühlte sich leer an. Trotzdem zwang Autumn sich, eine kurze Tour durch das Haus zu machen. Nichts. Ihre Sorge steigerte sich. Der Detective war immer so zuverlässig gewesen. Was hatte ihn davon abgehalten, nicht wie abgemacht zu Shanes Hütte zu gehen? Und weshalb stand sein Wagen vor der Tür, wenn er gar nicht da war?

Autumn trat wieder nach draußen und atmete tief die frische Luft ein. Als sie Shanes fragenden Blick bemerkte, schüttelte sie den Kopf. »Er ist nicht hier. Aber wo könnte er sonst sein?«

»Ich weiß es nicht.« Shane lehnte den Kopf gegen die Lehne der Schaukel. Im grellen Sonnenlicht konnte sie die Blässe in seinem Gesicht erkennen. »Vielleicht sieht er sich hier um. Hast du seine Handynummer?«

»Natürlich! Warum habe ich nicht selbst daran gedacht?« Sie schlug sich vor die Stirn. »Bleib hier, ich bin sofort zurück.«

Autumn ignorierte Shanes Protest und rannte los. Es schien ihr viel zu lange zu dauern, ihr Adressbuch herauszusuchen und Shanes Handy in der Hütte zu finden, doch schließlich hatte sie beides und lief zu Shane zurück.

Angespannt blickte er ihr entgegen. »Setz dich zu mir.« Da sie die Bitte in seiner Stimme hörte, ließ sie sich neben ihm auf die Bank sinken. Er griff nach ihrer Hand und hielt sie fest. »Tu das nie wieder, hörst du? Wenn Robert dir eben aufgelauert hätte, wäre ich nie schnell genug zu dir gekommen, um dir zu helfen. Kannst du dir vorstellen, wie ich mich dabei fühle?«

Autumn zuckte schuldbewusst zusammen. »Entschuldige, ich

habe gar nicht darüber nachgedacht. Ich wollte nur so schnell wie möglich das Handy holen, damit wir endlich wissen, was hier los ist. Vielleicht gibt es ja eine ganz logische Erklärung, aber irgendwie …« Sie hob die Schultern.

»Das geht mir ebenso, und genau deshalb möchte ich, dass du dich nicht zu weit von mir entfernst, okay?« Seine Furcht um sie stand deutlich sichtbar in seinen Augen.

Autumn lehnte sich vor und küsste ihn auf die Wange. »Ich verspreche es.«

»Gut. Also, hast du die Nummer?«

Rasch suchte sie Zachs Telefonnummer in ihrem Adressbuch und gab sie in Shanes Handy ein. Sie hielt den Atem an, während sie auf den Freiton wartete. Er ertönte zeitgleich mit einer leisen Melodie, deren Ursprung sie nicht erkennen konnte.

Shane griff nach ihrem Arm. »Hörst du das?«

»Ja. Glaubst du, er hat sein Handy im Wagen gelassen?« Durch den Freiton an ihrem Ohr war es schwer für sie, die Richtung zu bestimmen. Sie reichte es an Shane weiter. »Hier, lass es weiterklingeln, ich versuche herauszufinden, wo die Melodie herkommt.«

»Autumn …«

Sie unterbrach ihn. »Ich bleibe die ganze Zeit in deiner Sicht, ich verspreche es.«

Widerwillig gab Shane nach. »In Ordnung. Sei bitte vorsichtig.«

Sie drückte noch einmal seine Hand und stand auf. »Auf jeden Fall. Lass es immer weiterklingeln, falls er nicht drangeht.« Autumn entfernte sich von Shane und konnte die Melodie nun klarer hören. Aus dem Wagen schien sie nicht zu kommen, dafür war sie zu laut, deshalb ging Autumn daran vorbei und über die Straße. Gerade als sie glaubte, eine Richtung ausmachen zu können, verstummte das Handy.

Hoffnungsvoll blickte sie zu Shane, doch der schüttelte den Kopf. »Mailbox. Ich rufe gleich noch mal an.« Seine Stimme trug deutlich zu ihrem Standort.

Wenn Zach hier irgendwo in der Nähe war, musste er sie dann nicht auch hören? »Zach, bist du hier?« Keine Reaktion. »Antworte bitte, wenn du mich hörst!« Nichts. Kein Laut, keine Bewegung.

Ein Schauder kroch über Autumns Rücken. Irgendetwas stimmte nicht, sie konnte es bis in ihre Knochen fühlen. Als die Klingelmelodie wieder einsetzte, bewegte sie sich entschlossen darauf zu. Die Töne führten sie zu den Wacholderbüschen, die den Bereich der Hütten von dem des übrigen Parks abtrennten.

»Autumn!« Shanes Ruf ließ sie zur Hütte zurückblicken. Er war aufgestanden und blickte zu ihr hinüber.

In Erinnerung an ihr Versprechen blieb sie stehen und wartete, bis er sich quälend langsam zu ihr gesellt hatte. Shane atmete schwer, als er neben ihr stehen blieb und sich dankbar auf sie stützte. Die Melodie war inzwischen wieder verstummt.

»Wähl noch einmal.«

Kurz darauf ertönte erneut die Melodie und Autumn machte sich wieder auf die Suche. Sie schlängelte sich durch die Büsche und blieb ruckartig stehen. Ihre Hand flog vor ihren Mund und sie schrie unterdrückt auf. Ungläubig glitten ihre Augen über die Gestalt am Boden.

»Autumn, was ist?« Shanes Stimme klang besorgt.

»Zach.« Es war ein Flüstern, fast eine Bitte. Ihre Knie gaben nach und sie sank zu Boden. Er lag auf dem Bauch, sein Arm und ein Bein verdreht, Blut tränkte seine Haare und sickerte in den Sand. Zögernd streckte sie eine Hand aus und berührte Zachs Halsschlagader. Sie konnte nicht sicher sein, meinte aber, einen schwachen Puls zu spüren. »Shane! Ruf sofort Margret und einen Krankenwagen! Schnell!«

Shane schob seinen Kopf durchs Gebüsch und fluchte, als er Zach dort liegen sah. »Beweg ihn nicht, wir wissen nicht, ob er Hals- oder Schädelverletzungen hat.« Als Autumn nickte, wählte er eine Nummer und hielt das Handy ans Ohr. »Margret, hier ist Shane. Wir haben hier einen Schwerverletzten hinter den Büschen bei unseren Hütten. Komm bitte sofort und ruf auch einen Krankenwagen.«

Autumn traute sich nicht, ihre Finger von Zachs Puls zu nehmen, aus Angst, ihn zu verlieren. Tränen rannen über ihre Wangen, doch sie bemerkte sie kaum. Wie eine Schleife lief der Gedanke durch ihren Kopf, dass Zach ihretwegen sterben würde. Und beim nächsten Mal würde es Shane sein. Das konnte sie auf keinen Fall zulassen, irgendwie musste Robert aufgehalten werden. Aber wie? Wenn ein einfacher Bibliothekar es schaffte, einen bewaffneten Detective auszuschalten, dann wusste sie nicht, was sie ihm entgegensetzen konnte.

Autumn wusste hinterher nicht mehr, wie lange es gedauert hatte, bis der Krankenwagen endlich eintraf, der Zach jetzt ins Krankenhaus nach Moab brachte. Zu lange, wenn es nach ihr ging. Die ganze Zeit hatte er sich nicht einen Millimeter bewegt oder wenigstens die Augen geöffnet. Margret hatte ihn untersucht, und ihrem ernsten Gesichtsausdruck nach zu urteilen hatte sie keine große Hoffnung, dass er überleben würde.

Inzwischen wimmelte der Park nur so von Polizisten und sie hoffte, dass Robert bald gefasst werden würde. Aber sie verließ sich nicht darauf. In New York war er auch einfach untergetaucht, warum sollte es ihm hier im Park nicht gelingen? Aber darum konnte sie sich später noch kümmern, zuerst musste sie nach Moab fahren. Beinahe wie ferngesteuert ging sie zu Shanes Hütte zurück. Sie ließ die Tür hinter sich zufallen und lehnte sich dann mit dem Rücken dagegen.

»Autumn?« Shanes Stimme drang aus dem Schlafzimmer.

Einen Moment lang wusste sie nicht, ob sie die Kraft aufbrachte, die wenigen Schritte zu gehen, aber schließlich schleppte sie sich zu ihm. Margret hatte Shane den dringenden Rat gegeben, wieder ins Bett zu gehen, bevor er auf die Nase fiel, und Bob hatte dafür gesorgt, dass Shane darauf hörte. Als sie ihn jetzt so blass und zerschunden im Bett liegen sah, überkam sie ein schlechtes Gewissen, dass sie ihm überhaupt erlaubt hatte aufzustehen.

»Komm, leg dich zu mir.«

Autumn schüttelte den Kopf und versuchte, ihre Tränen zurückzudrängen. »Das geht nicht.«

Ernst sah Shane sie an. »Warum nicht? Du siehst aus, als würdest du gleich umfallen.«

»Ich muss ins Krankenhaus.« Sie setzte sich auf die Bettkante und strich über Shanes Stirn. »Außerdem hat sich gerade gezeigt, dass ich euch alle nur in Gefahr bringe, wenn ich hierbleibe. Das kann ich nicht zulassen.«

Shane griff nach ihrer Hand und hielt sie auf seiner Brust fest. »Was passiert ist, ist nicht deine Schuld, Autumn. Dieser Kerl ist wahnsinnig, ich denke, das wurde jetzt ausreichend bewiesen.«

»Ja, aber Zach war nur meinetwegen hier, und jetzt wird er wahrscheinlich sterben! Und du hättest auch tot sein können! Glaubst du, ich könnte damit leben, wenn Robert nach und nach meine Freunde ermordet?« Ihre Stimme brach. »Wer ist als Nächstes dran? Janet?«

Sanft zog Shane sie zu sich hinunter und sie ließ es geschehen. Den Kopf auf seine unverletzte Schulter gebettet, gab sie den Tränen nach. All die Wut und Angst in ihr entluden sich. Shane beschränkte sich darauf, sie zu halten und beruhigende Worte in ihr Ohr zu murmeln. Schließlich ging ihr die Kraft aus und sie schloss die brennenden Augen.

Es war bereits dunkel, als sie wieder aufwachte. Einen winzigen Moment lang glaubte sie, es wäre alles nur ein Traum gewesen, aber dann kam die Erinnerung zurück. Ruckartig setzte sie sich auf. Zach! Oh Gott, wie konnte sie hier schlafen, während er um sein Leben kämpfte oder vielleicht sogar schon tot war!

Shane gab einen schmerzerfüllten Laut von sich, wahrscheinlich hatte sie ihn irgendwo getroffen, als sie sich aufgesetzt hatte. »Geht es dir jetzt besser?« Seine Stimme klang rau und schläfrig.

Autumn horchte in sich hinein und stellte fest, dass es tatsächlich so war. Es hatte ihr gutgetan, sich gehen zu lassen und vor allem jemanden zu haben, der für sie da war und ihr sagte, dass alles gut werden würde. Sie beugte sich zu ihm hinab und küsste ihn auf die Wange. »Ja, danke.«

Mühsam setzte Shane sich auf und sah sie ernst an. »Lässt du dich bitte von einem der Polizisten ins Krankenhaus fahren? Ich möchte nicht, dass du alleine unterwegs bist, solange dieser Mistkerl noch frei herumläuft.«

»Natürlich, das hatte ich sowieso vor.«

Erleichtert ließ Shane sich zurücksinken. »Gut.«

Sanft strich Autumn über seine Wange. »Und es wird auch ein Polizist hier Wache halten, damit dir nichts passiert, während ich weg bin.«

Shane schnitt eine Grimasse, widersprach aber nicht.

Eine halbe Stunde später betrat Autumn in Begleitung eines Polizisten das Krankenhaus in Moab. Nachdem sie sich bei der Anmeldung nach Zach erkundigt hatte, kam ihr Sheriff Taggert im Gang entgegen. Sein Gesicht wirkte noch angespannter als bei ihrem ersten Treffen, die Falten waren tiefer geworden.

»Ist er …?« Autumn schaffte es nicht, es auszusprechen. Trauer wallte in ihr auf.

»Nein, er lebt.« Das ›noch‹ klang deutlich in seinen Worten

mit. »Sie haben ihn operiert, um die Blutungen in seinem Kopf zu stoppen, aber sie wissen nicht, ob er jemals wieder das Bewusstsein erlangen wird. Oder wie sein Zustand sein wird, sollte er aufwachen.« Taggert fuhr mit der Hand durch seine Haare. »Die anderen Verletzungen waren dagegen leichter und sollten gut verheilen.«

Wenn der Sheriff mehrere Knochenbrüche und schlimmste Prellungen als ›leicht‹ bezeichnete, dann mussten die Kopfverletzungen wirklich furchtbar sein. Aber Zach lebte noch und Autumn würde alles tun, damit das auch so blieb. Sie straffte ihren Rücken. »Ich möchte zu ihm.«

Es war offensichtlich, dass der Sheriff ablehnen wollte, aber dann nickte er nur und führte sie zur Intensivstation. Durch seine Fürsprache konnte die diensthabende Schwester überzeugt werden, sie für einen kurzen Moment in Zachs Zimmer zu lassen. Autumn holte noch einmal tief Luft und bemühte sich, ihre Abneigung gegen Krankenhäuser zu unterdrücken. Zach brauchte sie hier und sie würde für ihn da sein, so wie auch er vor einem Jahr für sie dagewesen war.

Zögernd betrat Autumn den Raum, der furchtbar steril wirkte und stark nach Desinfektionsmitteln roch. Zach lag still im Bett. Ein dicker Verband war um seinen Kopf gewickelt, ein Arm und ein Bein lagen in Gips. Prellungen schimmerten beinahe schwarz an seinem Kopf und an den Armen. Der Rest seines Körpers war vom Laken verdeckt. Dunkle Ringe lagen unter seinen Augen und brachten seine bleiche Haut zum Leuchten. Obwohl er so groß und kräftig war, wirkte er hier kleiner und vor allem schutzlos. Sie konnte nur hoffen, dass vor seiner Tür ein Polizist abgestellt wurde, der verhinderte, dass Robert sein Werk vollendete.

Erneut überschwemmte sie das Schuldgefühl und sie wünschte, sie könnte die Sache ungeschehen machen. Doch das war nicht möglich, dafür hatte Robert gesorgt.

Zögernd beugte sie sich über Zach. »Komm zurück, Zach. Lass Robert nicht gewinnen!« Sie hielt den Atem an, aber er reagierte nicht.

Wütend blickte Robert in den Spiegel und berührte zaghaft seine geschwollene Nase. Sie war vermutlich gebrochen, aber er konnte damit nicht zu einem Arzt gehen. Zu groß war die Gefahr, dass sie nach ihm Ausschau hielten, nachdem der Detective gefunden worden war. Wirklich schade, es wäre viel schöner gewesen, wenn Autumn irgendwann über seine Leiche gestolpert wäre. Andererseits war ihr Gesicht auch so sehenswert gewesen, der Schock deutlich sichtbar. Genauso wie ihre Schuldgefühle, weil der liebe Zach ihretwegen zum Opfer geworden war. Glücklicherweise hatte Robert ein Fernglas dabeigehabt, um die Szene zu beobachten.

Es war unglaublich einfach gewesen, den Detective in die Falle zu locken. Wahrscheinlich, weil er sich zu sicher gefühlt hatte, mit seiner blankgeputzten Marke und der geladenen Pistole. Als wenn das jemanden wie Robert aufhalten konnte. Aber es war nötig gewesen, Murdock aus dem Weg zu räumen. Er hatte Robert zwar nicht erkannt, aber es hätte ihm später auffallen können, und dann wäre es zu spät gewesen. Jetzt war er unschädlich gemacht und würde vielleicht sogar sterben. Nein, er musste sterben, damit er niemandem verraten konnte, wie Robert jetzt aussah.

Robert presste den Eispack wieder gegen die Nase und wandte sich vom Spiegel ab. Dummerweise hatte die Aktion jetzt seine anderen Pläne durchkreuzt. Im Moment waren zu viele Polizisten im Park unterwegs und vermutlich würde ein ständiger Schutz für Autumn abgestellt sein. Aber das würde sich in ein paar Wochen wieder ändern, das Sheriffsbüro würde die Extrakräfte nicht so lange bezahlen können. Danach, wenn alles wieder ruhig war und Autumn glaubte, er hätte aufgegeben, würde er zuschlagen. Und dann würde sie ihm nicht mehr entkommen.

28

Drei Wochen später war Robert Pears immer noch nicht gefasst worden. Obwohl alles ruhig schien, machte Shane sich dennoch Sorgen. Wohin war Robert verschwunden und warum konnte die Polizei ihn nicht finden? Sheriff Taggert war der Ansicht, dass Robert wegen des Aufruhrs nach dem Angriff auf den New Yorker Detective erkannt hatte, dass er Autumn nie in die Hände bekommen würde, und weitergezogen war. Shane glaubte nicht daran. Robert hatte sich die Mühe gemacht, Autumn hier aufzuspüren, er würde sicher nicht einfach wieder verschwinden. Vermutlich hielt er sich in der Nähe versteckt, und sobald die Lage sich beruhigt hatte, würde er erneut zuschlagen. In seiner Freizeit wachte Shane jede Minute über Autumn, und wenn er Dienst hatte, war immer einer der anderen Ranger bei ihr.

Die Tage verliefen ruhig und waren, nachdem es Shane wieder besser ging, angefüllt mit Arbeit und Besuchen im Krankenhaus. Zachs Zustand war noch immer zu instabil, um ihn nach New York zu verlegen. Davon abgesehen gab es im Osten niemanden, der sich so um Zach kümmern würde wie Autumn. Jeden Tag saß sie mindestens eine Stunde an seinem Bett und redete mit ihm, in dem Versuch, ihn aus dem Koma zurückzuholen, in das er durch das Gehirntrauma gefallen war.

Die Ärzte waren sich nicht sicher, ob er überhaupt jemals aufwachen würde, und Shane befürchtete das auch. Aber Autumn gab nicht auf, und er liebte sie fast noch mehr dafür. Seine anfängliche Eifersucht auf den Detective, weil Autumn immer so positiv über ihn geredet hatte, war vergangen, seit Robert

Zach beinahe getötet hatte. Und auch wenn er kaum Hoffnung hatte, wünschte er sich, dass der Detective wieder aufwachte. Er konnte Autumns Selbstvorwürfe kaum noch mit ansehen und er wusste nicht, wie er sie aus diesem Loch herausbekommen sollte. Immerhin festigte sich ihre Beziehung mit jedem Tag mehr, und er spürte, dass Autumn ihm inzwischen vorbehaltlos vertraute.

Sie hatte sich nun auch ein Mobiltelefon gekauft, das sie sogar mit ins Badezimmer nahm, weil sie ihm versprochen hatte, es immer bei sich zu tragen, damit sie Hilfe herbeirufen konnte, falls Robert jemals wieder auftauchte. Shane fiel wieder der Abend ein, als sie ihn vom Bad aus im Wohnzimmer angerufen hatte, damit er ihr den Rücken wusch. Lachend schüttelte er den Kopf. Ja, sie waren in diesen letzten Wochen sehr weit in ihrer Beziehung gekommen, und er konnte sich durchaus vorstellen, auch in fünfzig Jahren noch ihren Rücken zu schrubben. Bei diesem Gedanken überkam ihn wieder die inzwischen vertraute Wärme, die ihn jedes Mal erfüllte, wenn er an Autumn dachte.

Es hatte ihn wirklich erwischt. Wenn jetzt noch Zach aufwachte und dieser Wahnsinnige verhaftet wurde, dann stand seinem neuen Leben mit Autumn nichts mehr im Weg. Seine Hand verkrampfte sich zu einer Faust. Er würde heute Nachmittag noch einmal zu Sheriff Taggert fahren, um nach seinen Fortschritten bei Pears' Ergreifung zu fragen. Er war sicher, dass der Sheriff wieder das Gleiche antworten würde wie jedes Mal, wenn Shane in der Polizeistation auftauchte: »Wir tun, was wir können. Unsere Männer sind in Alarmbereitschaft, genau wie sämtliche Ranger. Jeder hat ein Foto von Robert Pears bei sich, und wenn er auftaucht, ist er schon so gut wie verhaftet. Doch bisher hat ihn noch niemand gesehen. Und wie Sie ja wissen, ist der Park zu allen Seiten offen. Wer es darauf anlegt, kann in die Landschaft eintauchen und wochenlang nicht gesehen werden. Wenn Pears überhaupt noch da ist, was gar nicht sicher ist.«

Shane musste ihm zustimmen. Aber was, wenn Autumn durch das Abwarten in Gefahr geriet?

Inzwischen war es August geworden. Tagsüber legte sich immer noch die Gluthitze über den Park, die Büsche und Gräser passten sich immer mehr der Farbe der Felsen an, die Trockenheit ließ sie braun und verdorrt zurück. Autumn stand auf der Veranda vor Shanes Hütte und blickte über den Park. Sie konnte kaum glauben, wie weit sie sich von New York entfernt hatte, nicht nur körperlich, sondern auch geistig. Sie glaubte nicht, dass sie je wieder in der Lage sein würde, in einer Großstadt unter so vielen Menschen zu leben. Die Ruhe hier gefiel ihr, ebenso wie von der Natur anstatt von Hochhäusern umgeben zu sein.

Der einzige Schatten auf ihrem Glück lag in Zachs schweren Verletzungen und der Tatsache, dass er immer noch nicht aufgewacht war. Sonst hatte sich in ihrem Privatleben alles zum Guten gewendet. Während sie vor einem Jahr noch allein gewesen war und sich vor jedem Schatten gefürchtet hatte, konnte sie ihre Angst durch Shanes Liebe und Unterstützung immer mehr abschütteln. Sie war weiterhin wachsam, solange Robert noch frei herumlief, aber sie ließ sich nicht mehr von ihm terrorisieren oder von ihrer eigenen Angst herunterziehen. Sie wollte ihr neues Leben genießen, hier in diesem Park, mit dem Mann, den sie liebte.

Sie lächelte bei dem Gedanken an Shane. Nach einer ausgiebigen Liebesnacht war er heute Morgen nur sehr ungern zum Dienst aufgebrochen, während sie alleine in der Hütte zurückgeblieben war. Sie hatte behauptet, dass sie auch bald los musste, aber das war eine Lüge gewesen. Heute war ihr Geburtstag und sie wollte eine kleine private Feier vorbereiten, nur für sie und Shane. In den letzten Wochen hatte sie den größten Teil ihrer Freizeit im Krankenhaus bei Zach verbracht, aber sie hatte erkannt, dass es Shane gegenüber nicht fair war, ihr ganzes Leben anzuhalten. Sie brauchten einfach mehr Zeit für sich, damit sich ihre Beziehung entwickeln konnte.

Sie war ziemlich sicher, dass er ihr Geburtsdatum nicht kannte, darüber hatten sie noch nie gesprochen. Umso mehr freute sie sich, ihn nachher überraschen zu können. Nach einem letzten sehnsüchtigen Blick auf die Landschaft trat sie wieder in die Hütte und schloss die Tür hinter sich. Sie würde sich beeilen müssen, wollte sie alles fertig haben, wenn Shane mittags wiederkam. Sie hatte die Zutaten für das Essen bereits eingekauft und in ihrer Hütte gelagert, damit Shane sie nicht entdeckte. Nun griff sie sich einen Korb und trat nach draußen. Als sie die Stufen herunterging, erinnerte sie sich an das Mobiltelefon, das noch in der Hütte lag, und ging rasch zurück. Autumn befestigte es an ihren Gürtel und ging wieder nach draußen.

Schnell überquerte sie das Grundstück zu ihrer Hütte. Sie schloss die Holztür auf und betrat das dunkle Innere. Es roch muffig, da sich hier niemand mehr länger aufgehalten hatte, seit Roberts ›Geschenk‹ gefunden worden war. So schnell sie konnte, lud Autumn die Sachen in ihren Korb. Sie war froh, dieses kalte Haus wieder verlassen zu können und dafür in Shanes warmes, gemütliches Zuhause zu kommen.

Sie trat wieder vor die Tür und schloss sie mit ihrem Ellbogen, dann hielt sie erschrocken inne. Hatte sie eben im Gebüsch eine Bewegung gesehen? Seit sie Zach dort hinter den Büschen gefunden hatte, traute sie sich nicht mehr, die Straße zu überqueren und in die Wildnis einzutauchen. Angestrengt starrte sie auf die trockenen Zweige. Nichts rührte sich. Wahrscheinlich war es nur ein Hase oder ein anderes Tier gewesen. Trotzdem beeilte sie sich, wieder zu Shanes Hütte zu gelangen. Sie atmete auf, als sie die Tür hinter sich schloss. Den Korb auf einem Arm balancierend, drehte sie den Schlüssel herum und lehnte dann seufzend den Kopf ans Holz. Sie schien doch nicht so mutig zu sein, wie sie gedacht hatte …

»Hallo Autumn. Hast du mich auch vermisst?«

Autumn erstarrte vor Angst, und ein kalter Schauer lief ihr über den Rücken, als sie Roberts Stimme hinter sich hörte. Ihre Gedanken überschlugen sich. *Tu etwas! Du musst ihn außer Gefecht setzen und Hilfe holen.* Nur mit Mühe konnte sie sich zwingen, weiterzuatmen. Sie musste Ruhe und einen klaren Kopf bewahren. Hastig blickte sie auf den Korb in ihrem Arm. Wenn sie ihn … Noch bevor sie den Gedanken zu Ende gebracht hatte, handelte sie schon. Mit einer kraftvollen Bewegung schwang sie den Korb samt Inhalt herum und in Roberts erstauntes Gesicht. Damit hatte er nicht gerechnet. Er hatte kaum genug Zeit, seine Hände hochzureißen, um sein Gesicht zu schützen, da krachte der Korb schon an seinen Kopf und Oberkörper. Autumn überprüfte nicht, ob sie ihn außer Gefecht gesetzt hatte, sie drehte sich sofort zurück zur Tür und riss an der Klinke. Doch sie ließ sich nicht öffnen! Voller Panik rüttelte Autumn am Griff, bis ihr einfiel, dass sie die Tür abgeschlossen hatte. *Oh Gott, nein!* Sie bezwang den Drang, sich nach Robert umzusehen, und tastete stattdessen nach dem Schlüssel. Eine Hand griff in ihre Haare und zog kräftig daran.

»Oh nein, das wirst du nicht tun.« Roberts heißer Atem wehte an ihren Nacken. Die Spitze eines Messers berührte die verletzliche Unterseite ihres Kinns. Autumn wurde steif vor Angst. Alles, nur kein Messer! Sie wusste nicht, wie sie diese Qualen ein zweites Mal überstehen sollte. Shane! Sie musste ihn irgendwie warnen. Aber was konnte sie in dieser Situation tun?

»Was … was willst du von mir?«

Robert lachte erneut. »Ich will dich! Und ich will dich leiden sehen für das, was du mir angetan hast.« Zur Bekräftigung seiner Worte ritzte er ihre Haut.

Autumn schossen Tränen in die Augen. »Aber ich habe dir doch überhaupt nichts getan!«

Robert riss ihren Kopf zu sich herum. Sie starrte direkt in seine kalten blauen Augen, in denen der Hass schimmerte. »Nein? Du hast mich verlassen. Und als wäre das nicht genug, hast du auch noch die Polizei auf mich gehetzt. Und jetzt wirst du dafür bezahlen.« Den letzten Satz schrie er.

Autumn wusste, reden würde jetzt zu nichts führen. Sie konnte nur hoffen, dass er sie von hier fortbrachte, bevor Shane auftauchte und ebenfalls in Gefahr geriet.

Immer noch die Hand in ihrem Haar vergraben, tastete Robert sie nach Waffen ab. Seine Hand strich über ihren Körper und er lachte, als er das Telefon entdeckte.

»Tut mir leid, aber das muss hierbleiben. Wir wollen ja wohl nicht, dass jemand früher als nötig deine Abwesenheit bemerkt, oder?« Damit warf er das Handy auf den Tisch. »Bist du fertig? Wir machen jetzt einen kleinen Ausflug.«

Das Messer immer fest an ihren Hals gepresst, blickte er aus dem Küchenfenster, um festzustellen, ob die Luft rein war. Als er niemanden entdeckte, zog er sie mit zur Tür, schloss sie auf und schob Autumn vor sich her auf die Veranda.

Shane starrte Janet ungläubig an. »Könntest du das bitte noch einmal wiederholen?«

Janet grinste. »Autumn hat heute Geburtstag.«

Shane kratzte sich verlegen am Kopf. »Ich fürchte, ich bin bisher noch nicht darauf gekommen, sie danach zu fragen. Aber sie hätte es mir auch sagen können.«

»Du musst dich nicht verteidigen, ich dachte nur, du möchtest es vielleicht gerne wissen.«

»Auf jeden Fall. Danke.« Er umarmte sie kurz und lief dann zu seinem Dienstwagen. Verdammt, wenn er das gewusst hätte, dann hätte er sich heute freigenommen. Erst einmal würde er sie jetzt anrufen, um ihr zu gratulieren, und dann musste er ihr ein Geschenk besorgen. Es war zwar kurzfristig, aber er würde schon etwas Schönes finden. Er zog das Handy aus seiner Brusttasche und drückte auf die Schnellwahltaste. Er wartete auf den Klingelton und malte sich in Gedanken aus, wie sie zu zweit feiern würden. Erst ein schönes Essen und dann …

Shane runzelte die Stirn. Warum nahm Autumn nicht ab? Er ließ es noch ein paar Mal klingeln und unterbrach die Verbindung dann. Vielleicht hatte er sie zu einer unpassenden Zeit erwischt. Er würde es in ein paar Minuten noch einmal probieren. Inzwischen konnte er jemanden suchen, der ihn für eine Stunde in seinem Dienst vertrat, während er nach Moab fuhr. Er blickte auf seinen Dienstplan, den er im Handschuhfach aufbewahrte. Clarissa hatte frei, aber da sie nicht gut auf Autumn zu sprechen war, versuchte er es gar nicht erst bei ihr. Hank – ja, der würde ihm den Gefallen bestimmt tun.

Fünf Minuten später hatte Shane einen Ersatzmann und machte sich auf den Weg nach Moab. Unterwegs wählte er nochmals Autumns Nummer, doch wieder meldete sich niemand. Ein ungutes Gefühl beschlich ihn. Verdammt noch mal, wo war sie ohne ihr Telefon? Sie wusste doch genau, dass er sich Sorgen machte, wenn sie sich nicht meldete.

Shane hielt vor einer der Kunstgalerien, die auch Schmuck führten. Sobald er das Geschenk besorgt hatte, würde er noch einmal anrufen. Wenn sie dann immer noch nicht dranging, würde er zur Hütte fahren. Nachdem er diese Entscheidung getroffen hatte, betrat er den Laden und fand fast sofort, was er suchte: einen ausgefallenen Ring mit Kokopellimuster. Er bezahlte und war innerhalb weniger Minuten wieder in seinem Wagen.

Seine Hand mit dem Telefon zitterte, während er die Klingeltöne zählte: elf, zwölf, dreizehn. *Nun geh schon ran, Autumn, bitte!* Der Schweiß trat ihm auf die Stirn. Er wusste plötzlich, dass etwas nicht stimmte – er fühlte es. Als die Mailbox ansprang, unterbrach er die Verbindung. Nachdem er den Motor des Jeeps angelassen hatte, schaltete er die Blaulichter auf dem Dach ein. Er hatte sie noch nie benutzt, und die damit verbundenen Rechte galten nur innerhalb des Parks. Aber Shane baute darauf, dass die anderen Autofahrer das nicht wussten. Das hier war ein Notfall – er musste so schnell wie möglich zur Hütte.

Shane erreichte in Rekordzeit den Parkeingang und fuhr ohne zu zögern auf der linken Spur am Kassenhaus vorbei. Nur gut, dass um diese Tageszeit nicht viel los war. Zwei Minuten später bremste er vor seiner Hütte scharf ab und sprang aus dem Wagen. Er lief schon zur Hütte, während er noch sein Messer aus der Scheide zog. Es war die einzige Waffe, die er dabeihatte. Vorsichtig öffnete er die Tür und blickte hinein. Das Erste, was er sah, war ein Korb auf dem Boden und sein verstreuter und zerbrochener Inhalt. Dann entdeckte er das Handy auf dem Tisch.

Shanes Gedanken überschlugen sich. Vielleicht hatte sich Autumn verletzt, als sie die Scherben aufheben wollte, und war zu Margret gefahren? Aber tief im Inneren wusste er, dass es nicht so war. Sie hätte ihn angerufen. Er schaltete das Licht ein und lief von Zimmer zu Zimmer. Er entdeckte nur Coco, die sich völlig verängstigt unter dem Bett verkrochen hatte.

»Autumn?« Niemand antwortete. Mit klopfendem Herzen ging Shane zurück zur Tür. Als er nach draußen treten wollte, sah er einen Fleck auf dem Boden. Er war dunkelrot, fast wie … Blut.

Nachdem er überprüft hatte, dass nichts vom Inhalt des Korbes einen derartigen Fleck verursacht haben konnte, griff er zu seinem Handy. »Margret, hier ist Shane. Ist Autumn bei dir?«

Margret stutzte. »Nein. Wieso?«

»Sie ist nicht in meiner Hütte und auf dem Boden ist ein

Blutfleck. Ich dachte, sie hat sich vielleicht verletzt und ist jetzt bei dir.«

»Nein, hier war sie nicht. Ich habe auch nichts von ihr gehört.« Margret klang besorgt.

»Könntest du vielleicht herumtelefonieren und fragen, ob jemand sie gesehen hat? Ich hoffe bloß …« Seine Stimme versagte. »Was ist, wenn dieser Verrückte sie erwischt hat?«

Margret konnte ihn nicht beruhigen, aber immerhin versprach sie, überall nachzufragen und ihn dann zu informieren. Danach rief er Janet an, doch auch sie hatte nichts von Autumn gehört und war genauso besorgt wie Shane.

Als Nächstes wählte er Bobs Nummer. »Bob, wir haben ein Problem.«

29

Robert zerrte Autumn den ganzen Weg bis zu seinem Wagen hinter sich her. Dort stieß er sie auf den Beifahrersitz und schloss die Tür. Bevor sie sie wieder öffnen und flüchten konnte, saß er bereits neben ihr und hielt das Messer über ihr Herz. Mit der anderen Hand stellte er die Automatikschaltung auf ›Fahren‹ und gab Gas.

»Du wirst schön stillhalten, ist das klar? Wenn du versuchst, jemanden auf dich aufmerksam zu machen, wirst nicht nur du sterben, sondern auch derjenige, den du in die Sache mit hineinziehst.« Autumn blieb stumm. Das Messer piekste in ihre Rippen. »Hast du das kapiert?«

Autumn wandte sich zu ihm um. »Ja.«

Robert hatte sein Aussehen verändert. Sie wusste nicht einmal, ob sie ihn von Weitem erkannt hätte. Kein Wunder, dass die Polizei ihn nicht gefunden hatte. Am sichersten war es, abzuwarten und zu hoffen, dass sich irgendwann die Möglichkeit zur Flucht ergab oder sie von der Polizei gerettet wurde.

Auf der Fahrt zum Parkplatz am Delicate Arch war ihnen Clarissa entgegengekommen. Autumn wusste nicht, ob die Rangerin sie erkannt hatte. Und wenn ja, ob sie es überhaupt jemandem erzählen würde, aber sie hoffte darauf. Robert stellte den Wagen am äußersten Rand des Parkplatzes ab, fernab von den anderen Autos. »Lass deine Tür zu und rutsch rüber.«

Widerwillig folgte Autumn seinen Anweisungen. Langsam stieg sie aus dem Auto und blinzelte gegen die gleißende Sonne. Das letzte Mal war sie mit Shane hier gewesen, um sich gemeinsam mit ihm den Sonnenuntergang anzuschauen. Bei dem Gedanken daran, wie er sie in seinen Armen gehalten hatte, während sie zusahen, wie die Sonne immer tiefer sank und sich der Delicate Arch tiefrot färbte, stiegen ihr Tränen in die Augen.

»Na, trauerst du schon deinem Geliebten hinterher?« Er lachte über ihren entsetzten Gesichtsausdruck. »Keine Angst. Er wird schon bald hinter dir herkommen. Spätestens, wenn deine kleine Feindin ihm erzählt, dass sie uns zusammen auf dem Weg hierher gesehen hat.« Autumn zuckte zurück. »Mach dir keine Illusionen: Ich weiß ganz genau, mit wem du zusammenarbeitest. Und die Kleine ist mit ihrer blonden Mähne und den dicken Titten kaum zu übersehen.« Er zog an ihrem Arm. »Komm jetzt.« Nach drei Schritten blieb er stehen. »Ach ja, eines hatte ich noch vergessen ...« Er griff ihren Arm fester und schnitt mit dem Messer tief in ihre weiche Haut. Sofort begann das Blut herauszusprudeln.

Autumn biss sich auf die Zunge, um nicht laut aufzuschreien. Mit ihrer anderen Hand versuchte sie, den Blutfluss zu stoppen.

Robert zog ihre Hand fort. »Lass es laufen. Wir wollen ja schließlich, dass dein Geliebter dich auch findet, damit ich ihn beseitigen kann.«

Sein Lachen ließ Autumn innerlich erstarren.

Rastlos tigerte Shane vor der Hütte auf und ab. Während er darauf wartete, dass Bob und Sheriff Taggert eintrafen, hatte er mehr als genug Zeit, sich Vorwürfe zu machen. Warum hatte er nicht darauf bestanden, dass Autumn mit ihm mitkam oder wenigstens zu Janet hinüberfuhr? Er würde es sich nie verzeihen, wenn ihr durch seine Nachlässigkeit etwas zugestoßen sein sollte.

In seine Gedanken vertieft, bemerkte er das Auto erst, als es neben ihm abbremste. Für einen Moment glaubte er, es wäre Autumn, doch es war nur der Sheriff, zusammen mit Bob. Enttäuscht ballte er seine Hände zu Fäusten. Sollte wirklich dieser Robert hinter Autumns Verschwinden stecken, würde er ihm bei lebendigem Leib das Herz herausreißen. Mit zitternden Händen fuhr er sich über die Augen.

Ein großer Druck lastete auf seiner Brust, als er sich zu Bob umdrehte. »Wir müssen sie finden, Bob!« Er war selbst erschrocken, wie verzweifelt seine Stimme klang.

Bob legte ihm beruhigend eine Hand auf die Schulter. »Keine Sorge, das werden wir. Wer weiß, vielleicht macht sie nur eine Besorgung …«

Shane schüttelte den Kopf. »Nein, dann hätte sie ihr Handy mitgenommen. Außerdem hätte sie die Lebensmittel nicht auf dem Fußboden liegen lassen. Und dieser Fleck …« Seine Stimme versagte.

Sheriff Taggert hatte inzwischen die Tür der Hütte geöffnet und hockte neben dem Tropfen. Den Mund zu einer grimmigen Linie verzogen, zog er eine Pipette aus seiner Tasche und nahm eine Probe. Shane beobachtete ihn hoffnungsvoll. Vielleicht hatte er sich ja geirrt und es gab eine ganz harmlose Erklärung.

Taggert blickte ihn direkt an. »Ich könnte mich natürlich irren, aber ich glaube, es ist Blut. Ich werde die Probe ins Labor schicken.« Er blickte auf die verstreuten Lebensmittel. »Ich denke, wir müssen davon ausgehen, dass Miss Howard nicht freiwillig verschwunden ist. Ich werde meine Männer alarmieren, damit der Park und die Umgebung abgesucht werden. Wir finden sie.«

Shane wusste, dass der Sheriff versuchte, ihm Mut zu machen, doch in diesem Park jemanden zu finden, der nicht gefunden werden wollte, war fast wie eine Nadel im Heuhaufen zu suchen. Außerdem war es in den ganzen Wochen vorher nicht gelungen, Robert zu finden, warum sollte es jetzt klappen?

Er wandte sich ab. »Ja, nur wann? Und in welchem Zustand?«

Darauf hatten weder Bob noch der Sheriff eine Antwort.

Während Taggert sich weiter in der Hütte umsah und darauf wartete, dass seine Männer eintrafen, hielt Shane es nicht mehr aus. Er musste Autumn finden. Gedankenverloren starrte er auf den Boden und es dauerte einen Moment, bis er den dunkleren runden Fleck im roten Sand sah. Rasch bückte er sich und betrachtete ihn genauer. Sein Magen krampfte sich zusammen, als er erkannte, dass es vermutlich ein weiterer Blutstropfen war. Daneben konnte er Fußspuren erkennen, die zur Straße führten. Shane folgte ihnen, doch auf dem Asphalt verlor sich jede Spur. Shane stand dort einen Moment, den Kopf gesenkt, während die Hilflosigkeit ihn ergriff. Wenn dieser Robert Autumn mit dem Auto weggebracht hatte, konnte sie überall sein. Wie sollte er sie finden, bevor ihr Entführer ihr etwas antat?

Autumn strauchelte und fiel hin. Wie all die vorigen Male griff Robert auch diesmal nach ihren Haaren und zog sie daran wieder auf die Füße. Inzwischen pochte ihr ganzer Körper, sodass sie noch nicht einmal mehr vor Schmerz zusammenzuckte. Da sie vorgehabt hatte, in der Hütte zu bleiben, trug sie nur ihre dünnen Leinenschuhe, nicht ihre bewährten Wanderstiefel. Kein Wunder also, dass sie in diesem unwegsamen Gebiet ständig den Halt verlor.

Robert schien das Ganze großen Spaß zu bereiten. Jedes Mal, wenn sie hinfiel, lachte er. Und nur für den Fall, dass ihre Blutstropfen als Wegmarkierung nicht ausreichten, zog er hin und wieder eine Linie in den Sand. Zusätzlich schichtete er kleine Steintürme auf die Felsen, um den Weg deutlich zu markieren. Autumn wollte zwar gerettet werden, sie hoffte aber, dass Shane nicht auf die Idee kam, sie alleine zu verfolgen. Nicht auszudenken, was Robert mit ihm machen würde, sollte er je in seine Hände fallen. Bei dem Gedanken daran richtete sie sich auf und lief hastig weiter.

Robert lachte erneut. »Wohin willst du denn auf einmal so eilig? Lass dir ruhig Zeit, wir wollen ja unsere Party erst starten, wenn auch alle Gäste da sind.«

Horror erfüllte Autumn bei Roberts Worten. »Reicht es dir nicht, dass du mich hast? Warum willst du noch jemand anderen hineinziehen?«

Robert blickte sie mit glänzenden Augen an. »Weil ich weiß, dass es dir wehtut. Du wirst irgendwann an einen Punkt kommen, an dem es dir egal ist, was mit dir passiert. Wenn ich aber jemanden in meiner Gewalt habe, der dir etwas bedeutet, dann kann ich mir deiner Aufmerksamkeit immer sicher sein.« Er zuckte die Achseln. »Und natürlich hat dein Geliebter kein Recht weiterzuleben, nachdem er dich angefasst hat. Dafür muss er büßen.« Er sah ihren Gesichtsausdruck und lachte. »Oh ja, er wird sich noch wünschen, er wäre gleich bei unserem ersten Zusammentreffen gestorben.« Er blickte auf ihren Arm. »Hey, da kommt ja kaum noch was raus. Warum hast du denn nichts gesagt!«

Robert schnappte sich ihren anderen Arm. Verzweifelt versuchte sie ihn abzuwehren, aber er war zu stark. Nach einem kurzen, aber heftigen Gerangel hatte er ihr auch am zweiten Arm einen langen Schnitt beigebracht. Langsam wurde ihr schummrig von dem Blutverlust.

Shane hatte mit sämtlichen Rangern Kontakt aufgenommen, aber keiner hatte Autumn in den letzten Stunden gesehen. Bob hatte ein Foto von ihr aus ihrer Akte genommen und zusammen mit einer Aufnahme von Robert für Flugblätter kopiert, die an die Besucher verteilt wurden. Bisher hatte sich allerdings noch niemand gemeldet, der sie oder Robert gesehen hatte. Auch die Polizei hatte keinerlei Hinweise auf einen möglichen Aufenthaltsort der Gesuchten. Es wurden keine Besucher mehr in den Park gelassen, da man die Gefährdung Unbeteiligter möglichst gering halten wollte. Shane war ebenso wie sämtliche entbehrlichen Ranger dabei, weite Gebiete des Parks nach einer Spur von Autumn oder Robert Pears abzusuchen. Doch bisher hatte sich noch nichts ergeben. Wie auch, bei der Größe des Parks und den unzähligen Möglichkeiten, einfach in der Welt der Bögen und Steinrippen zu verschwinden. Gerade diese Weitläufigkeit der Natur, die er sonst so liebte, wandte sich nun gegen ihn und seinen Wunsch, Autumn unverletzt zu retten. Entschlossen nahm Shane sein Mobiltelefon vom Beifahrersitz und drückte auf die Kurzwahltaste mit Clints Rufnummer.

Bereits nach dem zweiten Klingelton ertönte die raue Stimme seines Bruders. »Hunter.«

Plötzlich schnürte ein dicker Kloß Shanes Hals zu. Er brachte keinen Ton heraus.

»Hallo?« Clint klang ungeduldig.

Shane räusperte sich. »Clint, hier ist Shane.«

Clint schien sofort zu spüren, dass etwas nicht stimmte. »Was ist passiert?« Er klang besorgt.

»Er hat Autumn. Clint, sie ist einfach verschwunden.« Zu Shanes Entsetzen traten Tränen in seine Augen. Hastig drängte er sie zurück, er durfte seiner Verzweiflung nicht nachgeben, sondern musste für Autumn stark sein.

»Verdammt. Bist du sicher?«

Shane nickte. »Ja. Ich bin heute Vormittag zum Dienst gegangen und als ich sie zwischendurch anrufen wollte, ging sie nicht an ihr Handy. Nachdem ich sie nicht erreichen konnte, bin ich zur Hütte gefahren. Sie war offen, auf dem Boden lag ein Korb mit Lebensmitteln und auf dem Tisch ihr Handy, obwohl sie es sonst überallhin mitnimmt. Und auf dem Boden befand sich ein Fleck. Der Sheriff meinte, es sei wahrscheinlich Blut, er lässt es gerade überprüfen.« Shane schluckte. »Ich habe bei sämtlichen Rangern nachgefragt, aber niemand hat sie gesehen.«

»Hat die Polizei eine Ahnung, wo man sie finden könnte?«

»Nein. Der Park ist zu groß, mit Millionen guter Verstecke. Es sind auch schon etliche Polizisten und Ranger unterwegs und suchen sie. Aber trotzdem, selbst wenn wir sie irgendwann finden, kann es bereits zu spät sein. Ich muss immer daran denken, was er dem Detective angetan hat, und der war bewaffnet und wesentlich stärker.« Eine Überlegung, bei der ihm übel wurde.

»Beruhige dich. Du kannst ihr nur helfen, wenn du ruhig bleibst. Ich werde mir ein Flugzeug besorgen und ein paar Ausrüstungsgegenstände, und dann komme ich sofort zu dir. Halte ein Auto am Flugplatz für mich bereit.«

Shane wurde ruhiger, nachdem er wusste, dass sein Bruder kommen würde. »Danke, Clint.«

Clint räusperte sich. »Kein Problem.«

Clint blickte einen Moment vor sich hin, dann trieb er seinem Pferd die Hacken in die Flanken und jagte zum Haus zurück. Er musste zugeben, dass er sich nicht mehr so lebendig gefühlt hatte, seit er vor drei Jahren seinen Dienst bei der Navy quittiert hatte. Seitdem vermisste er seinen Job als SEAL, die ständige Gefahr, das Gefühl, etwas Wichtiges zu leisten. Jetzt brauchte ihn sein Bruder und er hatte nicht die Absicht zu versagen. Diesmal nicht.

Am Haus angekommen, drückte er die Zügel einem Rancharbeiter in die Hand und lief die Treppe hinauf in sein Büro, das er sich mit seinem Vater teilte. Glücklicherweise waren seine Eltern gerade weggefahren, so konnte er in Ruhe seine Vorbereitungen treffen und musste sie nicht beunruhigen.

Innerhalb kürzester Zeit hatte er ein vollgetanktes und startbereites Flugzeug organisiert, das in einer halben Stunde starten würde. Jetzt musste er nur noch ein Telefonat erledigen. Ohne zu zögern wählte er die Nummer aus dem Gedächtnis. Eine gewisse

Unruhe überkam ihn, als er auf das Freizeichen wartete. Er hatte diese Nummer seit über drei Jahren nicht mehr gewählt und er wusste nicht, wie man auf seinen Anruf reagieren würde.

»NavSpecWarCom.«

»Lieutenant Matt Colter, SEAL Team 11, bitte.«

»Einen Moment, bitte.« Clint hoffte bloß, dass er durchkommen würde. Die Nummer war zwar im Prinzip geheim, aber manchmal riefen doch Fremde an, die dann abgewimmelt wurden.

»Es gibt hier keinen Lieutenant Colter, nur einen Captain. Darf ich fragen, wer Sie sind?«

»Clint Hunter, Navy SEAL Captain im Ruhestand. Hören Sie, es ist wirklich dringend. Verbinden Sie mich bitte.«

»Ja, Sir.«

Clint seufzte erleichtert auf. »Danke.«

Es erfolgten mehrere Knackgeräusche, dann ein erneutes Freizeichen.

»Colter.«

Clint sah sofort das Gesicht seines alten Freundes vor sich. Heftige Wehmut überkam ihn. Unwillkürlich benutzte er die alten Spitznamen. »Hey Mad, East hier. Wie ich gerade hörte, darf man zum Captain gratulieren?« Am anderen Ende breitete sich Stille aus. Clint schnitt eine Grimasse. So viel zu einem warmen Empfang. Er konnte es Matt aber auch nicht verdenken. »Mad?«

Ein gedämpftes Lachen ertönte. »Entschuldige, du hast mich überrascht, East. Immerhin haben wir seit drei Jahren nichts mehr von dir gehört. Wie geht es dir?«

Ein Grinsen breitete sich auf Clints Gesicht aus, als er im Hintergrund laute Geräusche hörte. »Gut, danke. Ist bei euch immer noch so ein Chaos?«

»Ja, wir rücken gerade zu einer Trainingsoperation aus. Gibt es einen Grund, weshalb du anrufst?«

Clint war augenblicklich ernüchtert. »Um ehrlich zu sein, ja. Die Freundin meines Bruders ist im Arches National Park wahrscheinlich von einem Irren entführt worden. Ich werde gleich in ein Flugzeug steigen und dorthin fliegen. Das Problem ist nur, dass mir einige Ausrüstungsgegenstände fehlen, die ich gut gebrauchen könnte.«

»Wie immer direkt zur Sache, nicht wahr?« Matt seufzte. »Okay, gib mir eine Liste und ich werde sehen, was ich tun kann. Aber du weißt hoffentlich, dass ich in Teufels Küche komme, wenn jemand das mitkriegt?«

»Danke, Mad. Ich weiß es sehr zu schätzen, dass du überhaupt noch mit mir sprichst. Ich werde die Sachen gut behandeln und sie dir dann persönlich zurückbringen. Ehrlich gesagt, habe ich das Team vermisst. Wie geht es allen?«

»Kein Problem. Du weißt, dass du immer auf mich zählen kannst. Dem Rest des Teams geht es gut. Sie kriechen mir schon fast ins Gesicht, seit sie wissen, dass du am Telefon bist. Los, Männer, Bewegung, in einer halben Stunde sind wir weg. Fax mir deine Liste, dann werde ich sehen, was ich für dich tun kann. Es kann nie schaden, den Abwurf von Ausrüstung über einem fremden Gelände zu üben. Melde dich bald mal wieder. Viel Glück.« Und damit hatte er aufgelegt.

Clint blickte irritiert den Hörer an. Es schien so, als hätte Matt sich an seine Rolle als Teamführer gewöhnt. Grinsend senkte er den Hörer auf die Gabel. Es tat gut, die tiefe Stimme seines Freundes zu hören. Aber wenn er sich nicht langsam beeilte, würde er ohne Ausrüstung im Arches ankommen. Hastig kritzelte er die benötigten Gegenstände auf ein Blatt Papier und schob es ins Faxgerät. Fünf Minuten später kam die Antwort auf gleichem Wege. Matt hatte die Ausrüstung beisammen und würde sie auf dem Weg zu ihrer Trainingsoperation über dem Flugplatz von Moab mit dem Fallschirm abwerfen. Er schrieb, dass Clint bloß aufpassen sollte, dass niemand anderes die Ausrüstung fände und mitnähme.

Clint rief sofort Shane an und meldete seine Ankunft in zwei Stunden. Inzwischen war es bereits nach Mittag und von Autumn gab es anscheinend noch immer keine Spur. Clint sprach auch mit dem Chefranger Bob und ließ sich versichern, dass sein Paket in Moab in Empfang genommen und gesichert werden würde, bis er eintraf, dann legte er auf und lief in seine etwas abseits liegende Wohnhütte, um sich umzuziehen.

Endlich, nachdem Autumn nur noch vor sich hin stolperte und Robert sie fast tragen musste, erreichten sie das Ziel. Autumn wusste längst nicht mehr, wo sie waren. Sie hatten unzählige Felsen umrundet, sandige Ebenen überquert und waren durch Bögen geklettert. Sie befanden sich tief im Hinterland des Arches National Park, dort, wo nie ein Tourist und wahrscheinlich auch nur sehr selten ein Ranger hinkam.

Robert zerrte sie oberhalb einer runden Vertiefung, die fast wie eine zu groß geratene Salatschüssel aussah, in eine Höhle. Wahrscheinlich hätte ein Fußballfeld darin Platz gehabt. Die Höhle hatte glatte Wände und einen sandigen Boden, wofür Autumn sehr dankbar war, als sie sich nun matt darauf sinken ließ. Sie empfand kaum noch Angst, so sehr hatten sie die Schmerzen und der Blutverlust geschwächt. Apathisch kauerte sie in einer Ecke, während Robert in seinem Rucksack wühlte. Fast wünschte sie sich, er würde sie einfach töten, damit sie es endlich hinter sich hatte. Allein der Gedanke an Shane verschaffte ihr einen kleinen Funken Hoffnung und Überlebenswillen. Es war ungerecht, dass sie gerade jetzt, wo sie die Liebe gefunden und ein neues Leben begonnen hatte, wieder von den Schrecken ihres alten Lebens eingefangen wurde.

Eine ungeheure Wut stieg in ihr auf, auf Robert und auf sich selbst. Warum war sie schon wieder das Opfer? Langsam setzte sie sich auf, vorsichtig, damit Robert nicht merkte, was sie vorhatte. Seelenruhig biss er in eine Banane, die er aus seinem Rucksack genommen hatte. Er saß seitlich von ihr, sie hoffte, dass er nicht bemerken würde, wenn sie sich bewegte. Sie spannte ihre Arme und Beine an, bereit zum Sprung.

»Das würde ich bleiben lassen. Mein Messer liegt direkt neben mir, und wenn du auch nur in meine Nähe kommen solltest, wirst du dir wünschen, du wärest schon tot.« Roberts Stimme klang ruhig, was die Gänsehaut auf Autumns Armen noch verstärkte. Wie konnte er wissen, was sie vorhatte? Ohne ein Wort ließ sie sich zurücksinken. Sie würde noch etwas warten, irgendwann musste er in seiner Wachsamkeit nachlassen und dann würde sie fliehen.

Robert wünschte sich fast, sie würde versuchen, ihn anzugreifen. Die Vorstellung, sie dafür bestrafen zu können, erregte ihn. Autumns Körper würde sich unter seinem winden, während sie versuchte, sich zu wehren. Doch das würde ihr nie gelingen, sie war völlig chancenlos gegen ihn. Noch einmal würde er es nicht zulassen, dass sie die Möglichkeit zur Flucht erhielt. In New York hatte er nicht damit gerechnet, dass sie in ihrem geschwächten Zustand noch die Kraft aufbringen würde, sich gegen ihn zu wehren. Diesen Fehler würde er nicht noch einmal begehen. Autumn würde nie an ihm vorbeikommen, aber sie konnte es gerne versuchen. Deshalb hatte er sie auch noch nicht gefesselt: Er wollte, dass sie glaubte, eine Chance zu haben. Das würde ihr Entsetzen noch einmal steigern, wenn Robert sich dann endlich mit ihr beschäftigte und sie erkannte, dass ihre Hoffnung vergebens gewesen war.

Es kribbelte in seinen Fingern, sein Messer endlich über ihre Haut gleiten zu lassen, zu beobachten, wie das Blut über ihre helle Haut rann. Doch diesmal würde er sich nicht damit begnügen, ihr Schmerzen zuzufügen. Nein, sie würde dafür bezahlen, sich einen Liebhaber genommen zu haben, obwohl sie zu ihm gehörte. Er hatte sie in New York oft genug gewarnt und versucht, ihr klarzumachen, was passieren würde, wenn sie ihn jemals betrog. Aber sie hatte anscheinend nicht richtig zugehört, sonst hätte sie sich nie auf diesen Ranger eingelassen. Roberts Wut mischte sich mit Erregung, als er sich in allen Einzelheiten ausmalte, wie er ihr die Kleidung vom Körper schneiden und ihr jede Erinnerung an einen anderen Mann nehmen würde. Noch schöner wäre es gewesen, ihren Liebhaber hilflos dabei zusehen zu lassen, wie Robert sich mit Autumn vergnügte. Vielleicht folgte er ja der Spur, die Autumns Blut hinterlassen hatte, und würde noch rechtzeitig zur Party auftauchen.

Ein wenig Zeit würde er Hunter noch geben, aber er würde nicht ewig warten. Spätestens wenn die Sonne untergegangen war, würde er Autumn zeigen, dass es ein Fehler gewesen war, ihm entkommen zu wollen. Und dass sie allein ihm gehörte und er mit ihr machen konnte, was er wollte. Ihr Liebhaber würde für ein wenig Abwechslung sorgen und vor allem Autumn bei der Stange halten, allerdings hatte Robert danach keinerlei Verwendung mehr für ihn. Aber das war dem Ranger dann vermutlich egal – denn er würde längst tot sein.

30

Shane fuhr ziellos durch die Gegend, in der Hoffnung, durch Zufall auf eine Spur von Autumn zu stoßen. Die ganze Aktion war bisher ohne Erfolg geblieben. Über vierzig Menschen suchten nach ihr, doch bisher gab es nicht den kleinsten Anhaltspunkt, wohin Robert sie verschleppt hatte. Resigniert lenkte er den Jeep auf den Parkplatz des Hauptquartiers. Mit gesenktem Kopf ging er auf die Eingangstür zu und stieß dort fast mit Clarissa zusammen.

»Huch. Hallo Shane.« Sie lächelte ihn freudig an.

»Clarissa.«

Ihr Lächeln legte sich, als sie seine Miene sah. »Was ist los? Du siehst ja schrecklich aus.«

Shane blickte sie ungläubig an. »Hast du es nicht gehört? Autumn ist verschwunden. Alle suchen nach ihr, der Park ist für Besucher gesperrt.«

Clarissa blieb der Mund offen stehen. »Nein, ich war unterwegs, heute ist mein freier Tag. Aber warum macht ihr so ein Theater darum? Vielleicht ist sie einfach einkaufen?«

Er schüttelte den Kopf. »Wir denken, dass dieser Robert Pears sie entführt hat.«

Ein erschrockener Ausdruck trat auf Clarissas Gesicht. »Mein Gott! Ich habe sie vorhin gesehen, als ich losgefahren bin. Sie saß mit einem Mann im Auto, aber der sah nicht aus wie dieser Pears. Ich dachte, sie hätte sich vielleicht einen anderen Typen angelacht …«

Clarissa verstummte, als Shane sie heftig an ihren Oberarmen packte und sie schüttelte. »Du hast sie gesehen? Wann? Wo?«

»Könntest du mich bitte loslassen?«

Shane gehorchte sofort und trat einen Schritt zurück. »Entschuldige. Du bist die Erste, die sie heute gesehen hat, vielleicht …« Seine Stimme brach.

»Ist schon in Ordnung. Ich wusste nicht, dass sie gesucht wird, sonst hätte ich mich früher gemeldet. Es war heute Morgen so gegen zehn. Sie kamen mir auf der Straße zum Delicate Arch entgegen und fuhren Richtung Parkplatz. Dunkelblauer Chevrolet, älteres Baujahr. Das Nummernschild habe ich mir nicht genau angesehen, es war jedenfalls kein Kennzeichen aus Utah. Aber der Typ, der neben ihr saß, sah wirklich nicht aus wie Pears. Er hatte dunkles Haar und einen Bart… Tut mir leid, mehr kann ich dir nicht sagen.«

Shane nickte angespannt. »Immerhin haben wir jetzt einen Anhaltspunkt. Vielen Dank.« Damit eilte er in die Kommandozentrale zu Bob. Er gab Clarissas Angaben an ihn weiter, und Bob informierte per Funk alle Einheiten, sowohl Ranger als auch Polizisten, über die neuen Erkenntnisse. Ein Teil der Kräfte wurde angewiesen, die Suche in dem Gebiet um den Delicate Arch fortzusetzen, die übrige Mannschaft kontrollierte den restlichen Park.

Shane hielt es nicht mehr aus, er musste nach draußen und etwas tun. Aber vorher musste er Clint Bescheid geben. Er zog sein Mobiltelefon aus der Tasche und wählte die Handynummer seines Bruders. Es ertönte ein Knacken und dann die Ansage der Mailbox. Shane fluchte. Wahrscheinlich hatte Clint im Flugzeug das Telefon ausgeschaltet.

Er wandte sich an Bob. »Wäre es möglich, dass du den Flugplatz in West Yellowstone kontaktierst und fragst, welche Funkfrequenz die Maschine meines Bruders Clint hat? Ich muss ihm dringend die Nachricht übermitteln, dass wir eine Spur gefunden haben, damit er gleich dorthin kommt. Ich werde jetzt hinfahren.«

Bob nickte. »Kein Problem. Geh ruhig, ich kümmere mich hier um alles.«

»Danke.« Damit war Shane auch schon aus der Tür.

»Und pass auf dich auf!«

Clint hielt die Maschine konstant auf Höchstgeschwindigkeit. Was bei einem so kleinen Flugzeug nicht besonders viel war, aber immerhin lag er noch im Zeitrahmen. Die Maschine hatte bereits mit laufendem Motor am Flugplatz auf ihn gewartet. So konnte er mit minimalem Aufwand losfliegen, nachdem er das Flugzeug noch einmal kurz gecheckt hatte.

Es war schon einige Zeit her, seit er das letzte Mal geflogen war. Fast hatte er vergessen, was für ein befreiendes Gefühl es war, über den Wolken dahinzuschweben. Er hätte den Flug noch mehr genießen können, wenn der Grund dafür ein anderer gewesen wäre. Hoffentlich kam er rechtzeitig, um noch helfen zu können …

Er hatte den Gedanken gerade zu Ende gebracht, als sein Funkgerät zu knacken begann. Clint zuckte überrascht zusammen und befürchtete sofort das Schlimmste. Anstelle seines Bruders, wie er erwartet hatte, meldete sich jedoch der Chefranger vom Arches, Bob Williams. Clints schlechtes Gefühl verstärkte sich. »Was ist passiert?«

»Shane sagte, ich soll Ihnen die neuesten Entwicklungen mitteilen. Autumn wurde heute Morgen von einem Ranger gesehen, in einem Auto anscheinend auf dem Weg zum Delicate Arch. Ein unbekannter Mann saß neben ihr, aber wir sind uns fast sicher, dass es sich um Robert Pears handelte, auch wenn er anders aussah. Shane ist bereits auf dem Weg dorthin.«

Clint fluchte. »Und es war wirklich Autumn?«

»Ja, sie wurde eindeutig identifiziert. Aber es ist schon einige Stunden her, daher könnte sie inzwischen ganz woanders sein.

Wir hoffen, zumindest das Auto zu entdecken, damit wir wissen, ob sie tatsächlich in der Nähe des Delicate Arch ist.«

»Ich verstehe, dass Shane nicht auf mich warten kann, aber könnten Sie ihm bitte sagen, dass ich ihn anrufen werde, sobald ich am Boden bin?« Er blickte auf seine Uhr. »Das wird in etwa einer halben Stunde sein. Und er soll auf keinen Fall sein Handy ausschalten. Ich habe ein Gerät, das die Funksignale verfolgen kann. Ich hoffe, einer Ihrer Leute steht schon am Flugplatz und hält Ausschau nach meiner abgeworfenen Ausrüstung?«

»Ja, ich habe Janet hingeschickt. Sie wird darauf aufpassen.«

»Gut. Bis später.« Clint unterbrach die Verbindung. Verdammt, jetzt musste er sich nicht nur Gedanken um Autumn machen, sondern auch noch um seinen Bruder. Er hatte gehofft, im Arches anzukommen, bevor eine Spur von ihr entdeckt wurde und Shane allein losrannte, um sie zu retten. Er glaubte nicht, dass Shane einen Verdächtigen nicht verfolgen konnte. Nur hatte sein Bruder eben nicht dieselbe Ausbildung erhalten wie er und brachte damit nicht nur sich selbst, sondern auch Autumn in Gefahr. Obwohl er selbst vermutlich genauso gehandelt hätte, wenn die Frau, die er liebte, in Gefahr gewesen wäre …

Mit quietschenden Reifen fuhr Shane um die letzte Kurve vor dem Parkplatz des Delicate Arch. Hoffentlich konnte er dort eine Spur von Autumn und ihrem Entführer finden. Wenn sich der einzige brauchbare Hinweis, den er bisher bekommen hatte, als falsch herausstellte, wusste er nicht mehr, was er tun sollte. Nach stundenlangem fruchtlosem Herumfahren war er sich durchaus bewusst, wie hoffnungslos die Suche nach ihr war, wenn es keinen konkreten Anhaltspunkt gab. Als sein Handy klingelte, verriss er vor Schreck das Lenkrad und wäre beinahe im Graben gelandet. Vorsichtig drosselte er sein Tempo.

Mit einem Auge auf der Straße griff Shane nach seinem Telefon. »Ja.«

»Bob hier. Ich habe deinen Bruder erreicht und die Nachricht übermittelt. Er ruft dich in etwa einer halben Stunde an, sobald er gelandet ist. Und du sollst auf jeden Fall das Telefon anlassen. Er hat irgendein Gerät, mit dem er die Funksignale empfangen kann. Oder so ähnlich. Gut, dass das Mobilnetz den größten Teil des Parks abdeckt. Janet ist schon am Flugplatz und bringt Clint dann sofort zu dir, sofern du dort etwas findest. Wie sieht es aus?«

Shane bog gerade auf den riesigen Parkplatz. Suchend blickte er sich um. Durch die Parksperrung standen hier wesentlich weniger Autos als sonst um diese Uhrzeit üblich. Bis zum Sonnenuntergang waren es noch ein paar Stunden. Ein Auto, auf das die Beschreibung passte, stand in der Nähe der Einfahrt des Parkplatzes.

Shane fuhr langsam darauf zu. »Ich sehe einen dunkelblauen Chevrolet. Auf jeden Fall nicht neu. Kennzeichen von Illinois.«

Shane hielt an und stieg aus dem Jeep. Vorsichtig umrundete er das fremde Auto. Es war leer. Was an sich schon verdächtig wirkte. Normalerweise ließen Touristen immer irgendetwas herumliegen. Sonnencreme, warme Kleidung, Schuhe. Doch in diesem Auto war noch nicht einmal ein leerer Pappbecher. »Bob, vielleicht solltest du das Kennzeichen überprüfen lassen.«

Er ging zum Nummernschild und diktierte. Bob versprach, sich sofort mit Sheriff Taggert in Verbindung zu setzen. Shane ging einmal um das Auto herum und suchte nach Spuren. Plötzlich knirschte es unter seinem Schuh. Vorsichtig hob er den Fuß und bückte sich. Sein Herz klopfte heftiger. Er hob den Gegenstand auf und drehte ihn mit dem Finger auf seiner Handfläche herum. Es war eine kleine braune Schmetterlingsspange, genau so eine, wie Autumn sie öfter benutzte, um ihre Haare aufzustecken. Shane schluckte schwer. Es schien so, als hätte er endlich eine Spur gefunden.

»Bob, ich habe eine Haarspange gefunden, die Autumn gehört haben könnte. Ich werde mich in etwas weiterem Umkreis umsehen.«

»Sei vorsichtig.«

»Natürlich.« Shane steckte das Handy in seine Hemdtasche und blickte sich langsam um. Die Spange hatte vor dem Auto gelegen, nicht weit von der Wildnis entfernt. Shane folgte einer gedachten Linie zwischen Auto, Spange und Wildnis. Am Rand des Asphalts blieb er stehen und blickte sich aufmerksam um. Der Boden wirkte an einer Stelle aufgewühlt, obwohl kein Weg vorhanden war. Shane bückte sich und untersuchte die vorhandenen Fußspuren: ein Paar größere Schuhe und ein Paar in Autumns Größe. Außerdem konnte er deutlich sehen, dass es sich nicht um Wanderschuhe handelte. Er hatte extra nachgeschaut: Autumns Stiefel waren noch im Schrank, zusammen mit ihrer Uniform und ihrem Rucksack.

Shane folgte den Spuren ein paar Meter und blieb dann jäh stehen. Zwischen den Abdrücken waren Tropfspuren zu erkennen. Entweder war jemand mit einer tropfenden Wasserflasche unterwegs gewesen oder … Eiskalt lief es ihm den Rücken hinunter. Nein! Mit zitternden Fingern beugte er sich zu einem Wacholderbusch hinunter und strich über einen der getrockneten Sprenkel auf einem Blatt. Als er die Hand umdrehte, wurden seine Knie weich und er sank langsam zu Boden. Rot wie Blut, mit höchster Wahrscheinlichkeit Autumns. Übelkeit stieg in ihm auf.

Mühsam um seine Beherrschung kämpfend, zog er sein Mobiltelefon aus der Brusttasche und wählte Bobs Nummer.

»Williams.«

»Ich habe eine Spur. Sie läuft scheinbar mitten durch die

Wildnis, fernab der Wege. Da sind Schuhabdrücke. Und Blut.« Er schluckte mühsam.

Bob fluchte leise. »Ich werde gleich alle Kräfte zu dir schicken …«

Shane unterbrach ihn. »So lange kann ich nicht warten. Ich werde den Spuren sofort folgen, vielleicht kann ich damit noch das Schlimmste verhindern. Er hat schon fünf Stunden Vorsprung …«

Bob seufzte. »In Ordnung. Ich könnte dich sowieso nicht aufhalten. Aber ich schicke die Männer trotzdem hinterher. Hinterlass bitte deutliche Markierungen, damit sie dich auch finden.«

»Okay. Sag meinem Bruder, wo ich bin, sobald er eintrifft, ja?«

»Mach ich. Viel Glück.«

»Danke.« Shane steckte das Telefon zurück in die Tasche, lief zum Jeep und zog seinen Rucksack heraus. Er überprüfte schnell, ob sich Trinkflasche, Powerriegel und Verbandskasten noch darin befanden, schlang ihn sich über die Schulter und lief zu den Spuren zurück. Mit großen Schritten rannte er über die weite Ebene, sprang über kleine Büsche und Felsen. Er blieb nur von Zeit zu Zeit kurz stehen, um zu überprüfen, ob er noch auf dem richtigen Weg war.

Die Blutspur war nicht breit, aber sie nahm kein Ende, und das machte ihm immer größere Sorgen. Wie viel Blut konnte Autum verlieren, bevor sie dadurch so geschwächt war, dass sie zusammenbrach? Er wischte sich den Schweiß von der Stirn. Die Hitze war unerträglich. Widerwillig setzte er seinen Rucksack ab und trank einen Schluck Wasser. Sein gesamter Körper war schweißnass, sein Herz pochte heftig in seiner Brust, seine gerade erst verheilte Rippe schmerzte, aber er achtete gar nicht darauf. Zu sehr war er in Gedanken mit Autumn beschäftigt und wie es ihr wohl gehen mochte. Sowie er genug getrunken hatte, machte er sich noch schneller als zuvor wieder auf den Weg.

In Rekordzeit erreichte er die glatten Sandsteinfelsen, aus denen die Rippen und Bögen der Gegend bestanden. Hier musste er seine Geschwindigkeit etwas drosseln, denn selbst mit seinen Wanderstiefeln fand er darauf kaum Halt. Und ein gebrochenes Bein konnte er nicht gebrauchen. Außerdem gab es auf dem harten Untergrund keine Fußabdrücke mehr, denen er folgen konnte. Nur noch diese verdammten Blutstropfen. Bald war nur noch alle paar Meter ein Tropfen zu sehen, was Hoffnung in ihm aufkeimen ließ. Vielleicht hatte die Wunde endlich aufgehört zu bluten. Bevor er erleichtert ausatmen konnte, sah er etwas entfernt einen großen dunklen Fleck. Er sprintete die letzten Meter und kam schlitternd zum Stehen. Hier fanden sich gleich mehrere Tropfen an einer Stelle, so als wären die beiden stehen geblieben und dann …

Sein Handy läutete. Mit zitternden Fingern fischte er es aus seiner Tasche. »Ja.«

»Hier ist Clint. Ich bin gerade gelandet. Ich sammele jetzt meine Ausrüstung ein und bin dann gleich bei dir. Wie sieht es aus?«

Shane versagte fast die Stimme. »Ich habe das Auto auf dem Parkplatz zum Delicate Arch gefunden. Und eine Haarspange, die wahrscheinlich Autumn gehört. Im Sand sind Fußspuren und … Blut.« Er schluckte kräftig. »Clint, den ganzen Weg über sind Blutstropfen im Sand. Ich bin jetzt auf den Felsen angekommen und die Spur geht immer noch weiter.«

Clint fluchte. »Sind die Tropfen noch feucht?«

Zögernd berührte Shane den bräunlichen Fleck. »Nein, sie sind bereits getrocknet. Sagt aber nicht unbedingt etwas aus, in diesem Klima trocknet alles in Rekordzeit.«

»Zumindest weißt du jetzt, dass du mit ziemlicher Sicherheit in der nächsten halben Stunde nicht über sie stolperst. Mir wäre wesentlich wohler, wenn du auf mich warten würdest.« Shane wehrte sofort ab. »Ja, ich weiß. Das kannst du nicht. Ich komme, so schnell ich kann. Ich werde dein Funksignal verfolgen, mit dem GPS kann ich das metergenau. Hast du eine Waffe?«

Shane hatte eine Pistole aus Bobs Waffenschrank genommen, bevor er aufgebrochen war. Jetzt zahlte es sich aus, dass ihr Vater ihnen als Jugendliche beigebracht hatte, auf Blechdosen zu schießen. Und wenn er damit Autumns Leben retten konnte, dann würde er ohne zu zögern abdrücken …

»Ja.«

»Gut. Bis gleich. Sei vorsichtig.«

»Beeil dich.« Shane verstaute das Handy und lief weiter.

31

Clint strebte mit Riesenschritten auf den Nationalpark-Van zu, der mit laufendem Motor neben einem großen Paket auf dem Rollfeld stand. Eine Rangerin kniete daneben und bemühte sich, den Fallschirm vom Paket zu lösen.

»Warten Sie, ich mache das.«

Sie blickte zu ihm hoch. »Sind Sie Clint?« Als er nickte, stand sie auf und streckte ihm ihre Hand hin. »Ich bin Janet. Haben Sie etwas Neues von Shane gehört?«

Clint erzählte ihr alles, was er wusste, während er mit wenigen sparsamen Handgriffen den Fallschirm loshakte und aufwickelte. Dann hob er die daran befestigte Kiste mit Leichtigkeit an.

Janet sah ihn verblüfft an. »Ich konnte sie nicht mal vom Fleck bewegen.« Sie öffnete ihm die hintere Tür des Vans, und Clint hievte die Kiste auf den Rücksitz. Er konnte Janets Blick auf seinem Rücken fühlen, aber sie wandte sich ab, als er wieder aus dem Inneren des Wagens auftauchte.

»Sollen wir aufbrechen?«

Clint nickte. »Ich fahre hinten mit, dann kann ich schon die Ausrüstung überprüfen und umpacken.«

Janet setzte sich auf den Fahrersitz. »Kein Problem. Es dauert bestimmt eine halbe Stunde, bis wir am Delicate Arch sind.« Damit warf sie die Tür zu und gab Gas, als Clint ebenfalls eingestiegen war.

»Beeilen Sie sich.«

Janet lachte über seinen Befehlston. »Das tue ich immer.«

Schnell öffnete Clint die Zahlenschlösser an der Kiste mit der

Nummer, die Matt ihm im Fax mitgeteilt hatte. Als er den Deckel anhob und zum ersten Mal seit fast drei Jahren wieder die in seiner Zeit als SEAL oft benutzten Ausrüstungsgegenstände erblickte, überkam ihn Wehmut. Fast zärtlich strichen seine Finger über den glatten Stoff einer schusssicheren Weste, den Griff eines AK-47-Sturmgewehrs. Seine Augenbrauen schoben sich zusammen.

»Fehlt etwas?«

Clint schreckte auf. Er musste sich wirklich auf seine Aufgabe konzentrieren und durfte nicht in Erinnerungen schwelgen. Seine Augen trafen im Spiegel Janets. »Bisher nicht.«

Er breitete den gesamten Inhalt der Kiste auf dem Rücksitz aus: zwei schusssichere Westen, das Gewehr, ein GPS-Gerät, zwei leistungsstarke Funkgeräte mit Kopfhörer und eingebautem Mikrofon, zwei Pistolen samt Munition, zwei verschiedene Sets Tarnkleidung, ein langes Seil. Ganz unten lagen noch weitere nützliche Gegenstände wie Nebel- und Gasbomben, ein Ersatzkompass und ein sehr gefährlich aussehendes Kampfmesser, das er allerdings nicht brauchen würde, weil er sein eigenes von zu Hause mitgebracht hatte. Außerdem fand Clint noch einen Zettel, auf dem stand:

Ohne dich ist es nicht dasselbe. Mad

Clint verspürte einen ungewohnten Druck hinter seinen Augen, als er ihn sorgfältig zusammenfaltete und in seine Tasche steckte. Seine Melancholie abschüttelnd, schlug er die wüstenfarbene Tarnkleidung auseinander.

»Stört es Sie, wenn ich mich im Wagen umziehe? Dann verliere ich nachher keine Zeit.«

Janet blinzelte ihm zu. »Aber nein, nur zu!«

Clint grinste sie an. Er rang sich sonst nicht schnell zu einer

Meinung über andere Menschen durch, aber Janet mochte er. Sie war genauso freundlich, offen und gut gelaunt, wie Shane sie immer beschrieben hatte, wenn er mal zu Hause war. Ohne zu zögern, zog er sein T-Shirt über den Kopf. Er glaubte ein leises Seufzen zu hören, doch als er aufblickte, hatte Janet die Augen starr auf die Straße gerichtet. Sein Mundwinkel zuckte. Schnell schlüpfte er in das Oberteil der Tarnkleidung. Er knöpfte seine Jeans auf und warf einen kurzen Blick in den Rückspiegel. Hah, erwischt. Janet errötete leicht, wich aber nicht aus. Er zog fragend eine Augenbraue hoch.

Janet zuckte entschuldigend mit den Schultern. »Was erwarten Sie, ich bin auch nur eine Frau.«

Clint lachte. »Ich fühle mich geehrt.«

Gut, dass der Van eine gewisse Beinfreiheit bot, sonst wäre es schwierig für ihn geworden, seine enge Jeans auszuziehen und die etwas weiter geschnittene Tarnhose überzustreifen. Er hätte Janet zu gerne gefragt, was sie von dem Seehundmuster auf seinen Boxershorts hielt, aber er wollte sie nicht weiter in Verlegenheit bringen. Zumindest war der Wagen kurzzeitig geschlingert, als hätte der Anblick sie geschockt. Clint zog noch die schusssichere Weste über und füllte die zahlreichen Taschen der Kleidungsstücke mit einem Teil der Ausrüstungsgegenstände. Als er damit fertig war, wählte er Shanes Nummer.

»Ja.«

»Clint hier. Wir sind fast beim Park. Ich werde jetzt meinen Empfänger auf dein Funksignal ausrichten. Damit kann ich jederzeit deine Position bestimmen. Du musst nur dein Handy angeschaltet lassen. Reicht der Akku noch?«

»Ja. Außer ich finde Autumn nicht in den nächsten acht bis zehn Stunden. Aber das werde ich.« Er klang wild entschlossen.

»Gut. Am besten stellst du den Klingelton ab, damit du nicht unnötig auf dich aufmerksam machst. Ich teste jetzt, ob ich dein Signal auf meinem GPS empfange.« Ein blinkender Punkt erschien auf dem eingebauten Display. Clint veränderte durch einen Knopfdruck die Anzeige und konnte auf einer Karte den genauen Aufenthaltsort von Shane erkennen. Sogar die Beschaffenheit des Geländes war dargestellt. Höhenzüge, Täler, Ebenen, Flussläufe. »Befindest du dich südwestlich vom Delicate Arch, rechts von dir eine Felswand?«

»Genau. Du wirst keine Schwierigkeiten haben, uns zu finden, der Schweinehund hat genug Wegweiser hinterlassen. Nicht nur das Blut, auf den Felsen hat er auch noch kleine Steintürme aufgestellt. Ich denke, er wollte, dass ihnen jemand folgt.«

Clint verzog das Gesicht. »Okay, hör zu. Folge weiter der Spur, aber möglichst so, dass dich niemand bemerkt. Durch dein Signal werde ich wissen, wo ich euch finde.« Seine Stimme wurde beschwörend. »Wenn du Autumn findest, verhalte dich ruhig, gib dich nicht zu erkennen. Warte auf mich.«

Shane räusperte sich. »Das werde ich – wenn ich kann.«

»In Ordnung. Wenn ich in deiner Nähe bin, gebe ich dir ein Zeichen mit dem Vibrationsalarm des Handys. Zwei Mal. Pause. Zwei Mal. Okay?«

»Ja. Beeil dich bitte.«

Clint blickte sich um. »Wir sind gerade an den Petrified Dunes vorbeigefahren, ich bin bald da.« Widerstrebend beendete er die Verbindung. Er konnte nur hoffen, dass sein kleiner Bruder keine Dummheiten begehen würde. »Können Sie etwas schneller fahren?«

Wortlos gab Janet Gas.

Autumn bemühte sich, die Augen offen zu halten, während sie im Halbdunkel der Höhle kauerte. Sie durfte keinesfalls einschlafen, aber der hohe Blutverlust, die körperliche Anstrengung des Marsches und die Nachwirkungen des Schocks machten ihr immer stärker zu schaffen. Roberts Schweigen trug auch nicht dazu bei, sie wach zu halten. Sie unterdrückte ein Gähnen und setzte sich aufrechter hin. Verstohlen untersuchte sie die Verbände an ihren Armen, die sie aus T-Shirt-Streifen gefertigt hatte. Robert hatte davon nichts mitbekommen, weil er sich ziemlich bald in die Nähe des Höhleneingangs gesetzt hatte, um eventuelle Verfolger früh genug zu bemerken.

Die Angst um Shane ließ sie die ganze Zeit über nicht los. Was, wenn er tatsächlich versuchen würde, sie zu retten, und ihm dabei etwas passierte? Sollte sie Robert ablenken, damit er es nicht merkte, wenn sich jemand anschlich? Aber sie konnte sich nicht dazu durchringen. Noch nicht.

Autumn kniff die Augen zusammen, um die Zeiger ihrer Uhr erkennen zu können. Es war bereits nach drei, in einigen Stunden würde es dunkel werden. Sie überlegte, wann Robert sie überfallen hatte. Es musste gegen zehn Uhr gewesen sein, schätzte sie. Das hieß, dass bereits seit ungefähr fünf Stunden nach ihr gesucht wurde, je nachdem, wann ihr Verschwinden bemerkt worden war. Shane musste inzwischen völlig verzweifelt sein.

Tränen traten in ihre Augen. Hatte Clarissa berichtet, was sie gesehen hatte, und folgte man bereits ihrer Spur? Wenn ja, dann war es möglich, dass sie in nicht allzu ferner Zeit jemand entdeckte. Sie hoffte nur, dass es gleich eine ganze Gruppe gut ausgebildeter Polizisten war und nicht etwa Shane alleine. Sie würde noch eine halbe Stunde warten und dann Roberts Aufmerksamkeit auf sich lenken. Wenn sie Glück hatte, würde sie es überleben.

Janet bremste den Van direkt vor dem Weganfang scharf ab. Clint hatte bereits die Tür aufgeschoben und sprang aus dem Wagen, während er noch ausrollte. Er steckte den Kopfhörer ans Ohr und richtete das Mikrofon so aus, dass es genau vor seinem

Mund saß. Das Gewehr hängte er sich über die Schulter, damit es beim Laufen nicht im Weg war.

Janet stellte den Motor ab und stieg aus dem Wagen. »Ich könnte mitkommen und Ihnen den Weg zeigen …«

Clints Mundwinkel hob sich. »Danke für das Angebot, aber ich muss mich schnell und leise bewegen. Und das kann ich am besten alleine.«

Janet nickte. »Das dachte ich mir.«

Clint gab ihr das zweite Mikrofon-Set. »Können Sie mein Kontakt zur Außenwelt sein?«

Janet nickte. »Natürlich.« Sie besah sich den Mechanismus. »Wie setze ich das Teil auf?«

Clint nahm es ihr aus der Hand, klemmte den einen Bügel hinter ihr Ohr und richtete das Mikrofon aus. »Wenn Sie am Mikro drehen, schalten Sie es an und ab.« Er demonstrierte es. »Bitte schalten Sie es nur an, wenn ich Sie rufe. Reden Sie ganz leise, ich werde Sie trotzdem verstehen. Wenn Sie mich doch einmal kontaktieren müssen, dann schnalzen Sie einmal mit der Zunge. Ich melde mich dann, sobald ich kann.« Er ging ein Stück weg. »Wir probieren es einfach mal aus.« Er drehte sich um und sprach in sein Mikrofon. »Verstehen Sie mich?«

Janet drehte am Mikrofon und antwortete. »Ja.« Ihre Stimme war fast ein Hauch.

»Gut. Jetzt schnalzen Sie so wie ich.« Er schnalzte kaum hörbar mit der Zunge.

Nach mehrmaligem Proben gelang es ihr ganz gut. Nachdem das getestet war, kontrollierte Clint noch einmal die Anzeige des GPS-Monitors, den er ums Handgelenk gebunden hatte. Shane bewegte sich noch in die gleiche Richtung wie zuvor. Das hieß, dass Clint den Weg erheblich abkürzen konnte, indem er der Wegbeschreibung folgte, die Janet ihm im Wagen gegeben hatte. Er checkte noch einmal seine gesamte Ausrüstung, dann wandte er sich Janet zu. »Ich verschwinde jetzt. Ich melde mich, wenn ich den endgültigen Aufenthaltsort von Autumn weiß. Danke für Ihre Hilfe.«

»Shane und Autumn sind meine Freunde. Helfen Sie ihnen und passen Sie auch auf sich auf.«

Clint zog sie kurz an sich und küsste ihren Scheitel. »Mache ich.« Er drehte sich um und lief los.

32

Shane folgte nun schon seit über einer Stunde den Spuren. Die Blutstropfen waren nicht mehr ganz so häufig zu sehen, die Steinhaufen markierten weiterhin in regelmäßigen Abständen den Weg. Was hatte der Bastard davon, wenn er seine Verfolger zu sich führte? Wollte er gefasst werden? Oder sah sein Plan etwas viel Teuflischeres vor? Bei diesem Gedanken ging Shane noch langsamer, während er kontinuierlich nicht nur die Spur, sondern auch die Umgebung prüfte. Hoffentlich folgte er nicht einer falschen Fährte. Vielleicht war dieser Pears mit Autumn längst in einem anderen Bundesstaat. Verzweiflung überkam ihn. Was war, wenn er sie nie mehr wiedersehen würde, wenn sie einfach verschwand? Oder noch schlimmer, wenn er sie tot auffand? Nein, daran wollte er gar nicht denken. Er würde es fühlen, wenn sie nicht mehr da wäre.

Shane bückte sich und betrachtete die Tropfen genauer. Sie schienen frischer zu sein. Anscheinend hatte er schon einiges an Zeit gutgemacht. Natürlich war die Spur immer noch Stunden alt, aber er hatte das Gefühl, als würde er Autumn näher kommen. Er umrundete eine besonders steile Felswand und blieb abrupt stehen. Die Spuren waren verschwunden. Weder Blutstropfen noch Steinhaufen waren weit und breit zu entdecken. Ein unangenehmes Gefühl kroch in ihm hoch.

Clint warf einen weiteren Blick auf das Display. Wo sich der blinkende Punkt bisher konstant in eine Richtung bewegt hatte, schien er sich nun nur noch sehr langsam und kreisförmig zu bewegen. Was entweder bedeutete, dass Shane die Spur verloren hatte oder dass er versuchte, sich anzuschleichen. So oder so war Clint noch zu weit entfernt.

Er drehte sein Mikrofon auf. »Janet?«

Ein Knacken ertönte. »Ja?«

»Shane scheint sein Ziel erreicht zu haben. Ich werde Ihnen jetzt die Koordinaten durchgeben. Lassen Sie einen Backup-Trupp dorthin gehen und in der Nähe Stellung beziehen. Möglichst leise. Ich bin noch etwa zwei Meilen entfernt. Das heißt, ich bin in etwa zehn Minuten in Shanes Nähe. Ich werde versuchen, ihn abzufangen. Aber da ich versuche, lautlos zu operieren, kann es etwas länger dauern. Ich werde mein Mikrofon jetzt offen lassen, damit Sie hören, was vor sich geht.«

»In Ordnung. Viel Glück.«

»Danke.«

Janet lauschte angestrengt, aber sie hörte keinen Ton mehr. Entweder hatte Clint das Mikro doch nicht offen gelassen oder er war wirklich sehr leise. Hoffentlich ging diese Aktion gut. Sicher, Clint war anscheinend ein Profi in diesem Bereich, aber es konnte dennoch so unendlich viel schief gehen, vor allen Dingen, wenn sie es tatsächlich mit einem Wahnsinnigen zu tun hatten. Sie funkte Bob an und übermittelte Clints Nachricht. Dieser berichtete, dass bereits ein Einsatztrupp unterwegs war, der den Spuren folgte.

Sie drehte das Mikro wieder an und klickte leise.

»Ja?« Clints Stimme klang noch leiser und tonloser als zuvor.

»Verstärkung ist unterwegs.« Janet bemühte sich, ihren Tonfall dem seinen anzupassen.

»Gut. Ab jetzt bitte Funkstille, außer in absoluten Notfällen.«

»Verstanden.« Janet schaltete das Mikro aus und beobachtete, wie Sarah und Margret Rückkehrer vom Delicate Arch dazu aufforderten, das Gelände zu verlassen. Weitere Besucher wurden gar nicht erst auf die Straße zum Parkplatz gelassen. Janet hatte diese Gegend noch nie so leer und ruhig erlebt, außer vielleicht im allertiefsten Winter. Es wirkte fast so, als hielte der gesamte Park den Atem an.

»Könnte ich etwas zu trinken haben?« Autumn hatte beschlossen, dass es an der Zeit war, Robert abzulenken. Sie wusste immer noch nicht, ob es wirklich klug war, ihn auf sich aufmerksam zu machen, aber sie musste wenigstens versuchen, ihn vom Eingang der Höhle fortzulocken. Sie glaubte schon fast nicht mehr, dass er überhaupt reagieren würde, doch dann wandte sich Robert ganz langsam zu ihr um. Ihr Magen krampfte sich schmerzhaft zusammen. Gefolgt von einer Panikattacke, als er gemächlich auf sie zukam und vor ihr in die Hocke ging. Oh Gott, was hatte sie getan?

»Ich werde mein wertvolles Wasser bestimmt nicht an eine Tote verschwenden.« Er lachte über ihren entsetzten Ausdruck. »Du hast doch nicht gedacht, dass ich dich am Leben lasse, nachdem du mich so betrogen hast, oder? Nein, du wirst sterben, genau wie der Detective und wie dein Geliebter. Er wird bald hier sein, und dann können wir endlich mit unserer Party beginnen. Wird auch langsam Zeit. Ich dachte eigentlich, er würde sich mehr anstrengen. Aber vielleicht warst du nicht gut genug im Bett, so wie bei mir.«

»Nein!«

Ihre ungewollte Erwiderung amüsierte ihn. »Vielleicht sollten wir schon mal anfangen, ein bisschen Spaß zu haben, nur wir beide.« Er zog sein Messer aus der Jackentasche und hielt es vor ihr Gesicht. Autumn kroch unwillkürlich nach hinten, näher an die Wand. Aber das half ihr auch nicht. Sie saß in der Falle, wieder einmal. Robert lachte. Das Geräusch hallte schrecklich von den Höhlenwänden wider. Ein kalter Schauer kroch über Autumns Rücken und Verzweiflung breitete sich bleiern in ihr aus …

Shane hob den Kopf und lauschte. Er hatte eben ein dumpfes Geräusch gehört. Es klang fast wie … Lachen. Vorsichtig bewegte er sich weiter in die Richtung, aus der es gekommen war. Es war nicht einfach, sich lautlos auf dem bröckeligen Gestein fortzubewegen. Aber er näherte sich dennoch unbemerkt dem, was er jetzt als Eingang im Fels erkannte. Er hatte kurze Zeit zuvor oben auf dem Felsen gestanden, aber nicht erkannt, dass es sich um eine Höhle handelte. Es gab nur einen Zugang. Auf einer Seite war eine Felswand, auf der anderen ein schüsselförmiger Abgrund. Wenn man nicht gerade Kletterspezialist war oder wenigstens über die nötige Ausrüstung verfügte, blieb einem nur der schmale Weg zwischen Abgrund und Felswand, um sich dem Eingang zu nähern. Während Shane darauf zuschlich, zog er die Pistole aus dem Hosenbund und entsicherte sie. Das Klicken war in der Stille deutlich zu hören. Verdammt, warum hatte er das nicht schon früher getan? Er konnte nur hoffen, dass es nicht gehört worden war, und bereitete sich weiter auf den Angriff vor.

Robert fesselte Autumns Hände und Füße mit einem rauen Seil. Dabei war es ihm scheinbar egal, dass er das Seil viel zu fest zog und damit ihren Blutkreislauf unterbrach. Autumn versuchte sich zu wehren, aber das Messer am Hals ließ sie schnell ihre Bemühungen einstellen.

Höhnisch lachend setzte Robert die Messerspitze unter ihr Kinn. »Sehr klug von dir. Und, haben wir schon Spaß?«

Als Autumn nicht antwortete, durchtrennte er das Halsbündchen ihres T-Shirts und riss es dann der Länge nach auseinander. Mit ihren hinter dem Rücken gefesselten Händen konnte sie nichts tun, um ihre Blöße zu bedecken. Robert lachte erneut, als er die Narben begutachtete, die er ihr vor einem Jahr zugefügt hatte. »Wunderschön.« Mit der Messerspitze fuhr er die wulstigen Linien nach. »Wenn ich mit dir fertig bin, wirst du noch viel besser aussehen. Dann will dich dein Geliebter sowieso nicht mehr haben.«

Autumn empfand noch mehr Panik als im letzten Jahr, wusste sie doch genau, was nun passieren würde. Die Höhlenwand hinter ihr verhinderte, dass sie der Klinge ausweichen konnte, die nun mit einem Ruck die Träger ihres BHs zerschnitt. Autumn schloss gequält die Augen. Wie sollte sie es ertragen, noch einmal von diesem Monster berührt und verletzt zu werden? Ihr Hirn war kurz davor abzuschalten, ähnlich wie ihr Körper, doch das konnte sie sich nicht leisten. Sie musste durchhalten, bis Rettung kam. Sie würde Robert nicht die Genugtuung einer Reaktion geben. Das Messer tanzte über ihr Schlüsselbein, hinterließ eine schmale Blutspur. Bis auf ein leichtes Zucken zeigte Autumn keinerlei Gefühlsregung.

Robert runzelte die Stirn. »Du lebst doch noch, oder?«

Autumn blieb stumm. Das Messer biss in die weiche Haut ihrer Brust. Wieder zuckte sie. Tränen sammelten sich in ihren Augen, doch sie weigerte sich, nachzugeben. Ihr Blick wanderte zum Höhleneingang. Ihre Augen weiteten sich, als sie dort einen Schatten sah, der über die Wände huschte. Mit angehaltenem Atem starrte sie zu der Öffnung im Fels. Ihr Herz setzte einen Schlag aus, als Shane im Höhleneingang erschien. *Oh nein!*

Robert drehte sich nicht um. »Treten Sie ruhig näher. Wir haben bereits auf Sie gewartet.«

Langsam trat Shane aus dem Sonnenlicht in das Halbdunkel der Höhle. Sein Blick wanderte über Autumn und heftete sich dann auf den Mann, der neben ihr hockte. Er presste die Zähne zusammen. Robert Pears sah mit seinen jetzt dunklen Haaren und dem gepflegten Bart wie ein Lehrer auf Safari aus. Nicht wie ein gefährlicher Irrer, der Spaß daran hatte, Menschen zu quälen. Der Anblick des Blutes, das über Autumns Brüste lief, ließ Übelkeit in ihm aufsteigen. Aber immerhin, sie lebte! Ihr Gesichtsausdruck zeigte eine Mischung aus Erleichterung und Furcht. Am liebsten hätte er sie in die Arme genommen und ihr versichert, dass alles gut werden würde, aber jetzt musste er sich auf den Feind konzentrieren.

Die Hand mit der Pistole zitterte nicht, als er sie auf Robert richtete. »Stehen Sie auf und lassen Sie das Messer fallen.«

Robert lächelte. »Ich denke nicht daran. Lassen Sie die Pistole fallen, sonst werde ich unserer lieben Autumn das Messer ins Herz stoßen.« Zur Bekräftigung drückte er die Klinge etwas tiefer.

Autumn stöhnte auf.

Shane versuchte, seine Gefühle vor dem Verbrecher zu verbergen, und hielt seine Stimme ruhig. »Geben Sie auf.«

Robert lachte. »Sie können mich vielleicht erschießen, aber Autumn wird vor mir sterben.«

»Aber Sie sind dann auch tot.«

Roberts Grinsen zeigte, wie wahnsinnig er tatsächlich war. Und offenbar zu allem fähig. »Jeder muss irgendwann einmal gehen. Wenn ich die kleine Schlampe mit mir nehmen kann, umso besser. Also werfen Sie die Pistole zu mir, vorsichtig, und sie wird vielleicht noch ein paar Minuten leben.«

Autumn rührte sich. »Nein, Shane! Wenn du deine Waffe aufgibst, sind wir beide tot.« Zur Strafe drückte Robert die Klinge an ihre Halsschlagader. Autumn blieb wie erstarrt sitzen. Blut rann an ihrem Hals hinab.

Shane kapitulierte. »In Ordnung.« Er sicherte die Waffe und warf sie auf den Boden zu Roberts Füßen. Er hoffte nur, dass

Clint in der Nähe war und ihnen bald zu Hilfe kam. Während Robert mit einer Hand nach der Pistole griff, hielt er das Messer immer noch an Autumns Kehle. Als er zu Boden blickte, rückte Shane vorsichtig ein Stück näher. Doch bevor er sich auf Robert stürzen konnte, hatte dieser bereits die Pistole in der Hand und zielte auf Shane.

Mit einem hörbaren Klicken entsicherte er die Waffe. »Keinen Schritt weiter.« Er kicherte. »Mein Gott, ich dachte, nur in Filmen wären die Guten so blöde, ihre Waffen dem Bösen auszuhändigen, um die Jungfrau zu retten!« Sein Lachen wurde von einem Schuss übertönt.

Autumn schrie auf. Hilflos musste sie mit ansehen, wie Shane unter der Wucht der Kugel, die in seinen Körper einschlug, zurücktaumelte und schließlich zu Boden sank. Mit ihren Fesseln konnte sie nicht aufstehen, um zu ihm zu gelangen. Sie war gezwungen, die Strecke rollend zu überwinden. Es war ihr egal, wie viel Sand sie dabei schluckte oder dass Schmutz in ihre Wunden geriet, alles, was zählte, war Shane.

»Ach, wie niedlich.« Robert trat näher. »Verdammt, dabei hatte ich doch auf die unteren, sensiblen Regionen gezielt. Ich glaube fast, ich muss mal wieder ein paar Runden im Schießstand einlegen.« Er lachte über seinen eigenen Witz.

Autumn hatte sich inzwischen fast auf Shane gerobbt, um die Wunde im Oberarm zu begutachten. Die Kugel hatte den Muskel glatt durchschlagen, jedenfalls sah es für sie so aus. Frisches rotes Blut sprudelte aus dem runden Loch. Autumn wurde übel. Jetzt saßen sie zu zweit in der Falle, und Shane war auch noch verletzt. Er schien ohnmächtig zu sein, jedenfalls bewegte er sich nicht und gab auch keinen Laut von sich. Und Autumn konnte mit gefesselten Händen auch nichts tun, um ihn zu wecken. Plötzlich verspürte sie eine leichte Bewegung an ihrem Bauch, der Shanes gesunden Arm bedeckte. Zuerst dachte sie, es wäre eine zufällige Bewegung, doch dann erkannte sie, dass Shane wach war und genau wusste, was er tat. Sie beugte sich über seinen Kopf, sodass Robert sie nicht beobachten konnte. Und genau wie erwartet, öffneten sich Shanes Augen einen Spaltbreit, genug, dass sie seine Bitte erkennen konnte, sich von ihm fortzurollen, wenn er ihr ein Zeichen gab. Autumn gab ihm einen Kuss, um ihm zu zeigen, dass sie verstanden hatte.

»Sei vorsichtig.« Ihr Murmeln war fast lautlos.

Shanes Finger strichen noch einmal über ihren Bauch, dann lag er still.

»Hey, so war das aber nicht abgemacht.« Robert kam auf sie zu. »Was ist denn das für ein Waschlappen, ein kleines Loch und schon ist er nicht mehr zu gebrauchen! Dabei hatte ich noch so viel mit ihm vor.« Als er auf Shanes freier Seite stand, spürte Autumn ein leichtes Zwicken am Bauch. So schnell es ging, rollte sie sich von ihm weg. Und nicht zu früh, denn Shanes Bein schoss nach oben und traf Roberts Hand mit der Pistole. Überrascht schrie Robert auf. Seine Finger verloren den Halt um den Griff und die Waffe flog in hohem Bogen durch die Luft. Ein weiterer Schuss peitschte durch die Höhle. Die Kugel blieb in der Höhlenwand stecken, die für Querschläger glücklicherweise nicht hart genug war. Anstatt abzuwarten, was sonst noch passierte, rollte Autumn schnell in Richtung der im weichen Sandboden gelandeten Pistole und begrub sie unter ihrem Körper. Sie konnte zwar nicht schießen, aber immerhin konnte sie so die Waffe Roberts Zugriff entziehen.

Dieser war nach Shanes Angriff ein paar Schritte zurückgetaumelt, hatte sich aber wieder gefangen. Nun belauerten die beiden Männer sich gegenseitig. Shane war aufgesprungen und hatte sich, ein Messer in der Hand, zum Kampf gestellt. Das war es also gewesen, was er im Sichtschutz ihres Körpers aus der

Hülle an seinem Gürtel gezogen hatte. Während sie sich umkreisten, lief das Blut weiter an seinem Arm herab, und Autumn konnte nur hoffen, dass er noch genug Kraft hatte, um Robert zu besiegen und sie beide zu retten. Nur gut, dass es der linke Arm war, sonst wären seine Chancen im Kampf vermutlich wesentlich schlechter gewesen. Doch auch so sah es nicht gut aus. Shane war zwar größer und stärker als Robert, aber seine Verletzung machte den Gebrauch des linken Arms fast unmöglich. Mit einem Angriffsschrei stürzte sich Robert auf ihn und umklammerte sein rechtes Handgelenk, während er mit der anderen Faust auf Shanes Wunde schlug.

Shane stieß einen Schmerzenslaut aus und ging in die Knie, gab aber das Messer nicht frei. Vielmehr zog er Robert mit sich zu Boden und begrub ihn unter sich, während er versuchte, wieder klar zu sehen. Vor Schmerz war ihm schwarz vor Augen geworden und einen kurzen Moment fürchtete er, diesmal wirklich in Ohnmacht zu fallen. Doch der Augenblick ging vorüber und er erlangte die Oberhand über Robert. Sie rangen schweigend miteinander, nur ihr lautes Keuchen hallte durch die Höhle. Shane prallte mit dem verletzten Arm gegen die Höhlenwand und sah Sterne.

Robert ließ sich die Chance nicht entgehen und erkämpfte sich die obere Position. Mit seiner Hand an Shanes Handgelenk führte er die Spitze des Messers dicht an Shanes Gesicht heran. Shane spürte, dass Robert Probleme hatte, ihn mit seinen schweißnassen Händen festzuhalten. Das nutzte Shane sofort für sich aus. Mit einer weiteren Kraftanstrengung rollte er sie beide herum, das Messer diesmal auf Robert gerichtet, die Sonne schien auf seinen Rücken.

»Gib auf.« Er musste den Kampf bald für sich entscheiden, lange würden seine Kraftreserven nicht mehr anhalten. Wo blieb nur Clint?

»Niemals, eher sterbe ich.«

Shane senkte das Messer zu Roberts Hals. »In Ordnung.« Doch er zögerte. Er konnte nicht einfach einen Menschen töten, den er schon besiegt hatte. Er blickte kurz zurück zum Höhleneingang, zu dem sich Autumn inzwischen gerobbt hatte.

Auf einmal ging alles ganz schnell: Robert nutzte den Moment seiner Unaufmerksamkeit und katapultierte ihn mit Armen und Beinen von sich. Shane verlor das Messer und bereitete sich auf den Aufprall auf den Boden vor. Doch der kam nicht. Er hatte nicht gemerkt, wie nah sie dem Abgrund gekommen waren. Das Letzte, was er sah, war Autumns vor Schreck verzerrtes Gesicht.

33

»Shane!« Autumns Schrei hallte von den Felswänden wider. Tränen liefen ihr über das Gesicht, während sie versuchte, näher an den Rand des Plateaus zu kommen. Doch zwischen ihr und der Stelle, wo Shane verschwunden war, befand sich immer noch Robert. Dieser hatte sich inzwischen aufgerichtet und blickte verwundert zum Abgrund.

Dann lachte er. »Nanu, so war das aber nicht geplant. Ich war doch mit unserem Spiel noch gar nicht fertig.« Er zuckte die Achseln. »Auch egal. Dann amüsieren wir uns eben zu zweit weiter.« Er grinste. »Nun, was sagst du zum Abgang deines Geliebten?«

Autumn zitterte vor Wut. Hätte sie die Hände frei gehabt, wäre sie auch ohne Waffe auf ihn losgegangen. So konnte sie nur hoffen, dass bald jemand kam und Robert erschoss. Obwohl das noch viel zu schmerzlos für ihn war. Er sollte leiden, so wie sie das bis zum Moment ihres Todes tun würde.

Als Robert keine Antwort von ihr bekam, drehte er sich um und ging zur Abbruchkante des Felsens. Autumn beobachtete, wie er sich immer noch lachend über die Kante beugte. Sie wünschte, er würde hinunterfallen und aus ihrem Leben verschwinden. Das würde Shane zwar nicht wieder zurückbringen, aber er wäre gerächt. Ohne weiter darüber nachzudenken, kroch Autumn auf Robert zu. Schneller, schneller, bevor er sich umdrehte und sie bemerkte! Ihr Körper war wie abgestumpft, sie spürte die Schmerzen in ihren Armen, Beinen und Oberkörper kaum, zu sehr war sie von der Qual in ihrem Innern gefangen – und dem Wunsch, Shane zu rächen. Diese Wut gab ihr die Kraft, sich dicht hinter Robert aufzubäumen und mit all der Wucht, zu der sie fähig war, gegen seinen Körper zu fallen.

Robert stieß einen überraschten Laut aus und ruderte mit seinen Armen, um das Gleichgewicht zu halten. Dabei traf er Autumn im Gesicht, benommen fiel sie zurück in den Sand und konnte den Kopf nur mühsam wieder heben. Enttäuschung breitete sich in ihr aus, als sie sah, dass Robert noch immer auf der Klippe stand. Die Wut in seinem Gesicht ließ Furcht in ihr hochkriechen. Robert würde sich für diesen Versuch blutig rächen, das war ihr klar. Aber sie bereute nicht, es probiert zu haben. Autumn hob das Kinn und blickte ihn direkt an.

»Du mieses kleines Dreckstück! Hast du wirklich geglaubt, du könntest mich besiegen?« Sein Gesicht verzerrte sich zu einem höhnischen Grinsen. »Falsch gedacht. Jetzt, wo dein Geliebter aus dem Bild ist, werde ich mich ausgiebig mit dir beschäftigen. Aber zuerst möchte ich, dass du genau siehst, was aus deinem feschen Helden geworden ist.«

Entsetzt versuchte Autumn zurückzukrabbeln, aber sie kam nicht schnell genug weg. Roberts Hand kam immer näher, seine Fingerspitzen berührten fast ihr zerfetztes T-Shirt.

Plötzlich schoss von unten ein muskulöser Arm herauf, der Robert am Hemd packte und in hohem Bogen ins Nichts fliegen ließ. Sein entsetzter Aufschrei war noch einige Sekunden zu hören, bis er abrupt verstummte. Danach herrschte Totenstille. Autumn war zu betäubt, um sich zu rühren. Konnte es sein, dass Shane doch noch am Leben war? Für einen Moment keimte Hoffnung in ihr auf, nur um gleich darauf zu ersterben und sie noch verzweifelter zurückzulassen. Nein, der Arm war nicht mit dem Uniformhemd der Ranger bekleidet gewesen. Wer immer auch hier war, um sie zu retten, war zu spät gekommen.

Sie mochte vielleicht körperlich noch am Leben sein, aber innerlich war sie tot. Ihr schlimmster Albtraum war Wirklichkeit geworden: Noch jemand, den sie liebte, war gestorben. Sie schloss die Augen und versuchte sich daran zu erinnern, wie Shane sie angelächelt hatte, wie seine Augen sich vor Leidenschaft verdunkelten, wenn sie sich liebten, wie sie manchmal einfach nur im Schaukelstuhl auf der Veranda gesessen und den Sonnenuntergang genossen hatten.

Wie würde seine Familie das durchstehen? Sie hatte auf der Familienfeier gesehen, wie nahe sie sich standen. Tränen sickerten durch ihre geschlossenen Augenlider.

Das Geräusch herunterkollernder Steine ließ sie aufblicken. So sah sie gerade noch, wie sich Clint mit einem kräftigen Klimmzug auf das Plateau zog. Wie kam Shanes Bruder denn hierher? War er schon hier gewesen, als Shane zu Tode stürzte? Mit distanzierter Neugier beobachtete sie, wie er etwas heraufzog. Seine Muskeln unter den Ärmeln seines schweißnassen Tarnhemdes arbeiteten, während er mit einem letzten Ruck etwas auf dem harten Boden ablegte. Es bewegte sich! Autumn hielt fassungslos den Atem an. Es war ein Mensch: Es war … Shane! Mit weit aufgerissenen Augen sah sie zu, wie er sich langsam aufsetzte. Bis auf die Armwunde wirkte er unverletzt. Er wandte sich ihr zu und hob den Kopf.

Ein Lächeln breitete sich langsam auf seinem Gesicht aus. »Hallo.«

Autumn versuchte zu lächeln, doch sie konnte es nicht. Tränen liefen über ihre Wangen, während sie seinen Anblick in sich aufsog. Shane lebte! Ein Glücksgefühl durchströmte sie und sie wünschte, sie könnte auf ihn zulaufen und ihn umarmen, doch sie war noch immer gefesselt. Ihr Herz hämmerte viel zu schnell in ihrer Brust und schwarze Punkte flimmerten vor ihren Augen. Autumn brachte nur noch ein Stöhnen heraus, bevor sie in die wartende Dunkelheit glitt.

Shane und Clint sahen sich entsetzt an. »Verdammt, Clint, lass meinen Arm los, ich muss mich um Autumn kümmern.«

Während Shane die kurze Strecke zurücklegte, zog Clint seine schusssichere Weste aus und reichte sie an Shane weiter, der sie über Autumns nackten Oberkörper deckte. Liebevoll strich er ihre Haare zurück und streichelte ihre Wange.

»Autumn?« Seine Unruhe wuchs, als sie nicht reagierte. Mit einem Finger an ihrem Hals vergewisserte er sich, dass ihr Puls halbwegs normal war. Vermutlich war sie vor Schreck ohnmächtig geworden. Es konnte aber auch sein, dass der Blutverlust sie schwächte. Shane sah zu Clint auf. »Sag ihnen, sie sollen sich beeilen, Autumn muss dringend ins Krankenhaus.«

Clint nickte. Noch im Gehen sprach er in sein Mikrofon und forderte einen Krankenwagen an.

Shane ließ sich vorsichtig neben Autumn nieder. Er zuckte zusammen, als er unvorsichtigerweise seinen verletzten Arm bewegte. Verdammt, warum hatte Clint ihn auch genau an diesem Arm packen müssen, als er über die Klippe fiel? Er war vor Schmerz besinnungslos geworden. Währenddessen musste Clint sie beide mit seinem Körper gegen die Felswand gedrückt haben, damit sie nicht abstürzten. Shane war erst wieder zu sich gekommen, als Robert mit einem markerschütternden Schrei an ihm vorbeistürzte. Er schauderte, als er daran dachte, was er unten auf den Felsen gesehen hatte. So hätte auch er aussehen können! Vor allem aber wünschte Shane sich, er wäre es gewesen, der Robert ins Jenseits befördert hatte. Noch nie im Leben war er froh gewesen, dass jemand tot war, doch in diesem Moment konnte er das Gefühl nicht unterdrücken. Jetzt konnte Autumn endlich sicher sein, dass ihr von Robert nie wieder eine Gefahr drohte.

Behutsam fuhr er mit den Fingern über ihr Gesicht. Ihre Augen öffneten sich langsam.

Die Pupillen waren stark erweitert, wahrscheinlich stand sie unter Schock. »Shane?«

Er legte sich behutsam neben sie und umarmte sie mit seinem gesunden Arm. »Schsch. Es ist alles gut. Clint hat schon einen Arzt gerufen.«

Sein warmer Atem strich liebkosend über ihr Gesicht. Autumn drückte sich enger an ihn. »Könntest du mich losbinden?«

Shane blickte sich suchend um, aber sein Messer war nirgends zu sehen. Wahrscheinlich hatte er es bei seinem Sturz in den Abgrund verloren. »Clint?«

Sein Bruder tauchte lautlos neben ihnen auf. »Was ist?«

»Hast du ein Messer? Autumn ist noch gefesselt.«

Ohne ein Wort zu sagen, zog Clint sein großes Jagdmesser aus der Tasche und reichte es Shane, bevor er sich wieder zurückzog. Mit einem kurzen Ruck durchtrennte Shane erst Autumns Arm- und dann die Beinfesseln. Autumn konnte an seinem schweren Atem hören, wie sehr ihn die Bewegung schmerzte, doch er brachte sogar noch mit einer kurzen Massage ihren Blutkreislauf in Armen und Beinen in Gang, bevor er sich wieder neben sie legte. Ihre Hände waren dick und bläulich angelaufen, aber sie hatte noch Gefühl darin. Als das Blut langsam in die Hände zurückkehrte, prickelte es wie tausend Messerstiche. Vor Schmerz keuchte sie auf. Nach einigen Minuten war das Gefühl wieder halbwegs erträglich.

»Es tut mir so leid, dass du meinetwegen …«

Shane ließ sie nicht ausreden. »Es ist alleine die Schuld dieses Irren gewesen.«

Lange sah Autumn ihn schweigend an. »Ich weiß. Ich hätte es mir aber trotzdem nie verziehen, wenn du meinetwegen gestorben wärst.«

Shane versuchte ein Lächeln. »Na, dann ist es ja gut, dass ich noch am Leben bin.« Er wurde wieder ernst. »Ich wünschte bloß, ich wäre früher gekommen, bevor er …« Er stockte. »Wir haben dich überall gesucht, aber keiner hatte dich gesehen. Du warst einfach verschwunden.« Seine Stimme versagte. »Ich bin fast wahnsinnig geworden vor Angst. Ich wusste, dass du nicht freiwillig weggegangen warst.«

Autumn legte zaghaft ihre Hand an seine Wange. Die Angst und der Schmerz hatten sich tief in sein Gesicht gegraben. Es würde wahrscheinlich einige Zeit vergehen, bevor sie beide die Geschehnisse verarbeitet haben würden.

Er blickte tief in ihre Augen. »Gut, dass Clarissa dich gesehen hat, damit hatten wir wenigstens eine Spur, der wir folgen konnten. Aber auch so bin ich zu spät gekommen. Er hat dich wieder verletzt …«

Autumn gab ihm einen sanften Kuss. »Wir sind zusammen, alles andere ist unwichtig.« Sie sah die Tränen in seinen Augen. »Ich liebe dich.«

Shane schluckte mühsam. »Ich liebe dich auch.«

Clint trank gerade seinen fünften Becher schlechten Krankenhauskaffee, als seine Eltern ins Wartezimmer stürmten.

Als sie ihn erblickten, war Angela nicht mehr zu bremsen. »Wie geht es den beiden? Sind sie schwer verletzt? Was ist überhaupt geschehen? Warum hast du uns nicht wenigstens einen Zettel dagelassen, damit wir wussten, was vor sich ging? Ihr hättet getötet werden können!« Mit diesem letzten Ausbruch sank seine Mutter in den Stuhl neben ihm und schlug die Hände vors Gesicht.

Clint wusste nicht, was er tun sollte. Er hatte sie noch nie so aufgelöst erlebt, außer vielleicht nach Leighs Autounfall. Hilflos sah er seinen Vater an, der für einen Moment allerdings auch noch zu schockiert schien, um zu gewohnter Stärke zu finden. Doch dann richtete George sich auf.

»Bericht.«

Das hörte sich dermaßen militärisch an, dass Clint beinahe gelacht hätte. Damit konnte er auch deutlich besser umgehen als mit den Tränen seiner Mutter. »Es geht den beiden gut. Shane hatte eine kleinere Operation, in der seine Armwunde gesäubert und genäht wurde. Er schläft jetzt. Autumns Schnitte sind auch versorgt worden. Der Arzt sagt, es würden zwar Narben bleiben, aber sofern sich nichts entzündet, werden sie später kaum zu sehen sein.«

Angela ließ die Hände sinken und blickte ihn entsetzt an. »Wie kann jemand nur so etwas tun? Das arme Mädchen!«

»Auf jeden Fall wird er es nie wieder tun.«

George blickte ihn scharf an. Dann lächelte er grimmig. »Gut.«

Obwohl seine Mutter normalerweise gegen Gewalt war, stimmte sie ihnen zu. »Wann kann ich Shane sehen?«

»Die Schwester meinte, dass er in etwa einer halben Stunde aufwachen müsste, dann können wir zu ihm. Aber es geht ihm wirklich gut, die Kugel hätte ihn an wesentlich schlimmeren Stellen treffen können. Zudem war es ein glatter Durchschuss, nur minimale Schäden am Muskelgewebe, und der Knochen ist nicht betroffen.« Als er den Blick seiner Mutter sah, wünschte er sich, er hätte den Mund gehalten.

Sie presste die Lippen zusammen, während sie seine Aufmachung genauer musterte. »Was hast du hier eigentlich gemacht?«

Clint blickte seinen Vater an, doch der schüttelte nur betrübt den Kopf.

Angela war das Blut ins Gesicht geschossen, ihre Augen blitzten. »Antworte mir.«

Clint überlegte kurz, ob er sich dumm stellen sollte, doch er entschied sich dagegen. »Ich bin Shane nur ein wenig zur Hand gegangen.«

»So nennst du das also?« Angela schloss kurz die Augen. »Und wie genau hast du …«

Chloes Eintreffen bewahrte Clint vor einer weiteren Erklärung. Er wusste genau, dass seine Mutter in einem ruhigen Moment, wenn sie wieder klar denken konnte, auf dieses Gespräch zurückkommen würde. Er hoffte nur, dass ihm bis dahin eine gute Ausrede eingefallen war.

Shane erwachte langsam. Sein Gehirn fühlte sich an wie mit Watte gefüllt, genauso wie sein Mund. Verwirrt blickte er sich um. Wo war er? Als er den Tropf neben dem Bett bemerkte, fiel ihm schlagartig alles wieder ein: Autumn, Robert, der Kampf. Sein Herz dröhnte wie ein Presslufthammer. Mit zittrigen Fingern versuchte er, die Bettdecke von seinen Beinen zu entfernen. Er musste zu Autumn.

Er wusste nicht, wie lange er mit ihr auf dem Boden vor der Höhle gelegen hatte, bis die Rettungskräfte eintrafen. Es konnte nicht lange gewesen sein. Margret hatte ihre Wunden provisorisch verbunden und sie für transportfähig erklärt. Auf zwei Bahren waren sie dann hinunter zum Parkplatz getragen worden.

Hoffentlich ging es Autumn gut. Sie waren im Krankenhaus sofort in verschiedene Richtungen geschoben worden, sodass er nicht einmal wusste, wie ihre Behandlung ausgefallen war. Er hatte gerade den Schlauch der Infusion in der Hand, um ihn aus seinem Arm zu reißen, als die Tür aufging.

Die Krankenschwester blickte ihn erstaunt an und lief dann auf ihn zu. »Sie sind ja schon wach. Legen Sie sich schön wieder hin und lassen Sie vor allem die Infusion im Arm. Sie brauchen sie, um das verlorene Blut zu ersetzen.«

Widerstrebend ließ Shane sich in die Kissen zurücksinken. »Aber ich muss zu Autumn. Können Sie mich zu ihr bringen?«

Eine Stimme erklang von der Tür aus. »Das wird nicht nötig sein.«

Ungeschickt stieß Autumn die Tür mit dem Fußteil des Rollstuhls, in den sie von der Schwester verfrachtet worden war, weiter auf. Nachdem sie sich hindurchmanövriert hatte, konnte sie sich endlich davon überzeugen, dass es Shane gut ging. Sie hatte den Beteuerungen der Ärzte und Schwestern nicht glauben wollen. Doch jetzt sah sie es mit eigenen Augen. Bis auf eine leichte Blässe wirkte er sehr lebendig. Und die Art und Weise, wie er sie anschaute, ließ das vorher Erlittene verblassen. Langsam rollte sie auf ihn zu und ließ ihn dabei keinen Moment aus den Augen.

»Hallo.« Sein Lächeln wärmte sie von Kopf bis Fuß. In diesem Augenblick wurde ihr klar, dass sie jetzt endlich alles überstanden hatten und ihrem gemeinsamen Leben nichts mehr im Wege stand.

Mit Freudentränen in den Augen lächelte sie zurück. Sie beugte sich vor und küsste ihn sanft auf den Mund. Als sie sich wieder zurücklehnte, fanden sich ihre Hände, und sie verschränkte ihre Finger mit seinen. »Wie geht es dir?«

Shane verzog den Mund. »Solange ich mit Schmerzmitteln vollgepumpt bin, großartig.« Ernst blickte er sie an. »Und dir?«

»Überraschend gut. Ich fühle mich … frei.« Autumn küsste seine Handfläche. »Und das verdanke ich nur dir. Danke, dass du mich gefunden hast.«

»Ich hätte jeden Stein einzeln umgedreht, wenn es hätte sein müssen. Ich bin nur froh, dass Clint noch rechtzeitig gekommen ist, um uns zu retten.«

Autumn strich mit den Fingern über den Verband an Shanes Oberarm. »Und ich erst.« Tränen traten in ihre Augen. »Ich dachte, ich hätte dich für immer verloren.«

Ein leichtes Lächeln spielte um Shanes Lippen. »So schnell wirst du mich nicht los.«

»Das hoffe ich. Ich glaube nicht, dass ich es ertragen könnte, ohne dich weiterzuleben.« Allein die Vorstellung ließ ihre Tränen überlaufen.

Shane zog sie an sich. »Das musst du auch nicht. Ich bin bei dir und werde dich nie mehr loslassen.«

Autumn rieb ihre Wange an seiner Brust und lauschte seinem beruhigenden Herzschlag. Etwas löste sich in ihr und sie konnte spüren, wie die letzten Reste ihrer Furcht, Shane zu verlieren, verschwanden. »Das ist gut.« Sie setzte sich auf. »Hast du schon gehört? Zach ist aufgewacht!«

Erstaunt blickte Shane sie an. »Tatsächlich? Das ist toll!«

Autumn strahlte. »Ja. Vor allem hat er anscheinend keine bleibenden Schäden zurückbehalten – zumindest soweit sie das jetzt schon feststellen konnten.« Sie drückte Shanes Hand. »Und weißt du, wann er aufgewacht ist?« Ohne seine Antwort abzuwarten, redete sie weiter. »Irgendjemand hat ihm erzählt, dass Robert mich entführt hat, und plötzlich hat er die Augen geöffnet. Es sah wohl so aus, als würde er aufstehen wollen, doch dazu war er glücklicherweise zu schwach.« Shane schwieg so lange, dass Autumn die Stirn runzelte. »Was ist, freut dich das nicht?«

»Doch, natürlich. Ich hoffe, er wird wieder ganz gesund.« Shanes Worte klangen, als müsste er sich dazu zwingen.

»Aber?«

Shane stieß einen tiefen Seufzer aus. »Es überrascht mich nicht, dass er genau in dem Moment aufgewacht ist. Oder ist dir nicht aufgefallen, was Zach für dich empfindet?«

Unbehagen breitete sich in Autumn aus. »Woher willst du das wissen? Du hast ihn doch nie persönlich kennengelernt.«

Shane hielt ihre Hand fest, als sie sie ihm entziehen wollte. »Autumn, der Mann hat in New York alles stehen und liegen gelassen, um sofort hierherzueilen, als klar wurde, dass Robert dich gefunden hat. Glaubst du, er hat das aus Pflichtbewusstsein getan?«

Autumn wollte mit ›ja‹ antworten, aber sie konnte es nicht. Sie hatte immer gespürt, dass Zach Gefühle für sie hegte, aber beschlossen, sie zu ignorieren. Wäre er jetzt noch sicher in New York, wenn sie ihm schon damals deutlicher gesagt hätte, dass sie ihn nur als Freund mochte? Möglich war es.

Shane strich über ihren Arm. »Ich habe das nicht gesagt, damit du dich schlechter fühlst. Es tut mir leid, du sollst dich einfach nur darauf konzentrieren, gesund zu werden, das ist alles.«

Autumn nickte langsam. »Ich weiß und du hast recht, ich werde mich irgendwann damit auseinandersetzen müssen.« Spontan beugte sie sich vor und küsste ihn. »Ich bin nur froh, dass jetzt endlich alles vorbei ist.« So gern sie auch hiergeblieben wäre, die Schwester wartete draußen darauf, sie wieder in ihr Zimmer zurückzubringen. Außerdem zerrte diese Haltung an ihren gerade erst genähten Wunden. Mit einem bedauernden Seufzer löste sie sich von Shane und setzte sich zurück in den Rollstuhl. »Ich muss wieder los.«

»Warte einen Moment, ich wollte dir noch etwas geben.« Shane richtete sich auf und schnitt eine Grimasse. »Verdammt.«

Besorgt beobachtete Autumn, wie er seine Beine aus dem Bett schob. »Was denn? Das kann doch sicher warten, bis du dich besser fühlst.«

Schwer atmend stützte Shane sich mit seinem gesunden Arm auf den Nachttisch. »Nein, das … kann es … nicht.« Mit fest zusammengepressten Lippen beugte er sich vor, öffnete die Schublade und wühlte darin herum. Schließlich lächelte er zufrieden. »Ah, hier ist es.« Er zog eine kleine Papiertüte heraus und reichte sie Autumn. »Ich hatte schon befürchtet, sie wäre mir bei dem ganzen Durcheinander aus der Tasche gefallen.«

Neugierig öffnete Autumn die Tüte und fand darin einen kleinen Samtbeutel. Mit zitternden Fingern zog sie die Bänder auf und blickte hinein. Sie zögerte, als ihr etwas metallisch entgegenglänzte. Unsicher sah sie Shane an.

»Nun mach schon, er beißt nicht.« Humor schwang in seiner Stimme mit.

Nach einem tiefen Atemzug griff Autumn in den Beutel und zog einen Ring heraus. Fasziniert betrachtete sie ihn. Das aus Türkisen bestehende Kokopellimuster harmonierte perfekt mit dem Silber und brachte den Ring zum Strahlen.

»Alles Gute zum Geburtstag!«

»Vielen Dank, er ist wunderschön.« Autumn beugte sich vor und küsste Shane. Sofort schlang er seinen Arm um sie und vertiefte den Kuss. Nach einiger Zeit löste sie sich widerstrebend von ihm. »Was hältst du davon, wenn wir das fortsetzen, sobald wir wieder zu Hause sind?«

Shane atmete scharf aus. »Ich werde dafür sorgen, so schnell wie möglich entlassen zu werden.« Mit seinem Finger strich er eine Haarsträhne hinter ihr Ohr. »Ich denke nämlich nicht, dass ich es lange aushalten kann, dich nicht so zu berühren, wie ich will.«

Ein wohliger Schauer lief durch Autumns Körper. »Ich kann es kaum erwarten.« Nach einem weiteren flüchtigen Kuss verließ sie widerwillig Shanes Krankenzimmer.

Epilog

Am nächsten Tag besuchte Autumn Zach auf der Intensivstation. Sie war inzwischen entlassen worden und auch Shane sollte im Laufe des Tages die Erlaubnis erhalten, wieder in den Park zurückzukehren. Er hatte darauf bestanden, sie zu begleiten, und sie war froh darüber. Noch immer quälte sie das schlechte Gewissen, wenn sie sah, was Robert Zach angetan hatte. Auch wenn sie wusste, dass allein Robert die Schuld trug, ließ sich das Gefühl nicht abschütteln.

Irgendwo ertönte ein lautes Scheppern und sie zuckte heftig zusammen. Entschuldigend antwortete sie mit einem Schulterzucken auf Shanes fragende Miene. Es war zu blöd, sie wusste, dass ihr nun nie wieder Gefahr von Robert drohte, aber irgendwie erschreckte sie sich immer noch bei dem geringsten Geräusch.

Shane zog sie mit seinem gesunden Arm an sich. »Es ist alles in Ordnung.«

Dankbar lächelte sie ihn an. »Ich weiß.«

Sie atmete noch einmal tief ein und öffnete dann die Tür zu Zachs Zimmer. Noch immer wirkte der Raum düster und trostlos, doch diesmal waren Zachs Augen geöffnet und er drehte seinen Kopf, um zur Tür zu blicken. Die Prellungen waren weitgehend zurückgegangen, aber es war offensichtlich, dass er Gewicht verloren hatte. Als er sie erkannte, glitt der Anflug eines Lächelns über sein Gesicht.

»Hallo Autumn.« Er sprach langsam und vorsichtig, so als wäre er nicht sicher, ob auch das herauskam, was er sagen wollte. Rasch trat Autumn näher und legte ihre Hand auf seine.

»Hallo Zach. Ich bin so froh, dass du wieder wach bist.«

Der Druck seiner Finger war schwach. »Sheriff Taggert hat mir berichtet, was passiert ist. Geht es dir gut?«

Autumn traten Tränen in die Augen, als sie die Besorgnis in seinem Gesicht sah. »Mir geht es gut.«

Zachs Blick schien bis in ihr Inneres zu schauen. »Wirklich? Ich habe gehört, du wurdest verletzt. Dass er wieder …« Seine Stimme verklang.

»Ja, das ist richtig. Aber es ist nicht so schlimm, ich habe nur ein paar Narben mehr. Dafür lebe ich noch, und das ist viel wichtiger.«

Zach räusperte sich. »Du hast recht. Trotzdem wünschte ich, du hättest das nicht noch einmal durchmachen müssen. Ich hätte Robert erledigen müssen, als ich die Gelegenheit dazu hatte.«

»Das ist Unsinn, und das weißt du. Niemand hätte mich vor ihm schützen können.«

»Vielleicht hätte ich dich doch in New York unter Polizeischutz nehmen sollen.« Zach seufzte tief auf. »Es bringt nichts, etwas ändern zu wollen, was schon passiert ist. Ich bin froh, dass dir keine Gefahr mehr droht.«

»Ich auch. Jetzt kann ich tun und lassen, was ich will, ohne dass ich immer über die Schulter blicken muss.«

»Heißt das, du kommst mit mir nach New York zurück?« Er räusperte sich erneut. »Ich habe bei deinem alten Arbeitgeber nachgefragt und sie sagten, du könntest jederzeit zurückkommen.«

»Zurück nach New York?« Sie blickte zu Shane hinüber, der an der Tür stehen geblieben war.

Zach sah sie ernst an. »Ja. Ich würde mich wirklich freuen und es ist dein Zuhause.«

»Hier ist jetzt mein Zuhause, Zach. Alles, was ich zum Leben brauche, befindet sich genau hier.« Sie blickte erneut zu Shane, der sie anlächelte. Autumn hatte noch nie ein so schönes Lächeln gesehen, es strahlte pures Glück aus.

Zach blickte an ihr vorbei zu Shane. »Also stimmt das, was ich von Taggert gehört habe. Es war dein Freund, der dich gerettet hat.«

»Ja, unter anderem.«

Zach schwieg einen Moment, etwas wie Trauer lag in seinen braunen Augen. »Schade, ich hatte gehofft …« Zach riss sich sichtbar zusammen. »Ich wünsche dir alles Gute, Autumn. Werde glücklich.«

Autumn lächelte durch ihre Tränen. »Das bin ich. Glücklicher, als ich je war.«

Bald darauf verließ sie zusammen mit Shane das Krankenzimmer. Es tat ihr leid, dass sie Zach nicht mehr bieten konnte. Aber ihr Herz gehörte Shane, und daran würde sich auch nichts mehr ändern.

Sie schloss die Tür hinter sich und Shane umfing sie mit seinem unverletzten Arm. »Du bist also glücklich?«

Autumn lächelte ihn an. »Ja.«

»Hier ist jetzt dein Zuhause?«

»Ja.«

»Was hältst du dann davon, wenn wir uns in der Gegend ein Haus suchen? Meine Hütte ist ein bisschen klein für uns beide und Coco …«

Autumn unterbrach ihn. Ihre Augen strahlten. »Gerne. Ich hoffe, dass wir dann auch ein breites Bett haben werden. Und eine große Dusche. Und …«

Shane ließ sie nicht ausreden, sondern senkte seinen Mund auf ihren und küsste sie.

Leseprobe

Michelle Raven

Riskante Nähe

Erscheint Juli 2011

Washington, D.C., Juli 1998

Karen Lombard atmete tief durch, als die Haustür hinter ihrem Mann zufiel. Wie so oft war die Spannung zwischen ihnen beinahe mit Händen greifbar gewesen. Dabei wusste sie nicht einmal, was sie jetzt wieder getan hatte, um Paul gegen sich aufzubringen. Schon seit Monaten erzählte sie ihm nichts mehr über ihre Arbeit als Waffenexpertin im Pentagon, weil sie wusste, dass er sich ihr dadurch unterlegen fühlte, und meist mit spöttischen Bemerkungen reagierte.

Unmut breitete sich in ihr aus. Was konnte sie dafür, wenn er mit seiner Arbeit als Buchhalter nicht zufrieden war? Er hatte sich seinen beruflichen Werdegang selbst ausgesucht, und sie hatte nie auch nur mit einem Wort angedeutet, dass sie ihn deswegen weniger schätzte. Das Einzige, was sie störte, war seine ewige Unzufriedenheit und seine Eifersucht auf ihre Arbeit. Kopfschüttelnd schob sie diese Gedanken beiseite, wie so oft. Paul würde irgendwann einsehen, dass sie ein gutes Leben führten und mit dem zufrieden sein konnten, was sie erreicht hatten.

Ein Blick auf die Uhr zeigte Karen, dass sie sich beeilen musste. Durch die Diskussion mit Paul war sie heute später dran als gewöhnlich und auch wenn ihre Mitarbeiter nichts sagen würden, hasste Karen Unpünktlichkeit. Im Bad fasste sie ihre langen blonden Haare zu einem Knoten zusammen, damit sie ihr bei der Arbeit nicht im Weg waren. Kritisch betrachtete sie sich im Spiegel und zuckte dann mit den Schultern. Mit ihrem zu breiten Mund und der eher molligen Figur würde sie nie schön und schlank sein, aber das brauchte sie auch nicht, solange ihr Gehirn funktionierte. Mit einem Seufzer wandte sie sich ab. Aber schaden konnte es sicher auch nicht.

Karen zuckte erschrocken zusammen, als aus dem Erdgeschoss ein Scheppern zu ihr heraufdrang. Rasch lief sie auf den Flur, lehnte sich über das Treppengeländer und blickte nach unten. »Paul? Hast du etwas vergessen?“

Keine Antwort. Karen lauschte angestrengt, doch sie konnte keine Schritte oder anderen Geräusche hören. Paul schien also nicht noch einmal zurückgekommen zu sein. Trotzdem hatte sie das Gefühl, dass sie nicht mehr alleine im Haus war. Gänsehaut überzog ihre Arme und ein Schauder lief über ihren Rücken. So leise wie möglich ging sie die Treppe hinunter und stoppte, als sie in das Wohnzimmer sehen konnte. Es schien alles wie immer zu sein und sie kam sich allmählich albern vor, dass sie durch ihr eigenes Haus schlich. Schließlich hatten sie ein gutes Sicherheitssystem, das sie immer scharf stellten, sogar wenn nur einer von ihnen das Haus verließ. An der roten Lampe konnte sie erkennen, dass Paul es auch heute Morgen angestellt hatte. Erleichtert atmete sie auf.

Im Grunde besaßen sie sowieso kaum etwas, das einen Diebstahl lohnte, doch das Verteidigungsministerium hatte auf der Alarmanlage bestanden, weil sie, wie man mehrfach betonte, als Leiterin eines geheimen Waffenprojektes durchaus Opfer einer Entführung werden konnte. Karen nahm die Warnung ernst, aber sie weigerte sich, ihr Leben von Furcht bestimmen zu lassen. Lautlos ging sie über den flauschigen Läufer, der den Holzboden bedeckte, auf das Wohnzimmer zu. Ohne dass sie es sich erklären konnte, kam plötzlich Unruhe in ihr auf.

Karen schüttelte den Kopf. Es wurde eindeutig Zeit, ihre Tasche zu holen und das Haus zu verlassen. Auf ihrem Weg zur Küche, die direkt an das Wohnzimmer anschloss, entdeckte sie einen Blumentopf, der zerbrochen auf dem Parkett lag. Scherben und Erde waren bei dem Aufprall bis unter den Couchtisch geflogen. Trauer erfüllte sie, als sie den zerstörten Topf sah, den sie erst vor einigen Wochen gekauft hatte. Verdammt! Jetzt wusste sie immerhin, was das Scheppern verursacht hatte. Wie hatte das passieren können? Vielleicht war Paul in seiner Hast, das Haus zu verlassen, dagegen gestoßen. Allerdings hatte sie das Knallen der Haustür deutlich vorher gehört. Oder?

Die Unruhe verstärkte sich. Obwohl die Alarmanlage eingeschaltet war und sie niemanden hörte oder sah, hatte sie das Gefühl, nicht mehr allein im Haus zu sein. Karen atmete tief durch. Sie würde jetzt ihre Handtasche samt Handy holen und aus dem Haus verschwinden. Von draußen konnte sie dann die Polizei benachrichtigen und das Haus durchsuchen lassen.

Ebenso leise wie zuvor betrat sie die Küche und atmete erleichtert auf, als ihr dort niemand auflauerte. Offensichtlich war es wirklich nur ihre Fantasie, die ihr einen Streich spielte.

Rasch nahm sie eine Wasserflasche aus dem Kühlschrank und wollte sie gerade in ihre Tasche stecken, als sie ein leises Knarren hörte. Sofort erstarrte Karen in der Bewegung und hielt den Atem an. Wild blickte sie sich um. Sie wusste genau, welche der Holzdielen im Flur knarrte, wenn jemand darauf trat. Und das hieß, es war tatsächlich ein Eindringling im Haus.

Karen stellte die Wasserflasche zur Seite und wühlte in ihrer Tasche nach dem Handy, während sie sich gleichzeitig rückwärts bewegte. Es gab nur einen Weg aus der Küche, nämlich den durch das Wohnzimmer, und von dort würde auch der Einbrecher kommen, wenn er sie gehört hatte. Wo war dieses verdammte Handy? Ihre Handtasche war bis oben hin mit irgendwelchen unwichtigen Dingen gefüllt – nur das Telefon war nicht zu finden. Das Zittern ihrer Finger machte die Suche nicht gerade einfacher.

Ein Knirschen ertönte im Wohnzimmer, und sie wusste, dass ihre Zeit ablief. In wenigen Sekunden würde jemand in die Küche kommen und sie entdecken. Ihr Herz hämmerte wild in ihrer Brust, während sie mit weit aufgerissenen Augen zur Tür starrte. Doch neben der Furcht breitete sich auch Wut in ihr aus. Sie weigerte sich, ein Opfer zu sein, das in der Ecke kauerte und sich nicht zur Wehr setzte. Ihr Blick wanderte zum Messerblock, der auf der Arbeitsplatte stand. Darin steckten ein paar ziemlich große Messer, doch um dorthin zu kommen, musste sie an der Tür vorbei.

Verzweifelt suchte sie nach einer anderen Waffe und entdeckte schließlich die gusseisernen Pfannen, die als Dekoration neben dem Herd hingen. Entschlossen schob Karen das Kinn vor. So einfach würde sie es dem Eindringling nicht machen. Vorsichtig nahm sie die Pfanne vom Haken und stellte sich neben die Türöffnung. Am liebsten hätte sie die Tür zugeschlagen und abgeschlossen, aber der Schlüssel hatte bereits bei ihrem Einzug vor einem Jahr gefehlt, und es war ihr und Paul nie nötig erschienen, das Schloss auswechseln zu lassen. Woher hätte sie auch wissen sollen, dass sie es einmal benötigen würde? Karen hielt den Atem an, als sich die Schritte näherten. Die Pfanne hielt sie mit beiden Händen vor ihren Körper, bereit, sich damit zu verteidigen. Schweiß ließ ihre Hände rutschig werden, die Bluse klebte an ihrem Rücken.

Die Gestalt eines Mannes schob sich durch die Türöffnung, und Karen schlug die Pfanne mit aller Kraft gegen seinen Kopf.

Ein überraschter Schmerzenslaut entfuhr ihm, bevor er rückwärts ins Wohnzimmer stolperte. Mit einem lauten Scheppern fiel die Pfanne zu Boden. Es dauerte einen Moment, bis Karen sich rühren konnte, doch dann schnappte sie sich ihre Tasche und rannte an dem Mann vorbei, der sich stöhnend auf dem Parkett wälzte. Die Hände hatte er über seine Nase gepresst. Blut bedeckte sein Gesicht und seine Kleidung. Der Anblick entsetzte Karen so sehr, dass sie beinahe stehen blieb. *Lauf! Du musst raus, bevor er wieder aufsteht!*

Karen stürzte panisch in den Flur, sie konnte an nichts anderes denken, als aus dem Haus zu entkommen. Mit aller Kraft drückte sie die Klinke hinunter, doch die Haustür blieb geschlossen. In ihrer Angst rüttelte sie daran, bis ihr klar wurde, dass sie verriegelt war. Weil ihre Finger so zitterten, brauchte sie mehrere Versuche, bis sie den Riegel überhaupt berührte. Ihr Atem klang laut in ihren Ohren, ihr hämmernder Herzschlag überdeckte alle anderen Geräusche.

Gerade als der Riegel mit einem Klacken zurückglitt, grub sich eine Hand in ihre Haare und riss brutal daran. Tränen schossen in Karens Augen, doch sie kämpfte weiterhin verzweifelt darum, die Tür zu öffnen. Hände griffen nach ihren Armen und zogen sie unaufhaltsam von der Tür weg.

»Nein!« Karen holte tief Luft, um so laut zu schreien wie sie konnte, doch in diesem Moment schob sich ein übelriechender Lappen in ihren Mund. Sie würgte und versuchte, sich zu befreien, doch der Angreifer war einfach zu stark. Trotzdem gelangen ihr einige Treffer, wie sie an den derben Flüchen hören konnte. Ein reißendes Geräusch ertönte, als die Nähte ihrer Bluse unter den groben Händen nachgaben. Verbissen kämpfte sie weiter, obwohl sie durch den Knebel kaum Luft bekam.

Irgendwie musste sie diesen Verbrechern entkommen! Schwarze Punkte flimmerten vor ihren Augen, ihre Lunge schmerzte, aber sie konnte nicht aufgeben. Es gelang ihr, einen Arm freizubekommen und ihre Finger um die Türklinke zu schließen. Die Rettung war so nah! Doch dann traf ein Schlag ihre Schläfe und sie sackte in die Knie. Die Welt drehte sich um sie. Übelkeit stieg in ihr auf.

»Haltet sie endlich fest!«

Karen hörte die Stimme wie durch eine Watteschicht. Sie wollte sich wehren, aber ihre Arme gehorchten ihr nicht. Ein Stich in ihren Oberarm durchbrach ihre Lethargie, und sie bäumte sich noch einmal auf. Aber es war zu spät, sie brach zusammen, ihre Wange presste sich auf den Holzboden. Ihre Augen schlossen sich gegen ihren Willen, und die Dunkelheit senkte sich über sie.

1

Diamond Bar Ranch, Montana

Der Tag fing schon schlecht an, und von da an ging es steil bergab. Clint Hunter, Captain des Navy SEAL Teams 11, stand gerade auf der Ranch seiner Eltern bis zu den Hüften in einem mit Morast gefüllten Loch, in das sich eine der Kühe verirrt hatte, als sich sein Pager meldete. Das fremdartige Geräusch erschreckte die panische Kuh derart, dass sie durch ihr Gezappel noch tiefer in den Schlamm gezogen wurde.

»Verdammt.« Mit Fingern, die ebenso dreckig waren wie der Rest von ihm, zog er das Gerät vorsichtig von seinem Gürtel. Bevor er die Nummer richtig erkennen konnte, rutschte es durch seine schlammigen Finger und fiel in den Matsch.

Mit einem erneuten Fluch auf den Lippen bückte sich Clint hastig, um es zu retten. Er zog den Pager aus dem Morast und wischte mit den Fingern über das Display. Die Nummer gehörte zum SEAL-Stützpunkt in Coronado. Clint seufzte. Wer sollte sich auch sonst melden? Im Prinzip hatte er außerhalb der Navy kein Leben. Kaum gönnte er sich seit Jahren das erste Mal mehr als ein paar Tage Erholung, schon wurde er wieder von seinem Arbeitgeber gerufen.

Er übergab das Seil, mit dem er versucht hatte, die widerspenstige Kuh einzufangen, dem Vorarbeiter der Ranch. »Versuch du dein Glück, Shep. Ich muss zum Telefon. Falls wir uns nicht mehr sehen sollten, Petri Heil!« Mit dieser Bemerkung entfernte er sich rasch aus der Reichweite von Sheps schlammigen Fingern.

Es tat ihm gut, nach all den Monaten im Dienst der Elite-Spezialeinheit der Navy, mal wieder für einige Zeit zu Hause zu sein und sich mit seiner Familie und den Arbeitern um die Ranch kümmern zu können. Man bekam bei der Navy nicht viel von Viehzucht zu sehen, auch wenn die SEALs nicht nur im und am Wasser operierten, sondern auch auf dem Land und in der Luft. Gegründet nach dem Zweiten Weltkrieg aus den Underwater Demolition Teams, die noch weitgehend im Wasser, beziehungsweise unter Wasser gearbeitet hatten, waren die SEALs inzwischen auch durchaus in der Wüste, in der Arktis oder bei Fallschirmsprüngen aus Flugzeugen und Helikoptern zu finden. Auch wenn sie sich weiterhin im Training oder bei der Arbeit oft im Wasser aufhielten, fand heutzutage ein hoher Prozentsatz der Arbeit eines SEALs an Land statt. Vor allem bei Clints Team 11, das für Terrorismusbekämpfung und Geiselbefreiungen eingesetzt wurde. Bisher war das Jahr allerdings recht ruhig verlaufen, es waren keine größeren terroristischen Vorkommnisse gemeldet worden. Deshalb hatte er geglaubt, sich einen kleinen Urlaub leisten zu können. Offenbar eine Fehleinschätzung.

Während er auf schnellstem Wege auf seinem Hengst Devil zum Haus ritt, überlegte er, was der Anruf bedeuten mochte. Wahrscheinlich wurde er wieder nach Coronado zurückbeordert, aber ob es sich um einen Ernstfall oder um eine Übung handelte, war nicht zu ersehen. Er hoffte nur, dass er nicht nur zu Trainingszwecken aus seinem Urlaub zurückbeordert wurde. Seine Mundwinkel zogen sich nach unten. Oder vielleicht war das doch die bessere Alternative. Ein Ernstfall bedeutete immer Gefahr – für die Menschen, zu deren Rettung sie geschickt wurden, und auch für seine Männer. In seinem Team waren nur die Besten, aber während einer Mission konnte immer etwas schief gehen. Bisher hatte er stets alle zurückgebracht, wenn auch manchmal mit Verletzungen, aber es gab keine Garantie, dass es so bleiben würde.

Fünf Minuten später war er beim Haus angelangt. Adrenalin breitete sich in seinem Körper aus, als er sein Pferd im Stall an einen Arbeiter weitergab und den Hügel zum Haus hinauf rannte.

Sein Vater kam ihm in der Tür zum Arbeitszimmer entgegen, und seine sonst so ruhige Miene verzog sich, als er Clints Gesichtsausdruck sah.

»Ich lasse dich alleine.« Er schloss leise die Tür hinter sich.

George Hunter sah seinem Sohn trotz seiner zweiundsechzig Jahre noch sehr ähnlich. Sein Körper war immer noch schlank und fit, und in seinem schwarzen Haar fanden sich nur wenige graue Strähnen. Selbst die sherryfarbenen Augen hatte Clint von ihm geerbt. Sein Vater war der Einzige in seiner großen Familie, der wusste und verstand, dass Clint ein SEAL war. Kein Wunder, war er doch im Vietnamkrieg in einem Underwater Demolition Team gewesen. Kurz danach entstanden dann die ersten SEAL-Teams. Doch zu dieser Zeit war George bereits aus dem Militärdienst ausgeschieden und hatte sich hier in Montana zusammen mit seiner Frau Angela Land gekauft und die Ranch aufgebaut.

Clint wählte eilig die Nummer, die sich ihm nach Hunderten von Anrufen ins Gedächtnis eingebrannt hatte.

In der Einsatzzentrale in Kalifornien nahm Matt Colter, sein ausführender Offizier und früherer Swim-Buddy, schon nach dem ersten Klingeln den Hörer ab. »Jo.«

»East hier, was gibt's?«

»Das wurde aber auch langsam Zeit. Wo hast du denn gesteckt?«

Clint schnitt eine Grimasse. »In einem Schlammloch, wenn du es genau wissen willst.«

Matt lachte. Dann wurde seine Stimme ernst. »Wie schnell kannst du hier sein? Wir haben einen Notfall: eine Entführung. Wir müssen so schnell wie möglich nach Washington, D.C., alles

Weitere erfahren wir dann dort. Und es handelt sich nicht um eine Übung.«

»Verdammt.« Clint strich durch seine kurzen schwarzen Haare. »Es würde zu lange dauern, wenn ich zu euch komme. Ich werde von Salt Lake City einen Flug nach Washington nehmen. Könnt ihr meine Ausrüstung mitnehmen?«

»Kein Problem. Sollte noch etwas fehlen, können wir es uns noch am Standort Little Creek besorgen.« In Matts Stimme war kein Hauch der sonst üblichen humorvollen Rivalität zwischen den beiden Standorten zu erkennen. Ein weiteres Indiz für die ernste Situation.

»Warum kann denn deren Team die Sache nicht übernehmen? Virginia ist doch viel näher.«

»Weil das Geiselteam gerade in Europa unterwegs ist, zu Übungen im Kosovo. Außerdem ist unter den SEALs dort die Grippe ausgebrochen.«

Nachdenklich rieb Clint über seine Bartstoppeln. »Okay, gib mir ein paar Minuten, ich buche schnell einen Flug. Schick mir alle vorhandenen Informationen zur Situation bitte per Fax.«

»Wird gemacht, Boss.«

Clint beendete das Gespräch und wählte gleich darauf die Nummer des Flughafens in Salt Lake City. Innerhalb von wenigen Minuten hatte er einen Flug nach Washington gebucht, der in zwei Stunden abflog. Während er seine Sachen packte, konnte er das Gefühl nicht abschütteln, dass nicht alles so einfach sein würde.